KB055530

조선조 유가가
승려에게 준 시

이종찬 지음

조선조 유가가
승려에게 준 시

學古房

조선조 사회가 유교를 국시로 하다 보니, 자연 불교를 등한시하는 경향이 있었음은 사실이다. 그러나 불교는 생활 이념인 사회윤리라기보다는 인간의 정신적 수양이기에 어느 시대에도 신봉되지 않을 수가 없다. 조선에서도 건국의 초기부터 승려의 도움으로 국가의 안정을 구하려 했던 국왕들은 그들을 국사로서의 대접을 한 경우도 있을 뿐만 아니라, 간경도감을 두어 내외의 경전을 번역함에 있어서도 승려의 힘을 빌렸던 것이 사실이다.

본 번역을 유생들이 승려에게 수증한 시를 중심으로 한 것도 표면적 배불과는 관계없이 교유하였던 지식인의 이면을 살펴보자는 의도이다. 선별에는 어떤 기준을 설정하고 한 것이 아니고 시대 순에 따라 문집에 수록된 것을 임의로 수습한 것이다. 한두 편밖에 없는 분은 가리지 않고 여러 편이 되어 편집에 일정 분량이 되는 것으로 선정의 기본을 삼았다. 책의 분량적 제한 때문에 후기의 작가들까지 수용 못한 점을 다음의 기회를 기다리기로 하였다. 선발 초역을 마치고 난 소감은 조선 중기에 있어서는 유불의 구별을 의식할 수 없을 만큼 시 자체로서의 수답이었다. 이것은 어쩌면 조선 중기의 문풍 진작의 일환이 아닌가 생각된다. 그 대표적인 사람이 동악 이안눌(東岳李安訥)일 것이다. 〈東岳集〉에 보이는 스님들의 이름만도 1 백명에 가까운 숫자이니, 시의 편수로 보면 몇 백을 헤아릴 숫자이다. 이는 인물이나 교리를 떠나, 시는 시로서 만족한 작자의 문학관이 아니었을까 생각된다.

후기에서는 추사 김정희(秋史金正喜)가 비교적 수창이 많으나, 이는 순수한 시의 수창이기보다는 서로의 학문적 교리 담론 같아 순수한 시의 문예미에는 다소 흡족하지 못한 점도 있다. 이는 조선 후기의 학풍이 실학이라는 고증적 교리에 치중되는 경향인 듯도 하니, 이 번역의 작업이 조선조의 시문학사적 조명도 될 수 있겠다는 자그마한 소망도 갖게 되었다.

본 번역은 일차적으로 자료의 수집과 정리라는 목적에 충실하기 위하여 글자 하나 하나의 축자적 직역에 초점을 맞추었고, 난해한 어구에만 주석하는 것으로 본문의 이해에 도움을 주려 하였다.

의미의 분석이나 감상은 일차적 번역을 읽은 이후의 독자의 몫이기 때문에, 이른바 의역이라는 풀이적 해석은 고려하지 않았음도 미리 밝히는 바이다.

2019년 1월 31일
역자 이종찬 삼가쓰다

|차례|

정도전
鄭道傳

鄭道傳(?-1398 태조 7) 자는 종지(宗之). 호는 삼봉(三峰)이고, 본관은 봉화이다. 이색(李穡)의 문인. 1362(공민왕 11) 문과에 급제. 1370년 성균박사(成均博士)에서 태상박사(太常博士)로 고시를 관장하는 전선(銓選)을 주관하기도 하였다. 1375년 이인임(李仁任) 경부흥(慶復興) 등의 친원배명(親元排明)정책에 반대하다 회진현(會津縣 羅州)으로 유배되었다가 2년 후에 석방되어 후진 양성에 힘썼다.

1383년 동북면도지휘사 이성계(李成桂)의 참모가 되었고, 성절사(聖節使)로 명(明)에 가는 전몽주(鄭夢周)의 서장관이 되기도 하였다. 이성계의 천거로 성균대사성(成均大司成)에 승진, 1388년 위화도 회군(威化島回軍)을 계기로 신진세력이 집권하게 되자, 이성계에 협력하여 지공거(知貢擧) 지신사(知申事)를 역임하며, 조준(趙浚)의 전제개혁안(田制改革案)을 단행토록 건의하고, 조민수(曺敏修) 등의 구세력을 탄핵 유배케 하여 조선 개국의 정지작업을 하였다. 이듬해 이성계 조준 심덕부(沈德符) 등과 창왕을 추방하고 공양왕을 추대하여 좌명공신(佐命功臣)이 되었다.

1390(공양왕 2) 성절사 겸 변무사로 명나라에 가서, 이성계가 명나라를 침범하려 한다는 무고를 변명했다. 이듬해 이성계가 군사권을 장악하여 삼군도총제부(三軍都摠制府)를 설치하자 우군도총제가 되었다. 구세력이 득세하자 봉화로 유배되었다가, 1392년 정몽주가 살해된 뒤 풀려나 조준 남언(南誾) 등과 이성계를 추대하여 조선을 건국하여 개국공신 1등으로 문하시랑찬성사(門下侍郎贊成事)가 되었다.

1394년(태조4) 한양천도를 주장하여 실현했고, 이듬해 정총(鄭摠) 등과

〈고려사(高麗史)〉 37권을 찬진하였다. 1398년 정조사(正朝使)가 명나라에 올린 표문이 잘못되었다하여 기초자를 잡아오려 하자, 그는 명나라와 실력으로 항쟁할 것을 주장하며, 군사의 훈련 군량미의 확보에 전력을 기울이다가 전실 소생의 왕자들을 죽이려 한다는 혐의로 방원(芳遠太宗)에게 참수되었다.

　조선 개국후 군사 외교 성리학 행정 등 다방면에 걸쳐 초기의 건국사업에 헌신했으며 척불숭유를 국시로 삼게 하여 유학의 발전에 초석을 놓았다.

　유집 〈삼봉집(三峰集)〉은 저자의 자편고(自編稿)를 아들 진(津)이 성석린(成石璘)의 산정(刪定)과 권근(權近)의 비점(批點)을 받아, 저자 생전인 1397년 초간한 뒤, 증손 경상도관찰사 문형(文炯)이 경제문감(經濟文鑑) 조선경국전(朝鮮徑國典) 불씨잡변(佛氏雜辨) 심기이론(心氣理論) 심문 천답(心問 天答)을 더하여 1464년 안동부에서 목판으로 중간함. 1791년 정조(正祖)의 명에 따라 규장각에서 분류 재편하여 3간함. 시는 권 1 권 2의 2권에 수록되었다.

題臥雲上人詩卷
와운 상인의 시권에 쓰다

幽人謝塵事	그윽하신 분은 세속 먼지 사양하고
高臥白雲中	높이 흰 구름 속에 누워 있네요
雲來本無心	구름 온대도 원래 무심한 것이고
雲去忽無蹤	구름 가면 홀연 자취도 없어져
日夕自怡悅	밤과 낮으로 스스로 기뻐함이
氣味與之同	기개와 멋이 더불어 함께 하다
我來逢玉雪	내 와서 흰 옥이나 눈을 만나
得以挹高風	높은 풍모를 접할 수가 있지만
可思不可見	상상할 수만 있고 뵐 수 없으니
雲深山萬重	구름 깊고 산은 만 겹으로 둘리네

〈三峰集. 一-12〉〈한국漢詩大觀〉권 13. pp57.

題僧牧菴卷中
목암 스님의 시권에 쓰다

芳草長堤春雨微	꽃다운 풀 긴 둑에 봄비도 가늘어
牧牛終日却忘歸	소 치며 종일토록 돌아가기 잊었다
請君須辦耕田力	청컨대 그대 밭 가는 힘을 판별하여서
莫使無爲空自肥	할 일 없이 스스로 살찌는 일 없게 하소

〈三峰集, 二-9〉〈상동서〉권13. pp93.

寄斷俗文長老
단속사 문장로에게

山深千萬疊	산은 천 만 겹으로 깊었으니
何處著高僧	어느 곳에 높은 스님 사는지
石徑封蒼蘚	돌 길도 파란 이끼로 봉했고
溪雲暗綠藤	시내 구름 푸른 넝쿨로 암담해

禪心松外月	선의 마음은 솔 밖의 달이고
端坐佛前燈	단정히 앉은 부처 앞의 등불
應笑儒冠誤	응당 유가 의관 잘못됨 웃겠지
歸歟苦未能	가려해도 괴로이 할 수가 없네

〈三峰集, 二-16〉〈상동서〉동권. pp104.

寄瑞峯寬上人
서봉 관상인에게

桑門[1]有上首	불가의 문에 가장 우두머리가 있으니
餘事能文章	여가의 일로 문장에도 유능하다네
誰謂道里遠	누가 길의 거리가 멀다고 말하는가
跂予可相望	발꿈치 치켜들면 서로 바라볼 수 있는데
夫何在網羅	대체 어째서 그물 속에 갇혀 있어서
未得翔其傍	곁으로 날개 펼 수 없는 것인가
題詩代良覿	시를 써서 좋은 보기로 대신하니
髣髴接淸光	맑은 광채를 접한 것과 같구나

〈三峰集, 一-10〉

雲公上人自佛護社來 誦子野詩 次韻寄佛護社主
운공상인이 불호사에서 와서 자야의 시를 외우기에 차운하여 불호사 주지에게 주다

相逢一笑轉成空	서로 만나 한바탕 웃고 나니 공으로 탈바꿈
始信浮生似夢中	비로소 뜬 인생이란 꿈 속과 같음 믿겠구나
南望雲煙橫縹緲	남으로 바라보니 구름 안개 아득히 비꼈으니
碧山何處住禪笻	푸른 산 어느 곳에 스님 지팡이 머무나

〈三峰集, 二-4〉

----

1) 桑門: 僧侶. '沙門'의 다른 번역.

寄贈柏庭禪
백정선사에게

三冬秀色連雲翠	겨울 삼동에 수려한 빛이 구름에 다아 파랗고
六月淸風滿地寒	유월 달의 맑은 바람은 대지에 가득히 싸늘해
此是柏庭奇絶處	이것이 바로 백정스님의 기이 절묘한 곳이니
登攀何日好相看	어느 날에 등반하여 좋아하며 서로 만나나

〈三峰集 二-4〉

贈柏庭遊方
백정선사가 지방에 노닌다기에

流水浮雲任所之	흐르는 물 뜬 구름에 가는대로 맡기어
淸風明月獨相隨	맑은 바람 밝은 달을 홀로 서로 따르다
遠遊畢竟終何得	멀리 놀아 필경 끝내는 무엇을 얻을까
早早歸來慰我思	빨리 빨리 돌아와 내 생각을 위로하게

按鄭圃隱題此詩卷曰 三峯於人少許可 有眼分明辨眞假 爲師拳拳乃如斯 柏庭必非虛走者

살펴보니 정포은이 이 시권에 쓰기를 삼봉이 사람들에게 허가를 쉽게 않아 분명히 진가를 판별하는 안목이 있는데, 대사를 위하여는 이렇듯 연련하니 백정은 반드시 헛되이 달리는 자가 아니다 하였다.

〈三峰集, 二-4〉

訪古軒和尚途中
고헌호상을 찾아가는 도중에

荒坡不盡路無窮	거친 언덕 다함 없고 길도 끝이 없으니
雪滿山深落日風	눈이 가득히 산도 깊어 지는 해의 바람
始聽鐘聲知有寺	비로소 종 소리 들리니 절 있음 알겠으나
房櫳隱約2)碧雲中	스님의 방은 아득히 구름 속에 있구나

〈三峰集, 二-5〉

送等菴上人歸斷俗
등암상인을 단속사로 보내며

等菴上人無住着	등암상인은 머무르고 집착함이 없으니
秋風北來春又歸	가을 바람에 북으로 왔다가 봄에 또 돌아간다
臨分不用苦惆悵	이별에 다다라 괴로이 슬퍼할 일도 없으니
予亦從今當拂衣	나도 지금부터 당연히 옷을 떨치리라

〈三峰集, 二-5〉

信長老以古印社主命來惠白粲3) 臨別贈詩
신장로가 고인사의 주인으로 쌀을 보내도록 하였기에 떠남에 임해 시를 주다

山村秋日暮	산 마을에 가을 해가 저무니
有客扣柴荊	손님이 사립문을 두드린다
袖裏華牋出	소매 속에서 꽃 편지가 나오고
囊中白粲精	전대 속에는 흰 쌀이 정결하구나
殷勤故人意	은근한 친구의 뜻은
漂泊異鄉行	떠돌이의 타향 살이에서 이지
一飯身堪殺	한 그릇 밥에 몸의 여윔 감내해
千金報亦輕	천금으로 갚아도 역시 가볍다

〈三峰集, 二-17〉

送覺峯上人
각봉상인을 보내다

萬里携孤錫	만리에 외로운 지팡이 끌고
三年着一衣	3년에 한 벌 옷을 입었네

....

2) 隱約: 아련히 희미하여 분명하지 않은 모습. 依稀不明貌.
3) 白粲: 白米. 흰 쌀.

碧山今日去　　푸른 산으로 오늘 가면
芳草幾時歸　　꽃다운 풀에 언제 돌아오나
出定晨鳴磬　　선정에서 벗어나니 새벽 풍경 울고
求詩晝叩扉　　시를 구하려고 낮에 사립문 두드리다
臨歧更携手　　갈림길에서 다시 손을 이끌면
卽此是相違　　곧바로 이것이 서로의 어긋남이야

〈三峰集, 二-17〉

권 근
權近

權近(1352 공민왕 1~1409 태종 6). 자는 가원(可遠), 사숙(思叔). 호는 양촌(陽村), 본관은 안동이다. 1367년(공민왕 16) 성균시(成均試)를 거쳐, 다음 해 문과에 급제하여 춘추관검열(春秋館檢閱)이 되고, 우왕 때 예문관응교(禮文館應敎) 성균대사성(成均大司成), 예의판서(禮儀判書) 등을 역임했다. 창왕 때 좌대언(左代言) 지신사(知申事)등을 역임하고, 첨서밀직사사(簽書密直司事)로 명나라에 다녀오기도 하였다.

조선이 건국하여 1393년(태조 2) 예문춘추관학사(藝文春秋館學士) 대사성(大司成) 충추원사(中樞院使) 등을 역임하고, 1396년 표주(表奏)문제로 명(明)나라와 불편한 관계가 되자, 자청하여 명에 들어가 두 나라의 관계를 호전시켰다. 그러나 정도전(鄭道傳) 일파의 시기로 불안한 처지가 되었다가, 1401년(태종 1) 좌명공신(佐命功臣) 1등으로 길창부원군(吉昌府院君)에 봉해졌다. 예문관대제학(藝文館大提學), 대사성(大司成), 의정부찬성사(議政府贊成事), 세자좌우빈객(世子左賓客) 등을 역임했고 왕명에 의하여 〈동국사략(東國史略)〉을 편찬하였다. 경학(經學)에 밝아 〈사서오경(四書五經)〉의 구결을 정하였다.

그는 성리학자(性理學者)이면서 시부사장(詩賦詞章)의 실용을 중시하여 경학(經學)과 문학(文學)의 양면을 잘 조화시켰다.

유집 〈양촌집(陽村集)〉은 저자의 아들 제(踶)가 가장초고를 바탕으로 세종 연간에 편찬하여 초간한 뒤, 10대손 영남관찰사 주(儔)가 진주목사 남몽뢰(南夢賚)의 협조로 1674년 진주에서 목판으로 간행됨. 권 1에서 권 10까지 시이고, 권 11에서 권 33이 문이고 권 34는 동국사략론(東國史略論)이고 권 35는 동현사략(東賢事略)이고, 권 36에서 권 40까지는 비명류(碑銘類)이다.

送曹溪芬禪師

조계의 분선사를 보내며

紺岳山光聳翠微　감악산의 뫼 빛이 파르라니 솟았는데
飄然錫杖逐雲飛　표연히 가벼운 석장은 구름 쫓아 날다
遙知高臥重峰裏　멀리 알겠구나, 높이 누운 거듭된 봉우리에
溪水松風晝掩扉　시내 물 소나무 소리 낮에도 문을 닫다

〈陽村集, 二-17〉〈韓國漢詩大觀〉 권13. pp174.

送息庵1)遊方

식암스님 지방 나들이 보내며

叅訪唯携影　참여나 방문은 오직 그림자만 이끌고
操持己息心　몸가짐의 다짐은 이미 마음을 쉬다
浮雲大虛遠　뜬 구름은 큰 허공으로 멀고
澄水古池深　맑은 물이라 옛 못이 깊구나
寧有風幡2)動　어찌 바람과 깃발의 움직임이 있으며
無勞月指3)尋　손가락으로 달을 가리키는 수고도 없다
他時一宿覺4)　다음날 하룻밤의 깨달음이라 하여

....

1) 息庵: 식영암(息影庵. 고려 말의 승려. 저술로 〈싱영암집(息影庵集)〉 1권이 있다
하나 전하지 않는다. 〈동문선(東文選)〉에 작품 10 여수가 전한다.
2) 風幡: 印宗法師가 法性寺에서 〈涅盤經〉을 강하였다. 어느날 바람에 흔들리는
당간의 깃발을 놓고, 두 승려가 한쪽은 바람이 움직인다 하고 한쪽은 깃발이
움직인다 하자, 慧能이 "바람이나 깃발이 움직이는 것이 아니라 너희 마음이
움직인다" 하니, 인종이 기이히 여겼다. 〈傳燈錄〉 5 六祖章.
3) 月指: 指月. 불교의 가르침을 손가락에 비유하고, 법을 달에 비유하여 인용하는
말. 〈楞嚴經〉에 "마치 어떤 이가 손으로 달을 가리켜 사람에게 보이는데, 저
사람은 손가락에 따라 응당 달을 볼 것이다. 만약 다시 손가락을 보고 달의 실채라
한다면 이 사람은 이미 달의 실체도 잃었고 역시 손가락도 잃었다(如人以手指月示
人 彼人因指當應看月 若復觀指以爲月體 此人旣失月體 亦亡其指)"라 함이 있다.
4) 一宿覺: 永嘉玄覺禪師를 말함. 天台의 止觀에 통달했다. 뒷날 조계산의 六祖 慧能
을 뵙자 깨달아 하룻밤을 자고(一宿覺) 떠났다 하여 사람들이 '일숙각'이라 불렀다.

會是見知音　　만나면 곧 지음으로 반겨 보아 주겠지

〈陽村集, 四-7〉〈상동서〉 동권. pp198.

送日本釋大有還國
일본 스님 대유의 환국에

林際遺芬遠不窮　　숲 사이 꽃다움 남겨 멀리 다하지 않으니
扶桑[5]釋子振宗風　　동쪽 나라 스님이 종가의 가풍을 날렸네
一龕靜坐心灰冷　　법당에 조용히 앉아 마음은 재처럼 식고
萬里遊觀眼界空　　만리를 노닐어 관광해 시계는 텅 비었네
馬島[6]雲光鄕樹外　　대마도의 구름 광경은 고향 나무 밖이요
鵠峯[7]秋色客窓中　　송악산의 가을 빛은 나그네 창 안에 있네
情懷每向詩篇寫　　정스런 회포는 매양 시편에다 서사하고
言語須憑象譯[8]通　　말은 의당히 역관에 의탁하여 통역된다
海闊蓬壺[9]連浩淼　　바다는 봉래 섬으로 넓어 아득히 잇고
天低星斗漾沖融　　하늘은 북두성에 낮아 출렁거려 넓구나
故人刮目[10]知多少　　친구로서 눈을 비비며 많이도 알게 돼
舊壑松枝盡指東　　옛 골짜기 소나무 가지 다 동쪽 가리킨다

〈陽村集, 二-14〉

贈西峰禪者
서봉선자에게

爽氣朝朝逼　　상쾌한 기상은 아침마다 가까이하고

....

5) 扶桑: 동해의 해 돋는 곳이라 하여, 日本을 지칭하기도 한다.
6) 馬島: 對馬島.
7) 鵠峰: 鵠嶺. 개성에 있는 松嶽山을 달리 이르는 말.
8) 象譯: 通譯. 象이 원래 서방의 국명이었다.
9) 蓬壺: 蓬萊. 고대 전설 속의 바다 속의 신선 명산.
10) 刮目: 刮目相待. 발전된 모습에 눈을 의심하여 부비며 서로 마주한다는 의미.

권근權近　19

光陰日日催	빛과 그늘의 세월은 날마다 재촉해
道人能反照11)	도인은 능히 되짚어 볼 수 있어서
一笑粲然開	한바탕의 웃음을 환하게 웃는다

〈陽村集 三-9〉

贈柏庭禪師
정백선사에게

庭前柏樹12)碧參差	뜰 앞의 잣나무는 푸르러 들쭉날쭉하니
祖意13)玄深不可知	조사의 의미는 깊고 깊어 알 수가 없구나
自有傲霜凌雪態	스스로 서리와 눈 업신여기는 자태 있고
元無易葉改柯14)時	원래 잎을 바꾸고 가지 고치는 때 없다
晴窓講法風聲冷	개인 창에 진리 강의 바람 소리 싸늘하고
夜榻安禪月影移	밤 책상 평안한 참선에 달 그림자 옮겨
欲識吾儒從事處	우리 유가가 일삼는 곳을 알려고 한다면
後凋15)曾學我宣尼16)	추위 뒤에 마른다함 공자에게서 배웠네

我是先朝侍從臣	나는 전 조정의 임금님 시종의 신하로서

....

11) 返照: 返照回光. 빛을 돌려 되비추어 본다. 불교에서 불성으로 대조하여 자신을
반성해 봄을 이르는 말. 回光返照.
12) 易葉改柯: 나무 잎과 가지가 말라 떨어짐을 말하여, 인품이 탈바꿈함을 비유하는
말임. 〈예기(禮記)〉에 "사람에게 있어서 마치 대나무에 댓순이 있고 소나무에
중심이 있듯이, 이 두 가지는 천하의 큰 출발이라 그러기 때문에 사시를 관통하여
잎이나 가지에 변역이 없다(基在人也如竹箭之有筠也 如松柏之有心也 二者居天
下之大端矣 故貫四時而不改柯易葉)" 함이 있다.
13) 庭前柏樹: 趙州栢樹子의 공안이 있다. 어느 스님이 趙州에게 어떤 것이 조사가
서쪽에서 온 뜻입니까 하고 물으니, 조주가 뜰 앞의 잣나무다 하였다(僧問如何是
祖師西來意 趙州云 庭前柏樹子)
14) 祖意: 庭前柏樹 公案을 남긴 趙州선사의 뜻. 앞 주 참조.
15) 後凋: 〈論語, 子罕〉에 "子曰 歲寒然後 知松柏之後凋(공자 말씀하시되, 한 해가 추워
진 뒤에야 소나무 잣나무가 늦게 시드는 것을 안다)" 함이 있다.
16) 宣尼: 孔子를 말함. 공자의 자가 仲尼이고, 시호가 文宣王이기 때문이다.

知師承命入楓宸17)　　　스님은 어명을 받아 궁전으로 든 것 압니다
能宣祖訓宗風振　　　조사의 가르침을 선양하여 종풍이 진작되고
特被天章寵渥新　　　조정의 법도 특히 입어 총애가 넘쳐 새롭네
早信禪心同物我　　　일찍이 선의 마음이 나와 사물 하나임 알아
將因淨智報君親　　　장차 청정한 지혜로 인해 임금에게 보답하리
臨離話舊寧無感　　　떠남에 다다라 옛 일 이야기 어찌 느낌 없겠나
遙望山陵洒涕頻　　　멀리 산 언덕 바라보니 눈물이 자주 흘러

〈陽村集, 三, 10〉

題玄峯妙上人卷子
현봉의 묘상인의 시권에 쓰다

高峯矗矗挿雲天　　　높은 봉우리 뾰죽뾰죽 구름 하늘에 꽂히니
欲往無蹊望又玄　　　가려 해도 길이 없어 바라보니 또 가마득하다
羨煞吾師因妙力　　　우리 스님의 현묘한 힘으로 인함 참 부럽구나
有時飛上便脩然　　　때로는 날아 올라 곧 숙연히 가 버리니

〈양촌집, 三-15〉

送海禪者
해선자를 보내며

大地茫茫六尺身　　　대지는 망망 아득한데 여섯 자의 몸
幾年奔走浪經春　　　몇 해나 분주하게 헛된 봄을 지났나
歸來坐斷團蒲上　　　돌아와 부들 방석 위에 앉아 있으니
山鳥岩花是故人　　　산 새와 바위 꽃이 바로 친구이네

〈陽村集, 三-15〉

....

17) 楓宸: 宸은 北辰이 있는 곳으로, 제왕의 뜰을 말한다. 漢代에 宮庭에 楓樹를
　　많이 심은 데서 유래.

送絶傳上人
전전상인을 보내며

我志在天下	내 의지는 천하에 있지만
我身拘海東	내 몸은 해동에 얽매였으니
學問竟孤陋	학문도 끝내 고루하니
事業終何功	사업에 마침내 무슨 공인가

鬱鬱將老矣	답답하게 장차 늙으니 어쩌나
俯仰心有忡	위 아래 보아도 마음만 상해
上人參方去	스님은 방법 찾아 가면서
棄世脫屣同	속세 버리기 신발 벗는 것 같아

浮雲本無心	뜬 구름은 본래 무심한 것
出岫行遠空	뫼에 솟자 먼 허공으로 간다
何當寰宇[18]清	어찌하면 천하가 맑은 때 당해
携手登華嵩[19]	손을 이끌고 화산 숭산 오르지

〈陽村集, 三-16〉

題覺菴竹月軒
각암의 죽월헌에

仙山渺雲端	신선 산은 아득히 구름 끝이라
夐與塵世隔	멀리 먼지 세상과는 막혔구나
高人此盤桓	높은 사람은 여기서 오락가락
卒歲樂幽寂	한 해 다하도록 고요함 즐기네
夢覺坐軒中	꿈을 깨니 누대 안에 앉았고
蕭蕭心有適	시원하게 마음 가는 곳 있다

....

18) 寰宇: 천하와 같음. 전세계.
19) 華嵩: 華山과 嵩山.

蒼筠繞簷楹　　푸른 대나무 처마를 둘려 있고
素月明几席　　흰 달은 의자 좌석을 밝힌다
冷影炯相涵　　싸늘한 그림자 밝히 서로 무젖고
淸光紛照觸　　맑은 광채 어지러이 비춰 부딪다
勁節貫四時　　굳은 마디 절개 사시절 관통하고
千江同一色　　일천 강물인양 일색으로 똑같다
此理竟誰評　　이런 이치를 끝내 누가 비평하랴
覺者當默識　　깨달은 이나 당연히 잠잠히 알지

〈陽村集, 四-8〉

送砧上人歸金生寺
침상인을 김생사로 보내며

崇善[20]遙遙隔白雲　　숭선은 멀리 멀리 흰 구름으로 막혀
我興南望日將曛　　내 일어나 남쪽 바라보니 해는 저녁나절
師歸爲向吾兄道　　스님 가셔서 우리 형에게 일러 말하되
病弟年來不出門　　병든 아우 수년래 문을 나서지 못한다고

〈陽村集, 四-13〉

冬十有一月蒙恩放歸陽村次普能師韻
11월에 국은을 입어 양촌으로 돌아와 보능스님의 운에 차운

承命驚欣更撫身　　왕명 받고 놀라 기뻐 다시 몸을 어루만지니
得爲天地再生人　　하늘 땅 사이에 다시 살아난 사람이 되었네
小臣罪重難蒙免　　신하의 죄 무거워 사면 받기 어려운데
聖德眞同萬物春　　성상의 덕은 참으로 만물의 봄과 같구료

〈陽村集, 七-13〉

----

20) 崇善: 사람 이름인 듯. 어느 스님을 말하는 듯하다.

次韻 留別乃乳禪師
차운하여 내유선사를 이별하며

宦路身曾竄	벼슬 길에서 몸은 귀양살이한 적 있어
郊村地自卑	들 밖의 마을은 처지가 절로 궁벽하다
星回歲云暮	북두성 돌아오면 한 해 저물었다 하고
風冷夜何遲	바람 차가운데 밤은 왜 그리 더딘가
語軟相逢日	말이 부드러울 땐 서로 만난 날이고
詩成惜別時	시 이루어지면 이별이 아쉬운 때이지
從今須努力	이제부터는 꼭 노력하여서
願不負交期	교제할 시기를 저버리지 않기 원해

〈陽村集, 七-14〉

題梅谿上人送平田詩卷末 六絶
매계상인이 평전을 보낸 시권의 말미에 쓰다 6 수

卜築谿頭地自偏	시내 머리에 집을 지으니 거지가 절로 편벽되나
竹籬柴戶掩寒天	대 울타리 사립문이 추운 날씨를 막아 준다
仙翁邂逅開顔笑	신선 늙은 이 우연히 만나 얼굴을 펴 웃으니
人與梅花共粲然	사람과 매화가 함께 찬연히 훤하구나

臘盡谿山雪向晴	섣달도 다한 시내 산에 눈은 개여 가고
寒梅初綻暗香生	추운 매화 처음 열려 은은한 향이 날린다
仙翁邂逅煎茶處	신선 늙은 이와 우연히 만나 차 다리는 곳에
疏影橫斜21)水自清	성긴 그림자 가로 비껴 물은 스스로 맑다

右紀二上人相遇
위는 두 스님이 서로 만난 것을 엮음

....

21) 疏影橫斜: 宋 林逋의 〈山園小梅〉시에 "疏影橫斜水淸淺 暗香浮動月黃昏(성긴 그림자 가로 비끼고 물은 맑고 맑아 은은한 향기 떠도니 달은 황혼이네)"라 함이 있어, 마침내 "暗香疏影"이 매화의 대명사가 되었다.

溪上寒梅三兩枝　　시내 위 차가운 매화 두서너 가지는
乾坤淸氣入人脾　　하늘 땅 맑은 기운이 사람 폐로 드네
仙翁別後相思意　　신선 늙은 이 이별 뒤 서로 생각할 뜻은
嚼出新香自詠詩　　새로운 향을 씹어 내어 스스로 시를 읊다

雪漲南溪水自生　　눈 넘치는 앞 시내에 물이 저절로 불어
滿枝春意動芳英　　가지 가득한 봄 뜻에 꽃다운 꽃 핀다
仙翁別後應無夢　　신선 늙은이 이별한 뒤 응당 꿈 없으리
夜夜梁間落月明　　밤이면 밤마다 보또리 사이 지는 달 밝아

右紀梅谿憶平田
위는 매계가 평전을 생각함

歲暮空山雪作堆　　한 해가 저문 빈 산에 눈이 산더미 이뤄
天寒飛鳥不歸來　　날씨 추우니 나는 새도 돌아오지 않는다
仙翁別後相望處　　신선 늙은 이 이별 뒤 서로 바라보는 곳
谿上梅花幾樹開　　시내 위 매화꽃이 몇 가지 피우겠지

昨日尋梅信杖扶　　어제는 매화 찾아 지팡이에 맡겨 의지해
淸香滿鼻冷侵膚　　맑은 향기는 코에 가득 냉기 살에 닿다
仙翁別後相思意　　신선 늙은 이 이별 뒤 서로 생각하는 뜻
只恐歸時掃地無　　다만 두렵구나 돌아올 때 쓴 듯이 없을까봐

右紀平田憶梅谿
위는 편전이 매계를 기억함

〈陽村集, 七-18〉

送神印宗22) 玉明上人
신인종 옥명상인을 보내며

釋門文豆婁　　불교에서 문두루인 신인종은

....

22) 新印宗: 신인은 범어 文豆婁의 번역. 신라의 명랑이 632년(신라 영왕 1년) 당
나라에 가서 법을 배우고 돌아와 세운 종파. 진언종의 별파.

권근權近 25

神變最第一	신통한 변화가 가장 제일이라
幻語驚世人	환술 이야기는 세상 사람 놀래고
機權[23]甚祕密	기모와 권술은 심히 비밀스럽다
上人學其傳	스님은 그 전도를 배워서
升堂而入室	당에 오르고 방에 들었네
所性不在玆	본성으로 삼음은 이에 있지 않아
孝友本天質	효도와 우애가 원래 천성의 바탕
詩酒伴儒生	시와 술이 반은 유생이고
豁達無拘必	활달하여 구애나 필연이 없다
昔我謫海濱	전에 내가 바다 가로 귀양될 때
再至慰憂鬱	두 번이나 와서 답답함 위로하다
相逢京國中	서울 수도 안에서 서로 만나
交道更親昵	교분의 길이 다시 더 친해지다
忽此來告歸	홀연 이에 와서 가겠다 하니
倚閭[24]在朝日	부모의 마음은 아침 해에 있다
贈語愧荒蕪	주는 말이 황당함 부끄러우니
中情難具述	중심의 정 다 진술하기 어렵구나
雞林渺天涯	경주의 땅은 아득히 하늘 가이니
秋氣正凜栗	가을 기운이 바로 싸늘하구나
跋涉[25]勉加飧	여정 길에 식사를 힘써 더하고
旋車須自疾	수레 되돌리기 꼭 스스로 빨리 하소

〈陽村集, 七-21〉

送浮屠
중을 보내며

瓶錫南歸客	물 병 바릿대로 남으로 가는 손님

....

23) 幾權: 機權. 機謀와 權術.
24) 倚閭: 부모가 자식이 돌아오기를 간절히 기다리는 마음. 倚閭之望.
25) 跋涉: 登山涉水. 산을 오르고 물을 건너다. 곧 여행 길의 어려움을 이르는 말.

雲霞獨往人	구름 안개에 홀로 가는 사람이네
心灰今已冷	마음은 재라 이제 이미 싸늘하고
面壁幾經春	벽을 낯하기 몇 봄을 지냈는가
海上松篁古	바다 가에서 솔과 대가 늙었고
山中筍蕨新	산에서 댓순과 고사리 새롭다
果哉難可挽	과연 만류하기 어렵다면
猿鶴與相親	원숭이 학과 서로 친하시오

〈陽村集, 七-22〉

送幽巖上人
유암상인을 보내며

月白風淸	달은 희고 바람은 맑고
山色溪聲	산 빛이고 시내 소리이네
眼向天端活	시선은 하늘 끝 향해 활발하고
路從雲外行	길은 구름 밖을 따라 가다
雖無定處	비록 일정한 곳 없어도
慶快平生	경사롭고 쾌활한 평생
頓息萬機心迹絶	일만 기틀을 다 쉬니 마음 자취도 끊고
雪花片片舞苔程	눈 꽃 조각조각 내릴 때 이끼 길에 춤추다

〈陽村集, 七-25〉

贈信弘上人
신굉스님에게

狂簡26)成章也斐然	고상 소탈하여 문장 이뤄 아름다이 훤하나

26) 狂簡: 의지는 고상하지만 일 처리가 소략함. 〈論語, 公冶長〉에 "子在陳曰 歸與歸
與 吾黨之小子 狂簡 斐然成章 不知所以裁之(공자가 진나라에 있으면서 '돌아가
야겠다 돌아가야겠다. 우리 당의 제자들은 의지 고상하나 일 처리가 서툴러 아름
다이 문장 제도는 하나 절재할 줄을 모른다.')" 함이 있다.

與師相對更多緣	스님과 서로 대함은 다시 인연이 많은 것
三剛27)正立波安海	삼강이 바로 서니 파도가 안정된 바다이고
五限28)圓明日向天	오한이 밝고 원만하니 해가 뜨는 하늘일세
道合何須論異路	도가 합하면 어찌 꼭 길이 다름을 논하랴
心閑更復大空禪	마음 한가하면 다시 크고 빈 참선이지
靑山落照忙歸轡	청산에 지는 햇살에 돌아갈 채찍 바쁘니
不與松窓月下眠	소나무 창의 달 아래 조는 것과 안 어울려

〈陽村集, 七-25〉

閎上人訪予 予亦以詩送之
신굉스님이 나를 찾아와 나도 시로 송별하다

我心無處較淸神	내 마음을 어느 곳에 맑은 정신과 견주랴
故對氷燈話夜晨	고의로 얼음 등불 대하여 밤 새벽의 이야기
莫訝相逢還惜別	서로 만나자 오히려 이별 애석타 의아 말라
都緣老去少同人	모두가 늙어 가면 사람과 함께하기 적어져

〈陽村集, 七-25〉

送岬山住持圓公詩 幷序(性圓)
갑산주지 성원공을 보내며 서와 함께(성원)

圓公神印之傳法也 氣淑而性靜 言寡而行修 予固重之 以爲方外之友 又
屬豚犬29)以開其蒙 圓公晝夜訓誨不倦 期於有成 予益重之 建文三年春
得住雞林之岬山寺 以其母之居于其隣也 不辭而行 將以致養於晨昏 意
欲携豚犬與俱 予以其稚且弱也 不忍遠遣于千里之外 不許其偕往 圓公
色若不豫然 又擇其徒之慈惠者 善付囑之 夫圓公佛者也 寂滅是宗 辭親
割愛 是學固吾儒者所當排擯 而遠斥也 然圓公則不然 知孝之大而 欲養

---

27) 三剛: 미상.
28) 五限: 미상.
29) 豚犬: 나의 자손을 겸손하여 이르는 말.

其母 知義之大 而欲收人之弱子 是於儒者之道 不戾天命之性 仁義根於
心 不待學 而發見於日用之間者 可見矣 故書此以贈之 又嘉其孝 作一絶云

성원공은 신인종의 법을 전수했다. 기개 정숙하고 성품이 고요하며 말이 적고 행동
을 닦아 내가 참으로 중히 여겨 방외의 벗을 삼았다. 또 자식들을 부탁하여 어리석
음을 깨우쳐 달라 하니, 원공은 밤낮으로 가르쳐 게을리 함이 없어 성공을 기약하
게 되니 내가 더욱 존중하였다. 건문 3년(1401, 태종 1) 봄에 경주의 갑산사에 주석
했으니 어머니가 그 이웃에 살기 때문에 사양하지 않고 갔다. 생각으로는 우리 아
이들을 데리고 가려고 하나 내가 어리고 약하여 차마 천리의 밖으로 보낼 수가
없어 같이 가는 것을 허락하지 못하니, 원공이 섭섭한 안색이어서 다시 그 문도
중의 자혜라는 이를 선택하여 잘 부탁했다.
대저 원공은 불자이다. 적멸이 이 종지이고 어버이도 떠나고 애정을 잘라내는 것이
배움이라 우리 유가가 배척하고 멀리하는 바이다. 그런데 원공은 그렇지가 않다.
효도의 큰 것을 알아 어머니를 봉양하려 하고, 의리의 큰 것을 알아 남의 어린애도
거두려 하니 이는 우리 유가의 도에서도 천명의 본성을 거슬리지 않음이다. 인의가
마음에 뿌리내려 배움을 기다리지 않고도 일용의 사이에 들어나는 자임을 알 수가
있다. 그래서 이것을 써서 주어 그 효도를 아름다이 여기고 한 수를 짓다.

縹緲雞林海上城	표묘 아득한 경주의 바다 위 성으로
今朝南望送君行	오늘 아침 남으로 보며 그대 보내네
慈烏反哺30)岾山下	어미 까마귀 갑산 아래에서 되받아 먹으니
雪裏定應新筍31)生	눈 속에 응당 새 댓순 돋아남이 분명하다

〈陽村集, 八-21〉

次雲岩禪老詩韻(省敏31))

운암 선로의 시운에 차운(이름은 성민)

塵土難成物外遊　　진흙 속세에서 사물 밖 놀이 이루기 어려워

---

30) 反哺: 까마귀가 자라면 그 어미 새에게 먹이를 물어다 준다. 그래서 부모의 은혜
　　에 보답함을 비유하는 말이 되다.
31) 雪裏新筍: 눈 속의 새 댓순. 楚나라의 孟宗의 어머니가 댓순을 즐기는데 겨울이라
　　댓순이 없자, 맹종이 댓숲에 들어가 한탄하니 새 순이 돋은 고사가 있다. 孟宗竹
　　이 효행을 이르는 말이 되다.

遙思禪榻幾回頭　　멀리 선가의 책상 바라보며 몇 번 머리 돌리다[32]
何當滿壑松風裏　　어떻게 하면 골에 가득한 소나무 바람을 맞아
相對披襟爲小留　　서로 마주하여 옷깃 풀고 잠시 머무를 수 있나

謫裏曾從海上遊　　유배지에서 바다 위의 놀이를 한 적 있으니
雲蹤初見寺樓頭　　구름 자취를 처음 절 누대에서 보았지요
當時不得施衣別　　당시에는 옷을 시주하는 이별을 못하고서
他日唯期挽袖留　　다음 날 오직 소매 잡는 만류를 기약했는데
　（自註昔 予謫在益州 彌勒寺敏公來訪 始與相識）
（자주하되, 전에 내가 익주에 유배되었을 때 미륵사의 성민공이 내방하여 처음으로
알았다.）

〈陽村集, 九-20〉

送僧之伽倻山
가야산으로 중을 보내며

珈瑘山色鬱蒼蒼　　가야산의 산 색깔이 울울창창한데
千載孤雲[33]跡渺茫　　천년의 최고운 자취 아득하구나
今日送師空悵望　　오늘 스님을 보내며 쓸쓸히 바라보니
此身何日脫名韁　　이 몸은 어느 날이나 이름 굴레 벗을까

〈陽村集 十一-5〉

....

32) 省敏 : 조선 전기의 승려. 호는 계정(桂庭), 또다른 호가 운암인 듯. 대지국사(大智
　　國師) 찬영(粲英)의 제자. 1406년(태종 6) 2월에 수백 명의 조계종 승려들을 이끌
　　고 그가 신문고를 쳐서 사액(賜額)과 사사(寺社)의 민전(民田)을 없애려는 조정의
　　처사를 철회할 것을 직소하였으나 결국 허사로 되고 말았다.
33) 孤雲; 신라 崔致遠의 호. 고운이 가야산에 들어 독서를 하며 만년을 보냈다. 지금
　　도 그 독서당의 터가 있고, 그의 "題伽倻山讀書堂"의 시가 유명하다. "狂奔疊石吼
　　重巒 人語難分咫尺間 常恐是非聲到耳 故敎流水盡籠山"

조선조 유가가 승려에게 준 시

送僧遊方

지방으로 가는 스님에게

瓶錫飄飄萬里遊	물 병 바릿대로 하늘하늘 만 리로 노니니
乾坤渺渺眼前浮	하늘 땅 아득히 눈 앞에 떠 있구나
澄心見已三生了	마음 맑혀 이미 삼생을 보아 다 마치고
下脚行應一步休	내려가는 걸음걸이 응당 한 발짝 쉬지
皎月分江寧有礙	밝은 달이 강마다 나뉘었다 어찌 막히며
閑雲出岫自無求	한가함 구름 뫼에 솟아 스스로 구함 없네
自漸蔽塞如墻面	스스로 부끄럽다, 막히고 가림 담 마주함 같아
長臥幽齋已白頭	깊은 서재에 길이 누워 이미 흰 머리이니

〈陽村集, 十-21〉

변계량
卞季良

卞季良(1369 공민왕 18~1430 세종 12). 자는 거경(巨卿), 호는 춘정(春亭)이고, 본관은 밀양이다. 정몽주(鄭夢周) 이색(李穡)의 문인으로, 1382년(우왕 8) 14세로 진사(進士)가 되어 다음 해 생원(生員)이 되고 2년 뒤에 문과에 급제했으니, 17세였다. 1389년(공양왕 1) 비변사위랑장(備邊巡衛郎將) 겸 진덕박사(進德博士)가 되었다.

1392년 조선이 건국되어, 처우위중랑장(千牛衛中郎將) 겸 전의감승(典醫監丞)으로 발탁했으나 나아가지 않았다. 이어 부친의 상을 당하여 3년상을 마치는 1397년(태조 6)에 교서감승지제교(校書監丞知製敎)에 천직되다. 예문관직제학(藝文館直提學), 등을 역임하고 1409년(태종 7) 친시문과(親試文科)에 장원하여 좌참의(左參議) 겸 시강원좌보덕(侍講院左輔德), 예문관직제학(藝文館直提學), 대제학(大提學), 예조판서(禮曹判書), 참의(參贊)를 거쳐 1426년(세종 8) 판우군도총제부사(判右軍都摠制府事)가 되었다.

대제학을 20여 년이나 지내면서, 외교의 표주문(表奏文), 궁중의 책문(冊文), 종묘사직(宗廟社稷)의 제문 등은 거의 선생의 손에서 이루어졌다. 〈태조실록〉의 편찬, 〈고려사〉의 개수에도 참여하였다.

유집 〈춘정집(春亭集)〉은 문인 정척(鄭陟)이 수집 편차한 것을 세종의 명에 따라 집현전에서 교정(校正) 선사(繕寫)하여 문인 경상도관찰사 권맹손(權孟孫)이 1442년 밀양에서 목판으로 간행. 1825년 증보하여 중간. 1937년 17세손 두성(斗星)이 실록(實錄)과 전적등에서 수집한 시문등을 보완하여 중간함. 권 1에서 권 4까지 시이고, 권 5에서 권 9가지 잡저와 표주문(表奏文)이고 권 10은 청사(靑詞)이다. 권 11, 권 12는 책문(冊文), 비지명(碑誌銘)이다. 속집이 2 권으로 여러 전적에서 가린 기사들이다.

題淸溪山行上人院
청계산의 행스님 절에 쓰다

石路千崖盡	바위 길에는 일천 언덕 다하고
香烟一室淸	향불 연기에 한 방이 맑았네
客來求煮茗	손님 와서 차 다려 달라 하고
僧坐自翻經	중은 앉아서 홀로 불경 번역해
樹老何年種	나무 늙었으니 어느 해 심었나
鍾殘半夜聲	종소리도 다해가는 한밤의 소리
悟空人事絕	空을 깨달으니 인간 세사 끊기어
高臥樂無生	높이 누워 無生을 즐거워하다

〈春亭先生詩集, 一-13〉

中慮月夜携酒 訪角之上人 僕與焉 翌日寄角之上人
중려가 달밤에 술을 가지고 각지 스님을 찾았다 나도 참여했다가 다음날
각지스님께 부치다

咫尺紅塵一室淸	지척은 붉은 먼지인데 한 방이 청정해
故人相見眼雙靑	친구들 서로 보자 두 눈동자가 파랗다
擧杯題句團欒語	술잔 들어 시구 쓰며 단란한 이야기에
直到中宵月滿庭	한 밤중이 되니 달은 뜰에 가득했네

〈春亭先生詩集, 二-7〉〈한국한시대관〉14. pp76.

解上人自楓岳山來 詩以贈之
해스님이 풍악산에서 와 시로 주다

昔往霜風颯颯	지난 해 서리 바람 매섭더니
今來春草萋萋	이제 와 봄 풀이 소복소복
浮雲本無南北	뜬 구름 원래 남북이 없고
流水一任東西	흐르는 물은 동서에 맡긴다

〈春亭先生詩集, 二-12〉〈상동서〉14. pp82.

號萬寺逢舊知僧
호만사에서 전에 안 중을 만나

共是萍踪輩	함께 다 떠도는 무리로서
東西兩眇然	동서로 양 끝이 아득하구나
蹉跎十年後	서로 어긋났던 10년의 뒤에
邂逅一燈前	우연히 한 등불 앞에 만나다
忘言坐長夜	말도 잊고 긴 밤을 앉았자니
落月橫半天	지는 달이 반 공중에 걸렸다
明朝又何處	내일 아침은 또 어느 곳일까
獨向白雲眠	홀로 흰 구름 보며 졸겠지

〈春亭先生詩集, 二-17〉〈상동서〉14. pp88.

金甘露雨千峰1) 以貼扇見惠 以詩答之
김감로사의 만우 천봉이 부채를 보내와 시로 답함

大地烘爐鬱不開	대지가 불타는 화로 답답함이 가시지 않는데
仍牽薄宦走塵埃	하찮은 벼슬에 이끌려 먼지에 내닫고 있다
故人千里遙憐我	친구는 천 리 밖에서 멀리 나를 민망히 여겨
特惠淸風一掬來	특별히 맑은 바람 한 주먹을 은혜로이 보내다

〈春亭先生詩集, 三-9〉〈상동서〉14. pp112.

送融上人還山 仍書一絶 寄千峰老僧 二首
융스님을 산으로 전송하고 인해 한 수를 써서 천봉 노스님에게 부치다, 두 수

飄然來往一銅甁	표연히 오고 가는 하나의 황동 물병으로
舊隱遙知圍翠屛	옛 은거지엔 멀리 푸른 병풍 에워쌈 알겠다
若見千峯煩寄語	만약 천봉스님이 번거로이 보내는 말 보거든

....

1) 千峰: 고려 말 조선 초의 승려 만우(卍雨)의 호.

禪餘還憶病春亭　　　선정의 여가에 오히려 병든 춘정을 기억하라 하소

〈春亭先生詩集, 三-10〉〈상동서〉 14. pp 114.

신숙주
申叔舟

申叔舟(1417 태종 1~1475 성종 6). 자는 범옹(泛翁), 호는 보한재(保閑齋), 희현당(希賢堂)이고 본관은 고령이다.

1438년 진사시와 생원시에 합격하고, 다음해 친시문과(親試文科)에 급제했다. 1441년 집현전부수찬이 되었다. 1443년 통신사의 서장관이 되어 일본에 가서 시명(詩名)을 떨쳤다. 그 뒤 집현전의 수찬으로 세종의 명으로 성삼문과 함께 중국의 한림학사 황찬(黃瓚)을 요동으로 찾아가 음운의 이론을 익혀 훈민정음의 창제에 공을 세웠다. 당시 오고가며 성삼문과 주고 받은 시가 문집에 많이 남아 있다.

1452년 수양대군이 사은사로 명나라에 갈 때 서장관으로 수행하였고, 다음 해 부승지로 올라 계유정란(癸酉靖難)에 참여하여 2등공신이 되었다. 1454년 도승지에 승진, 세조가 즉위하자 그를 적극 도와 좌익공신(佐翼功臣) 1등으로 예문과대제학이 되어 고령군(高靈君)으로 봉해졌다. 성삼문 등이 단종의 복위를 계획하다 발각되어 옥사가 일어나니, 1457년(세조 3) 좌찬성으로 단종과 금성대군(錦城大君)의 처형을 강력히 주장하여 마침내 사사케 하였다. 다음 해 우의정에 올라 고령부원군으로 봉해졌다.

그 후 예종 성종을 섬기며 익대공신(翊戴功臣), 좌리공신(佐理功臣)으로 봉해지고, 영의정에 재임되는 신임을 받았다. 세종에게는 총애를 가장 많이 받는 소장학자의 한 사람이었으나, 세조의 왕위 찬탈에 적극 가담하여 후세의 비난을 많이 사기도 하였다.

유집 〈보한재집(保閑齋集)〉: 성종의 명에 의하여 저자의 조카 종호(從濩)가 가장초고(家藏草稿)를 바탕으로 편집하여 1487년 간행된 갑인자본(甲寅字本)

을 7대손 속(洬)이 1645년에 추보(追補)했다. 권 1에서 권 11까지 시이고, 권 12는 중국의 사신이 저자에게 준 시이다. 권 13에서 권 16까지는 문이고 권 17은 행장 비명과 부록이다.

謝一庵惠杻席
일암이 싸리 자리를 보내 감사하다

數尺琉璃瑩	두어 자의 유리로 반짝이니
便宜月色侵	달 빛 들기에 편의롭구나
庭中且高臥	뜰 중앙에 장차 높이 누워
一夜夢瓊林	한 밤에 구슬 숲을 꿈꾸다

〈保閑齋集, 二-1〉

謝禪宗惠扇
선종이 부채를 선사해 감사함

大地炎蒸雨後天	대지가 타고 끓는 비 뒤의 날씨
紅塵苦火正相煎	붉은 먼지 괴로운 불길 서로 끓이 듯
上人高致眞堪射	스님의 높은 운치 참으로 화살의 솜씨
兩鬢淸風忽颯然	두 귀밑머리에 맑은 바람이 홀연 시원해

〈保閑齋集, 四-7〉

送一庵專師遊楓岳
일암 스님 풍악의 나들이를 보내며

昔與聯詩覆鼎山1)	옛날 복정산에서 시를 이어 쓴 적 있는데
松風萬壑夜將闌	솔 바람 일만 구렁엔 밤도 깊어갔지요
當時坐客無餘予	당시 좌석의 손님이 남은 이가 없으니
十六年光彈指間	열 여섯 해의 세월이 손가락 튕길 사이네

....

1) 覆鼎山: 三角山의 딴 이름. 〈松溪漫錄 上〉에 "李政丞容齋先生……次唐天使皐之
詩曰 縹緲三山看覆鼎 逶迤一帶接投金 覆鼎三角之一名 楊花渡亦曰投金江 對偶
甚正(이정승 용재선생이……당의 사신 고와 차운한 시에 아른한 삼각산은 솥을
덮었고 쭉뻗은 한 줄기는 황금 던진 곳에 이었구나 하였다. 복정은 삼각산의
딴 이름이고 양화도는 투금이라고도 하니, 대구가 심히 정확하다)"함이 있다.

君今浪迹寄名山　　그대 지금 낭만적 자취로 명산에 기탁하려 하니
履徧高巓興未闌　　높은 산마루 두루 밟는 흥취가 늦지는 않았소
欲識金剛眞面目　　금강산의 참 면목을 알고자 하거든
芙蓉玉立海雲間　　부용꽃이 백옥으로 바다 구름에 서 있을 때이네

日出雲霞卷海山　　해 돋자 구름 안개 바다 산으로 걷히면
君歸凭得最高闌　　그대 돌아가 멋대로 높은 누대 기대겠지
爲君試向西南望　　그대 위해 시험삼아 서남쪽을 바라보게나
塵漲東華2)萬丈間　　먼지 동화의 선궁 일만 길 사이에 퍼지리.

我墮紅塵君碧山　　나는 붉은 먼지에 떨어지고 그대는 푸른 산
浮生正欲兩同闌　　뜬 인생은 바로 두 곳 다 늦어 주었으면 해
逢場一咲亦難得　　놀이 마당에서 한 번 웃음 역시 얻기 어려운데
況復春風煙柳間　　더군다나 다시 봄 바람이 버들 사이 있을 때야

〈保閑齋集, 四-8〉

禪宗判事連見訪 以詩謝之
선종판사 연이 찾아와 시로 감사하다

汩沒人間幻夢身　　인간 세사에 골몰하는 꿈 속의 몸인데
如今已厭宦途塵　　지금은 이미 벼슬 길의 먼지에 눌려 있소
門前擾擾求名者　　문 앞에 시끄러이 명예 구하는 이들인데
獨喜禪翁見訪頻　　유독 스님 같은 분이 자주 찾음 기쁘오

〈保閑齋集, 四-11〉

----

2) 東華: 도교의 仙宮의 이름. 도교의 선궁에 동화는 男仙이 거처하여 東王公의
　　소관이고, 西華는 女仙들이 거처하여 西王母의 소관이다.

謝津寬住持惠扇

진관사주지가 부채를 보내와 감사함

五月炎塵合	오월 달은 불꽃과 먼지 합쳐
人間熱溜3)煎	인간 세상은 더위로 끓는데
淸風自禪榻	맑은 바람이 선가에서 와서
起我北窓眠4)	나를 북쪽 창의 졸음 일으켜

〈保閑齋集, 二-4〉

別學專歸海印

해인사로 가는 학전을 송별하며

夾路鶯聲四月天	길 옆의 꾀꼬리 소리 사월달의 하늘이고
靑山隨處起嵐煙	푸른 산은 가는 곳마다 아지랑이 안개 일다
此生走向風塵老	이 삶은 바람 먼지에 내닫다 늙으며
每送吾師一悵然	매양 우리 스님 보내며 한 번 쓸쓸해 하네

〈保閑齋集, 四-10〉

次一菴學專師詩韻 謝惠扇

일암의 학전스님 시운에 차운, 부채 선물 감사하다

道人高臥碧蘿天	도인은 높이 푸른 넝쿨 얽힌 하늘에 눕고
霖雨長安萬井煙	장마비의 장안 서울은 일만 거리의 안개
兩輪氷桂5)歸人世	두 둥근 부채의 얼음을 인간에게 보내어

---

3) 溜: 원문의 溜는 뇌(熘)의 오기인 듯. 溜는 물 이름이고, 뇌는 熘다이다.
4) 北窓眠: 晉 陶潛이 "夏月虛閒 高臥北窓之下 淸風颯至 自謂羲皇上人(여름에 한가로이 북창 아래에 높이 누워 청풍이 절로 일면 스스로 伏羲皇帝라 말했다)" 했다. 또 宋 蘇軾의 〈泛舟城南…〉시에 "高臥淸遊繼顏謝 北窓高臥等羲炎(남쪽 성에서의 맑은 놀이는 顏延之 謝靈運을 잇고, 북창에 높이 누우니 伏羲와 炎帝에 대등한다)"함이 있다.
5) 兩輪氷桂: 정확한 의미는 미상이나, 兩輪은 원래 해와 달을 가리키는 용어인데

祛我沈痾已洒然　　나의 오래된 병을 쫓아내 이미 시원하구료

〈保閑齋集, 四-14〉

代學專 次咸陽詩韻
학전을 대신하여 함양의 시운에 차운

平生幽興寄雲空　　평생의 깊은 흥을 구름에 기탁해 비우니
智異名山在意中　　지리산의 명산도 생각 속에 있게 되다
南國秋風收瘴霧　　남쪽 나라 가을 바람 안개를 걷어내고
飛筇擬與主人同　　나는 지팡이가 주인에게 기대어 똑같다

〈保閑齋集, 五-9〉

一菴袖菁川子詩 來示求和 依韻走次
일암이 청천자의 시를 가지고 와 화답을 구하기에 운에 따라 짓다

北岳雨晴收暑潦　　북악산에 비 개이니 더운 물기를 걷어내고
西湖風起欲秋波　　서쪽 호수에 바람 일어 가을 물결 출렁여
平生汩汩塵中老　　평생을 먼지 속에 골골하게 늙어 가니
泉石幽懷覺漸多　　돌과 샘물의 자연 회포가 점점 많아지다

炎蒸坐我烘爐中　　찌는 무더위가 나를 벌건 화로 속에 앉히나
賴有神翁一哂同　　그래도 신선 늙은이가 있어 한 번 웃어버려
每喜淸談除熱惱　　항상 맑은 담화가 뜨거운 번뇌 제거하니
相從非欲學空空　　상종하려는 것이지 공을 배워 비움은 아니야

題詩落字逐絲闌　　시를 쓰려고 놓는 글자마다 실처럼 쫓다 늦으니
句意縈懷變態間　　시구의 뜻 회포에서 얽혀 모습 변하는 사이일세
禪僧好事來相擾　　선승은 일을 좋아하여 와서 서로 요란 떠니

....

　여기서는 둥근 부채 2개를 말한 듯도 하다. 氷桂는 얼음과 계수나무로 부채의 시원함을 상징함인가. 빙은 얼음이고 계는 달을 지칭해서 인용한 것인 듯.

又費閑中多少閑　또 한가한 속에 적잖이 한가함을 허비하네

昨日西遊夢未忘　어제 서쪽의 놀이를 꿈에도 잊지 못하니
長江流水繞平岡　긴 강의 흐르는 물이 평원을 두르는 듯
擬邀一老菁川子　한 늙은 이의 청천자를 마지해다가
共賞孤亭一味涼　함께 외로운 정자의 한 맛을 감상했으면

〈保閑齋集, 五-12〉

一菴上人用菁川韻來示　又依韻爲四絶　奉呈

일암상인이 청천의 운을 보이기에 또 운에 따른 4 수로 올림

每愛山中掩碧蘿　매양 산 속의 푸른 넝쿨 가림을 사랑하지만
墮身塵海困驚波　몸은 먼지 바다 빠져 파도에 놀라고 있네
半簾明月秋風至　발에 비친 밝은 달에 가을 바람 이르니
更覺新涼一夜多　다시 새로운 서늘함에 밤 긴 것 깨닫네

半百浮生半夢中　반백년의 뜬 인생살이 반은 꿈 속이니
夢中身世水萍同　꿈 속의 몸과 세상은 물 위의 마름풀이네
閑來更被詩爲癖　한가해지면 다시 시가 괴벽이 되어버려
長嘯瀟然倚晩空　긴 휘파람 시원하게 늦은 허공 의지하다

軒冕6)雲浮世味闌　벼슬살이의 구름은 떠 있고 세상 맛도 더녀
惟知放浪酒尊間　오직 술 잔 사이에서 방랑할 줄만 안다
投簪謝笏7)非無意　벼슬자리 던지고 사양할 뜻이 없지 않으니
亭上何時可保閑　정자 위의 어느 때나 한가함 보존할까
俗子禪翁同夜榻　속인과 스님이 밤의 책상을 같이하니
長松明月共秋岡　소나무 밝은 달이 가을 뫼에 함께하다

....

6) 軒冕: 대부 이상의 관원이 타는 수레와 관복으로, 일반적으로 벼슬살이를 말함.
7) 投簪謝笏: 벼슬을 버리다. 투잠은 관의 장식인 비녀를 버림이고, 사홀은 관리의
　기록물인 홀을 사양한다는 뜻이니, 관직을 버리는 것을 이른다.

炎塵暑潦休相惱　　불꽃 먼지 무더위에 서로 번뇌를 멈추라고
一夕西風天地涼　　한밤의 서녘 바람에 하늘 땅이 시원하다

〈保閑齋集, 五-13〉

次一菴韻
일암의 시운에 차운

雪中佳果睡餘來　　눈 속에 아름다운 과일이 졸음 끝에 오니
合眼沈痾一嚼開　　눈을 감은 깊은 아픔이 한 번 씹어 열리다
月在西湖[8]看未得　　달이 서녘 호수에 있어 볼 수도 없으니
此生迷妄坐鹽梅[9]　　이 생에 미망해서 필요한 인재로 앉아 있다

兩鬢春風拂拂來　　두 귀밑머리 봄 바람이 내쳐도 오니
粘枝飛雪作花開　　가지에 붙은 나는 눈이 꽃이 되어 핀다
畢竟色香俱一味　　필경 끝내 빛과 향기가 다 한 맛이니
知渠不必問眞梅　　그대는 반드시 참 매화냐 묻지 않음 안다

〈保閑齋集, 五-44〉

次一菴詩韻
일암의 시운에 차운함

千古傳燈同不同　　천고로 전한 등불 같은가 같지 않은가
滿庭秋雨滿簾風　　뜰에 가득한 가을 비요 발에 가득한 바람
眼紗添縐[10]中心結　　눈 덮는 두건 매듭 더해 마음 속에 맺었다면

....

8) 西湖: 宋의 林逋가 놀았다는 호수. 아내를 취하지 않고 매화를 심고 학을 기르며
   살아 사람들이 梅妻鶴子라 하였다. 西湖의 孤山에 살면서 20년을 저자 거리에
   가 본 적이 없었다.
9) 鹽梅: 소금은 짜고 매실은 시나 이것이 서로 어울려 음식의 맛을 조화롭게 한다.
   그래서 국가에서 필요로 하는 인재에 비유되는 말이다. 鹽梅之寄. 鹽梅相成.
10) 眼紗添縐: 眼紗는 눈을 덮는 두건이고, 縐은 얽는 끈이니, 눈을 가리고 더 단단히

何似抛書睡一通   어찌 책을 버리고 한바탕 조는 것만 하겠나

〈保閑齋集, 六-2〉

送一菴弟子德尙下禪歸嶺南
일암 제자 덕상이 선사에서 내려와 연남으로 간다기에

南遊嶺表事高尋   남쪽 영남으로 놀아 높은 이 섬기려 찾으니
故國西風萬里心   고향 나라 천 리에 만 리의 마음이구나
禪曹得失空花耳   불가의 무리의 득과 실은 빈 꽃일 뿐
一樣筌蹄11)古到今 한결같은 잘못된 도구는 옛날에서 이제까지

〈保閑齋集, 六-3〉

次一菴韻
일암의 시운에 차운

從君結契廿年強   그대 따라 친구로 맺음이 20년이 더돼
流水交情誰短長   흐르는 물의 사귀는 정 누가 길고 짧아
此身老去機關盡   이 몸은 늙어가며 조직 기관 다해 버리고
只愛曹溪一味香   다만 조계의 한 맛의 향기를 사랑한다네

少壯憑渠筋骨強   소년 장년에는 그대 따라 근력 골격 강하여
指揮馳走鐵槍長   지휘하며 내달리던 쇠 창도 길었지만
如今白髮紛垂耳   지금에야 흰 머리가 어지러이 드리워
數卷楞嚴一炷香   두어 권의 능엄경과 한 줄기의 향불
郊外名園顧辟強12) 장안 들 밖의 이름난 정원은 고벽강이니

·······································

끈으로 매듭했다는 뜻인 듯. 원문의 沙는 紗의 오기인 듯.
11) 筌蹄: 〈莊子, 外物〉에 "筌者所以在魚 得魚而忘筌 蹄者所以在兎 得兎而忘蹄(통발
이란 물고기 때문에 있으니 물고기를 얻으면 통발은 잊어버리고, 덫은 토끼 때문
에 있으니 토끼를 얻으면 덫은 잊어버린다)"함이 있다. 그래서 "筌蹄"가 목적에
도달하는 수단이나 도구일 뿐 도달하면 버리게 된다는 말로 쓰인다.

신숙주申叔舟 45

春回日暖柳絲長　봄이 와 해 따뜻하니 버들 실이 길다
君應急傍寒梅看　그대는 응당 급히 추운 매화 찾아 보리니
昨夜南枝已噴香　지난 밤 남쪽 가지에 이미 향기 뿜었겠지

〈保閑齋集, 六-10〉

題送日本使僧海雲詩卷
일본의 승려 사신 해운의 시권에 써서 보내다

聖人乘運握乾符[13]　성인이 천운을 타서 하늘의 병부를 장악하여
聲敎東漸出日隅　명성과 교화가 해 돋는 언덕까지 무젖었구나
萬里梯航[14]重譯遠　만리의 사신의 길로 이중의 통역도 멀지만
輸誠寧復憚艱劬　정성을 수송함에 어찌 어려운 수고를 꺼리랴

東國從來尊釋敎　우리나라가 종래로 부처의 가르침을 존중해
誦詩持節必緇徒　시 외우고 절개 지킴이 반드시 불가의 무리
觀光無限如師少　관광의 감상 한 없음 스님만한 이도 없으니
道貌淸修年德俱　수도의 모습 청결히 닦고 나이의 덕도 갖춰

我昔東遊[15]海拍空　나도 옛날 동으로 놀아 바다가 허공을 쳤는데
雲帆千尺駕長風　구름 돛이 일천 척으로 큰 바람을 탔었다네
栖芳池上琉璃閣　서방지 연못 위의 유리각 누각에서
正値芙蓉萬朶紅　바로 연꽃 부용 일만 그루가 붉은 때였지
兵庫[16]原頭沙十里　병고의 언덕 머리 백사장 십 리에

....

12) 顧辟疆: 晉의 顧辟疆의 동산이 辟疆園이다. 괴석이 많았다 한다. 원문의 强은
疆의 오기.
13) 乾符: 帝王이 하늘로부터 명을 받는 길상의 징조.
14) 梯航: 梯山航海(산을 오르고 바다를 건너다)의 준 말. 먼 곳을 나들이함. 사신의
오고 감을 말함. 또는 인재의 많음을 이르기도 함. 唐 玄宗이 〈賜新羅王〉시에
"梯航遍四海 玉帛上歸道"라 함이 있다
15) 我昔東遊: 내가 옛날 동쪽으로 놀다. 필자인 申叔舟가 1443년 통신사 卜孝文의
서장관으로 일본에 간 일이 있다.

霸家臺畔松萬株　패권의 집 누대 가에 솔은 일만 그루
令人送子生遐想　사람들이 그대 보내 먼 생각 일게 하니
歷歷舊遊空畫圖　뚜렷한 옛 놀이가 빈 그림과 글일세

〈保閑齋集, 七-3〉

送禪宗判事壽眉[17] 師還道岬
선종판사 수미를 도갑사로 보내며

鄕人手額[18]街塵淨　시골 사람들 이마에 손 얹어 거리 먼지도 깨끗해
內使傳宣馹騎飛　내전의 사신이 알려 전하니 기병이 날아 온다
故國山川依舊在　고국의 고향 산천은 예대로 존재하여서
霜花粧點待師歸　서리 꽃도 화장으로 점철돼 스님 오기 기다린다

錦城暮色炊煙斷　금성의 저녁 빛은 취사 연기도 끊기고
道岬秋光柿葉稀　도갑사의 가을 광경은 감 잎도 희소하다
猿鶴[19]舊遊休更惱　원숭이 학 은일의 옛 놀이 다시 괴롭히지 말라
如今禪老已忘機　지금에 선방의 노인은 이미 기미도 잊었으니

眞僞紛紛混未休　참과 거짓이 분분하여 혼란이 쉬지 않아
人心世道漸悠悠　사람 마음 세상 길이 점점 아득하구나
縱無禪老堤防手　선가의 노인이 둑 막는 솜씨 없다면
眼底曹溪欲倒流　눈 앞의 조계 시내도 거꾸로 흐르려 해
光山山下是柴桑[20]　광산의 산 아래가 바로 은거할 곳이니

....

16) 兵庫: 日本의 지방 이름.
17) 壽眉: 守眉와 동일인이 아닐까. 守眉가 禪宗判事가 되어 선문을 정비하였다. 세
　　조가 왕사로 봉하고 호를 妙覺이라 했다.
18) 手額: 손을 이마에 얹어 慶賀하는 의미.
19) 猿鶴: 원숭이와 학. 〈宋史, 石揚休傳〉에 "揚休喜閑放 平居養猿鶴 阮圖書 吟詠自
　　適(석양휴가 한가하고 방종함을 좋아 하여 평상시 원숭이와 학을 기르고 책을
　　보고 시를 읊어 스스로 만족하다)"함이 있다. "猿鶴"을 은일의 선비를 이르는
　　말이 되다.

松竹蕭然菊有黃　소나무 대 상쾌하고 국화는 누렇구나
今日豈徒離思苦　오늘 어찌 한갓 이별 생각 괴로움이랴
一宵歸夢亦悽涼　하루 밤 돌아갈 꿈은 역시 서글프다

〈保閑齋集, 七-13〉

寄道岬眉上人
도갑사 수미상인에게

十里溪山古寺深　십리의 시내 산에 옛 절도 깊으니
松杉手種已成陰　손수 심은 소나무 이미 그늘을 이룬다
南中[21]日夕秋風起　남쪽의 낮 저녁으로 가을 바람이 이니
擬欲相尋話此心　서로 찾아서 이런 이야기 하고 싶은데

〈保閑齋集, 七-19〉

一菴以徐剛中[22]詩二首 兼其所和來示 邀余作賡韻 書懷奉呈
일암이 서거정의 시 2 수와 화답한 시를 겸하여 가져와 나에게도 화답을 요구하기에 회포를 써서 올리다.

病骨高易老　병든 골격 높이 쉽게 늙으나
松堂白首禪　솔 집에는 백발의 선객이네
閑忙歸蝶夢　한가하고 바쁨 나비 꿈으로 가고
身世屬蠶眠　육신과 세상은 누에의 잠에 속해
方外溪山癖　사물 밖의 시내 산의 괴벽이고
塵中膏火煎　먼지 속 세상은 기름 불의 끓음
人間無脫處　인간 세상에는 벗어날 곳 없어

....

20) 柴桑: 옛 고을의 이름인데, 晉의 陶潛이 은거했던 곳. 그래서 隱居의 땅으로 지칭하게 됨.
21) 南中: 일반적으로 南方을 이르는 말.
22) 徐剛中: 徐居正(1420-1488)의 자가 강중. 호는 四佳亭.

物我任相纏　　사물과 내가 서로 얽히도록 맡겨

萬彙方生意　　온갖 만물이 돋으려는 의지에도
東風不屬人　　봄 바람은 사람에겐 안 부쳐
對時憐荏苒23)　계절 대하면 빠른 세월 안타깝고
擧酒愛逡巡24)　술을 들면 신선의 준순주 사랑해
杜老非無句25)　두보에게 시구가 없는 것 아니고
陶翁自有巾26)　도잠에게도 스스로 두건이 있네
起予詩兩首　　나의 2 수의 시를 일으켰으니
淸興忽乘春　　맑은 흥취가 홀연 봄으 탔구나

自憐墮塵土　　스스로 가련하구나, 진흙 땅에 떨어져
不得伴孤禪　　고고한 선인과 짝을 얻지 못함이여
世事多方誤　　세상 일은 많이도 지금 어긋나고
人生一向眠　　인생살이란 한결같이 졸음으로 향해
濃鮮長醉飽　　진한 생선에 길이 취하여 배부르고
藥餌困炰煎　　약 먹이로 끓이고 다리기 피곤하다
更被詩爲崇　　다시 시 쓰는 것이 빌미가 되니
應從萬劫纏　　응당 일만 겁의 얽매임 임음이지

半百仍多病　　반백년의 평생 많은 병으로 인해서
蓬頭作老人　　더벙머리로 늙은 이가 되었네

....

23) 荏苒: 시간이 점점 지나감. 세월이 빨리 가는 것을 형용하는 말.
24) 逡巡: 逡巡酒. 전설에 신선이 만드는 술은 순간적으로 양조된다 함. 그래서 "頃刻
　　酒"라고도 함.
25) 老杜句: 杜甫가 술을 읊은 것이야 많겠지만, 여기서는 〈春日憶李白〉시의 "何時一
　　樽酒 重與細論文(어느 때나 한 잔의 술로 다시 만나 글을 이야기할까)"의 시구를
　　연상하여 한 말일 것 같다.
26) 陶有巾: 陶潛이 술 거르는 두건이 있다. 〈南史, 隱逸傳, 陶潛〉에 "潛逢其酒熟
　　取頭上葛巾漉酒 畢 還復着之(도잠이 술 익은 것을 만나면 머리 위의 갈건을 취하
　　여 술을 거르고 다하면 다시 썼다)"함이 있다.

名場終放蕩	명예의 마당에 끝내 방탕하고
世路尙逡巡	세상 길에서 오히려 오락가락
洒墨無停筆	먹을 적셔 멈춤이 없는 붓이요
吟詩自岸巾27)	시를 읊으며 스스로 두건 벗다
感時還感物	계절을 느끼다 오히려 사물 느껴
煙柳已浮春	안개 버들에 이미 봄은 떠 있네

〈保閑齋集, 八-6〉

次剛中韻 送一菴上人西遊
강중의 운에 차운하여 일암상인의 서쪽 나들이를 보냄

昨夜秋風至	어제 밤에 가을 바람이 불어와
雲收天色高	구름 걷히고 하늘 색도 높구나
今君黃海去	지금 그대는 황해 바다로 가
棄我白頭遙	나를 버리고 흰 머리 멀어지네
落落縱雙脚	훨훨 두 다리에 맡기고
悠悠隨百寮	유유히 온갖 요사채 따른다
題詩贈子別	시를 써서 그대의 이별에 주나
不免喜憂交	기쁨 근심 교차함 면할 수 없네

〈保閑齋集, 八-8〉

聞一菴專師遊山還 以詩問慰
일암스님이 산에서 왔다기에 시로 위로함

山人固厭山	산 사람은 굳이 산을 싫어하나
俗子每苦俗	세속 사람은 항시 세속 괴로워
我獨尙塵土	나는 홀로 오히려 먼지의 땅인데
君今又丘壑	그대는 지금 또 언덕이요 골인가
歎想不可偕	감탄 상상을 함께할 수 없어

....

27) 岸巾: 두건을 벗어 앞머리를 들어냄. 소탈하고 간솔한 몸가짐을 형용하는 말.

吟頭空掉白	읊는 머리 공연히 희게 저어
題詩問佳趣	시를 써 아름다운 정취 묻노니
君宜不我嗇	그대 당연히 나에게 인색치 말게

〈保閑齋集, 十-6〉

一菴欲訪李伯玉[28]新自燕京還 乞馬 因寄詩

일암이 연경에서 돌아온 이백옥을 방문하려 말을 빌려달라기에 인하여 시를
부치다

故友有伯玉	친구에 이백옥이 있는데
萬里大刀頭[29]	만 리의 먼 길에서 왔다네
君能慰遠遊	그대는 먼 나들이 위로하나
拘束我未休	구속된 나는 쉴 수가 없어
東風殘雪消	봄 바람은 잔설을 녹이고
鷄聲亦嘐嘐	닭의 울음은 역시 꼬끼요
擧杯非無酒	술잔을 들면 술 없지 않고
擧筯亦有肴	수저 들면 역시 안주 있다
不須靜面目	꼭 안면을 마주할 것도 없지
歡意已神交	환영의 뜻 이미 정신의 교감

〈保閑齋集, 十-9〉

··

28) 李伯玉: 이석형(李石亨 1415 태종 15~1477 성종 8)의 자가 백옥(伯玉) 호는 저헌
(樗軒). 본관은 연안. 1441년(세종 23) 진사로 장원그제. 1470(성종 1) 세조의
부음을 알리려 명나라에 다녀왔으니, 이 작품은 그 무렵의 지음인 것 같다.

29) 大刀頭: 漢 武帝 때, 李陵이 흉노에게 항복하니, 召帝가 즉위하여 이릉의 친구인
任立廷등 3사람을 보내어 이릉을 불러오게 하였다. 흉노의 추장이 술을 대접하
나, 입정등이 이릉을 보고도 사담을 할 수 없었다. 그래서 이릉에게 눈짓으로
자주 칼 머리(刀環)를 매만지며 그의 발을 밟고 은밀히 한나라로 돌아갈 수 있다
하였다. 〈漢書, 李陵傳〉 그래서 "大刀頭"가 돌아 가다의 隱語가 되었다. 刀環은
칼의 머리(刀頭)이고, 刀環의 環은 還(돌아가다)과 음이 같기 때문이다.

題一菴上人西遊詩卷

일암상인의 서유시권에 쓰다

秋初 一菴以剛中詩示余告別 卽次其韻而與之別 秋末還 以景醇[30]之
序又 來示 又爲之詩 以演其說

초가을 일암이 서거정의 시로 나에게 고별하여 곧 그 운에 차운하여 작별하였는데,
가을 끝에 돌아와 강희맹의 서를 또 와서 보인다. 또 시를 지어 그 이야기를 푼다.

一菴方外人	일암은 격식 밖의 사람으로
所交皆儒生	사귀는 것은 모두가 유생이네
髠顚不足怪	머리 깎은 것 괴상할 것 없으니
儒行而墨名	유가의 실행이요 불가의 이름
口誦亦堯舜	입으로는 역시 요순을 외우니
豈只釋家經	어찌 다만 불가의 경전인가
玆余有所取	이것이 내가 취하는 바이니
不必泥其形	꼭 그 외모에 구애 않는다
若但觀其貌	만약 다만 그 모습만 본다면
加沙祇自橫	가사옷만을 스스로 걸친 것
苟欲論其心	굳이 그 마음을 논평한다면
三綱五常明	삼강과 오륜이 분명하구나
其心旣如是	그 마음이 이미 이와 같은데
況復恒惺惺	더구나 항상 성성히 깨었음이랴
緇流多如雲	중의 무리가 많기 구름 같으나
紛紛何所成	분분하기만 이룬 것이 무엇인가
以此視一菴	이로써 일암을 견주어 보면
亦足知其情	역시 그 심정을 알 만하지
於所厚者薄	후해야 할 자에 박한 것은
無所用吾誠	내 성심이 이용될 곳이 아니야
所以一菴老	그런 까닭으로 일암의 늙은이는
屑屑不憚行	술렁술렁 행동에 거리낌 없네
首陽古關西	수양산은 옛 국경의 성으로

---

30) 景醇: 姜希孟(1424-1483)의 자. 호는 私淑齋.

淳朴多遺氓	순박한 백성들이 많은데
師歸共迎送	스님이 가면 다 마중 전송으로
一一壺漿傾	일일이 병 술로 기울인다네
交遊布州郡	교유함이 시 군으로 분포되어
問訊爭丁寧	정중하게 다투어 물어 오다
老姊在村莊	늙은 누이가 촌 집에 있으니
是亦爲鄕榮	이도 역시 고향의 영광이라네
餘波及九族	그 여파가 일가 구족에게 미쳐
親親旣姻睦	친족의 사랑에 인척의 화목
髠而至於是	중으로서 이러함에 이르니
可謂非常禿	가위 보통 중 아니다 할 만해
昔別別遊僧	옛날 떠나고 떠나 노는 중들이
今還得不得	이제 돌아오려 해도 못 돌아온다
景醇我所重	강희맹은 내가 소중히 여기니
固知有奇識	진실로 기특한 식견이 있네
一菴莫慢聽	일암은 흘려 듣지 말게나
警世無窮極	세상 일깨움이 끝이 없네
老夫日衰變	이 늙은이는 날로 쇠변해
漸於世情薄	점점 세상 물정에 희박해
一菴老方外	일암은 격식 밖에서 놀아도
猶覺親意篤	오히려 친한 의지 돈독하다
枝條可刊落	가지들은 꺾어 낼 수 있어도
只有此心赤	다만 이 마음은 붉은 단심
師歸質景醇	스님 돌아가 강희맹에게 묻되
我言正奚若	내 말의 올바름이 이러할걸

〈保閑齋集, 十-12〉

謝開慶住持一庵惠山蔬
개경사주지 일암이 산 나물을 보내와서 감사함

老夫一念愛閒適	늙은 장부 한 생각이 한적함 사랑했기에

己入山人夜夢中　　이미 스님의 밤 꿈 속에 들었나 보다
朝來軟煮山蔬喫　　아침 되어 산 나물을 연하게 삶아 씹으니
城市山中滋味同　　저자 성 안이나 산 속이나 좋은 맛 같소
　(來簡云夜夢與遊山)　(온 편지에 밤 꿈에 함께 산에서 놀았다 했다)

〈保閑齋集, 六-18〉

次瑠球國使東自端詩 幷小序
유구국사 동자단의 시에 차운함 짧은 서와 함께

自端上人日本禪林之秀也 曾因叅訪至瑠球 瑠球國王慕我惠莊王方
欲來聘 知上人之賢 遂授書而送 時成化丁亥之秋也 我惠莊王內治旣
隆 圖恢遠略 待以殊禮 上人今又承瑠球新王之命 來進香幣於先王 我
殿下與一國臣民 悲慕先王而重上人 竊觀海東諸國 凡於信禮 必命緇
類 僕久典禮官 日與相接 且嘗東遊日本 閱其人多矣 未有如上人者
上人拜命闕下 退宴于禮曹 得與從容一夕 旣宴之翼日 以七言近體詩
一篇見贈 雖其屬意太高 所不敢當 詩則實佳作也 受而珍之 及餞別之
日 乃徵賡韻 臨別贈言 敢希古人 但愛上人之高雅 不爲之辭 謹綴荒句
步韻敍懷 以爲贐云

자단스님은 일본 선림의 수재이다. 일찍이 참선 방문으로 유구국에 이르렀는데 유
구국왕이 우리 혜장왕(세조)을 사모하여 바야흐로 조빙하려던 참이었는데, 스님
이 현명함을 알고 마침내 국서를 써서 주어 보냈으니 당시가 성화 정해(1467)의
가을이었다. 우리 혜장왕이 국내의 정치가 이미 융숭하고 정략적 도모가 원대하여
특수한 예로 대접하였다. 스님이 지금 유구의 새 왕의 명을 받아 선왕(세종)에게
제례의 폐백을 올리니 우리 전하는 온 나라의 신민과 함께 선왕을 슬피 사모하는
한 편 스님을 소중히 여겼다.
조용히 바다 동쪽의 여러 나라를 살펴보니, 모든 신의 예절에는 반드시 불교의 승
려를 임명한다. 내가 오래도록 전례관이 되어서 날마다 서로 대접하게 되었고, 또
일찍이 일본에 나들이한 적이 있어 그들을 열력해 본 적이 많은데 스님만한 이가
없었다. 스님이 궐하에서 배례하고 예조로 물러나 잔치를 하여 조용히 하루 저녁을
지낼 수 있었고, 잔치 된 날 7언 근체시 한 편으로 보내오니, 비록 그 의미가 매우
높아 감당할 바가 못 되나, 시는 참으로 가작이다. 받아서 진중히 간직하였다. 전별
할 날이 되자 화답의 운을 요구하기에 이별에 다다라 언사를 주는 것이 옛 분들과
같기를 바란다. 내 다만 스님을 사랑하는 고아한 마음으로 사양하지 못하고 삼가

거친 글귀를 엮어 운자에 따라 회포를 펴서 노자로 삼게 하다.

東方沒世慕吾君　　　동쪽 나라에선 세상 끝까지 우리 임금 사모해
聖烈應從海外聞　　　성인 정렬이 응당 바다 밖으로 들려 퍼지다
協我重華31) 升舜德　　우리가 중화를 화협하게 하여 순임금 덕 오르고
光于四表放堯勳32)　　사방의 밖으로 광명을 펴 요의 훈훈한 덕을 날리다
荊山神鼎33) 千年恨　　형산의 신령한 가마솥도 천 년의 한으로 남았는데
蓬島仙香一炷薰　　　봉래 섬의 신선 향불 한 줄기가 훈훈하구나
白首老臣猶未死　　　흰 머리의 늙은 신하 아직 죽지 않고서
玄宮34) 望斷暗愁雲　　선왕의 능을 바라다 못해 암암한 시름 구름일세

禪林挺幹獨惟君　　　불가의 총림에서 곧은 줄기는 유독 당신 뿐이라
敦禮能詩衆所聞　　　돈독한 예절과 능한 시문은 대중에게 소문나다
萬里函書傳信義　　　만 리의 봉한 편지로 믿음 의리 전했고
頻年航海策名勳　　　잦은 해의 바다 길로 정책 이름도 빛나다
幸同偉量杯盤促　　　다행히 큰 국량도 같아 술잔을 재촉하고
更喜高懷臭味薰　　　다시 높은 회포 기뻐서 멋과 맛이 훈훈해
一別何時還把手　　　한 번 이별이 어느 때 다시 손을 맞잡을까
洪濤浩浩隔重雲　　　큰 파도가 넓고 넓어 막힌 구름도 거듭되다

〈保閑齋集, 九-12〉

....

31) 重華: 〈書經, 舜典〉에 "曰若稽古帝舜 曰重華協于帝(말하자면 순순히 옛것을 상
　　고해보면 순임금이여 문덕을 중히 여겨 요임금께 화합하다)"함이 있어, "重華"를
　　순의 이름이라 하기도 한다.
32) 堯勳: 〈書經, 堯典〉에 "曰若稽古帝堯 曰放勳 欽明文思安安(순순히 옛것을 상고하
　　건대 요임금은 훈공을 날리시어 흠모와 공경 형통과 현명으로 문장 제도의 평안
　　이여"함이 있어 "放勳"을 堯의 이름이라 하기도 한다.
33) 荊山神鼎: 〈史記, 封禪書〉에 "黃帝가 首山의 동을 채집하여 荊山에서 가마솥을
　　주조하였다. 솥이 거의 이루어지자 용 한 마리가 수염을 늘어뜨려 황제를 영접했
　　다. 황제가 올라타고 신하와 후궁 70여인도 올라타니 용이 올라갔다. 남은 신하
　　들이 용의 수연을 당기니 용의 수염이 빠져 떨어지고 황제의 활도 떨어졌다.
　　백성들은 황제가 이미 하늘에 오른 것을 보며 수염과 활을 안고서 울부짖었다.
　　그래서 그곳을 '鼎湖라' 하고 그 활을 '烏號'라 한다."하였다.
34) 玄宮: 제왕의 분묘를 말함. 王陵. 여기서는 세종을 능을 이름.

題正因寺住持雪峻詩卷
정인사 주지 설준의 시권에 쓰다

上人栖迹寄橋山	스님이 머무는 자취는 교산에 기탁하여
園寢凄涼歲月闌	동산의 침소가 쓸쓸히도 세월이 늦었구료
龍去碧雲空帶雨	용도 간 푸른 구름은 부질없이 비를 띠고
秋回荒樹忽驚寒	가을 온 황량한 나무는 홀연 추위에 놀라다
萬壑晨光時靄靄	일만 골짜기 새벽 광채는 때로 아른거리고
二陵佳氣更漫漫	두 왕릉의 아름다운 기상은 다시 출렁
清幽洞府宜禪老	맑고 그윽한 마을이라 선승에게는 제격인데
況有從天雨露溥35)	하물며 하늘로부터 비와 이슬이 전해짐이랴

大智從前寓若愚	큰 지혜는 전날부터 어리석은 듯이 사니
早知眞妄不殊途	일찍이 참과 거짓이 다르지 않음을 알다
祇憐處世身浮寄	다만 세상에 처함이 육신은 뜬 구름의 기탁이니
何必論人髮有無	어찌 꼭 사람을 말할 때 머리칼 있고 없음이랴
瓮蟻36)弄秋初泛綠	익은 술 가을을 희롱하니 새로 녹색으로 뜨고
霜楓媚日暗拖朱	서리 단풍 햇살에 아침해 은근히 주황색 걸리다
妙義玄關37)非所及	오묘한 뜻 깊은 공안은 따를 바가 아니니
高陽38)耳熱但長吁	고양으로 귀가 열이 나 다만 길게 탄식하오

〈保閑齋集, 九-15〉

---

35) 從天雨露: 군왕의 은총을 상징한 표현. 끝의 溥자는 운(韻)이 맞지않으니, 傳자의
   잘못이 아닐까하여 번역도 '전하다'로 하였다.
36) 瓮蟻: 甕蟻. 잘 익은 술을 綠蟻라 한다. 술 위에 뜨는 파란 색의 거품이 개미
   같다해서 유래됨.
37) 玄關: 불교에 깊이 들어가는 문이란 뜻으로, 公案을 지칭함.
38) 高陽: 高陽酒徒. 〈史記, 酈生 陸賈列傳〉에 "漢의 沛公이 군대를 끌고 陳留를 지나
   는데 酈生이 군문에 와서 패공을 알현하자 하니, 사자가 나와서 말하기를 '패공께
   서는 천하를 도모하는 일이 급하니 儒生을 접견할 사이가 없다' 하였다. 이생은
   눈을 부라리고 칼을 만지며 말하기를 '나는 고양 땅의 술꾼이지(高陽酒徒) 유생이
   아니다.' 하였다." 그 뒤로 술을 즐기며 방탕 불기한 사람을 지칭하는 말이 되었다.

次雨千峰39)韻送井師
만우 천봉스님의 시에 차운하여 정스님을 송별함

井師欲遠遊	정스님이 멀리 노닐려 하는데
桃李滿城時	복숭아 오얏꽃 성에 만발한 때
楊花本無蔕	버들 꽃은 원래 꼭지가 없으니
況被狂風吹	더구나 광풍에 불릴 때이랴
我是紅塵客	나는 붉은 먼지의 나그네로
匏瓜繫於斯	박이나 오이처럼 이에 매달려
送師走四方	스님을 사방으로 송별하면서도
不得與之隨	더불어 함께 따를 수 없네요
欲吐胸中奇	가슴 속의 기교를 토해 보려도
有意恨無辭	뜻만 있지 말 못함이 한스럽소

〈保閑齋集, 十-3〉

題性脩嶺月軒卷
方病臥 來求詩 不得見 書而遺之
성수의 영월헌 시권에 쓰다
병으로 누워 있어서 와서 시를 구하나 만나주지 못했다. 써서 부치다

渠家自有嶺	그의 집엔 저절로 고개가 있고
嶺頭自有月	고개 마루엔 저절로 달이 있다
何事來相問	무슨 일로 와서 물으려 해서
不憚乎屑屑	어려운 걸음 꺼리지 않았나
我適病而臥	내 마침 병으로 누워 있어서
不見師面目	스님의 얼굴은 보지 못했지만
師面不須見	스님 얼굴 꼭 볼 필요가 없어

---

39) 千峰: (1357~?) 고려 말 조선 초의 승려, 이름은 만우(卍雨). 어려서 출가하여
구곡 각운(龜谷覺雲)의 제자로 내외 경전을 연구하여 시와 글씨까지 유명했다.
집현전 학사들도 찾아오는 유 불의 사표가 되었다. 이색(李穡)이 그의 호 천봉에
대해 쓴 〈천봉설(千峰說)〉이 있다. 〈천봉집〉이 있다 하나 전하지 않는다.

嶺月爲舊識	저 고개와 저 달은 구면이기에
朝朝嶺青青	아침 아침에 산마루는 파릇파릇
夜夜月白白	밤 밤마다 달은 희고 희어서
青青與白白	파릇 파릇 희고 흰 것은
千古不改色	천고의 세월 색깔을 바꾸지 않아
師歸能保此	스님 돌아가 이것을 잘 보존하지
何必問我得	하필 꼭 나에게 물어야 하는가

〈保閑齋集, 十-14〉

서거정
徐居正

　徐居正(1420 세종 2~1488 성종 19). 조선조 문신. 자는 강중(剛中), 호는 사가정(四佳亭). 본관은 달성(達城). 권근(權近)의 외손. 1444년(세종 26) 식년 문과(式年文科)에 급제. 사재감직장(司宰監直長), 1451년(문종 1) 사가독서(賜家讀書)를 하고, 집현전박사(集賢殿博士), 부수찬(副修撰), 응교(應敎)를 역임, 1456년(세조 2) 문과중시(文科重試)에 급제, 다음해 문신정시(文臣庭試)에 장원하였다. 공조참의(工曹參議) 예조참의(禮曹參議)를 거쳐 이조참의가 되어 1460년(세조 6) 사은사(謝恩使)로 명나라에 가서 그 곳의 학자들과 문장과 시를 논의하여 해동(海東)의 기재(奇才)라는 찬사를 받기도 하였다.

　귀국후 대사헌(大司憲)이 되고 1464년에 조선시대 최초로 양관대제학(兩館大提學)이 되었다. 1466년 발영시(拔英試)에 또 장원, 이후로 6조의 관서를 두루 지내고 1470년(성종 1) 좌찬성에 올라 다음해 좌리공신(佐理功臣) 3등으로 달성군(達城君)에 봉해졌다. 6 왕을 섬겨 45년간 조정에 봉사, 수차 전형(銓衡)을 담당하여 많은 인재를 선발하였다.

　성리학을 비롯하여 천문 지리 의학 등에 정통하였다. 대구의 구암서원(龜巖書院)에 제향, 시호는 문충(文忠)이다.

　유집은 〈사가집(四佳集)〉으로 성종의 명에 의하여 저자 자신이 편집하여 1488년 갑진자(甲辰字)로 간행했고, 후손 문유(文裕)가 증보하여 1705년 목판으로 간행하였다. 분량은 시집 25권 시집보유 3권 문집 6권 문집보유 2권 도합 27책이다.

送一菴師遊楓岳
풍악으로 가는 일암스님을 보내며

金剛山高幾萬蠹	금강산은 높아 몇 만 봉우리의 칼날
玉立鐵削露筋骨	백옥으로 오뚝 쇠로 깎여 뼈대를 들어내다
石路反滑千年苔	돌 길은 기울어 미끄러지는 천년의 이끼
懸崖飛瀑六月雪	언덕에 달려 나는 폭포는 유월달의 흰 눈
古來釋子栖中間	옛부터 중들은 그 사이에서 거처하여
呼風吸露絶粒殀	바람 뿜고 이슬 마시며 곡식을 끊었다네
何曾塵土染雙脚	어찌 속세에서 두 다리 무젖은 적 있겠나
往往蟬脫飛白日	이따금 매미 껍질 벗듯 백일에 훨훨 날아
年年遇師長安城	해마다 스님을 장안의 성에서 만났는데
怪底如今去飛錫	괴상하구나, 지금처럼 석장 날려 가다니
爲我須上最高峯	나를 위해 반드시 가장 높은 봉에 올라
一望萬里千里通	한 번에 만리를 바라보아 천리를 통하소
我生酷似杜拾遺[1]	나의 삶이 두보와 혹독히 닮았다면
靑纏布襪[2]行追隨	푸른 행전 면포 버선으로 뒤따를텐데

〈四佳詩集, 三-11〉

送僧還日本
중을 일본으로 보내며

日邦多說出名僧	일본 나라에 이름난 스님 많다 들었는데
今見孫師骨相稜	지금 손스님의 골격 모습 모진 것 보다
三生已有遊方念	삼생에서 이미 여러 곳 노닐 뜻 있었으니
遮莫東溟浪百層	저 동쪽 바다여 백 층의 물결로 막지 말라

〈四佳詩集, 三-16〉

....

1) 杜拾遺: 唐의 杜甫. 당 玄宗이 안록산의 난을 피하여 서촉으로 가고, 肅宗이 즉위하자 鳳翔으로 가 알현하니, 右拾遺로 기용하여 '杜拾遺'라 한다.
2) 靑纏布襪: 杜甫의 〈奉先劉少府新畫山水障歌〉에 "吾胡爲在泥淖 靑鞋布襪從比始 (내가 어찌하여 이 진흙에 있어야 하나, 푸른 신 면포 버선으로 이제부터 시작하리)"라 함이 있다.

贈日本僧
일본 스님에게 주다

上人專對3)策高勳	스님은 외교의 전담에 높은 공을 세웠으니
道骨清癯禮貌溫	도인의 골격에 청췌한 예의 모습 온화해
隻眼4)江湖探勝絶	독특한 안목은 강호에서 명승지를 찾고
一身天地出囂紛	한 몸은 하늘 땅 사이 부끄러움 벗어나다
滄海風恬開玉鏡	넓은 바다 밝고 고요하니 백옥의 거울 열렸고
扶桑日出擁金盆	부상의 동쪽에 해 돋으니 황금 동이 안다
秋風吹斷還鄕夢	가을 바람이 고향 갈 꿈을 불다 끊다 하니
百丈高帆劈海雲	일백 길의 높은 돛에 바다 구름이 열린다

〈四佳詩集, 十四-11〉

次韻岑5)上人見寄
설잠 스님이 보낸 시에 차운함

我有一畝園	나에게 한 이랑의 동산이 있어
孟夏草木敷	초 여름에 풀과 나무가 번지다

....

3) 專對: 외국 사신이 독자적으로 隨機應答하는 능력. 〈論語, 子路〉에 "誦詩三百
 授之以政 不達 使於四方 不能專對 雖多 亦奚以爲(시경 삼백 편을 배우고서도
 정치를 맡겨도 통달하지 못하고 사방으로 사신이 되어 전문적 독대를 할 수
 없다면 비록 많이 배웠더라도 역시 무엇을 하랴.)

4) 隻眼: 독특한 견해와 안목을 비유하는 말. 宋 陸遊의 〈書志〉시에 "讀書雖復具隻
 眼 貯酒其如無別腸(책을 읽어 비록 독특한 견해는 갖추었으나, 술의 저장에 별도
 의 창자 없음 어쩌나)"함이 있다.

5) 岑: 설잠(雪岑)으로 김시습(金時習 1435~1493)의 승려로서의 호. 자는 열경(悅
 卿), 호는 동봉(東峯), 매월당(梅月堂), 청한자(淸寒子) 등. 삼각산 중흥사(重興寺)
 에서 공부하다가 수양대군이 왕위를 찬탈했다는 소식을 듣고, 책을 덮고 공부를
 포기하고 비승비속의 유랑을 하였다. 47세에 환속하여 아내를 맞았다가 아내가
 죽자 다시 승려로 돌아갔다 무량사에서 나이 59세로 입적하였다. 1782년(정조6)
 에 이조판서로 추증하고 시호를 청간(淸簡)이라 하고 영월 육신사(六臣祠)에 배
 향하였다.

有蓮三百朶	연꽃은 3 백 송이가 있고
有柳數十株	버들도 수 십 주가 있다
葡萄走馬乳	포도는 말 젖으로 달리고
竹笋生龍雛6)	댓순은 용 새끼를 탄생시키다
感時思故人	계절의 감각에 친구가 생각나고
心緖鬱以紆	마음 가닥은 얽히듯이 답답하다7)
回頭道峯山	머리를 도봉산으로 돌려
極目空踟躕	신선을 다하여 부질없이 주저하다
昨日尺書至	어제는 편지가 왔는데
諸思蕩春空	시의 생각이 봄 하늘에 넘치다
上言長別離	전반부는 길이 별리를 말하고
下言思無窮	하반부는 생각이 끝없다네
我願與上人	내 원컨대, 스님과 더불어
爲一雲一龍	하나는 구름 되고 하나는 용이 되어
雲龍相倚附	구름과 용이 서로 의지하게 되면
何曾有多離	어찌 이별할 일이 있겠는가
以此終萬古	이렇게 만고의 세월 마치면
萬古無休時	만고의 세월에 쉴 때가 없지

〈四佳詩集, 十四-20〉

送行上人遊香山
행상인의 묘향산 유람을 송별하며

訪道年來飽遠遊	도를 찾으려 근년래로 먼 놀이에 배불러
打包行色冷於秋	행장을 포장하는 행색이 가을보다 싸늘해
香山白接雲山去	묘향산의 흰 빛은 구름 산에 이어 가고

....

6) 馬乳: 포도의 일종. 唐 劉禹錫의 〈和謝葡萄〉 시에 "魚鱗含宿潤 馬乳帶殘霜(소나
   무는 묵은 윤기를 머금고 포도는 쇠잔한 서리를 띠다)"함이 있다.
7) 龍雛: 댓순 또는 어린 대. 宋 蘇軾의 〈傅堯兪濟源草堂〉 시에 "隣里亦知偏愛竹
   春來相與護龍雛(이웃들 역시 유독 대를 사랑할 줄 알아, 봄이 오면 서로 용 새끼
   처럼 보호하다)"함이 있다.

浿水靑連薩水流　대동강의 푸른 빛은 살수에 이어 흐른다
到處禪師稱虎背8)　가는 곳마다 선사는 호랑이 등으로 알리니
誰知尊者是蛇喉　높으신 스님이 바로 용의 목구멍임 누가 알랴
他時參遍歸來後　두루 참학하고 다음 돌아오는 날에는
好借金篦刮膜不　황금의 빗을 잘 빌려 가려움 긁어 줄래요

〈四佳詩集, 二十一-11〉

僧雪岑來訪
중 설잠이 내방

岑也久相識　설잠이여 오래 서로 알아
頻來訪小堂　자주 와 작은 집 찾았네
顚詩似老漢　시에 미치기 늙은 이 같고
嗜酒如渴羌9)　술 즐기기 목마른 강씨 같아
竹葉晚增翠　댓 잎은 늦 계절에 더 푸르고
菊花秋更香　국화 꽃은 가을이 더욱 향기로워
怜渠多善幻　그대의 그 변환 많음이 부러워
談笑亦逢場10)　이야기 웃음이 역시 한바탕이네

〈四佳詩集, 二十一-12〉

雪岑爲山上人 索賦山中四時景 大醉 走書四十字以贈
설잠이 산상인을 위해 산중사시경의 시를 요구해 크게 취하여 40자를
날려 써서 주다

山中四時樂　산 속의 네 계절의 즐거움은
山也心自知　산상인이 마음 속으로 스스로 알아

....

8) 虎背: 虎背熊腰. 호랑이 등에 곰의 허리라는 뜻으로, 체격의 건장함을 이르는 말.
9) 渴羌: 羌지방 사람인 姚馥이 술을 좋아하여 항상 "나는 술에 목말라 있다" 하니,
　　사람들이 희롱하여 "渴羌"이라 하였다. 〈晉 王嘉의 〈拾遺記, 晉時事〉 그 후로
　　술 즐기는 이를 "渴羌"이라 했다.
10) 逢場: 연예적 놀이 마당. 逢場作戱.

花與鳥相悅　　꽃과 새는 서로 즐거워 하고
水從雲共遲　　물은 구름과 함께 더디 더디
秋深過鴈後　　가을은 기러기 지난 후 깊고
夜永燒芋時　　밤은 토란을 구울 때에 길다
萬古一彈指　　만고의 세월이 손 튕길 사이
流光眞若玆　　흐르는 세월 참으로 이와 같아

〈四佳詩集, 二十一-14〉

送一菴歸海州 又遊江華

일암이 해주로 가고 또 강화에 노닌다 하여 송별하며

上人今復事西遊　　스님은 지금 다시 서쪽으로 노닐려 하니
西海邊頭去路悠　　서해 바다 가의 가는 길이 유유 아득하네
鵠嶺萬松將落日　　송악산 일만 솔엔 해 장차 지려 하고
首陽孤竹11)又淸秋　　수양산 외로운 대는 또 청정한 가을일세
白雲幾訪前朝寺　　흰 구름에 몇 번이나 전 왕조의 절 찾았으며
明月閑登古驛樓　　밝은 달에 한가히 옛 역 누대에 오르다
隻眼12)江湖遍行脚　　독특한 시선으로 강호를 두루 걷는 다리
江都何處泊孤舟　　강화 도읍의 어느 곳에다 외로운 배 댈까

〈四佳詩集, 二十一-13〉

僧雪岑來訪

중 설잠이 찾아와

西風黃葉響空階　　서녘 바람 단풍 잎이 빈 뜰을 울리더니
時有僧來慰病懷　　때마침 중이 와서 병든 회포를 위로하다
世味椒辛徒自苦　　세상 맛은 산초의 쓴 맛이라 한갓 괴롭고

----

11) 首陽孤竹: 海州의 옛 이름이 수양인데 首陽山이 있어서 한 말이다. 孤竹은 원래
　　周나라 때 伯夷 叔齊가 孤竹君의 아들이어서, 여기서는 백이 숙제가 수양산에
　　들어 고사리를 캐 먹다 죽은 고사를 연상해서 한 말이다.
12) 隻眼: 독특한 견해와 안목을 이르는 말.

禪談蔗境轉來佳	선의 이야기 감자의 경지라 점점 아름다워
乾坤萬里盛藤杖	하늘 땅 만 리에 검은 등나무 지팡이이고
江海十年白草鞋	강과 바다 십 년에 흰 풀의 신발이라
勇欲從師行脚去	용기 내어 스님의 걸음걸이 따라 가려하나
可能於世外形骸	세상에서 이 몸과 뼈를 벗어날 수 있을까

〈四佳詩集, 二十一-12〉

寄岑上人
설잠 스님에게

師在山中無出時	스님은 산 속에 있어 나올 때가 없고
我嬰塵網鬢成絲	나는 속세 그물에 늙어 귀밑머리 실 되다
凄涼十載黃扉13)夢	처량하게도 10년의 높은 벼슬의 꿈이고
珍重百年白社14)期	진중하기야 백년 평생의 은퇴의 기약이네
種藥年來難理病	약을 심어도 근년에는 병을 고치기 어렵고
採芝何處可療飢	지초를 캐서 어느 곳에서 배고픔을 면할까
相從欲問安心法	서로 쫓아 마음 평안히 할 방법 물으려 하나
莫遣人間俗客知	인간세상의 세속 나그네에게 알리지는 마소

〈四佳詩集, 二十九-6〉

一庵專上人房醉歸 明日吟成數絶 錄奉
일암 전스님 방에서 취해 돌아와 다음날 몇 수 읊어 올리다

| 惠遠15)前身一庵老 | 혜원의 전생의 몸인 일암의 늙은이 |

....

13) 黃扉: 재상이나 三公을 말함. 고대에 국사를 맡는 고관 집 대문을 黃色으로 칠했기 때문이다.
14) 白社: 隱士나, 또는 은사가 거처하는곳. '白社人' '白社客'.
15) 慧遠: 晉의 승려. 慧遠이 盧山에 있고 陶淵明과 陸修靜이 찾아가 서로 도를 논하다가 작별하게 되었다. 혜원이 이들을 전송하며, 이야기를 나누다 평생에 넘지 않기로 한 虎溪를 지나쳤다. 그제야 깨닫고는 세 사람이 크게 웃었다 이를 "虎溪

淵明高調四佳翁　도연명의 높은 격조인 사가의 늙은 이
相逢不覺呵呵笑　서로 만나서 껄껄 웃음을 깨닫지 못해
身在盧山圖畵中　육신의 몸은 여산의 그림 속에 있네요

十年來往贊公16)房　10년을 오고 간 찬공의 방에는
杜老詩狂老更狂　시에 미친 두보가 늙을수록 더 미쳐
一局手談柯已爛17)　한 판의 손짓 이야기 도끼 자루는 썩어
更於何處覓仙方　다시 어느 곳에서 신선 방술 찾을까

珍重禪家般若湯18)　보배로운 선가의 반야탕의 술로
策勳三昧洗枯腸　삼매 지혜로 마른 창자를 씻어주다
醉鄕廣大無窮盡　취한 고향은 광대 무변 끝이 없어
不省人間四大19)忙　세상의 사대의 바쁨도 살피지 않아

〈四佳詩集, 三十一-3〉

訪一庵專上人 金光城謙光 李韓城壎亦至 終日圍棋 抵暮 乃還

일암 전스님을 방문했더니 광성 김겸광과 한성 이훈도 와서 종일 바둑 두다 저물어서야 돌아오다.

上方閴寂可圍碁　절 방이 고요 한적하여 바둑 둘 만하니

....

三笑"라 한다.

16) 贊公: 唐의 승려. 杜甫와 친히 지냈다 함. 杜甫의 〈別贊上人〉시에 "贊公釋門老 放逐來上國(찬공은 불가의 노인으로 쫓겨나 상국으로 왔네)"라 함이 있다.

17) 爛柯: 南朝의 梁의 任昉의 〈述異記〉에 "晉나라 때 王質이 나무를 베러 갔다가, 동자 몇 사람이 바둑을 두며 노래하는 것을 보고 있었다. 동자가 대추씨 같은 것 하나를 주어 먹고 나니, 배고픈 줄을 모르겠더라. 얼마 있다가 동자가 왜 안 가느냐 하기에, 왕질이 일어나 도끼자루를 보니 다 썩었더라. 집으로 돌아와 보니 당시의 사람은 하나도 없었다" 함이 있다. 그 뒤로 "爛柯"를 세월의 빠름과 인사의 변천을 이르는 말이 되었다.

18) 般若湯: 불가에서 술을 미화시켜 일컫는 俗語.

19) 四大: 불가에서 말하는 물질의 원소 네 가지, 곧 地 水 火 風.

相對無言日自遲　　마주 대해 말 없이 해는 저절로 길다
薄暮欲歸僧挽袖　　초저녁에 돌아오려니 중이 소매를 당겨
滿階紅落雨紛紛20)　섬돌 가득한 붉은 작약에 비는 부슬부슬

〈四佳詩集, 三十一-21〉

送田上人歸白巖寺

전스님을 백암사로 보내며

白巖在何處　　백암사는 어느 곳에 있나
一路入長城　　외 길이 서울 장안으로 든다
鳥外嶽重翠　　날새 밖에는 뫼가 거듭 푸르고
鷗邊湖更明　　갈매기 가에는 호수는 다시 맑아
此身那復着　　이 몸을 어디에 기착해야 하나
所在卽爲生　　있는 곳이 바로 살아감이지
去謁道庵老　　가서 도암 노인을 뵙게 되면
欣然倒屜迎　　흔연히 기뻐 신 거꾸로 맞으리

〈四佳詩集, 四十五-3〉

謝成上人惠杖

성 스님이 지팡이를 보내 감사함

年來渾似覽浮屠　　근년 이래로 혼연히 앉아 있는 부처 같아
雙脚蹣跚大半枯　　두 다리 절둑거려 태반은 마른 나무인데
忽得贈來烏竹杖　　홀연히 보내온 오죽장 지팡이를 얻으니
不須坐立倩人扶　　앉고 섬에 사람의 부축이 필요 없구나

〈四佳詩集, 五十一-15〉

....

20) 雨紛紛: 원시의 雨紛紛은 각운에 맞지 않으니, 오류일 가능성이 크다. 조심스러
　　이 "雨霏霏"가 아니었을까 추측해 본다. 그래야 앞의 '棋' '遲'와 운이 맞는다.
　　棋 遲는 支운이고 霏는 微운으로 통운이 된다. 글의 뜻으로도 紛紛보다는 霏霏라
　　야 비 내리는 모습이다.

寄專上人
전 스님에게 부침

物態人情已備嘗　　사물 자태 사람의 정을 이미 다 맛보았으니
世間無地不羊腸21)　인간 세상 어디에도 굽은 양 창자 아님 없다
軟談憶共高僧坐　　부드러운 이야기 높은 스님과 앉아 있음 생각해
豁我煩襟沃雪霜　　내 번거로운 가슴 탁 트여 서리 눈으로 비옥하다

〈四佳詩集, 五十二-28〉

21) 羊腸: 좁고 굽은 여러 갈래의 길을 비유하는 말.

유방선
柳方善

柳方善(1388 우왕 14~1443 세종 25) 자는 자계(子繼). 호는 태재(泰齋)요 본관은 서산이다. 권근(權近) 변계량(卞季良) 등에 사사하여 문명을 날렸으나, 선생의 독창적 역량에 제자로 대하지를 않았으며, 당시의 영걸들도 미치지 못한다 자인하였다. 1405년(태종 5) 사마시(司馬試)에 합격하여 성균관에서 공부하다 1409년 법망에 걸려 유배의 길을 걸었다. 다음해 영양(永陽)으로 옮겨졌는데, 서산(西山)이 원래 아름다운 곳으로 알려져, 송곡(松谷)에다 두어 칸의 집을 짓고 태재(泰齋)라 편액했다. 뒷날 송곡서원(松谷書院)에 배향되는 빌미가 된 것이다. 마을의 자제들을 모아 가르치니, 소문이 나서 사방에서 제자들이 몰려들기도 했다.

1427년(세종 9)에 석방되어 고향으로 돌아오기까지 무릇 17, 8년의 세월이 었지만, 영욕을 추호도 들어냄이 없었다. 조정에서 유일(遺逸)로 천거하였으나 나아가지 않았다. 세종은 그를 더욱 중히 여겨 집현전학사(集賢殿學士)를 시켜 자주 가서 묻게 하고 스승의 예로 대우하니, 사림(士林)들이 영광으로 여겨 태산북두처럼 우러렀다. 세종은 크게 쓰이리라고 기대했는데, 풍질(風疾)에 걸려 불행하게 마치고 말았다.

선생은 통달하지 않은 전적이 없을 만큼 박학하였으니, 서거정(徐居正)이 뒤를 이어 문학의 영수가 되었고, 특히 시에 뛰어나 당시의 조야에서 그의 시를 인정할 뿐만 아니라, 자연 경관의 여지(輿地)의 기록에는 그의 시가 10 중 6, 7이 된다 한다. 조선 초기의 당시(唐詩)의 경도가 선생에게서 절정이 되어, 그의 아들 윤겸(允謙)에게 이르러 국가적 역시작업(譯詩作業)인 두시(杜詩)의 언해를 주관하게 된 것이다.

유집 〈태재선생문집(泰齋先生文集)〉은 저자의 아들 윤경(允庚) 윤겸(允謙) 형제가 가장된 음고(吟藁)를 바탕으로 수집 편차하여 1450년 목판으로 초간한 후, 1815년 14대손 천식(天植)이 재편하여 중간하였다. 권 1에서 권 3까지 시이고, 권 4는 산문이고 권 5는 부록이다.

謝安上人惠扇 短歌

안스님이 보내주신 부채에 감사하여, 짧은 노래

公山[1]烏竹斑錦文	공산의 검은 오죽대 비단 무늬 얼룩지고
瑞村白紙霜雪色	서촌 마을 백지는 서리와 눈 빛일세
竹生不多紙價高	대도 많이 안 나고 종이 값도 비싼데
道人定從何處得	도인께서는 바로 어느 곳에서 얻었나
裁成團扇似素月	둥근 부채로 마르재었으니 흰 달 같아
遺我病夫慰炎熱	내 병난 이에게 주어 불별 더위 위로해
一搖兮凉風來	한 번 흔들어 시원한 바람이 와서
吹盡十年衣上之塵埃	10년의 옷 위의 먼지를 불어 다하고
二搖兮肌骨清	두 번 흔들어 살 속 뼈 속이 맑아지니
胸中惟有方寸涵靈臺	가슴 속에 오직 마음 바탕의 함령대 있다
三搖兮風力健身欻輕	세 번 흔들어 바람 힘 건장한 몸 가벼우니
乘風便欲好歸去	바람 타고 문득 좋게 돌아가려 하다
翶翔霄漢朝玉京	하늘 광한전 날아가 백옥경에 조회하여
入門陳辭聊一麾	문에 들어 말씀으로 진정하고 한번 휘둘러
拂却帝旁蠅營營	상제 곁의 잉잉대는 파리 떼를 떨쳐 버리고
仁風解民慍	인자한 풍교 백성의 우울함 풀고
四海歌太平	사해 천하가 태평을 노래하면
吾獨在溝壑沒以寧	내 홀로 구렁에 있어도 평안으로 끝내리라

〈泰齋先生文集，一-4〉〈韓國漢詩大觀〉권14 pp161.

贈明谷上人

명곡스님에게 주다

明谷奇男兒	명곡스님은 기이한 남아라
性愛雲林僻	본성이 구름 숲 사랑하는 괴벽
少也逃空虛	어려서 공과 허적으로 도망하여

....

1) 公山: 산 이름. 충청남도 공주에 있는 산.

逈脫塵網窄	멀리 먼지 그물에 빠짐 벗어나다
初參宴晦翁	처음에는 연회 노옹에게 참여하여
高問皆辟易	고상한 물음에 모두 쉽게 열리다
出門已豁然	문에 나서매 이미 활연히 시원해
目前無扞格	눈 앞에 완강히 막힘이 없었다
禪心秋江澄	선의 마음은 가을 강의 맑음으로
世念春氷釋	세속 생각 봄 얼음으로 녹는다
山游登金剛	산으로 노닐어 금강산 오르고
水賞過矗石	물의 감상으로 촉석루 지나다
身行遍東國	몸소 거닐어 동국을 두루하고
尋訪任所適	심방함에는 가는 대로 맡기다
歸來臥一庵	돌아와 한 암자에 누우니
斂却十年迹	10년의 자취를 거두어 들이다
跏趺樂幽獨	가부좌로 그윽한 고독 즐기니
室中生虛白	방 안에는 공허의 청백이 돋다
相逢風調同	서로 만나면 풍모와 가락이 같고
素談兩無斁	담백한 이야기 둘이 다 싫지 않다
汲泉煮香茗	샘을 길거다 향기 차 다리고
開籠劈新栢	광우리 열어 새 잣을 따다
多方慰淹留2)	다방면으로 가는 세월 위로하려
徒倚烟霞夕	한갓 연기 안개의 저녁에 의지하다
從今約同遊	이제부터는 함께 놀기로 약속하여
秋晴更蠟屐	가을이 개거든 나막신 고쳐 신자
往來亦何有	오고감에 역시 무엇이 있겠나
相看數峯隔	서로 두어 봉우리 막혀 있음 보지

〈泰齋先生文集, 一-9〉〈韓國漢詩大觀〉 권14 pp168.

....

2) 淹留: 세월을 헛되이 보냄. 宋 歐陽脩의 〈哭聖兪〉시에 "歡猶可彊閑屢偸 不覺歲月
成淹留(즐거움 억지로 할 수 있고 한가함 훔쳐 세월이 헛되이 감을 깨닫지 못하
다)"함이 있다.

奉贈雨千峯3)

만우 천봉 스님께 드리다

卓錫興天寺	흥천사에서 석장을 세우시니
禪家奕世孫	부처 집안의 뛰어난 후손일세
君王加禮貌	임금님도 예의 체모 더하시고
卿相謹寒暄	재상들도 추위 더위 안부 삼가다
早透曹溪學	일찍이 조계의 배움 꾀뚫었고
兼探闕里4)言	공자의 말씀도 겸해 더듬다
工詩曾破的	시를 연구하여 일찍 과녁을 깨고
說法每逢原	불법을 설하면 항시 근원을 찾다
胸次長江潤	품 속에는 긴 강이 넘실거리고
詞華湛露繁	문장 언어에는 맑은 이슬 짙다
齊驅陶隱5)駕	도은의 수레를 가지런히 몰고
優入幻庵6)門	환암의 문하로 우수히 들다
釋苑名逾重	불교의 동산에서 이름 더욱 무겁고
儒林望更尊	유가의 숲에서도 덕망이 또 높다
已能遺月指7)	이미 진리의 가르침을 남겼으니
肯復鬪風幡8)	즐겨 다시 바람 깃발 다툼 하랴

....

3) 千峰: 여말 선초의 중 卍雨(1357-?)의 호. 어려서 龜谷 覺雲에게 출가하여 내외 경전에 두루 통하고 시서에 능하여, 집현전 학사들도 자주 드나들어 유불의 사표 역할을 했다.

4) 闕里: 孔子의 고향 마을. 中國 山東省 曲阜城 闕里街. 儒學을 대명함.

5) 陶隱: 李崇仁(349-1392)의 호. 자는 子安.

6) 幻庵: 고려말의 승려 混修(1320-1392)의 법호. 자는 無作 속성 趙氏. 조선 태조가 普覺國師라 시호함.

7) 月指: 불교에서 달을 불법으로 비유하고, 손가락을 교리로 비유하여, 달을 보려면 손가락으로 가리키나 달을 보면 손가락은 잊어야 한다는 깨우침의 방법으로 인용됨.

8) 風幡: 〈傳燈錄, 六祖〉장에 "印宗법사가 法性寺에세 〈涅槃經〉을 강하다가, 승려 둘이 바람에 나부끼는 깃발을 보고 한 사람은 깃발(幡)이 움직인다 하고, 한 사람은 바람(風)이 움직인다 하였다. 이 때 六祖 慧能이 '깃발도 바람도 아니라 너희 마음이 움직인다' 하였다. 인종이 이 말을 듣고 기이히 여겼다"함이 있다.

寂滅爲師樂	고요 적멸함은 대사의 즐거움 되고
奔馳喪我存	내달음 나의 존재를 상하는 것이다
鼠侵藤欲絶	쥐가 침범하면 등나무도 잘리려 하고
羊踏藥難蕃	양에게 밟히면 약초도 번성 어렵다
精進功雖晚	용맹 정진의 공부 비록 늦더라도
歸依意自敦	돌아가 의지함은 의지 절로 돈독해
眼思離鏡象	눈은 비치는 물상 떠나기 생각하나
身愧縛塵喧	몸이 먼지의 들렘에 매임 부끄럽다
玉帶9)寧嫌賭	벼슬살이 차라리 도박이라 섭섭하고
金鎤10)庶可援	아쟁의 악기나 당길 수 있었으면
願尋香穗去	원컨대, 향불을 찾아가서
一宿達眞源	한 번 자고 진여 근원 달했으면

〈泰齋先生文集, 一-18〉. 상동서 14. pp191.

遊還歸寺 贈明谷上人 二首
환귀사에 노닐어 명곡스님에게 주다, 두 수

二年今復到還歸	두 해만에 지금 다시 환귀사에 오니
物色依然似舊時	물색은 여전히 옛 시절과 같구나
林鳥隔窓啼不已	숲 새는 창 너머에서 울어 쉬지 않아
宛如來欲說相知	완연히 와서 서로 안다고 말하려는 듯

主人眼是當年碧	주인의 눈동자는 당년의 푸르름인데
客子顔非昔日紅	나그네 얼굴은 지난 날의 홍안이 아냐
自斷此生難自斷	스스로 이승을 끊으려 해도 끊기 어려워
十年空負遠遊中	10년을 부질없이 먼 나그네 중에 버렸네

〈泰齋先生文集, 二-4〉〈韓國漢詩大觀〉권14. pp252.

....

9) 玉帶: 옥으로 장식된 구슬 띠이니, 고대 고관의 상용품.
10) 金鎤: 牙箏을 타는 금속의 활줄.

望母子山口號 贈鼎覺山人
모자산을 바라보며 구호하다, 정각스님께

母子山高接白雲	모자산은 높아 흰 구름에 닿아
地靈千古絶塵紛	천고에 지세 영특해 먼지 설렘 사절하다
短筇何日相尋去	짧은 지팡이 어느 날에 서로 찾아갈까
静倚松窓到夜分	고요히 솔 창에 앉아 한밤에 이르네

水樣精神月樣容	물 같은 정신과 달 닮은 용모
山中蘭若最高峯	산 중의 절은 최고의 봉우리
小窓出定無餘事	작은 창에 출입 외에 일이 없어
只管清泉與翠松	맑은 샘 푸른 솔만이 서로 상관

〈泰齋先生文集, 이-9〉.〈상동서〉권14. pp258.

贈明谷上人
명곡스님에게

兩人相對小窓間	두 사람이 마주 대한 작은 창 사이에
盡日清談不出山	종일토록 맑은 이야기 산 나서지 않다
紅葉滿溪來往少	붉은 단풍 시내 가득 오가는 이 없으니
僧家未必勝吾閒	절 집이라고 내 한가함보다 낫지 않으리

〈泰齋先生文集, 二-18〉상동서 14. pp270

題中峯上人小菴
중봉스님의 작은 암자에 쓰다

月樣胸懷雲樣身	달을 닮은 가슴 회포요 구름 닮은 몸으로
一間蘭若淨無塵	한 칸의 절집이 청정하기 먼지가 없네
杜門白日少來往	문은 닫혀 한낮에도 오가는 이 적으니
巖畔開花空自春	바위 가 핀 꽃만 부질없이 제 봄일세

〈泰齋先生文集, 二-30〉〈韓國漢詩大觀〉권14. pp282.

哭明谷上人
명곡스님을 애곡함

晚向還歸托契深	늦게 돌아와 지기의 결탁이 깊었는데
客中無處不相尋	나그네 중에도 서로 찾지 않은 곳 없었다
禪窓幾伴煎茶話	절 창에는 거의 차 다리는 동반자의 대화
酒店頻同對月吟	주점엔 자주 달에 대한 읊음
古院已非當日主	옛 선원에는 이미 당일의 주인이 아니나
前溪惟有舊時音	앞 시내에는 오직 옛날 물소리만 있네
從今誰是知心者	이제부터는 누가 마음을 아는 이이겠는가
回首靑龍[11]涕滿襟	좌청룡 돌아보며 눈물 옷깃에 가득하다

〈泰齋先生文集, 삼-23〉. 상동서 p333

登圓明寺小樓 贈安上人
원명사 작은 누대 올라 안 스님에게

獨向雲山訪道林	홀로 구름 산 향해 도인 숲 찾으니
小樓終日共登臨	종일 작은 누대에 함께 오르내리다
淸泉漱砌生寒響	맑은 샘 섬돌 씻어 차가운 울림 일고
老木當軒積翠陰	늙은 나무 난간 다아 비취 그늘 쌓이다
洞裡烟霞朝復暮	골 안의 연기 안개는 아침과 저녁이고
世間興替古猶今	세상 사이 흥하고 망함은 예나 이제나
十年官路吾何事	10년의 벼슬 길이 나에게 무슨 일인가
終擬從今臥一岑	마침내 이제부터 한 뫼에 누워 기댈까

〈泰齋先生文集, 三-39〉 상동서 pp357.

---

11) 靑龍 : 풍수설에서 主山에서 왼쪽으로 뻗어나간 산줄기를 이르는 말.

이승소
李承召

    李承召(1422 세종 4~1484(성종 15), 자는 윤보(胤保), 호는 삼탄(三灘). 본관은 양성(陽城). 1447년(세종 29) 식년문과에 장원, 집현전수찬(集賢殿修撰)이 되어 같은 해 문과중시에 합격했다. 부교리(副校理), 응교(應敎)를 거쳐 1454년 집현전직제학(集賢殿直提學)을 역임하고, 1457년 예문관직제학(藝文館直提學)을 역임했다. 충청도관찰사를 거쳐 대사성(大司成)에 오르고, 다음 해 이조 예조 참의(參議)를 역임하고 호조참의(戶曹參議)로서 사은부사로 중국에 다녀왔다. 1468년 예조참판으로 예문관직제학을 겸임하였고, 1471년에 좌리공신(佐理功臣) 4등으로 양성군(陽城君)으로 봉해졌다. 그 뒤 여러 관직을 지내며 당대의 문장으로도 이름을 날렸다. 예악(禮樂), 음양(陰陽), 율력(律曆), 의학(醫學) 지리(地理) 등에도 조예가 깊었다.

    유집인 〈삼탄집(三灘集)〉은 1514년 목판으로 간행한 초간본을 저본으로 하여 정리한 것이다. 권 1에서 권 9까지는 시이고 권 10에서 권14 까지는 문으로 총 14권 5 책으로 구성되어 있다. 그의 시문에 대해서 서문을 쓰고 있는 신용개(申用漑)가 천연자득의 자연스러움을 강조하고 있으니 "고의 저작은 참으로 식견이 높고 생각이 심원하여 천연의 자연스런 터득에서 나와 대가 중의 몇 사람으로 올랐다." 하였고, 남곤(南袞)도 전대의 문장가 중에서 따르기 어려웠던 한 분이라고 칭찬했다.

贈日本僧秀藺

成化乙酉 日本僧秀藺來聘 世祖以事載書契 幷禮幣授藺 歸達
其王 適其國亂 藺僑寓村舍凡五年 亂稍定 始得國王答書來

일본 스님 수린에게

성화 을유(1465)년에 일본 스님 수린이 조빙으로 왔었다. 세조가 그 사실을 문서로 쓰고 예폐를 갖추어 수린에게 주고 왕에게 전하라 했다. 마침 그 나라에 난리가 나서 수린이 촌가에 얹혀 살기 5년만에 난리가 안정되어 국왕의 답서를 가지고 왔다.

仙槎曾艤漢江湄	신선 사다리가 진작 한강의 나루 가에 매이어
及見神堯八綵眉1)	신령한 요임금의 여덟 채색 눈썹을 보았거늘
魚素久無傳日域	소식 글 오래도록 일본 지역에 전하지 못하고
鴈書還把付禪師	편지는 오히려 선사인 스님에게 잡혀 있었네
溟波萬里身如寄	바다 파도 만 리에 몸은 더부살이 같아서
漢節三年手自持	나라 사절은 3 년동안 손안 간직하고 있었구나
良苦歸來龍馭遠	어렵사리 돌아오는 용의 수레도 머니
鼎湖2)回首涕交頤	정호로 머리 돌려 눈물이 뺨에 주루룩 흐른다
干戈滿地行路難	무기와 병사 땅에 가득해 행로의 길 어려울터인데
全璧歸來使事完	구슬을 온전히 가지고 왔으니 사행이 완전했구나
松偃舊房秋已老	소나무는 옛 방에 누웠으니 가을은 이미 늙었고
蛩吟旅榻夜生寒	벌레 소리 나그네 침상엔 밤 기운이 한기가 돋네
應緣無著心灰冷	인연 따라 집착 없으니 마음은 재처럼 싸늘하고
觀色皆空眼界寬	색계를 보면 모두가 공이니 시선은 너그러울 것
憑仗禪師煩一語	의장에 의지한 선사의 스님이여 번거로운 한 마디로
須敎兩國永交歡	두 나라가 영원히 즐거움을 교환하게 하시오

〈三灘先生文集, 五-11〉〈韓國漢詩大觀〉권18. pp113.

1) 八綵眉: 八采眉 堯임금님의 신장이 10尺이고 눈썹은 8 채색으로 나뉘엇다 하여, 후세에 八采가 요임금의 눈썹이거나 제왕의 용모를 지칭하게 되었다.
2) 鼎湖: 鼎湖는 원래는 지명. 고대에 黃帝가 首山에서 銅을 채취하여 荊山에서 솥[鼎]을 주조했는데, 솥이 완성되니 용이 내려와 黃帝를 영접해 갔다하여 그곳을 '鼎湖'라 한다. 이후로 '정호'를 제왕을 지칭하기도 하고, 임금의 서거를 말하기도 한다. 수린이 다시 왔을 때는 세조가 이미 승하했기 때문에 한 말이다.

奉和琉球國使自端上人詩韻
유구의 국사 자단 스님의 시운에 화답함

征途風雪正蕭條	사신의 길에 눈 바람이 바로 쌀쌀하였으나
瓶錫飄然再入朝	사뿐한 행장으로 두 번이나 조공으로 오셨네
穩泛仙槎遊萬里	온건하게 뜬 신선 사다리로 만 리를 노닐어
欣瞻瑞日上重霄	흔쾌히 상서로운 햇살 구중의 하늘 오름 보다
興來揮翰詩無敵	흥이 일어 문장 날리면 시에 대적할 이 없고
睡罷煎茶手自調	졸음 끝에 차를 다리되 손수 조리하는구나
隨世應緣多伎倆	세상을 따를 땐 인연 따르는 기량도 많으나
隱居休問爛柯樵3)	숨어 살 땐 세월의 변천을 물을 필요도 없지
漸覺春風動柳條	점점 봄 바람이 버들 가지 흔드는 것 깨달으니
故園旋斾趁花朝	고향 동산의 돌아가는 깃발 꽃 아침에 내닫겠네
身隨蘆葉4)經三島	몸은 갈대 잎을 따라 신선의 삼도를 지났고
夢想仙韶下九宵	꿈은 신선 음악 상상해 구천의 하늘 내려오다
欲和郢歌5)那可得	고아한 시가를 화답하려해도 어찌 할 수 있으며
自慚齊瑟6)不相調	맞지 않는 가곡이라 스스로 조율 못함 부끄럽구나
舊房松已枝西偃	옛 선방엔 소나무 이미 서쪽으로 기울었을 터이니
煮茗何時拾墮樵	차를 다리며 어느 때에나 떨어진 땔감 주울까

〈三灘先生文集, 六-1〉〈상동서〉 동권. pp119.

....

3) 爛柯: 南朝의 梁의 任昉의 〈述異記〉에 "晉나라 때 王質이 나무를 베러 갔다가, 동자 몇 사람이 바둑을 두며 노래하는 것을 보고 있었다. 동자가 대추씨 같은 것 하나를 주어 먹고 나니, 배고픈 줄을 모르겠더라. 얼마 있다가 동자가 왜 안 가느냐 하기에, 왕질이 일어나 도끼자루를 보니 다 썩었더라. 집으로 돌아와 보니 당시의 사람은 하나도 없었다" 함이 있다. 그 뒤로 "爛柯"를 세월의 빠름과 인사의 변천을 이르는 말이 되었다.

4) 蘆葉: 達磨가 魏나라로 갈 때 양자강을 갈대 잎을 타고 올라 갔다 함.

5) 郢歌: 郢 지방의 사람이 재주가 많아 '郢人'이라 하면 노래 잘하는 이고 '郢匠'은 재주 있는 匠人이듯이 '郢歌'는 우아한 시가를 말한다.

6) 齊瑟: 事齊操瑟. 齊나라 임금이 생황(竽)을 좋아하는데, 어떤 이가 비파(瑟)를 가지고 가서 왕의 문 앞에 서 있기 3년이 되어도 왕궁에 들지 못했다.

贈別日本僧

일본의 승려를 전별하며

大士寧貧一味禪[7]	대사는 차라리 일미선에 가난하여
却於塵世喜隨緣	문득 먼지 속세에서 인연 따르기 기뻐하다
四方專對[8]詩三百	사방으로의 사신 대화에 시가 3 백편이고
上國觀光路八千	상국으로 온 관광의 살핌에 길은 8 천리
日域曾聞多韻釋	일본에도 시를 하는 스님 많다 들었는데
春官今得接芳筵	춘관의 문사가 지금 꽃다운 자리에서 접견
年光欲盡歸心迫	시간이 다해서 돌아갈 마음이 촉박하니
祖席分携意惘然	전별의 자리에서 소매 나누자니 생각 아득해

〈三灘先生文集, 六-6〉〈상동서〉동권. pp126.

送僧

스님을 보내며

東西蓬轉喜隨緣	동으로 서로 구르는 것 인연 따르기 좋아함이니
喧寂何曾落二邊	시끄러움 고요함에 어찌 두 끝에 떨어진 적 있나
酒席詩壇能自在	술 자리나 시문의 자리에도 자재로울 수 있고
雲林朝市兩瀟然	구름 숲이나 저자 거리 어디에도 두루 초연해
玄關直透非今日	현묘한 관문을 곧바로 뚫음 오늘의 일 아니고
白首相知自少年	흰 머리에 서로 아는 것은 어린 시절부터이네
眯目紅塵難抖擻	붉은 먼지 세상에 미혹된 눈 떨치기 어려운데
羨君還訪舊山川	그대가 오히려 옛 산천을 찾는 것이 부럽구나

〈三灘先生文集, 六-7〉〈상동서〉동권. pp12

....

7) 一味禪: 純一無雜의 가장 뛰어난 선. 즉 頓悟證入의 선으로 如來禪이라고도 한다.

8) 專對: 외국 사신이 독자적으로 隨機應答하는 능력. 〈論語, 子路〉에 "誦詩三百 授之以政 不達 使於四方 不能專對 雖多 亦奚以爲(시경 삼백 편을 배우고서도 정치를 맡겨도 통달하지 못하고 사방으로 사신이 되어 전문적 독대를 할 수 없다면 비록 많이 배웠더라도 역시 무엇을 하랴.)

送日本使僧正球首座

일본 사신 정구수좌를 보냄

扶桑遠在天一邊　　해돋는 부상은 멀리 하늘 한 끝에 있어
開國茫茫太古前　　나라 열기는 아득히 태고의 예전부터
徐福9)幾時遊不返　　서복이 여러 번 노닐다 돌아오지 못하여
至今遺俗尚依然　　지금도 남겨놓은 풍습이 아직도 아련해

聲敎東漸卽一家　　명성과 교화가 동으로 무젖어 한 집이 되어
馮夷10)効戰海無波　　물귀신인 풍이도 본받아 바다에 파도 없다
從他弱水11)三千隔　　이로부터 약수가 3천 리로 막혀 있지만
穩送張侯12)萬里槎　　온건하게 장건의 만 리의 뗏목 보내듯하리

歸來松偃向西枝　　돌아가 소나무에 누워 서쪽 가지를 향해
兩見春風客路吹　　다시 봄 바람이 나그네 길에 부는 것 보리
海嶠煙霞看已遍　　바다와 산 자연 풍경을 이미 다 살폈으니
盡收佳景入新詩　　아름다운 경치 다 거두어 새 시에 담다

星槎渺渺渡天津　　사신 행차 아득히 하늘 나루 건넜으니
袖底降龍鉢有神　　소매에는 용이 내리고 바루엔 귀신이 있지
須識上人多伎倆　　꼭 믿겠다, 스님은 기량도 많아서
能敎兩國永和親　　두 나라로 하여금 길이 화친케 했노라고

....

9) 徐福: 원 이름은 徐市. 秦始皇 때의 術士. 시황에게 상서하여 동해에 三神山이
　　있으니 동남 동녀를 재계시켜 가서 찾으면 되리라 하니 시황이 동남동녀 수천
　　인을 보내어 신선을 찾았으나 돌아오지 못했다.
10) 馮夷: 水神의 이름.
11) 弱水: 고대 신화전설중에 험악하여 건널 수 없는 강과 바다를 말함.
12) 張侯: 漢의 張騫. 武帝가 종래의 匈奴和親策을 버리자, 장건이 흉노를 정벌하려
　　여러 차례 西域을 건넜다. 이것이 바로 동서교통의 개척이 되었다. 그 공으로
　　博望侯로 봉해졌으니, 이는 지리를 잘 알아 군사를 이롭게 했다(널리 바라보다,
　　廣博贍望)하여 내린 봉호다.

誦詩專對13)更無倫　　시의 화답이나 외교 담론에 짝할 이 없어
奉使歸來荷寵新　　사신으로 와서 은총을 입기 더 새로웠네
已勅太官催賜酒　　이미 태관에게 칙령하여 술자리 재촉하니
內廚絲絡更分珍　　궁중의 주방에선 진수성찬 차리기 바쁘다

君王暇日宴瑤池　　임금께서 시간 내어 궁중 연못에 자리 펴고
拜舞欣瞻八彩眉14)　드리는 춤에 채색 눈썹의 임금을 바라보다
聽得鈞天15)渾似夢　균천악을 듣노라니 혼연히 꿈과 같아서
靑冥雨露更淪肌　　푸른 밤하늘에 이슬 비 흡족히 살갗 적시다

南宮錫宴揖淸芬16)　남쪽 궁전에서 잔치 벌려 맑은 향기 맞으니
揮塵淸談17)落屑絲　총채 휘두르는 맑은 이야기 꽃가루 떨어지다
舊習尙餘磨不盡　옛 버릇이 아직 남아 다 사라지지 않아
還將筆陣掃千軍　오히려 붓 끝을 잡아 일천 군사를 소탕한다

旅館寒燈吐焰微　　여관의 차가운 등불이 희미한 불꽃 토하고
夢魂長繞故山扉　　꿈길은 길이 길이 고향 사립문 맴돈다
早知桑下無三宿18)　뽕나무 아래 세 밤 자는 일 없음 알았으니

....

13) 專對: 외국 사신이 독자적으로 隨機應答하는 능력. 〈論語, 子路〉에 "誦詩三百
　　授之以政 不達 使於四方 不能專對 雖多 亦奚以爲(시경 삼백 편을 배우고서도
　　정치를 맡겨도 통달하지 못하고 사방으로 사신이 되어 전문적 독대를 할 수
　　없다면 비록 많이 배웠더라도 역시 무엇을 하랴.)
14) 八彩眉: 앞의 주 1 참조
15) 鈞天: 鈞天廣樂. 하늘의 음악을 이름. 〈史記, 趙世家〉에 "趙簡子가 병이 나서
　　5일동안 사람도 못 알아보더니, 2일이 지나자 간자가 깨어나서 대부들에게 말하
　　되," 우리 황제가 음악을 좋아하여 온갖 신과 넓은 하늘(鈞天)에 노닐어 온갖
　　음악과 온갖 춤을 널리 즐겼는데(廣樂) 三代의 음악과 같지도 않아 사람의 마음
　　을 감동시키더라 하여 그 후로 '鈞天廣樂'을 천상의 음악이라 하였다.
16) 淸芬: 맑은 향기. 고결한 덕행을 비유하는 말.
17) 塵談: 총채를 휘두르며 하는 정담. 한가한 談論에 널리 쓰인다.
18) 三宿: 三宿戀. 三宿桑下. 스님은 뽕나무 밑에서도 세 밤을 자지 않는다. 恩愛의
　　연정을 갖지 않기 위함이니, 精進의 지극함이다.

振錫還從舊路歸　　석장 날려 다시 옛 길을 따라 돌아가네요

萬里關山積雪明　　만리의 고향 산천이 눈에 쌓여 밝으니
一身歸去葉如輕　　한 몸 돌아가기 잎새처럼 가볍구나
鄕人若問箕封事　　고향 사람들 만일 조선의 일을 묻거든
文物如今屬太平　　자연 문물이 지금처럼 태평하더라 하소
〈三灘先生文集, 六-8〉 상동서 pp128

이승소 李承召　**83**

김종식
金宗直

金宗直(1431 세종 13~1492 성종 23) 자는 계온(季昷), 호는 점필재(佔畢齋)이고 본관은 선산이다. 1453년 진사에 급제하고 1459년 식년문과에 급제했다. 정자(正字), 교리(校理), 감찰(監察), 경상도병마사(慶尙道兵馬使)를 역임하고 성종초에 경연관(經筵官)이 되었다. 다시 함양군수, 선산부사를 거쳐 응교(應敎)가 되어 다시 경연에 나아갔으며, 도승지(都承旨), 이조참판(吏曹參判), 한성부윤(漢城府尹), 형조판서(刑曹判書), 지중추부사(知中樞府事) 등을 역임하였다.

성종의 특별한 총애를 받아 문인을 많이 등용시켜 기성세력의 훈구파(勳舊派)와 반목과 갈등을 빚기도 하였다. 죽은 뒤인 1498년(연산군 4)에 재자 김일손(金馹孫)이 사관으로 있으면서 그의 〈조의제문(弔義帝文)〉을 사초에 적어 넣은 것이 원인이 되어, 무오사화(戊午士禍)가 일어났다. 이로 말미암아 그는 부관참시(剖棺斬屍)를 당하여 문집이 많이 소실되었다.

우리 문학사에서 그는 조선 전기의 큰 문인으로 인정받아 왔지만, 그보다도 더 알려진 측면은 성리학자로서의 추앙이 더 강했던 것이 사실이다. 이른바 사림파(士林派)의 영수로서 그의 문하에서 신진 사류가 많이 배출되었으나, 무오사화의 신원(伸寃)이 오히려 절의의 표상으로 받들여져 성리학의 맥을 잇는 유학연원(儒學淵源)으로 인정되어 온 점이 강한 것이 사실이다.

유집인 〈점필재집(佔畢齋集)〉은 최초에 편집된 원고가 무오사화로 소실되고 남은 원고를 바탕으로 1520년 간행한 목판본을 여러 차례 교정 보완한 것으로 시집이 23권 문집이 2권이다.

점필재의 문학관에 대해서는 동시대의 문인이었던 서거정(徐居正), 성현

(成俔) 등과 비교하면서 그는 도학파로 도학을 중시하고 문학을 경시하였다 하여, 서거정이나 성현은 사장파(詞章派)로 김종직은 도학파(道學派)로 가볍게 나누지만, 도본문말(道本文末)적 문학관은 조선조 유학자들의 공통적 견해이기에 그리 큰 의미를 가질 수 없는 것이다.

花長寺僧寂然 持蘭而至
화장사의 적연 스님이 난초를 가져오다

巖谷成嘉遯	바위 골에 좋게 숨어 있었는데
胡僧斸白雲	어느 스님이 흰 구름을 갈랐나
風騷曾托契	국풍 이소에 이미 의탁했으니
塵土不關君	먼지 세상이 그대와 관여 못해
穗已先春擢	이삭은 봄보다 먼저 빼어나고
香宜入夜聞	향기는 의당 밤 되어 들린다
花瓷與鉏砌1)	꽃 자기나 황금 계단에
閑草謾氤氳2)	한가로이 부질없이 향기로워

〈佔畢齋集, 七-10〉.〈韓國漢詩大觀〉권18. pp270.

贈蘿月軒 明上人
나월헌의 명스님에게

堂前蘿月白紛紛	당 앞 숲 사이의 달은 흰 빛이 분분하고
鶴唳猿聲取次聞	학의 울음 원숭이 소리가 차례로 들린다
勘破三三時出定	삼매의 선정을 벗어나고 나면
更將淸料弔孤雲	다시 청정한 사료로 고운을 위로하다

吾友倻川止止堂	가야내의 나의 친구 지지당은
談師貌頜骨彌强	이야기 스님으로 얼굴 뼈대 더욱 굳세어져
如今更接淸詩讀	지금처럼 다시 맑은 시를 접해 읽으면
林下幽蘭剩自芳	숲 아래 그윽한 난초가 여유있는 꽃다움이지

天嶺病夫頭欲雪	천령의 병든 이는 머리가 눈이 되려하고
倻山大士眼勝藍	가야산의 스님은 눈빛이 쪽빛보다 나아

....

1) 鉏砌: 금옥으로 상감된 계단.
2) 氤氳: 陰陽 두 기운이 화합한 모습. 또는 짙은 아지랑이나 향기.

他年許入紅流洞　　다음에 홍류동에 들게 허락한다면
須遣螺音出翠嵐　　꼭 소라 나팔 아지랑이 속에 듣게 하소
　上人常懷一海螺　山林或城邑　輒吹之　人聞其聲　卽知上人之至
目爲螺僧云
　　스님은 항시 바다 소라 하나를 품에 간직하고 산림이나 시장 거리나 곧 부니, 그
　　소리를 들으면 곧 스님이 온 것을 안다. 그래서 소라스님이라 했다

〈佔畢齋集, 八-5〉. 상동서 동권. pp 285.

送空上人住持寶蓮寺
공스님을 보련사의 주지로 보내며

忙裏桃包靜裏禪　　바쁠 때는 보따리 둘러메고 고요하면 좌선
空師去住只隨緣　　공스님의 가고 머무름은 그저 인연 따르다
暫携一錫辭天嶺　　잠시 석장 하나 끌고 천령 고개 넘어가서
自衛三乘入寶蓮　　스스로 삼승을 호위하려 보련사로 들어가다
草坐霜風侵白氎　　풀 자리 서리 바람이 흰 담뇨로 들고
林行石瀨濺靑纏　　숲을 뚫는 바위 물길은 푸르름을 뿌려 얽힌다
殘城病守難爲別　　쇠잔한 성 병든 수령으로 전별하기 어려우나
誰怪韓公愛太顚3)　한유가 태전 스님 사랑함 누가 괴이히 알랴

〈佔畢齋集, 九-3〉. 상동서 동권. pp292

謝悅禪師惠藥及墨 二首
　名學悅4) 與信眉5)學祖6) 有寵於世祖 今年正月 來住本郡金臺
학열스님이 약과 먹을 보내옴에 감사함 2 수
　　이름은 학열이고 신미 학조와 함께 세조의 총애를 받다. 금년 정월에 본군의
　　금대사의 주지로 오다.

坐嘯東風病輒先　　봄바람에 앉아 휘파람 부니 병이 먼저 오더니

----

3) 韓公愛太顚: 唐의 韓愈가 柳州刺史로 있을 때 太顚스님과 각별이 가까웠다.

刀圭[7]分自散花天   약물을 산화천의 하늘에서 나누어 주었네

德雲[8]豈要重虫[9]坐   덕운비구에게 어찌 다시 벌레 앉음을 요하랴

料得山中遇地仙   산 속에서 땅의 신선을 만날 수 있게 된 것을

(藥有金鳳丹 至宝丹 蘇合元)

(약에는 금봉단 지실단 소합원이 있었다)

〈佔畢齋集, 九-6〉. 상동서 pp293.

贈無比師 與克己[10]同賦
무비스님에게 주다 극기와 함께 짓다

師年七十有五 與吾黨金大猷[11] 申挺之 共登頭流 宿天王峰 脚力甚
壯 挺之等亦不及焉 余以禱雨 方齋于嚴川寺 比來請詩 書此以贈
스님의 나이가 75세인데 우리 친구 김대유 신정지와 함께 두류산에 올라 천왕봉에

....

4) 學悅: 조선 전기의 승려로서, 세조 때의 대선사로 당대의 여러 고승들과 더불어
   간경도감(刊經都監)에서 경전을 번역함. 1465년(세조11)에 왕명으로 오대산 월
   정사를 중창함.

5) 信眉: 조선 전기의 승려 호는 慧覺尊者. 세조가 스승으로 예우함. 간경도감(刊經
   都監)에서 언해한 책에 두루 관여함.

6) 學祖: 조선 전기의 승려로 호는 등곡(燈谷) 황악산인(黃岳山人). 세조 때 고승들
   과 함께 불경을 번역 간행함. 1464년(세조 10)에 속리산 복천사(福泉寺)에서 왕
   을 모시고 신미(信眉) 학열(學悅)등과 대법회를 열었음. 1467년(세조 3)에 왕명으
   로 금강산 유점사를 중창. 1487년(성종 18)에 정희왕후(貞喜王后)의 명으로 해인
   사의 대장경 판각을 중창함. 1500년(연산군 6) 신비(愼妃)의 명으로 대장경 3
   부를 간인하고 그 발문을 썼다.

7) 刀圭: 한약의 단위. 또는 약을 쓰는 칼과 저울을 말하여 약을 짓는 도구. 藥物의 지칭.

8) 德雲: 德雲比丘. 善財童子가 찾았던 53 선지식의 한 분. 남방 勝樂國에서 사는데
   선재동자가 거기에서 일채의 부처님의 평등한 경계를 들었다.

9) 重虫: 未詳. 혹 벌레처럼 움추린 자세의 앉음을 추상화한 것인가.

10) 克己: 유호인(兪好仁 1445~1494)의 자. 호는 임계(林溪), 뇌계(㵢溪). 본관은 고
    령(高靈). 김종직의 문인임. 1487년(성종18) 동국여지승람 편찬에 참여.

11) 金大猷: 金宏弼(1454~1504)의 자가 대유. 호는 한훤당(寒暄堂). 사옹(簑翁). 본관
    은 서흥(瑞興). 김종직의 문인. 1498년 무오사화에 김종직의 일파로 몰려 희천(熙
    川)으로 유배, 1504년 갑자사화로 사사됨.

서 졌다. 다리 힘이 매우 건장하여 정지등도 역시 따르지 못했다. 내가 기우제 일로 막 엄천사에서 재를 올렸는데 찾아와 시를 청하기에 이를 써서 주다.

老臘近八十　　늙은 스님 나이 팔십에 가까운데
兩脚超飛鴻　　두 다리는 나는 새보다 뛰어나다
頭流最高頂　　두류산의 가장 높은 봉우리에서
俯瞰扶桑紅　　부상의 붉은 해를 굽어보면서
却笑少年子　　문득 나이 어린이들이
喘如吹竹筒　　퉁소 불 듯 헐떡임을 비웃다
長嘯擺綠蘿　　긴 휘파람에 푸른 넝쿨이 열리니
忽拉方瞳12)翁　홀연 모난 눈동자의 늙은이 잡아오다
秘訣共商畧　　비결을 함께 헤아려 보니
當還氷雪13)容　응당 얼음 눈의 용모로 돌아감이네

〈佔畢齋集, 十-13〉. 상동서 동권. pp310.

和安上人詩卷
안스님의 시권에 화답

韜鈐14)曾脫略　용병술로 일찍이 벗어나서는
却占白雲區　　문득 흰 구름의 구역을 점하다
未信磚成鏡15)　벽돌이 거울됨 믿지 못한다면

....

12) 方瞳: 모난 눈동자. 옛 사람들이 長壽의 相이라 여겼다.
13) 氷雪: 피부가 청결하고 매끄러움을 형용함. 〈莊子, 逍遙遊〉에 "藐姑射之山 有神
　　人焉 肌膚若氷雪 綽約若處子 不食五穀 吸風飮露(막고야의 산에 신인이 사는데
　　살결이 얼음 눈 같고 야들거리기 처녀와 같아 오곡을 먹지 않고 바람을 마시고
　　이슬을 마시다)"함이 있다.
14) 韜鈐: 고대 兵書의 六韜로 일반적인 병서로 인용. 또는 用兵의 謀略.
15) 磚成鏡: 磨磚. 벽돌을 갈아 거울 되기 바란다 함은 수도하되 구하는 것이 있다면
　　끝내 성취할 수 없음을 비유하는 말. 馬祖道一이 종일 좌선으로 부처가 되려
　　하자, 南嶽懷讓禪師가 그 앞에서 벽돌을 갈아 거울을 만드는 작업을 해 보였다.
　　한갖 坐禪으로 成佛할 수 없음을 일깨운 公案.〈景德傳燈錄〉卷五, 南嶽磨磚.

還從石點頭	오히려 돌이 머리 끄덕거림 쫓나
瓶添溪月曉	병에는 시내 달의 새벽을 채우고
笠卸海山秋	삿갓에는 바다 산의 가을을 담다
我爲窮源到	나는 근원 다하도록 갈 것이니
休嗔客倦遊	나그네의 더딘 놀이 꾸짖지 마소

〈佔畢齋集, 十四-8〉. 상동서 동권. pp349.

盧秀才琇 請僧智照詩卷
수재 노수가 중 지조의 시권에 청하다

佛敎入中國	불교가 중국으로 들어와
由漢顯節陵	한의 명제 때에 드러나다
當時隨使者	당시에 사신을 따라 온 이
笁蘭16)與摩騰17)	축법란과 가섭마등이었다
佛敎至東土	불교가 우리나라에 이르러
作俑18)羅法興	신라의 법흥왕이 창시하니
墨胡及阿道	묵호자와 아도화상이
鬼幻烏足憑	귀신 환생술을 어찌 믿겠나
三軍初汗牛19)	삼군의 군사도 땀 흘릴 책이
千函代以增	일천 상자가 대대로 증가하고
末世恣演譯	말세에 자의적으로 연역되니
假託莫能徵	거짓 의탁됨을 증빙할 수 없다
精微或一道	정성과 현미함은 혹 한 길이나

....

16) 笁蘭: 竺法蘭. 東漢 明帝가 蔡愔을 서역으로 보내 불경을 구할 때, 迦葉摩騰과 함께 와서 洛陽의 白馬寺에서 四十二章經을 번역하여 불교의 初傳者가 되다.

17) 摩騰: 迦葉摩騰. 竺法蘭과 함께 온 불교의 초전자. 앞의 주 참조.

18) 作俑:〈孟子, 梁惠王上〉에 "仲尼曰 始作俑者 其無後乎 爲其象人而用之也(공자 말하기를 '처음 순장의 우상을 만든 이는 아마도 후손이 없을 것이다'했으니 이는 사람을 본떠서 만들었기 때문이다)"함이 있으니, 이는 장례 때 殉葬했던 偶像이다. 후대에 '創始'나 '先例'를 이르는 말을 "作俑"이라 하게 되었다.

19) 汗牛: 소(牛)가 책을 운반하다 땀(汗) 흘릴 만큼 많은 책을 이르는 말.

僞贋尤可憎	거짓됨이 더욱 가증스럽네
未聞太極中	듣지 못했네 태극 안에서
何者爲佛僧	어떤 것이 부처와 중인지
未聞五常20)內	듣지 못했네 오상 안에서
何者爲三乘21)	어떤 것이 삼승이 되는지
向壁妄見性	벽을 향해 망녕되이 본성 본다고
敢擬傳心燈	감히 마음 전하는 등불에 비겨
悠悠百代底	아득히 백 세대 밑에
壞汚幾黎烝22)	얼마나 백성을 허물고 물들였나
渠今學其道	저 사람 지금 그 길을 배워
沈迷實哀矜	빠져 미혹되니 실로 불쌍하구나
計出下愚下	계교는 어리석은이보다 아래이니
智照眞虛稱	지혜의 비침이란 참으로 허구이네
豈無劃雲刀	어찌 구름 자를 칼이 없는가
光芒凜若氷	빛 줄기가 얼음처럼 싸늘한데
未得扶汝眼	너의 눈을 잡아 줄 수 없으니
惜哉吾無能	애석하구나 나의 무능함이여

〈佔畢齋集, 十五-11〉 상동서 동권. pp357.

贈野雲 吾方外友螺上人之門徒也 將謁其師於伽倻 遂入頭流 今來告別 袖金箋一軸求詩 因次四佳23) 益城24)兩相韻 贈之

야운에게 주다 내 방외의 친구 나스님의 제자이다 선생을 가야산으로 보러 간다 하며 두류산에 들었다 오늘 고별하러 왔다. 황금 전지 한 축을 가지고 와 시를 구하기에 사가와 익성 두 재상의 시에 차운하여 주다

....

20) 五常: 다섯 가지 정상적 윤리 도덕 父義 母慈 兄友 弟恭 子孝. 또는 仁 義 禮 智 信. 또는 五倫.
21) 三乘: 불교에서 일반적인 해탈의 길의 小乘(聲聞乘) 中乘(緣覺乘) 大乘(菩薩乘).
22) 黎烝: 평민 대중.

野雲漂泊欲誰依　들 구름 떠돌아 누구에게 의지하려 하나
蘿月堂前苒苒歸　댕댕이 달 당 앞에서 넘실넘실 돌아가다
擁褐老螺應絶倒　갈옷 끼고 늙은 나스님은 응당 반길 것이고
巢松獨鶴不驚飛　소나무 깃든 외로운 학도 놀라 날지 않을 걸
生來石上精魂猛　살아오기를 바위 위에 정진 영혼 용맹했고
此去塵中蹤跡稀　이번에 가면 속세 먼지에 자취 드물 것이네
丈室寂寥蓮漏徹　방장의 방 고요하게 연꽃 시간 건히면
溪聲山色逞天機　시내 소리 산 색깔이 하늘 기틀 들어내리

南華25)風味却思齊　남화노인 장자의 멋과 같아지려 생각해
遙向頭流錫更提　멀리 두류를 향했다가 다시 석장을 끄네
山自萬重天最近　산은 스스로 일만 겹 하늘 가장 가깝고
吾嘗一陟夢還迷　나는 하나의 능선인데도 꿈이 희미하네
羽人跨海能來往　깃털 신선은 바다 건너 오갈 수 있지만
木客26)吟詩似嘯啼　숲에 숨은 나그네 시 읊음 휘파람 같네
安得從師更探討　어떻게 하면 스님 따라 다시 깊이 토론할까
孤雲遺躅訪雙溪　최고운의 남긴 자취로 쌍계사를 찾기도 해.

〈佔畢齋集, 二十三-4〉. 상동서 동권. pp440.

....

23) 四佳: 徐居正(1420-1488)의 호가 四佳亭이고, 자는 剛中이다.
24) 益城: 洪應(1428-1492)의 봉호가 益城府院君이고, 자는 應之, 호는 休休堂이다.
25) 南華: 南華眞人의 약칭이니, 莊子를 말한다. 책으로서의 〈莊子〉는 〈南華眞經〉이라 한다.
26) 木客: 깊은 산에 숨어 세상과 결별된 사람. 그런 사람의 시를 "木客詩"라 하기도 함.

김시습
金時習

眞儒眞佛의 自由人

　金時習(1435 세종17-1493, 성종 24)의 행적에 대해서는 필자 나름으로 진유진불(眞儒眞佛)의 자유인이었음을 주장한 적이 있다.(졸저 〈韓國 漢文學의 探究〉. pp130 "梅月堂 金時習의 문학세계") 그러한 주장을 하게 된 것은 율곡 이이(栗谷 李珥)가 왕명에 의하여 저술한 〈김시습전(金時習傳)〉을 근거로 하였던 것이다. 율곡은 매월당의 일생을 '심유적불(心儒跡佛)'로 정의하였던 것이다. 그런데 필자의 견해로는 오히려 '비유비불(非儒非佛)'로까지도 비쳐질 수 있는 경지를 넘어선 '진유진불'의 참다운 자유인이라 함이 타당한 평가로 이해되었다.

　그의 운수행각이 방위인(方外人)의 기질이라든가, 원각사(圓覺寺)의 낙성회에 참여한 것이 변절의 실마리로 보일 수도 있으나, 그의 시문집 〈매월당집〉에 전하는 많은 문이나 시에 보이는 사상은 그것이 오히려 시대상을 분명히 의식한 시중적(時中的) 자세로 부각되어 있다.

　'심유적불'이라는 말은 '내유외불(內儒外佛)'이라 풀이할 수가 있고, 이는 내면적으로 유자이나 외면적으로는 불자라는 양면성을 보여 자칫 표리가 상반되는 모순적 인간형으로 인식될 소지가 다분히 있다. 이러한 모순적 시각 때문에 그는 현실에서 소외된 방외인(方外人)적 삶으로 풀이되어 왔다. 그러나 그것은 오히려 그가 어디에도 맹목적으로 경도되는 것이 아니라, 양자를 철저하게 이해하고 터득하여 어디에도 속박되지 않은 철저한 자유인이었던 것이다.

　〈매월당집〉에 수록되어 있는 '설(說)' '변(辨)' '의(義)'는 그가 자유인이 될 수 있었던 논리적 근거를 설득력 있게 보여 주고 있다.

이러한 매월당의 견해가 백여년 뒤의 栗谷에게는 心儒跡佛로 보였던 것이다. 그러나 위에서 보인 여러 가지 정황으로 보아서는 오히려 非儒非佛이라 할만큼 초월자적 중도로서 眞儒眞佛인 철저한 자유인이었다 하겠다.

유집 〈매월당집(梅月堂集)〉은 이자(李耔) 박상(朴祥) 윤춘년(尹春年) 등이 수집 편찬했던 것을 바탕으로 1583년 선조의 명에 의하여 간행되었다. 분량은 시집 15권 문집 8권으로 9책이다.

贈善行題詩軸

선행에게 시축을 써서

年來四十又加年	연래에 마흔에다 또 몇 해를 더하나
於世無聞道未玄	세상 길에 들음 없고 도에도 깊지 않구나
汝作桑虫1)逾二紀	네가 나나리 벌레 됨이 20년이 넘었고
我如春蟻2)己三眠	나는 봄 누에처럼 석 잠을 잤구나
閑中猛省前非事	한가함 속에 전날의 잘못을 맹렬히 반성하고
夢裏常吟今是篇	꿈 속에서 항상 오늘이 옳음을 읊고 있구나
商也起予3)終古語	자공은 나를 일으키다 함은 끝내 옛말이나
淸風明月勸加鞭	맑은 바람 밝은 달에 힘써 채찍을 더하라

〈梅月堂詩集, 三-5〉. 한국한시대관 권19. pp143.

待梅公不至

매공을 기다리나 오지 않음

月出東峯亂鴉啼	달이 동쪽 봉에 뜨니 까마귀 어지러이 울고
高低樹影壓階西	높고 낮은 나무 그림자 섬돌 서쪽 누르다
黃昏獨坐敲棋子	황혼에 홀로 앉아 바둑알이나 두드리며
剪燭新詩手自題	촛불을 돋우며 새 시를 손수 쓰고 있다

〈梅月堂詩集, 三-9〉. 상동서 동권. pp144.

....

1) 桑蟲: 뽕나무의 작은 벌레. 나나리 벌이 이 뽕나무 벌레를 잡아다 나무 구멍 속에서 나 닮아라 하여 제 새끼로 변화시킨다는 것이다. 여기서는 속가를 벗어나 승려가 됨을 비유해서 쓴 것이다.

2) 春蟻: 봄날 술 동이 위에 떠 있는 개미. 곧 봄 술을 말한다. 여기서는 봄 누에를 의식해 쓴 것이 아닐까. 다음 "三眠"은 누에가 성충이 되려면 세 번의 껍질을 벗어야 한다. 이 때 먹지도 자지도 않기 때문에 이를 잠잔다 한다.

3) 起予: 〈論語, 八佾〉에 "子曰 起予者 商也 始可與言詩已矣(공자 말씀하시되, 나를 일으키는 자는 상(子貢)이로구나 비로소 더불어 시를 말할 만하구나)"함이 있다.

敏上人[4] 同諸伴來問道
민스님이 여러 도반들과 와서 도를 묻기에

君看淸淨道	그대는 맑고 깨끗한 도를 보아
不爲塵所染	먼지에 물들게 되지 않네요
只緣忿欲生	다만 분함 따라 욕심 생겨
竟爲諸相掩	마침내 모든 것이 서로 가려
所以先聖戒	옛 성인이 경계한 것이
懲忿又窒欲	분함을 징계하고 또 욕심 막도록
此是徑庭處	이것이 바로 지름길이 되이
君子須謹獨	군자는 모름지기 홀로를 삼가야
情欲一乍萌	정과 욕심이 한 번 싹트면
爲他所桎梏	저것에 얽매임이 되나니
天竺古先生	천축의 옛 선생님이
斷髮雪山嶺	설산 고개에서 머리 깎은 것도
只爲諸衆生	다만 모든 중생을 위하여
汨沒不自省	골똘히 자신은 살피지도 않다
卽脫九章衣	곧 모든 문장의 옷을 벗고
勤修六載靜	6년 동안의 청정을 닦으셨네
厭彼聲色娛	저 소리와 빛 즐김 싫어하고
愛此龍蟒境	이 용과 이무기의 경지 사랑해
願保淡泊心	원컨대 담박한 마음 보존하여
期取一朝惺	하루 아침의 깨우침 취하여
始知濟人船	비로소 알라 사람 건네는 배는
元來是舴艋	원래가 바로 작은 거룻배임을

〈梅月堂詩集, 三-11〉. 상동서. pp144.

....

4) 敏上人: 성민(省敏)스님. 호는 계정(桂庭), 또 다른 호가 운암인 듯. 대지국사(大智
   國師) 찬영(粲英)의 제자. 1406년(태종 6) 2월에 수백 명의 조계종 승려들을 이끌
   고 그가 신문고를 쳐서 사액(賜額)과 사사(寺社)의 민전(民田)을 없애려는 조정
   의 처사를 철회할 것을 직소하였으나 결국 허사로 되고 말았다.

嘲僧鼾
코고는 중 조롱

鼾聲如雷驚四隣	코고는 소리 우레 같아 사방 이웃을 놀래니
名山何處息渠肩	이름난 산 어느 곳이 그대 어깨 쉬게 할까
坐禪精進常逃者	참선에 앉아 정진함이 항상 도망하는 자이고
入里求齋蓋闕焉	마을 들어 재를 구함은 대체로 모자람이네
多約癡朋同住錫	많이 어리석은 친구와 머무르기 약속하고
每看盹俗說因緣	매양 세속인을 보고 인연을 이야기 하나
閻羅不是無心物	염라대왕이 무심한 물건이 아니로구나
爲此童頭受苦煎	이 알머리에게 괴로이 물 끓이게 하다니

〈梅月堂詩集, 三-12〉. 상동 146.

夜坐看經
밤에 경을 보다

一炷香殘秋夜深	한 줄기 향도 다하고 가을밤은 깊어
蛩聲月色攪禪心	벌레 소리 달빛이 참선 마음 흔든다
百年人事不可計	평생 백년의 사람일이란 헤일 수 없고
三世妄緣無處尋	삼세 세간 망령된 인연 찾을 곳이 없다
庭樹正愁風露勁	뜰 나무 바로 바람 이슬 굳셈 근심하고
山禽似話洞雲侵	산새도 이야기하듯 골 구름 침입하다
蒲團紙帳淸於水	푸들 방석 종이 휘장이 물보다 맑으니
閑展禪經閱古今	한가히 불경을 펼치고 고금을 열람하다

〈梅月堂詩集, 三-12〉. 상동 146.

示學梅 二首
학매에게 2 수

雲淨風寒月未團	구름 깨끗하고 바람 차고 달 둥글지 않아
新年景像富毫端	새 해의 경관 물상이 붓에서 풍요롭다

捲簾積雪明林巘	발을 걷으니 쌓인 눈이 숲 동산에 밝고
入夜溪聲繞塔壇	밤 들자 시내 소리 불탑 불단을 맴돌다
詩欠可人筒在櫝	시는 참 시인 없어 시통은 궤 속에 있고
碁無敵手子藏柈	바둑은 맞수가 없어 바둑알 판에 감추다
嗟噓縮項誰將伴	서글픈 탄식 움츠린 목 누구와 친구인가
紙帳梅花仔細看	종이 휘장의 매화를 자세히 보고 있네

學梅髡者學詩書	학매의 중은 시와 서를 배운자로서
家在昭陽江上廬	집은 소양강 위의 초가집에 있었지
斷織5)有親新覲到	베틀 자른 어버이 있어 근친으로 왔고
論文無地已參余	글을 논의할 곳이 없어 나에게 참여했지
松如翠蓋雲如絮	소나무는 비취빛 일산 구름은 솜털 같고
霜似瓊糜月似梳	서리는 옥가루 같고 달은 빗과 같구나
點爾與吾曾有夙	그대가 나와 점을 찍음이 묵은 인연이니
靑山穩處必從渠	푸른 산 온전한 곳에 반드시 그대 따르리

〈梅月堂詩集, 三-14〉. 상동 147.

問珠和尙
주스님에게 문안

東國禪林老	우리나라의 선림의 노인으로
安閑壽且頤	평안 한가 수하고 또 장수해
賓頭6)眉秀白	빈두로는 눈썹이 수려 담백
那律7)眼生疵	나율은 눈에 병이 났구나

....

5) 斷織: 斷織. 베틀을 자르다. 孟母斷機. 맹자가 유학을 하다가 돌아오니, 맹자의
   어머니가 베를 짜고 있었다. 베틀에서 내려오지도 않고 맹자에게 "네가 지금
   돌아온 것은 이와 같다"하고서는 짜던 베틀(機)을 잘랐다(斷). 맹자는 그 길로
   돌아가 대성하고서 돌아왔다.
6) 賓頭: 貧頭盧. 나한의 이름 bindola의 漢譯.
7) 那律: 비구의 이름 阿那律의 약칭.

已許先王愛　이미 선왕의 임금 사랑 받고
多爲貴戚知　다분히 귀족들의 지기이네
而今無恙否　지금에는 별고 있나 없는가
戀慕向方馳　연모의 정 방향 따라 달리오

〈梅月堂詩集, 三-15〉. 상동 148.

送牛上人遊方
우스님의 지방 나들이의 전송

手錫一介藤　손 안의 석장은 하나의 등나무
飄然何處去　표연히 어느 곳으로 가는 것인가
楓城千萬疊　단풍의 성은 일천 일만 겹이고
碧苔濺芒屨　푸른 이끼는 짚신을 적신다
槲葉滿山徑　떡갈나무 잎으로 가득한 길이고
幽鳥聲無數　그윽한 새의 울음 수도 없네
暮扣白雲扃　해저녁에 흰 구름 문 두드리니
蕭蕭半山雨　소소히 쓸쓸한 반 산의 비이네

〈梅月堂詩集, 三-15〉. 상동149.

和四佳先生韻 示微上人
사가선생의 운에 화답해 미스님에게

春山何處訪精藍　봄 산 어느 곳으로 정한 절을 찾아가니
萬丈蒼崖聳碧潭　일만 길 푸른 언덕이 파란 못에 솟았다
流水落雲觀世態　흐르는 물 지는 구름에 세상 자태 살피고
碧松明月照禪談　파란 솔 밝은 달이 스님 이야기 비춘다
杖頭烏兔8)跳丸過　석장 머리 해와 달은 튀는 탄환으로 지나고

....

8) 烏兔: 해와 달. 신화에서 해에는 까마귀가 있고 달에는 토끼가 있다하여 "烏兔"를
해와 발(日月)로 인용한다.

江上峯巒刮目參　　강 위의 봉우리들은 눈을 비비게 참여하다
踏遍諸方應得道　　여러 지방을 두루 밟으면 응당 도 터득돼
斷然一笑善財[9]南　　크게 한 번 웃음으로 선재동자 남으로 가네

〈梅月堂詩集, 三-16〉. 상동 150

贈靈光僧
영광의 중에게

遠自靈光郡　　멀리 영광군에서
尋參百二州　　일백 이 고을을 찾아 참여
跏趺明月下　　밝은 달 아래 가부좌하고
偃息碧峯頭　　푸른 봉우리에 누워 쉬다
桂熟常收子　　계수 열매 익자 항시 줍고
蘭生不作疇　　난초 돋아도 가꾸지 아니해
今朝向山去　　오늘 아침 산으로 향해 가니
行色正由由　　가는 모습이 바로 여유 있어

〈梅月堂詩集, 三-16〉.상동 151

送僧還鄕
고향으로 가는 스님 송별

遙指家山携影歸　　멀리 고향 산을 가리키며 그림자 안고 가니
短筇高與塞雲飛　　짧은 지팡이도 높이 변방의 구름과 함께 날다
臨岐泣洒濕秋色　　갈림길 다다르자 눈물 뿌려 가을 빛 적시니
不盡西風吹別衣　　다함없는 서녘 바람이 이별의 옷깃에 불다

〈梅月堂詩集, 三-18〉.

....

9) 善財: 구도자인 善財童子 sudhana. 53 善知識을 두루 찾아 뵙고 맨 나중에 普賢
菩薩을 만나서 10大願을 듣다.

次淸隱韻
청은의 운에 차운

早把形骸寄碧山	일찍이 몸과 뼈를 잡아 푸른 산에 부쳐 사니
聲名終不落人間	소문과 이름 끝내 인간세상에 알리지 않다
東皇別借春消息	동황인 봄 신 별나게 봄소식을 아끼더니
花笑柳眠閑又閑	꽃이 웃고 버들이 조니 한가하고 또 한가해

〈梅月堂詩集, 三-18〉. 상동 151

悅上人[10]遊五臺山 五首
열스님이 오대산에 노닐어, 5 수

上人遊歷處	스님이 노닐어 지나는 곳엔
雲水轉淸新	구름과 물은 더욱 맑고 새로워
剗藥朝兼暮	약을 캐기에 아침과 저녁이고
繙經秋復春	불경 번역에 봄이요 다시 가을
名韁雙敝屨	이름의 고삐는 헤어진 신발이고
世界一微塵	세계는 하나의 작은 먼지이지
漫拭頂門眼[11]	정수리의 눈을 두루 놀려서
閱盡古今人	고금의 사람들을 다 살펴본다

五百禪林秀	오백의 선림의 수재이고
文章道義新	문장과 도의도 새롭구나
藏無價美玉	숨으면 값 없는 아름다운 옥이고
現有脚陽春[12]	나오면 다리 있는 햇볕의 봄이네

....

10) 悅上人: 학열(學悅)스님. 조선 전기의 승려로서, 세조 때의 대선사로 당대의 여러 고승들과 더불어 간경도감(刊經都監)에서 경전을 언해함. 왕명으로 1465년(세조 11)부터 이듬해까지 오대산 월정사를 중창함.

11) 頂門眼: 불교의 전설에 摩醯首羅天이 눈이 3인더 그 중 하나가 이마 위에 있어, 이를 "頂門眼"이라 하니, 높낮이로 두루 보면 온갖 물상이 고루 보인다 함.

12) 脚陽春: 관리가 덕정을 시행함을 칭송하는 말. 宋璟이 백성을 사랑하고 사물을

虛室離纖翳　빈방에는 섬세한 가림도 없고
靈臺絶點塵　영대의 마음엔 한 점 먼지도 끊어
超然遊汗漫　초연하게 넘실넘실 노니니
天地一閑人　하늘 땅 사이 한가한 한 사람

團欒數日話　단란했던 며칠의 이야기가
且喜免如新　또한 생소한 듯함 면해 기쁘다
節操逾於雪　절개 지조는 눈보다 낫고
胸襟渾是春　가슴 속은 혼연히 봄이로구나
大鵬博九萬　큰 붕새는 9만 리를 박차고
孤鶴離風塵　고고한 학은 바람 먼지를 여읜다
多我愛幽趣　내게 그윽한 멋 사랑이 많으니
偶逢人外人　우연히 사람 밖의 사람 만나다

拉我飄然去　나를 사로잡고 표연히 가니
長亭柳色新　긴 정자에 버들 빛이 새롭군
野花嚬白晝　들 꽃은 흰 대낮에 찡그리고
山鳥語青春　산 새는 새 봄을 이야기하다
迷悟緣些子　미망 오도가 사소함에 연유되고
仙凡隔兩塵　신선 속인이 두 먼지 경계 막혀
未能逃世網　세상 그물을 벗어날 수 없으니
羨爾遠遊人　당신의 먼 놀이 사람 부럽소

臚別皆簪笏　전별하는 이들 모두 고관이나
琅環13)一軸新　신선 경지는 한 축의 시 새로워
瓶將三島14)月　물병에 세 섬의 달을 가져오고
錫入五峯15)春　석장은 다섯 봉우리의 봄에 들다

　　무마하니 朝野에서 칭찬하여 사람들이 모두 다리 달린 양춘(有脚陽春)이라 하였
으니, 이르는 곳마다 봄 볕이 만물을 비추는 것 같다 함이다. 〈開元天寶遺事〉
13) 琅環: 전설에 신선 地境의 이름. "琅環福地".
14) 三島: 전설의 蓬萊, 方丈, 瀛洲의 세 바다 위의 신선 산.

古鏡還成累	옛 거울에 오히려 때가 끼었고
虛空亦足塵	허공에도 역시 먼지가 많다
靑山與綠水	푸른 산 푸른 물이
眞箇本來人	참으로 본래의 사람인 것을

〈梅月堂詩集, 三-18〉상동 152

醉次四佳韻 贈山上人
취해서 사가의 운에 차운하여 산스님에게

山中無紀曆	산 속에는 달력은 없지만
景物可能知	경관 물색으로 알 수가 있다
日暖野花發	날씨 따뜻하면 들꽃이 피고
風薰簷影遲	바람 훈훈하면 처마 그늘도 더뎌
園收霜栗後	동산에서 서리의 밤 거둔 뒤요
爐煮雪茶時	화로엔 설록차를 대리는 때이네
且莫窮籌第	장차 주판 가락을 다 세지 말라
百年推類玆	평생 백년이 류로 추리되리니

〈梅月堂詩集, 三-19〉. 상동 156

贈仁上人
인스님에게 주다

人日16)到新寧	인일날에 신녕에 이르러
晨興未盥櫛	새벽에 일어 세수도 안했는데
忽有一山僧	홀연 산승 한 분이 있어
袖詩來告謁	소매의 시를 가져와 알린다

....

15) 五峰: 5 개의 손가락을 가리키는 말.
16) 人日: 陰曆 정월 초7일을 인일이라 하여, 그날의 날씨로 그 해 사람들의 운수를 점친다. 쾌청하면 인류가 번성한다고 여겼다.

讀詩十四篇	시 열 네 편을 읽어보니
一一皆佳作	하나 하나가 다 가작이라
上語語道德	위로는 도덕을 이야기하고
下語語民俗	아래로는 백성 풍속 이야기
逈無蔬箚17)氣	뚜렷이 저속한 기운 없으니
孰不芻豢18)悅	누가 고귀한 맛의 기쁨 아닐까
道可雙惠能19)	도는 두 혜능이라 할 만하고
詩能兩靈徹20)	시는 두 영철이 될 수 있네
桑門久彫喪	불가의 문중이 오래 손상되어
傳道百無一	도전하기 백에 하나도 없는데
師也兩兼之	스님은 둘을 겸하고 있으니
我何不刮目	내가 어찌 괄목 안할 수 있나
旭日照東軒	돋는 해가 동쪽 난간 비추니
山川半晴雪	산천이 반은 개인 눈일세
師也還故隱	스님은 고향으로 돌아가니
靑縢雙白足21)	푸른 행전 두른 백족화상이네
我又入紅塵	나는 또 붉은 먼지로 들어
汩沒愧心跡	골몰하려니 마음 자취 부끄러워
路入橋山傍茂林	길은 교산 곁 숲 우거진 곳으로 들고
有僧飛錫下遙岑	어느 스님 석장 날려 먼 뫼로 내려가네
相逢一笑兩無語	서로 만나 한 번 웃음으로 말이 없으니

....

17) 蔬箚: 채소와 댓순으로, 특출하지 못함의 비유.
18) 芻豢: 芻豢. 牛羊 犬豕와 같은 가축. 肉類의 식품을 널리 이르는 말. 〈孟子, 告子 上〉에 "故義理之悅我心 猶芻豢之悅我口(그러므로 의리가 내 마음을 즐겁게 하는 것이 육류가 내 입을 즐겁게 하는 것과 같다)"함이 있고, 그 주석에 草食曰芻 牛羊是也, 穀食曰豢 犬豕是也(풀을 먹는 것이 추이니 소나 말이고 곡식을 먹는 것이 환이니 개나 돼지이다) 하였다.
19) 惠能: 慧能일 듯. 중국 선종의 제6조.
20) 靈徹: 靈澈일 듯. 唐의 승려로, 시를 잘하여 皎然과 친교가 있었다. 詩集이 있다.
21) 白足: 白足和尙. 鳩摩羅什의 제자 曇始. 발바닥이 얼굴보다도 희어서 맨발로 진 흙을 밟아도 무젖지 않아, 백족화상이라 하게 되었다.

酒盡溪頭生夕陰　　술도 다한 시내 머리엔 저녁 그늘이네

〈梅月堂詩集, 三-21〉. 상동 156

贈正上人
정스님에게

道人筋骨飜　　도인은 근육 골격이 날려
筆力生雲煙　　붓의 힘에 구름 안개 돋다
已逐遠公22)志　　이미 혜원공의 의지 쫓아
岩壑時飄然　　바위 골에서 때론 표연하다
出山未經旬　　산에서 나온 지 열흘도 안돼
猿鶴愁纏綿　　원숭이 학의 시름에 얽매이네
君乎早歸去　　그대여 빨리 되돌아가소
莫使英靈怨　　영특한 영혼 허물되지 않게

今夕復何夕　　오늘 저녁은 다시 무슨 저녁
共此燈燭光　　이 등불 빛을 함께 할 수 있나
漫漫夜苦長　　더디 더디 밤은 괴로이 길고
日入簾帷凉　　해는 발에 들어 서늘하네
熠燿23)點我衣　　바딧불이는 나의 옷에 안고
蟋蟀來我床　　귀뚜라미는 내 침상에 오다
但得了無生　　생이 없음을 터득할 뿐이지
遮莫憂無常　　무상을 걱정하는 일은 말라

草虫鳴啾啾　　풀벌레는 찌륵찌륵 울고
蒼鼠鳴唧唧　　쥐도 찍찍 울다
磊磊聞闃闃　　돌처럼 깨끗하니 문지방 한가하고

....

22) 遠公: 惠遠을 이른 듯. 惠遠은 중국 동진 때의 승려로 廬山 白蓮寺의 開祖임.
23) 熠燿: 반딧불이. 〈詩經, 豳, 東山〉에 "町疃鹿場 熠燿宵行(집 빈터에는 사슴 마당
　　이고 바딧불이는 밤에 다닌다)"함이 있다.

김시습金時習　107

簇簇煙林碧　　뾰족뾰족 댓순에 안개 숲 파랗다
鼎鼎好光陰　　빠르고 빠르나 좋은 세월이고
轔轔載車轄　　덜컹덜컹 짐 실은 수레 소리
勸君且短檠　　그대에게 권하노니 작은 등불에서
更撚鬚24)一握　다시 수염 한 줌 꼬며 시를 읊소

〈梅月堂詩集, 三-22〉. 상동 159

贈僧
중에게 주다

牢關25)難打破　　단단히 닫힌 문 타파하기 어려워
佛祖皆喪命　　불가 조상들 모두 생명을 상했네
若從官吏問　　만약 관리에게 물어보면은
彼此膏肓病　　저나 나나 피차의 고질병이라 하리

〈梅月堂詩集, 三-23〉. 상동 161

題熙上人詩軸
희스님 시축에 쓰다

柚榾燒紅葉　　삭정이 나무로 붉은 잎 태우며
相言話所思　　서로 말하기를 생각이 있다네
孤燈數夜夢　　외로운 등불 두어 밤의 꿈이요
茅屋十年悲　　띳집에는 십년의 슬픔일세
急處方舟渡　　급한 곳은 조각배로 건너고
平時滾泳之　　평상시는 헤엄쳐 건너
重陽今已近　　중양절이 지금 이미 가까우니

----

24) 撚鬚: 撚鬚와 동의어로 쓰인 듯. 撚鬚는 詩句를 골똘히 생각하느라 수염을 꼰다는
　　뜻. 唐 盧延讓의 〈苦吟〉에 "吟安一箇字 撚斷數莖鬚(한 글자를 읊어 찾다가 두어
　　줄기 수염을 꼬아 끊다)"함에서 유래함.
25) 牢關: 단단한 關門으로 佛家에서 수행자가 반드시 통과해야 하는 문.

相嗅菊花枝　　서로 국화 가지나 냄새맡네

〈梅月堂詩集, 三-23〉. 상동 161

悼海超
해초를 애도함

白雲黃葉耳長寺　　흰 구름 누런 단풍잎의 이장사에서
共坐隨緣度幾年　　인연 따라 함께 앉아 몇 해를 보냈나
今日忽聞遺隻履26)　오늘 홀연히 외짝 신발 남겼다 들으니
空山秋草正綿綿　　빈 산에 가을 풀만이 바로 아득하네요

〈梅月堂詩集, 七-3〉. 한국한시대관 권20 pp48.

與日本僧俊長老話
일본 스님 준장로와 대화

遠離鄉曲意蕭條　　멀리 고향을 떠나 있으니 생각도 쓸쓸하고
古佛山花遺寂寥　　옛 절간 산 꽃들도 적막하게 지내겠지
銚鑵煮茶供客飮　　쇠탕기에 차를 다려 나그네에게 이받고
瓦爐添火辦香燒　　질화로에 불을 피워 향을 골라 사룬다
春深海月侵蓬戶　　봄 깊으니 바다 달이 쑥대 창에 들고
雨歇山麕踐藥苗　　비 그치자 아기 사슴이 약 새싹 밟는다
禪境旅情俱雅淡　　참선 경지 나그네 정이 다 우아 담담하니
不妨軟語徹淸宵　　고운 말씨로 맑은 밤 지새움 해롭지 않아

〈梅月堂詩集, 十二-19〉. 상동서 동권. pp232.

....

26) 隻履: 외짝 짚신. 達摩祖師가 홀로 살다 갔다. 熊耳山에 장례하고 定林寺에다
　　탑을 세웠다. 3년 후 魏나라 宋雲이 서역의 사행 길에서 돌아오다 조사를 葱嶺에
　　서 만났는데 신발 한짝을 들고 홀로 가는지라, 송운이 묻되 "조사는 어디 가시오"
　　하니 "西天으로 간다" 하였다. 〈五燈會元, 東土祖師, 初祖菩提達摩祖師〉. 그 뒤로
　　"隻履"가 승려의 송별이나 죽음의 애도에 쓰인다.

유호인
俞好仁

俞好仁(1445 세종 17~1494 성종 25) 조선조 문신 시인. 자는 극기(克己), 호는 임계(林溪), 뇌계(㵢溪). 본관은 고령. 김종직(金宗直)의 문인. 1462년(세조 8)에 생원, 1474년(성종 5) 식년문과(式年文科)에 급제했다. 봉상시 부봉사(奉常寺副奉事)를 거쳐, 1478년 사가독서를 한 후, 1480년에 거창현감(居昌縣監)으로 나갔다. 이어서 공조좌랑(工曹佐郞)을 지내고, 1486년(성종 17)에 검토관(檢討官)을 거쳐, 이듬해 〈동국여지승람(東國輿地勝覽)의 편찬에 참여하였으며, 1488년에 의성현령(義城縣令)으로 나아갔다. 1490년 〈유호인시고(俞好仁詩稿)〉를 편찬하여 왕으로부터 표리(表裏)를 하사받았다. 1494년 장령(掌令)을 거쳐 합천군수(陜川郡守)로 나갔다가 재직 중 병사했다. 시(詩), 문(文), 글씨[書]에 뛰어나 삼절(三絶)로 불렸다. 특히 성종의 총애를 받았다. 장수(長水)의 창계서원(蒼溪書院), 함양(咸陽)의 남계서원(藍溪書院)에 제향되었다.

유집 〈뇌계집(㵢溪集)〉은 저자의 아들 환(瑍)이 동료의 도움으로 1530년경 함양에서 목판으로 간행하였다. 모두 7권으로 권 1에서 권 6까지는 시이고 권 7은 문이다.

贈法乘
법승에게

齊民逃賦役	같은 백성이면서 역사를 도피하니
弊幾千百年	그 폐단 몇 백년이었구나
憐尒淸且秀	가련하다, 그대 맑고 수려한데
何以冠其顚	어떻게 이마에 관을 쓸 것인가

〈濡溪集, 一-1〉

贈法淸
법청에게

曉月出東嶺	세벽 달이 동쪽 마루에 올라
萬彙俱寂寂	온갖 사물이 다 적적 고요한데
爾鼻尙如雷	네 코는 오히려 우레 소리이고
我行方欲發	내 발길은 막 떠나려 한다

〈濡溪集, 一-1〉

題麟角寺 兼示克冏禪師
인각사에 써서 겸하여 극경선사에게도 보임

屈指淸遊秋復春	맑은 놀이 손 꼽아 보니 가을에서 다시 봄
靑山萬疊隔紅塵	푸른 산 일만 겹에는 붉은 먼지 막혔네
東風一路花無數	봄 바람 한 길에는 꽃이 수 없이 많아
天遣吾儕作主人	하늘은 우리를 보내 주인 되라 하네

麟角寺中然老禪[1]	인각사 안의 일연의 늙은 선사가
紺瞳黃面演眞詮	붉은 눈동자 누런 얼굴로 진여 경전 펴시다
至今甁雀[2]無尋處	지금에는 신선 자취를 찾을 곳 없으니

....

1) 然老釋: 일연선사를 지칭한 것임.

留得殘碑落照邊	쇠잔한 비석만이 낙조 가에 남아 있구나

蒼茫花氣蘸溪西	파르란이 꽃 기운이 시내 저쪽에 잠기고
暮雨空濛暝色迷	저녁 비는 어두운 빛 속에 어른거린다
最愛去年吟斷處	가장 사랑스럽기는, 지난 해 시 읊던 곳
望中巖罅水禽棲	바라보니 바위 틈에 물 새가 기드렸네요

〈潘溪集, 二-9〉

題麟角寺 兼示克冏禪師
인각사에 써서 멈하여 극경선사에게도

暇日尋眞境	한가한 날에 진여 경계 찾았더니
琳房壓碧流	스님 선방엔 파란 물줄기로 눌렀네
連鑣3)三措大4)	말을 함께한 세 사람의 가난한 선비
對榻兩遨頭5)	책상을 마주 대한 두 지방의 장관
尊酒隨宜足	술 잔의 술은 요구대로 만족하고
林泉卽事幽	숲과 샘의 자연은 곧 조용한 일
興闌遡澄碧	흥이 깊자 맑은 물 거슬러 올라
浮筏擬扁舟	뗏목을 띄우니 조각배와 같네

老宿曾棲處	늙은 스님 거처하던 곳에
煙霞鎖石房	안개 노을이 돌 방을 잠갔네
溪山眞面目	시내 산이 바로 참의 본 모습
花柳自風光	꽃 버들은 저저로 풍광의 경치

....

2) 瓶雀: 상세한 전거는 미상. 혹 瓶은 瓶德으로 전설 속의 병 속에 무한의 재물이 있어 한 없이 썼다는 고사일 듯. 雀은 雀錄으로 전설 속에 참새(雀)가 물어왔다는 신선의 책[丹書]인가.
3) 連鑣: 말을 타고 동행함을 이르는 말. 鑣는 말재갈
4) 措大: 빈한하고 실의에 찬 讀書人을 말함. 措大는 大事를 조치할[擧措] 뿐이라는 의미로 쓰이게 됨.
5) 遨頭: 太守를 이르는 말. 宋 나라 때에 민간인들이 태수를 오두라 불렀다.

物外塵埃淨	사물 밖의 선계 먼지도 깨끗해
閑中日月長	한가로운 중에 세월만 길구나
安排半牕夢	반 창의 꿈자리를 잘 안배하여
欲覺曉鍾忙	새벽 종의 분주함에 잠을 깬다

〈濂溪集, 五-17〉

僧性旭求詩
중 성욱이 시를 요구해

盤礴6)毫端造化功	마음대로 그린 붓 끝에는 조화의 힘이니
自家明月與淸風	제 집의 물건은 밝은 달과 맑은 바람이네
太華峯上如船藕	태화봉의 봉우리 위 연꽃 배 같으니
描出吾師意思中	우리 스님의 마음 속을 묘사해 냈구나

明朝飛上木天時	내일 아침 햇살이 나무 위로 오를 때면
回首聞韶7)鬢欲絲	의성 땅으로 머리 돌리는 머리털이 실 같겠지
麟角寺8)中猿鶴怨	인각사 안에서는 원숭이 학도 원망하리니
他年重拾舊題詩	다음 해에 다시 옛날의 시를 구해 찾겠네

〈濂溪集, 二-11〉

僧竺淸求詩
중 축청이 시를 요구해

縹渺煙霞第幾層	아득한 연기 노을 몇 층의 위인가
閉門千息睡薔騰	문을 닫은 일천 창에 졸음이 떠올라
滿窓東海一輪月	창에 가득한 동해 한 바퀴 둥근 달이

....

6) 盤礴: 원래 책상다리 하고 앉은 거만한 모습을 말하는 용어인데, 거만하리만큼 恣意的으로 그리는 그림을 일컫기도 한다.
7) 聞韶: 경상북도 義城의 옛 이름.
8) 麟角寺: 절 이름. 경상북도 군위군 고로면 화북리 華山에 있음. 신라 선덕왕 12년에 창건하였고, 고려 충렬왕 33년(1307)에 普覺國師 一然이 중창하였다.

卽是師家無盡燈　　　　바로 스님 집의 다함 없는 등불

萬疊金鼇枕海傍　　　　일만 겹의 금오산이 바다 베고 누워
雲間八十七琳房　　　　구름 사이 여든 일곱의 유리 궁전
上人到處題詩遍　　　　스님은 이르는 곳마다 두루 시를 쓰니
飛錫秋風路杳茫　　　　석장을 날리는 가을 바람 길은 아득해

形勝依稀六部村　　　　지형도 뛰어나나 아른한 육부의 마을
雲山曾辦一乾坤　　　　구름 산이 일찍이 하나의 건곤 마련했네
繁華已作槐安國9)　　　번화하던 곳 이미 괴안국의 꿈 나라 되니
莫問荊凡10)定孰存　　　형국 범국 중에 누가 바로 남았나 묻지 마소

薄領聞韶已數期　　　　관아 장부 다스리기 문소에서 이미 몇 돌이니
可堪衰病更支離　　　　쇠약한 병을 견디기가 다시 지루하구나
平生海內虛名絆　　　　평생을 나라 안에서 빈 이름에 얽혀서
剛被山僧苦索詩　　　　부질없이 스님의 괴로운 시 독촉 받는다

〈㵢溪集, 二-12.〉

贈僧信行
중 신행에게

紺瞳黃面臥頭留11)　　검붉은 눈동자 누런 얼굴로 두류산에 누워

....

9) 槐安國: 唐의 淳丁棼이 괴수나무 남쪽 가지 아래 누웠더니 꿈에 槐安國에 가서 왕의
　　딸을 취하여 南柯郡의 태수가 되어 영화를 잘 누리었는데 깨어 보니 괴수나무 아래
　　큰 개미 집이 있었고, 꿈꾸기 전에 짓던 기장 밥이 아직도 안 익었더라는 고사.
10) 荊凡: 사생존망이 일정하지 않음을 이르는 말. "楚王(荊國王)과 凡君이 마주 앉았
　　는데, 초왕의 신하들이 범국이 망하는 이유가 3이다 하니, 범군이 이르되 '범국이
　　망한다 해도 나의 존재가 상하지 않으니, 범국의 망함이 나의 존재에 손상이
　　없다면, 초나라의 존재가 나의 존재를 존재케 함에 아무 보탬이 없다. 이로 본다
　　면 범국은 처음부터 망한 것이 없고 초나라도 처음부투 존재한 것이 없다.' 하였
　　다."〈莊子, 達生〉. 그래서 荊凡이 存亡이 無定함을 비유하는 말이 되었다.

笑傲煙霞歲幾周　　　연기 노을 자연을 비웃으며 몇 해를 지냈나
少壯有詩師記取　　　청년시절 지은 시를 스님은 기억하는가
道非身外更何求　　　도는 내 몸 밖에 있지 않아 다시 무얼 구해

〈濯溪集, 二-23〉

贈僧德峰
중 덕봉에게

海內虛名每自羞　　　나라 안의 헛된 이름을 항시 부끄러워 하나
百年酬唱摠名流　　　평생동안 주고 받은 시는 모두가 유명인이네
上人未必無心者　　　스님이 반드시 마음이 없는 이가 아니니
苦索吾詩不自由　　　괴로이 내 시를 구하여 자유롭지 못하네

〈濯溪集, 二-23〉

贈僧祖繼
중 조계에게

頭流山下坦夷堂　　　두류산 아래의 탄이당의 불당에서
倚杖秋風白髮長　　　석장에 기댄 가을 바람에 백발만 길구나
落葉滿山埋去路　　　지는 잎이 산에 가득하여 갈 길은 묻혀
白雲何處更深藏　　　흰 구름 어느 곳에 다시 깊이 감췄나

〈濯溪集, 二-23〉

贈能禪師
능선스님에게

撐天聖壽12)臥雲人　　하늘 찌르는 성수원 구름에 누운 사람은

....

11) 頭留: 頭流山. 智異山의 딴 이름. 流는 留로도 쓰임. "지리산을 역시 두류산이라
　　고도 하는데 백두산의 맥이 여기까지 이르기 때문에 하는 말이다. 혹은 그 산맥이
　　바다에 와서 다하여 여기에서 머무르기(停留) 때문에 頭留라고도 한다."〈芝峰類
　　說, 地理部, 山〉

猿鶴多年結奈因	원숭이 학과 많은 해 무슨 인연 맺었나
黃面紺瞳依舊在	누런 얼굴 검붉은 눈동자는 여전한데
秋風一笑政津津	가을 바람에 웃는 웃음 참으로 끈끈해

列郡絃歌13)我輩人	고을마다 경 읽고 노래함 우리들의 일로
每投明月豈無因	항상 밝은 달에 내던지기 어찌 인연 없나
湖南去歲群翹楚14)	호남 땅에 작년에는 인재도 많았는데
輸與高禪作筏津15)	높은 스님으로 옮겨 가 길 알리는 이 됐네

〈潘溪集, 二-29〉

贈斷俗住持
단속사주지에게

妙臘16)曹溪選	어린 나이에 조계의 선발에 들어
何年此住持	어느 해에 여기의 주지가 되었나
磵喧風喚夢	시내 시끄러우니 바람이 꿈 부르고
雲罅月尋詩	구름이 터지니 달이 시를 찾는다
剃髮銅刁閃17)	머리를 깎으니 동조(銅刁)가 번뜩이고
談玄玉塵庵	현묘한 이야기는 옥주의 암자이네
愁看門外路	근심스러이 문 밖의 길을 보니
出洞有多岐	동문을 나서면 지름길도 많다네
落日半邊雨	지는 해에 반쪽 하늘만 비 내려

....

12) 聖壽: 절 이름일 듯. 聖壽院이란 절이 開城에 있었다 하나, 연혁은 알 수 없다.

13) 絃歌: 弦歌. 옛날 詩學을 전수할 때에, 음악까지 곁들였기 때문에 "絃歌(弦歌)"를 예악교화와 학습을 지칭하게 되었다.

14) 翹楚: 〈詩經, 周南, 漢廣〉에 "翹翹錯薪 言刈其楚(풍성히 뒤섞인 땔 감이여 그 중에 무성한 것을 베리라)"함이 있다. 楚는 뒤섞인 풀 중에서도 더욱 무성한 것으로, 무리 중에 특출함을 비유한 말이다. 이후로 "翹楚"가 걸출한 인재나 특별한 사물을 비유하는 말이 되었다.

15) 筏津: 筏은 뗏목이고, 津은 나루이니, 벌진은 앞길을 인도하는 안내자의 의미이다.

16) 妙臘: 妙年, 청장년기. 불교에서는 스님이 수계환 이후의 나이를 臘이라 한다.

17) 銅刁閃: 미상.

蕭蕭政斷魂　쓸쓸함이 참으로 넋을 끊는구나
非因拾瑤草　구슬 풀을 주울 인연이 아닌데
何以踏雲根　어떻게 구름 뿌리를 밟을 것인가
入夢唯玄鶴　꿈에 드니 오직 날개 검은 학이고
談經有冷猿　경전 이야기엔 싸늘한 원숭이라
上房纔十笏[18]　스님 방은 겨우 10 자 뿐이지만
高臥謝塵樊　높이 누워 속세 얽힘을 이별하다

〈澔溪集, 五-17〉

贈浩上人
호상인에게

遊遍湖山獵較[19]遲　두루 강호 산수를 유람하나 세속 따르지 않고
也應松偃舊房枝　응당 소나무에 기대어 옛날 방장에 누웠네
韶和[20]嶺外行行脚　우아하고 부드러운 고개 넘어 걷고 걷는 걸음
清料梅邊得得思　청정한 자료이듯 매화 나무 가에 넉넉한 생각
百舍[21]何爲勤杖錫　백리에 쉬어가려 어찌 그리 바쁜 석장인가
三竿[22]留與共階墀　해 3 발 돋도록 더불어 뜰의 섬돌 함께 하세
修心已有彌天釋　마음 닦음은 이미 하늘 닿은 부처의 무리이니
收取吾詩仔細知　내 시를 거두어 보면 자세히 알 것일세

〈澔溪集, 六-16〉

----

18) 十笏: 笏이 단위를 재는 양인데, 금이나 먹을 재는 단위로서 적음을 말하니, 十笏
은 좁은 공간을 말하여 스님의 거처를 '十笏方丈'이라 한다.
19) 獵較: 사냥으로 잡은 짐승을 빼앗는다는 뜻. 〈孟子, 萬章〉에 "공자가 노나라에서
벼슬살이할 때에 노나라 사람들이 사냥하니 공자도 사냥하였다"함이 있는데,
이는 사냥에서 얻은 짐승을 서로 교환하며 제사하니 곧 길상을 바라는 풍습이라
공자도 시속을 따른 것이다. 그래서 "獵較"가 대중과 어울려 시속을 따르는 말이
되었다.
20) 韶和: 雅正諧和. 우아하고 부드러움.
21) 百舍: 百里一舍. 멀리 여행하는 나들이.
22) 三竿: 三竿日. 3 발 높이 돋은 해.

남효온
南孝溫

南孝溫(1454 단종 2~1492 성종 23) 생육신의 한 사람. 자는 백공(伯恭), 호는 추강(秋江), 행우(杏雨), 최락당(最樂堂). 본관은 의령. 김종직(金宗直)의 문인. 김굉필(金宏弼), 정여창(鄭汝昌), 김시습(金時習), 안응세(安應世)와 친교가 있었다. 세조에 의해 물 가로 이장된 현덕왕후(顯德王后)의 능(陵 昭陵)의 복위를 위해 상소했으나 영의정 증창손(鄭昌孫)과 도승지 임사홍(任士洪)의 저지로 상달되지 못하자 이로부터 세상사에 흥미를 잃고 유랑의 생활로 생애를 마쳤다.

1504년(연산군 10) 갑자사화(甲子士禍) 때 김종직의 문인이라는 것과 소릉 복위를 상소했다는 이유로 부관참시(剖棺斬屍)되기도 했다. 만년에 저술한 〈육신전(六臣傳)〉은 오래동안 묻혀 있다가 숙종 때 비로소 간행되었다. 1513년(중종 8) 소릉이 추복(追復)되면서 신원(伸寃)되고, 좌승지로 추증되었다. 장흥 예양서원(汭陽書院), 고양의 문봉서원(文奉書院), 함양의 서산서원(西山書院), 의령의 향사(鄕祠) 등에 제향되었다. 시호를 문정(文貞)이라 내리고 생육신의 창절사(彰節祠)에 제향(祭享)되었다.

유집〈추강선생집(秋江先生集)〉은 저자의 외증손 경상도관찰사 유홍(兪泓)이 가장본을 바탕으로 수집 편차하고 신호(申濩)와 권응인(權應仁)의 교정을 거쳐 1577년 목판으로 간행되었다. 8 권으로 권 1은 부(賦)와 시(詩)이고 권 2 3은 시이고, 권 4에서 권 7은 문(文)이고 권 8은 속집이다.

贈表訓住持智熙

표훈사주지 지희에게

盧山三笑1)後	여산에서 혜원 세 사람이 웃은 뒤로
此公好儒者	이 분이 유생을 좋아하는 이일세
迎我虎溪2)外	나를 호계 시내 밖에서 마중하고
坐我白蓮社3)	나를 백련사에다 앉혔구나
粳飯配香蔬	쌀 밥에다 향기 채소를 배합하고
茶梧羞藥果	차 잔에다 약식 과일을 차리다
臨行贈芒鞋	떠남에 다다라 집신을 주었으니
石角行亦可	돌 뿌리라도 다닐 만하겠네

〈秋江先生文集, 二-5〉

洛山寺贈性休

낙산사에서 성휴에게

我是江湖客	나는 강호의 나그네이고
君爲釋者師	그대는 불가의 스승이네
靑燈明半夜	파란 등은 한밤을 밝히고
法語果幽期	법의 이야기 깊은 기약의 결과
囱外奇巖老	창 밖에는 기이한 바위 늙고
庭前柏樹4)宜	뜰 앞에는 잣나무가 맞네요
湯休起我病	탕휴스님 나를 병에서 깨니
微笑索題詩5)	빙그레 웃고 시 짓자 찾네

....

1) 三笑: 盧山의 慧遠이 평생 虎溪를 넘지 않는다 하였는데, 陶潛과 陸修靜이 와서 전별하며 이야기를 나누다 虎溪를 지나는 것을 몰랐다. 이 사실을 '虎溪三笑'라 한다.
2) 虎溪: 앞 주 참조.
3) 白蓮社: 盧山에서 慧遠이 결사한 절.
4) 庭前柏樹: 趙州栢樹子의 공안이 있다. 어느 스님이 조주에게 어떤 것이 조사가 서쪽에서 온 뜻입니까 하고 물으니, 조주가 뜰 앞의 잣나무다 하였다(僧問如何是 祖師西來意 趙州云 庭前柏樹子)

同名故 全用杜句
이름이 같기에 두시구를 그대로 쓰다
<秋江先生文集, 二-21>

寄雲溪僧省敏6)
운계사의 성민스님에게

杖錫何年此住持　　석장 짚고 어느 해에 이 절에 주지했나
雲溪山水鏡中明　　운계의 산과 물은 거울 속에 밝구나
身閑不管塵間事　　몸 한가하여 속세 일 간섭 않으니
客至無勞問姓名　　나그네 와도 성명 물을 수고도 없어
　余寄宿雲 溪敏不曾問姓名
　내가 운계사에 자는데 성민스님은 성명도 안 묻다
<秋江先生文集, 三-15>

大慈寺訪信安
대자로 신안을 방문함

春殘葉密變年華　　봄도 다 가 잎 번성하니 세월이 변하고
繭栗7)初紅芍藥花　　꽃망울이 처음 붉는 작약의 꽃이네
留與道人遊半日　　머물러 도인과 함께 반나절을 노니
贊房新酌地椒茶　　찬 스님 방에서 새로 따르는 지초의 차
<秋江先生文集, 三-48>

....

5) 끝 2구는 杜甫의 <補注杜詩> 권2의 "大雲寺贊公房 四首"에 있는 시구이다. 性休란 스님의 이름이 唐의 승려 湯休와 같기 때문에 한 말이다.

6) 省敏: 조선 전기의 승려. 호는 계정(桂庭), 또다른 호가 운암인 듯. 대지국사(大智國師) 찬영(粲英)의 제자. 1406년(태종 6) 2월에 수백 명의 조계종 승려들을 이끌고 그가 신문고를 쳐서 사액(賜額)과 사사(寺社)의 민전(民田)을 없애려는 조정의 처사를 철회할 것을 직소하였으나 결국 허사로 되고 말았다.

7) 繭栗: 쇠뿔이 처음 나올 때의 모습. 또는 식물이 처음 돋는 싹이나, 꽃망울.

박 상
朴祥

朴祥(1474 성종 5~1530 중종 25) 조선조 문신. 자는 창세(昌世). 호는 눌재(訥齋). 본관은 충주. 1496년(연산군 2)에 진사. 1501년에 식년문과(式年文科) 급제. 교서관 정자(校書館正字)를 역임하고 1506년 사가독서(賜暇讀書)를 하고, 중종 초기에 헌납(獻納)이 되어 종친 중용(宗親重用)을 반대하다가 한산군수로 좌천. 후에 종묘서령(宗廟署令), 소격서령(昭格署令)을 거쳐 어버이 봉양을 위해 임피현감(臨陂縣監)으로 나갔다. 1511년(중종 6) 수찬(修撰), 교리(校理), 응교(應敎)를 거쳐, 담양부사가 되어 1515년에 순창군수 김정(金淨)과 함께, 앞서 중종반정으로 폐위된 단경왕후(端敬王后) 신(愼)씨의 복위를 상소하여 중종의 진노를 사서 오림역(烏林驛)으로 유배되었다. 다음해 돌아와 의빈부도사(儀賓府都事), 장악원첨정(掌樂院僉正)을 역임, 다음해 순천부사가 되었으나 그 해 가을 모친상으로 사임, 1519년 상을 마치고, 의빈부경력(儀賓府經歷), 선공감정(繕工監正), 1521년 상주(尙州)와 충주의 목사, 이어 사도시부정(使臺寺副正) 등을 지내고 1526년 문과중시(文科重試)에 장원, 1527년 나주목사가 되었다가 1529년 병으로 낙향했다.

청백리에 녹선(錄選)되고, 문장가로 이름이 높으니, 성현(成俔), 신광한(申光漢), 황정욱(黃廷彧)과 함께 서거정 이후의 4가(四家)로 칭송된다. 이조판서로 증직, 광주(光州)의 월봉서원(月峰書院)에 제향되다. 시호는 문간(文簡)이다.

유저 〈눌재집(訥齋集)〉은 1796년 정조(正祖)의 명에 의하여 간행되어 광주(光州) 명륜당에 소장되었다. 분량은 원집 7권 속집 4권 별집 1권 부록 2권 부집 2권 도합 6 책이다.

贈信晶

신정에게

離合人間誰使爲	이별 회합 세상살이는 누가 시켜서 되는가
六年今日更相隨	6년만에 오늘 다시 서로 만나 따르네
石房解囊看前序	돌 방에서 전대 열고 전날의 글을 보고
雲榻逢春復贈詩	구름 책상에 봄을 만나 다시 시를 주다
風泛夕寒愁病鶴	바람이 저녁 냉기 띄우니 병든 학의 시름
雪留寒氣瘦幽芝	눈이 추운 절기 만류하니 지초 움츠리게 해
醍醐[1]一味吾方厭	제호 우유의 한 맛을 내 이제 실컷 먹으니
物外攀幽續許支[2]	사물 밖의 깊은 놀이 허순(許詢)과 지둔(支遁)을 잇다

〈訥齋先生集, 四-22〉

處寬上人遊頭流山 將還奉恩寺 過余太原徵詩 卽書小律三首 贈之

처관스님이 두류산에 놀다가 봉은사로 가면서 내가 있는 태원을 지나며 시를 요구하기에 곧 절구 3 수를 써서 주다

文書雁鶩吏行稀	문서나 편지나 관리의 행차도 드물어서
畫閣深深晝漏微	그림 누각 깊이 깊이 낮 시간도 희미한데
黃面老禪暮拜謁	누런 얼굴의 늙은 중이 해저녁에 찾아와
頓令心地息塵機	홀연 마음 밭의 먼지 기미도 쉬게 하네

萼谷花峯海上山	악곡 골짜기 꽃 봉우리 바다 위의 산이
雄豪怾怛[3]弟兄間	웅장 호화한 금강산과 형제의 사이같네
捲來賴有金剛眼	걷어 와 다행히 금강의 안목이 있게 돼

----

1) 醍醐: 우유를 정제한 유제품으로 맛이 최고라고 일컬어진다.
2) 許支: 東晉의 승려 支遁과 유생 許詢. 지둔이 유마경을 강설할 때 허순으로 都講(질문자)을 삼아, 儒佛 論戰의 시발이 되다.
3) 怾怛: 金剛山의 딴 이름. 山名有五 一曰金剛, 二曰皆骨, 三曰涅槃, 四曰楓嶽, 五曰怾怛. 〈東國與地勝覽, 山川〉

相對蒼蒼萬丈顏	서로 대하니 아득 창창 일만 길의 얼굴

毛禮[4]窩中穴野狐	모례의 움막 속에 들 여우 구멍 뚫어
法興基禍敗東都	법흥왕이 재앙 터로 경주가 패망했네
君王斥佛尊吾道	우리 임금님 불교 배척 우리 길 높여
我亦冠巾吏部徒	나도 역시 갓을 쓴 관리 부서의 무리
(毛禮羅人)	(모례는 신라 사람)

〈訥齋先生集, 五-33〉

留別惠能上人

혜능스님을 보내며

一瓣玄香拜世尊	한 줄기 그윽한 분향으로 세존에게 예배하고
眉厖數寸坐無言	긴 눈썹 두어 치에 앉아 이야기가 없구나
階前棄粒常來雉	층계 앞에 버려진 낱알은 항상 산꿩이 오고
石眼留泉每飲猿	바위 틈에 머문 샘물은 원숭이가 와 마신다
風贈墮樵媒上座	바람은 나뭇꾼에 떨어져 스님 자리 불 켜고
水和殘磬祖征軒	물소리 쇠잔한 풍경 어울려 이별 누대 보내다
塵囂又落中原驛	세속 먼지 시끄럽게 또 중원역에 떨어지니
白石淸谿幾夢魂	흰 바위 맑은 시내 몇 차례나 꿈의 영혼이지

〈訥齋先生集, 五-40〉

中原 贈日本僧易窓 冒雨自驪州來

중원에서 일본 중 역창에게, 여주에서 비 맞으며 오다

詩債何妨海外分	글 빚을 바다 밖으로 나눈다 무엇이 해로우랴
老天少恕若慳君	늙은 나이 조금 용서하니 그대에게 인색한 듯

....

4) 毛禮: 신라의 최초의 불교 신자. 눌지왕 때 고구려의 승려 墨胡子가 들어오자
   모례가 집 안에 굴을 파고 숨겨 박해를 피하게 하였다.

舟中月隱驪江雨　　배 안에선 달도 숨은 여강의 비이었고
馬上山霾竹嶺雲　　말 위의 산 장마비 죽령 고개의 구름이네
壓濕橐囊須日曬　　몹시 젖은 행랑의 전대 햇살 기다려 말리고
報晴鍾鼓幾時聞　　개인 날 알릴 종 소리 언제나 들을 것인가
東萊近有靈泉浴　　동래에 근래에 신령한 온천 목욕 있으니
莫忘湯盤九字文5)　탕임금의 세수대에 새긴 9 글자 잊지 마소
　　請浴東萊 禮曹啓準之故云
　　동래의 온천욕을 예조에서 창했다기에

商山6)一見語丁寧　상주의 목에서 한 번 보고 친절했던 이야기
再會中原眼更青　다시 중원에서 만나니 눈이 다시 푸르구나
相7)中金粟8)心難忘　상자 속의 돈이나 식량 마음으로 잊기 어렵고
篋裏驪珠手不停　행장 안의 여룡의 여의지를 손에 놓지 않네
今日酌君傾北斗　오늘 그대와 술 마셔 북두잔을 기울이고
他年酬我卷東溟　다른 해에는 나에게 동해의 시권(詩卷) 주게
莫言鼇驛三千阻　자라의 역이 3 천리로 막혔다 말하지 말게
桑旭9)朝朝不隔庭　동쪽의 햇살은 아침마다 뜰에 막히지 않지
　　見贈詩 故頷聯及之
　　준 시가 있어 함련에서 말함

仁雲師來自頭流 謁余於錦城 將入楓嶽 求贈一言 烏得無言耶 詩曰

인운스님이 두류산에서 와서 나를 금성에서 만나고 풍악으로 가려 하며

----

5) 湯盤九字文: 殷나라의 시조 湯王이 세수대에 새긴 9 글자. "苟日新 又日新 又日新(진실로 날로 새롭고 또 날로 새롭고 또 날로 새로워지라) 세수할 때마다 이를 보고 마음을 닦음.
6) 商山: 경상도 尙州牧의 딴 이름.
7) 相: 箱의 오기일 듯.
8) 金粟: 돈과 식량.
9) 桑旭: 扶桑旭日 동해에서 돋는 햇살.

한 마디를 요구하니 어찌 말이 없겠나

八萬峯皆骨	8 만의 봉우리가 다 뼈이니
淸高不可形	맑고 높음 형용할 수 없구나
風雲連北漢	바람 구름은 북해로 이어지고
日月蔽東溟	해와 달은 동쪽 바다에 가리네
懸瀑常飛雪	매달린 폭포는 항상 나는 눈이고
喬松遠送靑	높은 솔은 멀리 푸른빛 보내다
參差棲佛祖	어긋어긋 부처 조사 사시는 곳
彷彿下仙靈	비슷비슷 신선 신령이 내려와
白首幽塵臼	흰 머리에 깊숙한 먼지 테두리
丹霞阻福庭	붉은 노을 복 뜰을 가로 막나
勞勞長夢想	수고로이 긴 꿈의 상상이고
的的每心經	뚜렷 뚜렷한 마음 경전의 심경
杖錫乘秋去	석장 지팡이 가을 타고 가니
煙蘿入徑冥	안개 넝쿨이 길에 들어 어둡다
聞思香滿袖	듣고 사색함 향기로 소매 가득
功德水添甁	공과 덕은 물이라 병에 더한다
赤豹林端擾	붉은 표범은 숲 끝에서 들레고
玄猿檻外聽	은 원숭이 난간 밖에서 듣다
他年投紱冕	다음 해 벼슬 끈을 던져 버리고
結社謝蓬萍	결사를 해서 뜬 인생을 버리자

〈訥齋先生集, 五-41〉, 〈訥齋先生集, 六-4〉

戱僧德載

장난삼아 덕재 스님에게

風擺楊花不自由	바람이 버들 꽃을 날려 자유롭지 못하니
征人回首謾悠悠	길 떠난 이 머리 돌려 아득 유유하구나
昌原直北商山[10])路	창원의 곧바로 북쪽은 상주 길이니

....

10) 商山: 앞 주 6참조.

溝水東西日夜流   강 물은 동쪽 서쪽으로 밤 낮 흐른다

〈訥齋先生續集, 一-2〉

贈日本僧竺藏
일본 스님 축장에게

神骨輕寒秋水淸	가볍고 차가운 신령한 골격 마을 물로 맑으니
扶桑11)生此法家英	동쪽 나라에서 이러한 법왕가의 영웅 태어나다
珠探衣內寧傍貳	구슬이 옷 안에 숨어 어찌 곁에 둘 생각하며
燈續雲中祇自明	등불은 구름 속에도 이어 다만 스스로 밝다
菅蒯12)遠穿蛟蜃13)國	짚신 행장으로 멀리 어류의 바다 나라 뚫고
纓紳14)忻睹鳳凰城	갓끈의 사신으로 기꺼이 봉황의 성을 보다
相期碧海終爲土	서로 기약하되 푸른 바다가 끝내 육지 되어
手種蟠桃子結成	손수 신선 복숭아 심어 열매 맺기 바라네

贈覺炯大禪
각경대선사에게

奉先寺裏始相知	봉선사에서 비로소 서로 알게 되고
月岳山前重見之	월악산 앞에서 거듭 보았는데
前度劉郎15)還白首	되돌아와 다시 만나니 오히려 흰 머리이고
當時旻老又厖眉16)	그 당시 민장로도 흑백 눈썹의 노인이었네

....

11) 扶桑: 동해의 해 돋는 곳. 전설에 해가 扶桑의 아래에서 뜨는데 나무 가지를 잡고 오른다 하여 해돋는 곳을 말하게 된 것이다.

12) 菅蒯: 잡풀의 종류. 미천한 인물의 비유. 또는 짚신이니, 여기서는 짚신을 지칭함.

13) 蛟蜃: 교룡과 조개로 어류를 널리 이르는 말.

14) 纓紳: 갓끈과 허리 끈으로 고귀한 관원을 뜻함.

15) 前度劉郎: 東漢의 劉晨과 阮肇가 천태산에서 신선을 만나고 돌아오니, 이미 晉나라시대였다. 후에 유신이 다시 천태산을 찾았으나 옛 지취가 묘연하였다. 그 후로 詩文中에 갔다 되돌아온 사람을 "前度劉郎" 혹은 "劉郎前度"라 하게 되었다. 출전, 南朝 宋의 劉義慶의 〈幽明錄〉.

雲塵別路雖如避　　구름 먼지 이별의 길 비록 피할 듯하지만
喧靜同天不可岐　　떠들고 조용함 같은 하늘 갈라질 수 없네
遙想磵松多五粒17)　멀리 상상하노니 시내의 솔 다섯 잎이니
羶葷18)結習寄來醫　비린내 음식에 익은 버릇을 부쳐와 고쳐주오

〈訥齋先生續集, 一-9〉

次祖師韻
조사의 운에 차운함

蘿月松窓一丈高　　담쟁이 달이 솔 창에 한 길은 높은데
楞嚴讀罷看離騷　　능엄경을 읽고 나서 이소경을 읽는다
禪心已與山同靜　　참선 마음은 이미 산과 더불어 고요하여
笑殺奔溪入海勞　　내닫는 시내 바다로 드는 수고 우습구나

看渠詩格造淸高　　저들의 시의 격식 맑고 높이 만들어져
畢竟猶堪僕命騷　　끝내는 나에게 시 쓰라 명함 오히려 견뎌
磨盡百年蔬筍19)氣　한 평생의 나물 같은 기운을 다 없애고
九僧20)唐體着工勞　아홉 스님의 당시 격식을 공들인 노력이네
門外紅塵八尺高　　문 밖의 붉은 먼지는 여덟 자나 높은데
此邦都會日騷騷　　이 나라의 도시 모임은 날마다 소란하다
山中不識將迎事　　산중에서는 보내고 맞는 일 알지 못하는데
老大爲州耐此勞　　늙어가며 고을 위하여 이 수고 견디다니

〈訥齋先生續集, 一-35〉

....

16) 龐眉: 눈썹이 흑백생으로 뒤섞인 모습으로 노인을 이르는 말. "龐眉黃髮" "龐眉皓首"
17) 五粒: 五粒松. 소나무의 일종. 1줄기에 5 낱알이 달려 먹을 수 있다 함.
18) 羶葷: 肉類의 飮食을 말함.
19) 蔬筍: 채소와 댓순. 채소의 거친 음식으로, 거친 文章을 비유하는 말.
20) 九僧: 宋代 詩僧 9인. 당시에 九僧詩集이 있었다. 淮南의 惠崇, 劍南의 希晝, 金華의 保暹, 南越의 文兆, 天台의 行肇, 汝州의 簡長, 靑城의 維鳳, 江東의 宇昭, 峨眉의 懷古. 〈六一詩話〉. 여기서 唐體라 함은 혼동된 듯.

贈志悅上首(己卯季冬)

지열 상수좌에게(기묘년 섣달)

松寺鷄山窈窕深	송광사 계룡산이 아득히 깊은데
遠公幽遁百年心	원공께서 깊이 숨은 백년의 마음
庭前種樹今爲拱	뜰 앞에 심은 나무 이제는 대들보 되고
石眼開泉幾賞音	바위 틈 샘 파서 얼마나 소리 감상하나
常恨以香蘭見燒	향기로운 향이 불태워짐 항상 한스럽고
自知須散樗無侵	악재의 나무는 침입 없음을 스스로 알다
江蓮天棘21)如相待	강의 연꽃과 하늘 가시 서로 마주하듯이
一就禪窓試暫唫	한 번 스님 창에 나아가 잠시 읊어봅니다

〈訥齋先生續集, 二-3〉

玉明上人 嘗以能螺鳴於釋部 世稱螺化上 佔畢金文忠屢題
詩贊之 多播味於士林間 今悅禪師亦明之徒也 其才於哮螺
且掩前輩 而詩之者無其人 此悅師之所深懊也 嘉靖丙戌春
訪余於鳳凰山 卽座上 出螺數聲 淸遠可聞 乃言曰 此物初
出齊安大君家 藏之二十九年 行與身俱 明月不夜之時 幽
巖送秋之夕 韻語最高亮 酸猿哀鶴益 悽惋也 幸惠一言 以
助貧道之興 於是乎 樂爲之說 賦四韻 塞其請

옥명스님이 일찍이 승려 중에서 소라나팔을 잘 불어 세상에서 라화상이라
일컫는다. 점필재 김문충공이 시를 지어 찬미하여 사림들에게 널리 퍼졌다.
지금 지열선사도 옥명의 문도이다. 재주가 소라나팔을 불어 전 사람들은
압도하나, 시로 찬미한 이가 없으니 이는 지열선사가 한스러워 하는 바다.
가정 병술(1526)년 봄에 봉황산으로 나를 찾아왔다 앉자마자 소라 소리
두어 곡을 부니, 맑고 요원하여 들을 만하더라. 이에 말하기를 '이것이 처음

---

21) 天棘: 天門冬. 넝쿨 이름. 唐 杜甫의 〈巳上人茅齋〉시에 "江蓮搖白羽 天棘蔓靑絲
(강 연꽃은 흰 깃을 흔들고 천극은 푸른 실로 뻗다)"함이 있다. 천극은 줄기로
뻗어 대나 나무에 얽혀 오르기를 좋아하고 잎이 가늘어 마치 푸른 실 같아 사원의
뜰이나 정자에 심어 관상으로 이용된다.

제안대군의 집에서 나와 29년을 소장하며 이 몸과 함께 다니며 달이 밝아 잠 못잘 때나 깊은 바위 가을을 보낼 밤에는 운치가 더욱 높아 스산한 원숭이 슬픈 학은 더욱 처절합니다. 다행히 한 말씀을 주어 이 중의 흥을 도우소서' 한다. 이에 즐겁다 말을 하고시 한 수를 지어 요청에 가름한다.

寶螺辭出大君家	보배 소라 나팔 대군의 집을 떠나 나왔으니
龍象同藏入紫霞	용과 코끼리와 함께 있다 신선 마을로 들었네
猿鶴不眠驚夜月	원숭이 학이 잠 못 들고 밤 달에 놀라거나
煙雲如霧散天花	안개 같은 연기 구름 하늘 꽃 흩날려
聞聲下界知淸越	이 소리 듣고 인간계로 내려와 맑고 뛰어남 아니
論品明師絶等差	품격을 논하는 옥명스님도 등차를 뛰어넘었네
題贊筆荒非佔畢	찬을 쓰는 붓이 거칠어 점필재도 못되고
眼昏何況字欹斜	눈도 어둔데다 더구나 글자까지 기울다

〈訥齋先生續集, 二-3.〉

김안국
金安國

金安國(1478 성종 9~1543 중종 48) 조선조 문신 학자. 자는 국경(國卿), 호는 모재(慕齋). 본관은 의성. 김굉필(金宏弼)의 문인. 1501년 (연산군 7)에 생원시 진사시에 합격, 1503년 별시문과(別試文科) 을과(乙科)에 합격하여 승문원에 등용되고, 이어 박사 부수찬(副修撰) 부교리(副校理) 등을 역임. 1507년 (중종 2) 문과중시(文科重試) 병과에 급제, 지평(持平), 장령(掌令) 예조참의 (禮曹參議) 대사간(大司諫) 공조판서(工曹判書)를 지냈다. 1517년 경상도관찰사가 되어 각 향교에 《소학(小學)》을 권장하고, 농서(農書) 잠서(蠶書)의 언해와 벽온방(辟瘟方) 창진방(瘡疹方) 등을 간행 보급시켰다. 1519년 기묘사화 때는 전라도관찰사로 나가 있어서 화는 면했으나 파직되었다가, 1537년에 다시 기용되어 예조판서 대사헌(大司憲) 대제학 판중추부사(判中樞府事) 세자이사(世子貳師) 등을 역임하였다.

1541년 병조판서로 천문 역법(曆法) 병법에 관한 저서 구입을 상소하고, 물이끼[水苔]와 닥[楮]을 화합하여 태지(苔紙)를 만들어 왕에게 바치고 이를 권장시켰다. 조광조(趙光祖)와 함께 지치주의(至治主義)를 주장했으나 급격한 개혁에는 반대하였다. 성리학 뿐만 아니라, 천문 주역 농사 의학 등에 조예가 깊었다.

인종의 묘정에 배향(配享), 여주(驪州)의 기천서원(沂川書院) 이천의 설봉서원(雪峰書院), 의성의 빙계서원(氷溪書院) 등에 제향. 시호는 문경(文敬).

유집 〈모재집(慕齋集)〉은 문인 유희춘(柳希春) 등이 1574년 목판으로 간행했다. 시가 권 1에서 권 8까지이고 문이 권 9에서 권 14까지이고 권 15는 부록이다.

訪海印寺 僧徒多持紙乞詩 醉中輒漫書 與之

해인사를 방문했더니 승도들이 많이 종이를 가지고 시를 요구해 취중에 부질없이 써 주다

伽山主人眼紺碧	가야산 주인의 눈동자 검고 푸르니
山中幾年掛飛錫1)	산중에 몇 년동안이나 석장을 걸었나
客至迎門笑不言	손님 오자 문에서 맞아 웃고 말 없으니
伽山蒼蒼伽水綠	가야산은 파릇 파릇 가야 물은 녹색이네
山僧知我我知僧	스님은 나를 알고 나는 스님을 알아
默坐相看話不應	침묵으로 앉아 마주 보고 대화도 없네
巖畔春花開灼灼	바위 가의 봄 꽃은 흐드러지게 피었고
潭心夜月照澄澄	연못 중심의 밤 달은 맑고 맑게 비춘다
暫逃薄領叢中苦	잠시 장부 속 얽매인 괴로움을 피하여
來訪紅流洞裏天	홍류동의 자연을 찾아서 왔는데
造物似嫌閑一刻	조물주가 한 시각의 한가함도 시기하듯
更教山衲乞詩篇	다시 스님들이 시편을 요구하게 만드네
禪窓暫借支頤睡	참선의 창문 잠시 빌려 턱 기대 졸다
覺後忘吾正嗒然	깨고 나니 나를 잊어 바로 멍청하구나
何處老僧來索句	어느 곳 늙은 중이 와서 시구를 찾나
我無言說亦無緣	나와는 말이 없고 역시 인연도 없는데
白首皇華使2)	흰 머리의 나라 일을 하는 사신이고

---

1) 掛錫: 錫杖(지팡이)을 걸다의 뜻으로 스님이 절에 머무는 것.

2) 皇華: 〈詩經, 小雅〉의 시인데, 사신을 보낼 때 임금의 덕을 아름다이 베풀라는 내용이다. "皇皇者華 于彼原隰 駪駪征夫 每懷靡及 (빛나고 빛나는 저 꽃이여, 평원이나 언덕이나 다 함께 아름답다. 저 즐비한 사신이여 왕의 덕을 펴지 못할까 걱정하다.)"이라 하였다. 여기서는 이 시경의 뜻을 원용하여 지방관의 임무를 암유한 것이다.

厖眉[3]雲水僧　눈썹 센 구름 물의 종들인데
相逢海印寺　서로 해인사에서 만나
共上碧峯層　함께 푸른 봉우리 한 층을 오르다

〈慕齋先生集 一-26〉

送別日本僧弸中等
일본 승려 붕중 등을 보내며

縹緲雲帆向日東　아득한 구름 돛이 해 동쪽으로 향하니
海天無際起悲風　바다 하늘 끝이 없어 시름어린 바람 일다
千年曲裏無鍾子[4]　천년의 곡조 속에는 종자기는 없으며
三笑溪邊憶遠公[5]　세 번 웃은 시내 가에 혜원을 기억하네
酒爲排愁偏取醉　술은 시름 물리치려다 취함으로 기울고
詩因恨別覺難工　시는 이별 한으로 짓기 어려움 깨닫다
他時最是相思處　다른 때 가장 서로 생각나는 곳이라면
月白中秋夜枕空　달 밝은 중추절 밤에 허공을 베고 누울 때
　（曾與師 賞中秋月）　（스님과 중추의 달을 감상한 적이 있다.）

海外知音更幾人　바다 밖에서 지기의 벗 다시 몇일까
客中懷抱淚沾巾　나그네 중의 회포라 눈물 수건 적셔
明年八月天河上　다음 해 8월 은하수 위에다가
須泛仙槎再問津　신선 뗏목 띄우려고 다시 나루를 묻다

....

3) 厖眉: 눈썹이 흑백색으로 뒤섞인 모습으로 노인을 이르는 말 "厖眉皓首"
4) 鍾子: 鍾子期. 伯牙가 거문고를 타면 종자기는 듣고서, 그 곡의 내용을 이해하여
　산이 높다거나 물이 출렁인다고 연상하였다. 종자기가 죽으니 백아는 거문고
　줄을 끊었다. 伯牙絶絃.
5) 遠公: 廬山의 慧遠. 혜원이 평생 虎溪를 넘지 않는다 하였는데, 陶潛과 陸修靜이
　와서 전별하며 이야기를 나누다 虎溪를 지나는 것을 몰랐다. 이 사실을 '虎溪三
　笑'라 한다. 앞의 주 128 참조.

愛君標格6)出塵埃	그대의 몸가짐 풍격은 먼지를 벗어나
幾度相傾月下杯	몇 번이나 달 아래 술잔을 기울였던가
一夜西風動歸興	한 밤의 서녘 바람에 돌아갈 흥 이니
天涯離思杳難裁	하늘 끝의 이별 생각 조절하기 어렵네

雁叫長空水國秋	기러기 허공에 우짖는 물 나라 가을
天涯離別迥添愁	하늘 끝 이별의 정 아득히 시름 더해
憑君莫唱陽關曲7)	그대 빗대어 양관의 곡을 부르지 말라
淚染青衫不禁收	눈물이 푸른 적삼 적셔 거두지 못하네

聚散悠悠夢不眞	모이고 헤어짐 아득히 꿈인가 참도 아니야
幾回揮淚海天濱	몇 번이나 눈물 뿌린 바다 하늘 가인가
扁舟萬里一歸去	조각배로 만 리를 돌아간 뒤에는
便作今生永別人	문득 이생에는 영원한 이별이 되겠구료

〈慕齋先生集, 一-25〉

有道熙師曾遇於海印寺 來索詩 簿領中 卒次朴昌世8)韻
도희스님을 해인사에서 만난 적이 있는데 시를 요구하러 왔기에 업무 중에
갑자기 박상의 운에 차운함

簿書顚倒眼昏埃	업무 서류 뒤엉켜 눈에는 어둔 먼지
愁緖紛紛未易排	시름 가닥 어지러워 쉬이 물리치지 못해
夢咽伽倻山水響	꿈 속에 오열하는 가야산의 물 울림이요
雲扄無計得重開	구름 빗장을 다시 열 수 있는 계략 없네

〈慕齋先生集 二-12〉

....

6) 標格: 風度. 규범적 몸 가짐.
7) 陽關曲: 陽關三疊. 唐의 王維의 〈送元二使安西〉의 시에 "渭城朝雨浥輕塵 客舍青
   青柳色新 勸君更進一杯酒 西出陽關無故人"이라 함이 유명하여, 이 시가 악보에
   들어 송별곡의 대표로 되었다. 그래서 "陽關三疊"이라 한다.
8) 朴昌世: 朴祥(1474~1530)의 자가 昌世, 호는 訥齋(눌째)

荒村 偶逢金剛僧緝熙 話移晷 漫書與
황촌에서 금강산의 중 집희를 만나 이야기에 시간 지나 부질없이 써 주다

欲脫金門跡	황금 문의 자취를 벗어나려 하여
將尋玉扃徒	장차 백옥 문의 무리를 심방하리
虛名終是累	헛된 이름이란 끝내 누구 되니
山衲解能呼	스님은 풀어 부를 수 있다네
世事幾場夢	세상 살이 몇 차례의 꿈이고
海波應變田	바다 물결은 응당 밭으로 변해
一筇終一往	지팡이 하나로 끝내 한 번 가니
萬壑聽奔川	일만 골짜기에서 내닫는 물 듣다

〈慕齋先生集, 二-13〉

書金剛山僧守元詩軸
금강산 중 수원의 시축에 쓰다

師在金剛山	스님은 금강산에 있어
日望東海波	날마다 동해 파도 바라본다
添籌已幾屋9)	계획 더하기 이미 몇 집이었고
淸淺10)今如何	은하수는 지금 어떠하던가

〈慕齋先生集, 二-15〉

和祖遇上人韻
조우스님 시운에 화답함

朱紱11)靑山孰有權　벼슬살이와 푸른 산이 누구 권한인가

----

9) 添籌已幾屋: 이 시구가 의미하는 것은 미상.
10) 淸淺: 銀河水를 말함. 李白의 〈遊太山〉시에 "擧手弄淸淺 誤攀織女機(손을 들어 은하수 희롱하다 잘못으로 직녀의 베틀을 당기다)"함이 있다.
11) 朱紱: 분홍빛의 인장의 끈. 벼슬길로 차용된다.

不禁牽引舊林泉	옛 산림을 이끌어댄대도 금하지 않네
全癡幷失邯鄲12)步	아주 어리석어 한단의 걸음 아울러 잃고
弄點寧分大小年	장란으로 힐난해도 크고 작은 나이 나누랴
皓首方成三折股13)	흰 머리 되어서야 경험 많은 의사 되고
幽窓時復一中賢	고요한 창에서 때로 일체 중의 현인 되다
虎溪14)從此何妨過	호계를 이로부터 지나감 어찌 방해하랴
領取風流愧我先	풍류를 거두어 취함 내가 앞섬 부끄럽네

〈慕齋先生集, 二-22〉

贈祖遇上人
조우스님에게 주다

山人不出山	산 사람은 산을 나서지 않아
落葉沒秋逕	낙엽이 가을 길을 묻었다네
鼠跳案上經	쥐는 책상 위의 불경 뛰어 오르고
跏趺方入定	가부좌하고 바야흐로 선정에 드네
唯有太古月	오직 태고 시절의 달이 있어서
夜半當窓瑩	한밤 중에는 창에 다다라 밝네
擾擾塵澗間	시끄러운 세속 구렁 속 사이에는
慾義戰互勝	욕심 의리 서로 싸워 이기려 해
悵望山中人	쓸쓸히 바라뵈는 산 속의 사람

....

12) 邯鄲夢. 盧生이라는 사람이 邯鄲의 여관에서 도사 呂翁을 만났더니, 여옹이 행랑 중에서 베개를 꺼내 주면서 "그대가 이 베개를 베면 그대의 영화가 뜻대로 되리라"하였다. 노생이 그 베개를 베고 꿈 속에 들어 인간의 부귀영화를 마음껏 누렸다. 꿈을 깨니, 여관집 주인은 짓고 있던 밥이 아직도 다 익지 않았다. 그래서 허황된 일의 비유로 "邯鄲夢" "邯鄲枕"이라 한다.

13) 三折股: 三折肱. 여러 차례 어려움을 겪음 "三折肱爲良醫(3 번 팔꿉치를 꺾여야 좋은 의사가 된다)"함이 있어 "三折肱"이 良醫를 이르는 말로 쓰인다.

14) 虎溪: 시내 이름. 廬山의 慧遠이 평생 虎溪를 넘지 않는다 하였는데, 陶潛과 陸修靜이 와서 전별하며 이야기를 나누다 虎溪를 지나는 것을 몰랐다. 이 사실을 '虎溪三笑'

跛鱉無快脛   발을 절어서 경쾌한 종아리 없으나
嶺上白雲多   고개 마루 흰 구름이 많으니
願言持我贈   원컨대 가져다 나에게 주소

〈慕齋先生集, 二-27〉

次覺了上人韻
각료스님의 시운에 차운함

飛步靑雲摠俊才   청운의 구름을 날아 걷는 이 모두가 준재들이나
豈容衰懶亦徘徊   어찌 쇠잔 나태하여 역시 배회함 용납하랴
一丘一壑眞吾分   언덕 하나 골짜기 하나가 참 나의 분수이니
猿鶴應嗔不早回   원숭이 학이 응당 일찍 돌아오지 않음 꾸짖겠지

〈慕齋先生集, 二-32〉

贈覺了師
각료스님에게

水雲15)蹤迹似冥鴻   뭘 구름의 자취는 북해의 기러기 같고
迷路應憐撲紙蟲16)   희미한 길에는 응당 창호지 뚫는 벌이네
四海聲名終是累   사해 천하의 이름과 소문은 끝내 누가 되고
百年光景只堪慵   백년 평생의 자연 광경은 다만 게으름 뿐이네
眼前世事朝朝變   눈 앞의 세상살이는 아침마다 변하고
夢裏靑山處處濃   꿈 속의 푸른 산은 곳곳이 뚜렷하구나
早晩殘骸如得乞   조만간에 쇠잔한 육신이 휴가를 얻는다면
從君料理一枝笻   그대 따라 지팡이 하나로 요리해 볼까

〈慕齋先生集, 二-32〉

....

15) 水雲: 雲水. 떠돌이 중 行脚僧을 말함. 行雲流水(가는 구름 흐르는 물)의의미를
추한 것
16) 撲紙虫: 미상이다. 창문을 통해 들어온 벌이 햇빛이 비추는 창호지를 뚫으려
하지만, 옆의 열린 틈을 이용하면 되는 것을 모르고 고집하는 어리석음을 경계한
말이 있으니, 혹 이를 인용함인가. 鑽紙蟲.

題僧學能詩軸(有金居士悅卿17)手筆)
학능스님의 시축에 쓰다(김거사 열경의 글씨가 있다)

悅卿異人也	열경은 특이한 사람으로
偶落海之東	우연히 바다의 동쪽에 떨어져서
雀躍又大笑	참새이듯 날뛰다 크게 웃으며
遊戲天地中	하늘 땅 사이에 조롱하며 놀고
醯鷄18)王公尊	초파리는 왕공들의 술잔이고
直友造物翁	직언의 벗은 조물주의 늙은 이
無儒亦無釋	유생도 없고 승려 할 것 없이
擧世在愚籠	온 세상이 어리석은 조롱 안에 있다
人間得餘墨	세상에서 남은 먹 흔적만 얻어도
一字千金同	한 글자가 천금과 같은데
師能與之從	학능스님은 더불어 그를 따라
片語承磨礱19)	한 조각 말도 단련으로 잇겠네
至今望眉睫	이제까지도 눈썹을 바라보면
颯颯吹餘風	날카로운 여운의 풍도 남았네
慙余濁汚蹤	부끄럽다 나는 무젖은 자취로
有如鑽紙蟲20)	창호지 뚫는 파리와 같구나
不見世界大	세계가 큰 것을 보지 못하고
濛濛徒兩瞳	흐릿하고 흐릿한 두 눈동자
師來欲何求	스님은 와서 무엇을 구하려 하오
至理存默通	지극한 이치는 침묵으로 통하는데
泉下贅世翁	황천 아래의 세상 비웃은 노인이

....

17) 悅卿: 金時習의 字.

18) 醯鷄: 초파리. 〈列子〉에 "厭昭生乎濕 醯鷄生乎酒(쓰르라미는 습기에서 나고 초파리는 술에서 난다)"함이 있다.

19) 磨礱: 숫돌. 곧 단련하는 도구.

20) 鑽紙蟲: 鑽紙蠅. 白雲端禪師의 게송의 비유. 창으로 들어온 파리가 창문의 종이를 뚫고 나가려 하니 들어왔던 창문 틈을 찾지 않는 어리석음의 비유 "爲愛尋光紙上鑽 不能透處幾多難 忽然撞着來時路 始覺平生被眼瞞(빛을 찾아 종이 뚫음 사랑하노니 뚫을 곳 모르니 얼마나 어려워 홀연 왔던 길을 부딪히니 비로소 평생동안 눈 어두움 깨닫다)"함이 있다.

茲能知始終　　　이에 처음과 끝을 알 수 있다오.

〈慕齋先生集, 二-36〉

次僧智熙詩軸韻
지희스님 시축운에 차운

誰把眞源一路通　　누가 진여 근원 한 길로 통함을 파악하나
紛紛餘子摠途窮　　분분히 시끄러이 남은 사람은 모두 길이 없네
雲蹤縱脫塵喧外　　구름 발자국 비록 세속 시끄러움 벗어나나
只恐摸尋亦落空　　다만 모색과 찾음이 허공에 떨어질까 두렵다

〈慕齋先生集, 二-37〉

贈默上人
묵스님에게

山林朝市兩迷津　　산림과 저자 거리 둘 다 혼미한 나룻 길
一誤虛名二十春　　한번 잘못된 헛된 이름으로 20번의 봄이네
白髮有緣嗟滿帽　　백발이 인연 있겠지만 모자 가득함 서글프고
蒼生無福謬紆紳　　인생살이 복이 없어 벼슬 끈으로 그릇되다
雲霞習氣空懸夢　　구름 노을 인습된 기개 공연히 꿈으로 달리고
犬馬餘齡倘乞身　　개와 말로 충성할 나이 혹 몸을 빌릴 것인가
堪羨吾師禪榻上　　우리 스님의 참선 책상 위에
不將壹事擾天眞　　하나의 일도 천진함 흔들림 없음 부럽구료

〈慕齋先生集, 三-11〉

宿奉恩寺梅花堂 贈允海上人
봉은사 매화당에서 자면서 윤해스님에게 주다

孤梅已死竹羅生　　외로운 매화 이미 죽고 대만 널려 돋아나니
堂客重來一愴情　　매화당에 손님 다시 찾아 한결같이 서글픈 정

賴是山僧能解意　　이로 인해 스님들은 의미를 해석할 수 있지만
坐談桑海到深更　　대화가 상전벽해의 세상사로 다시 깊어 지네
　堂前有梅一株當窓發花因以名堂再到則梅死久矣只有綿竹羅生于庭
　당 앞에 매화 한 그루 있어 창을 향해 피어 인해서 당명이 되었는데, 다시 오니
매화가 죽은 지 오라고 다만 대나무가 뜰에 널려 돋았다.

〈慕齋先生集, 三-30〉

次祖遇師玄黙軒詩軸韻
조우스님 현묵헌의 시축운에 차운함

區區語黙間　　구구히 언론과 침묵 사이에
紛聒閙末論　　시끄럽도록 말세론으로 다투니
更着玄不得　　다시 현묘함 부딪쳐도 되지 않고
吾言又非言　　나의 말도 또한 말이 아니다
玄黙立名字　　현묘 침묵의 현묵으로 이름 삼음
無乃迷其源　　어쩌면 그 근원에 혼미하지 않았나
問師正嗒爾　　스님에게 물으니 바로 침묵해 버려
青山當戶門　　푸른 산만 문 앞에 다가 온다
下有一道川　　아래에 한 줄기 냇물이 있어
清流晝夜奔　　맑은 흐름이 밤낮으로 내닫다
師自坐師軒　　스님은 스님의 누대 마루 앉아
忘名亦忘軒　　이름도 잊고 누대도 잊었구나
耳邊禽鳥哢　　귓 가에 새들이 지저귀니
覺得喧不喧　　들레도 들레지 않음 깨닫네

〈慕齋先生集, 三-36〉

答次祖遇師送山蔬
조우스님이 산나물을 보내와 답함

草菴松月幾飛魂　　초가 암자의 소나무 달이 몇 번이나 혼을 날려
近覺新春入野村　　요사이 새 봄이 들 마을에 들었음 깨달았네

松下我能烹小茗　　소나무 아래에서 나는 작은 차를 다릴 수 있고
花前師亦倒淸尊　　꽃 앞에서 스님 역시 맑은 술잔을 기울이겠지
〈慕齋先生集, 四-15〉

答次祖遇師
조우스님에게 답하다

草菴凉月想依然　　풀 암자 싸늘한 달 상상하니 알연한데
昨夢逢君話勝緣　　지난 밤 그대 만나 좋은 인연 이야기 했지
今日小詩傳信息　　오늘 절구시 한 수로 소식을 전하게 되니
方知萬流本同川　　이제 알겠네, 일만 흐름이 같은 냇물임을
　夜夢師而朝得詩 故及　밤에 스님 꿈을 꾸고 아침에 시를 얻었기에 한 말이다.
〈慕齋先生集, 四-22〉

次祖遇師韻 贈楓岳慧上人
조우스님의 시운을 차운하여 풍악 혜스님에게

湖陰寂寂掩柴扃　　호수 그늘은 적적 고요하여 사립문을 닫고
一枕新涼臥小亭　　베개 하나 신량의 서늘함 작은 정자에 눕다
山客忽來談勝迹　　산 손님이 홀연히 와서 좋은 경치 이야기하니
冷風怳自腋邊生　　서늘 바람 황홀하게 겨드랑에서 불어오다
〈慕齋先生集, 七-33〉

次祖遇師韻
조우스님의 시운에 차운함

高人長臥白雲間　　높은 분은 흰 구름 사이에 길이 누워 있으니
塵世何由對面顔　　먼지 세상에서야 무슨 이유로 얼굴 대할 수 있나
老病不强耽勝賞　　늙은 이 병이라 억지로 승지 감상 탐내지 않아
淸區久廢縱吟鞍　　청정한 지역의 내놓고 시 읊는 안장 오래 폐했네

猗蘭葉想滋新馥	아름다운 난초 잎 새 향기 불어남 상상하고
幽桂叢應長昔看	그윽한 계수나무 떨기 응당 옛날 본대로 자라죠
擬趁九秋明月往	가을 석 달의 밝은 달을 기다려 가게 되면
袂衣輕屐未爲寒	옷깃 걷어잡고 경쾌한 나막신 아직 춥지 않겠지
幾度擡眸向北風	몇 차례나 눈을 들어 북쪽 바람 향했나
龍門層翠想禪容	용문산의 층층의 비취봉에 스님 모습 상상했지
時時審諦眞身住	때때로 진리 찾는 진신의 몸이 머물러 있어
每被輕雲淡霧籠	매양 가벼운 구름 담담한 안개에 덮치네

〈慕齋先生集, 七-33〉

宿法輪寺 主僧法熙接之殷勤 臨發 持紙求詩 又有僧六禪者 亦索題甚懇 笑占兩首 以贈

법륜사에서 자는데 주지스님 법희가 은근히 대접하고, 떠나려 하자 종이를 펴놓고 시를 요구하다. 또 육선스님이 있어 역시 간절히 간구하여 웃으며 2 수를 주다.

落日羸騶到寺門	지는 해에 여윈 말로 절 문에 도착하니
殷勤老宿共溫存	은근한 늙은 스님이 따뜻이 맞아 주네
潤沾渴肺傾甌茗	목마른 폐부를 적시려 차 잔을 기울이고
蘇醒飢腸具鉢飱	깨어나는 주린 창자에 바릿대 밥 갖추다
天月破昏供客話	하늘 달이 어둠을 깨치니 나그네와의 대화
樓鍾動曉爽塵魂	누대 종이 새벽에 울려 세속 영혼 맑게 해
從今閑放長來往	이제부터는 한가하면 장시간 오고 가서
爲謝山中舊鶴猿	산 속의 옛날 원숭이 학에게 사례하려네
久爲虛名誤	오래도록 헛된 이름 잘못 돼
藏名恐不深	이름 감추어도 깊지 못할 걸
一犁甘野老	쟁기 하나로 들 늙은 이 만족하여
五載息塵心	5 년만에 먼지 마음을 잠재우다
索莫芒穿屨	삭막 쓸쓸히 풀섶 뚫는 신발이요

144 조선조 유가가 승려에게 준 시

蕭疎雪滿簪	헝크러진 눈발이 비녀에 가득하다
何緣山衲子	무슨 인연으로 산의 스님들이
能解索狂吟	광기의 시 찾을 줄을 알았나요

〈慕齋先生集, 四-3〉

自京 將還村寓 抵宿法輪寺 翌明 束裝欲發 有僧覺希奉紙 筆索詩 一笑走筆書 與

서울에서 장차 고향 집으로 가려고 법륜사에 다다라 자고, 다음날 행장 차려 떠나려 하는데 각희스님이 종이를 가져와 시를 요구하여 한 번 웃고 써 주다.

三年三宿法輪房	3년 동안 세 번이나 법륜사에서 자는데
白髮龍鍾21)意不强	흰 머리로 보잘 것 없어 생각도 세지 못해
可笑緇流能好事	우습구나, 스님의 무리들이 일 좋아함이여
每將行軸丐詩章	항상 두루마리를 가져와서는 시를 구걸하네

〈慕齋先生集, 四-26〉

宿法輪寺 侵曉將發 有僧乞詩 信筆書與

법륜사에서 자고 새벽이 되어 가려고 하니 어느 스님이 시를 요구해 붓 가는대로 쓰다

曉色將分已戒行	새벽 빛이 나누려 하여 이미 떠나려 하니
亂嶂銜月影縱橫	흩어진 봉우리의 달 그림자는 여기 저기
笑對山僧留一偈	웃으며 스님이 한 수 남기라함 대하고는
小甌新茗且須傾	작은 다구의 새 차를 또 기울여야 했네

〈慕齋先生集, 五-19〉

---

21) 龍鍾: 보잘 것 없는 모습을 형용하는 疊韻의 의태어.

又有僧熙允者 亦持靑山白雲圖 江山暮雪圖 兩軸乞詩 亦
漫走筆書與

또 희윤이란 스님 있어 역시 청산백운도와 강산모설 두 폭 그림을 가지고
와 시를 구하기에 역시 붓을 달려 써 주다

懃愧虛名滿世間	헛된 이름 세상에 가득 알려짐 부끄럽기에
藏蹤常欲老雲山	자취 감춰 항상 구름 산에 늙으려 하나
山中亦有知名者	산 속에도 역시 이름 아는 이가 있어
强索題詩鬧我閑	억지로 시 쓰기 요구해 내 한가함 들레네

山自無心靑	산은 스스로 무심히 푸르고
雲自無心白	구름도 스스로 무심히 희다
禪窓兀相對	선방의 창에서 오뚝 서로 대하니
我亦無心客	나도 역시 무심한 나그네일세
(右靑山白雲圖)	(위는 청산백운도)

天寒江湛湛	하늘이 차가우니 강은 답답하고
雪滿江上峯	눈은 강 위 산봉우리에 가득해
孤舟人不見	외로운 배에 사람 보이지 않고
蒼翠千年松	푸르고 푸른 천년의 소나무
(右江天暮雪圖)	(위는 강천모설도)

〈慕齋先生集, 四-27〉

答神勒寺學天師

신륵사 학천스님에게 답함

水滿前江月滿臺	물은 앞 강에 가득하고 달은 누대 가득
春來遊興不禁催	봄 왔다고 놀이 흥 재촉 안 할 수 없어
今朝更得山僧問	오늘 아침 다시 스님의 물음을 받으니
似爲閑翁諷綏來	한가로운 늙은이가 풍자하려 온 듯하네

〈慕齋先生集, 五-2.〉

贈僧日沃
일옥스님에게

茅齋長日曲眠肱	띳집의 긴긴 날에 팔을 굽혀 조니
門閉終無客到膺	문도 닫아 종일 나그네 와서 맞음 없다
滿案凝塵時一掃	책상에 가득한 엉긴 먼지 일시에 쓰니
晚來緣有乞詩僧	저녁 되어 시 구걸하는 중이 있기 때문

〈慕齋先生集, 五-4〉

書僧眞守詩軸
수진스님의 시축에 쓰다

三生未了四尺[22]	삼생에서도 사척의 작은 몸 다하지 못하고
一錫遍踏千山	지팡이 하나로 두루 일천 산을 돌았으니
莫問客來何意	나그네 온 것이 무슨 뜻이냐 묻지를 말라
花開鳥哢春澗	꽃 피고 새 울어대는 봄날의 시내

〈慕齋先生集, 五-5〉

贈道釋上人
도석스님에게

春草生萋萋	봄 풀은 포송 포송 돋아나고
山中人獨遊	산 중 사람은 홀로 노닌다
行行采芝英	걸음 걸음에 지초의 꽃이요
日夕聊淹留	해 저녁에 애오라지 머문다
將以遺所思	장차 생각나는 것 남기려는데
川路何悠悠	시내의 길은 어찌 이리 아득해
千章共蔽蔚	일천 자연 문장 함께 어우러지고

....

22) 四尺: 미상. 혹 六尺身의 몸이라는 의미를 더 작게 하기 위하여 四尺短身의 의미
로 쓴 것인가.

百鳥喧啾啾	온갖 새들은 시끄러이 울어댄다
偶逢釋子儔	우연히 스님 친구를 만나서
投策臨淸流	지팡이 던지고 맑은 물에 임하다
愛之忽忘歸	사랑스러워 홀연 갈 길은 잊어
庶以消我憂	거의 나의 시름을 녹아 내었네

〈慕齋先生集, 五-6〉

贈上院僧慧遠
상원사의 혜원스님에게

西澗行吟風滿壑	서쪽 시내 거닐며 읊고 바람은 골에 가득한데
南樓坐嘯月銜山	남쪽 누대 휘파람으로 앉자 달은 산을 삼키네
僧來問客何爲者	중이 와서 나그네는 무엇 하는 이냐 물어서
欲答無言聊破顏	대답하려다 말 없이 낯을 펴서 웃었네

〈慕齋先生集, 五-6〉.

書靈源[23]上人詩軸
영원스님의 시축에 쓰다

午醒繞解眼曚然	대낮에 깨어 경우 몽롱한 눈을 풀고
閑送飛鴻沒遠天	먼 하늘로 사라지는 기러기 한가히 보내니
何處山僧來作鬧	어느 곳에서 중이 와서 시끄럽게 하더니
床前忽展白雲牋	책상 앞에 홀연히 흰 구름 종이를 펴다

十載看山不識名	10년 동안 산을 보아노 이름을 알지 못하니
山應嗤我久頑冥	산은 응당 내가 오래도록 어리석다 꾸짖겠지

....

23) 靈源: 조선 중기의 승려. 속성은 이(李)씨. 10세에 범어사의 명학(明學)을 스승으로 삼아 출가. 15세에 발심. 홀로 금강산 영원동(靈源洞)으로 들어가 정진하여 도를 깨달음. 만년에 지리산으로 옮겨 영원사(靈源寺)를 창건하고 후학들을 지도함.

今朝一一僧來指　　오늘 아침에는 하나 하나 스님이 와서 지적하니
入眼峯巒覺轉靑　　시선에 드는 봉우리들이 더 푸른 것을 알겠다

〈慕齋先生集, 六-4〉

贈慧燈上人
혜등스님에게

聞說觀師楓岳裏　　듣건대 영관스님이 풍악산 속에서
忘言面壁二年餘　　말 없이 벽을 낮하기 2년 나마 되었다네
同參禪褊寧凡客　　함께 참여했던 참선 책상의 평범한 사람
不待談懷可識渠　　회포 이야기 안 해도 그인 줄을 알겠네

　靈觀師相別已半紀 聞入楓岳 默言面壁已數載 今上人自楓岳來言 與
　之同榻 喜而書贈
　(영관스님을 이별한 지가 이미 반세기가 되었는데 풍악산에 들어 묵언 면벽한 지가
　이미 여러 해라 들었다. 지금 스님이 풍악산에서 와서 책상을 함께 하니 기뻐서
　써서 주다)

〈慕齋先生集, 六-4〉

次韻贈行思上人
차운하여 행사상인에게

縹緲喬山路　　　아득한 교산의 산 길에는
雲霞跡舊曾　　　구름 안개가 옛날의 그 자취
音塵24)千里月　　세속 소식은 천리의 달이고
湖海十年燈　　　호수 바다 십년의 등불이네
白首難攀劍　　　흰 머리에 칼을 당기기 어렵고
荒村偶對僧　　　거친 들에서 우연히 중 만나다
松杉森望眼　　　솔과 삼나무 시선 앞 빽빽하니
今長幾尋層　　　지금은 몇 길의 층으로 자랐나

....

24) 音塵: 音信. 消息. 또는 옛 자취.

歲庚寅 余以外姑氏練 自梨湖到廣之長旨村 西望宣陵 纔卜許里 松杉
翠藹 森然入眼 稽首興感 彷徨久之 忽有奉恩寺住錫僧行思 袖軸自陵
來求詩 就次止亭[25]相公 贈之

경인년에 내가 장모님 상사로 이호에서 광주의 장지촌에 이르렀다. 서쪽으로 선릉
을 바라보니 겨우 몇 리정도인데 솔과 삼나무가 파랗게 우거져 빽빽이 시선에 들어
머리 조아려 감회에 젖어 방황할 때, 홀연 봉은사의 행사스님이 시축을 가지고 선
릉에서 와서 시를 구하기에 지정상공에게 나아가 주다.

〈慕齋先生集, 六-6〉

贈神勒寺僧性源
신륵사 승원스님에게

東臺詠月倚高層	동대에서 달을 읊으며 높은 층에 기대어
一笑相逢碧眼僧	한 번 웃고 서로 만난 벽안의 스님이
老把湖山爲我物	늙어 강산을 잡아 나를 위한 물건이라니
却猜閑衲認先曾	문득 한가한 스님이 먼저 안 것 시기되네

〈慕齋先生集, 六-10〉

贈僧義祖
의조스님에게

江皐獨立意悠然	강 언덕에 홀로 서서 생각은 아득한데
萬古依俙過眼前	만고의 세월은 아련히 시선 앞에 스친다
一笑好懷收不得	좋은 회포 수습할 수 없음 한번 웃는데
適來禪客展雲牋	마침 선승이 와서는 구름 종이를 펴네

〈慕齋先生集, 六-11〉

----

25) 止亭: 南袞(1471-1527)의 호. 자는 士華.

嘉靖辛卯秋 自驪之梨湖 赴外姑祥于廣之長旨里 夜宿村廬
有僧釋眞持山水小軸來乞詩 就次容齋[26]李相公韻 以贈

가정 신묘(1531, 중종 26)년 가을 여주의 이호에서 광주의 장지리 장모의
상에 가다가 동네 촌가에서 자는데 석진스님이 산수화 소폭을 가지고 와
시를 청하기에 용재상공의 운에 차운하여 주다.

缺月纔窺枕	반쪽 달이 겨우 벼개를 엿보는데
西風欲起詩	서녘 바람이 시상을 일으키려 해
人遙千里隔	사람은 멀리 천리로 막혀 있고
思寄一秋知	생각은 한 가을에 부쳐 알다
世故難禁老	세상 까닭이 늙음 막지 못하고
吾生詎有私	나의 삶에 어찌 사사로움 있나
披師小山水	스님의 작은 산수도를 펼치고
悵爾坐成遲	쓸쓸히 앉은 자리 더디게 정리

〈慕齋先生集, 六-15〉

復次容齋韻 贈元惠師

다시 용재의 운에 차운하여 원혜스님에게

我非不好遊	나도 좋은 놀이 못함이 아니나
羨師方外遊	스님의 세상 밖 놀이가 부럽소
我非不得休	나도 쉴 수 없음이 아니지만
羨師得眞休	스님의 참 휴식 얻음 부럽네
遊有枯筇輕	놀이에는 마른 지팡이 가볍고
休有丈室幽	휴식에는 스님의 방 고요하네
雲有倦卽休	구름처럼 피곤하면 곧 쉬니
此外何所求	이 밖에 무엇을 구하리요

〈慕齋先生集, 六-15〉

....

26) 容齋: 李荇(1478-1534)의 호. 자는 擇之.

復次容齋韻贈志雄師

다시 용재의 운에 차운하여 웅지스님에게

沖鶴冥鴻我不如	높이 나는 학이나 기러기를 나는 닮지 못해
浮生還似中鉤魚	뜬 인생살이 오히려 낚시 물린 물고기 같다
于今得遂江湖願	지금에서 강호의 소원을 이룰 수 있기에
又向山僧問蕨蔬	또 스님을 향하여 고사리 나물을 묻는다

〈慕齋先生集, 六-15〉

贈龍門慧印上人

용문사 혜인스님에게

新春風日正暄妍	새 봄의 봄 바람은 참으로 따뜻하고 고와
深掩柴荊醉獨眠	깊이 사립문 닫고 취하여 홀로 졸고 있다
忽被山僧來剝啄27)	홀연 스님이 내방하여 문 두드리는 소리에
小梅纔柝屋東邊	작은 매화는 처마 동쪽 가에 겨우 피었네

〈慕齋先生集, 六-21〉

贈龍門能悟上人

용문사 능오스님에게

春山染碧水如藍	봄 산은 파랗게 물들고 물은 쪽빛 같아
倚杖東皐酒半酣	지팡이 의지한 동쪽 언덕에 술이 반쯤 취해
目注長空孤鳥外	시선은 긴 허공 외로운 새 저 쪽으로 가다가
不知禪客忽前參	선객 스님이 홀연 앞에 나타남도 몰랐구나.

〈慕齋先生集, 六-21〉

---

27) 剝啄: 문을 두드리는 소리. 또는 바둑을 두는 소리의 의성어.

次如上人詩軸韻(時與諸伴會話長興寺)

여스님의 시축운에 차운함(그때 여러 친구와 장흥사에서 이야기하다)

紅殘春縱[28]謝	붉은 빛 쇠잔하니 봄도 따라 가고
綠嫩夏方初	녹색 연하니 여름은 막 초여름
好雨添山彩	좋은 비는 산 채색을 첨가하고
淸風産谷虛	맑은 바람은 빈 골에서 생긴다
酒醇僧破律	술이 훈훈하니 중도 계율 어기고
談劇客停車	이야기 질어 나그네 수레 멈추다
爲報如師道	여스님의 길을 보답하기 위하여
能來此地居	이 땅에 와서 살 수 있을까

〈慕齋先生集, 六-24〉

戲贈洞峻長老 長老曾住錫神勒寺 余每往遊 則必徵詩頗苦 今聞移住奉恩寺 以詩贈之 時近仲秋望

형준장로에게 희롱으로 주다. 장로가 신륵사에 주석한 적이 있어 내가 항시 놀러 가면 반드시 괴롭게 시를 요청했다. 지금 들으니 봉은사로 옮겼다기에 시로 준다. 계절은 추석이 가깝다.

東臺秋月想圓明	동대의 가을 달은 상상컨대 둥글고 밝고
臺下江流徹底淸	누대 아래 강 물은 밑까지 철저히 맑아
勝地從今無虐稅	명승지는 지금부터 혹독한 세금 없으리니
湖翁方得放遊情	호옹의 늙은 이는 방종 놀이의 정을 얻네

〈慕齋先生集, 六-28〉

龍門僧惟善餉軟蔬謝寄(龍門蔬甚香軟 擅海東 裹飯食極美)

용문사의 유선스님이 연한 채소를 보내와 감사함(용문산의 채소가 아주 연하고 향이 있어 나라 안에 알려 있다. 밥을 싸 먹으면 매우 좋다)

山蔬香軟擅龍門	산 나물 향기롭고 연하기 용문산이 뛰어나

....

28) 縱: 從자의 잘못이 아닐까

遠餉深知厚意存　멀리 보내오니 후덕한 뜻 있음 깊이 알겠네
方丈29)膏粱何足羨　한 자 높은 밥상 고량진미 어찌 부러우랴
一簞裹罷負榮暄　한 숟갈 싸 먹고 나니 영화 따뜻함 자부하다

〈慕齋先生集, 六-29〉

次山僧道清詩軸韻
중 청도의 시축운에 차운함

湖海閑遊客　바다 강에 한가이 노니는 나그네로
昇平一老氓　태평시대의 하나의 늙은 백성이네
雲筇忘遠近　구름 지팡이로 원근을 잊었고
月艇任縱橫　달 배에 이리 저리 맡겨 두다
厭俗交常絶　세속에 싫증나 친구 항상 끊기고
逢僧眼暫明　중을 만나면 눈이 잠시 밝아져
他生吾未識　다음 생은 나는 알지 못한다
亦足了今生　지금 삶 잘 바치면 역시 만족

〈慕齋先生集, 七-7〉

贈熙遷上人(上人雖出家 能奉承親旨 携幼弟千里尋師 勸令從學 躬負乞米以給糧 弟學幾通 將復携還 省覲雙親 余嘉其孝友之篤 贈之以詩)
희천스님에게(스님이 비록 출가했지만 어버이의 뜻을 받들어 어린 아우를 천리
밖의 스승을 찾아가 배우도록 하고 몸소 쌀을 지고 양식을 댔다. 아우가 학문이
통달하여 다시 데리고 집으로 돌아가 근친하려 하니 내가 그 효도와 우애의
독실함을 가상히 여겨 시로 주다.)

出世還能篤世倫　세상을 벗어나도 세상 윤리 독실히 할 수 있는데

....

29) 方丈: 食前方丈. 음식이 극히 풍성함을 이르는 말. 〈孟子, 盡心〉에 "食前方丈
侍妾數百人 我得志 弗爲也(밥 상 앞에 한 자나 되고 모시는 첩이 수 백 명인
것은 내가 뜻을 이루어도 하지 않겠다)"함에서 유래함.

世間何限負倫人　세상에는 인륜을 저버리는 이 어찌 한이 있으랴
兄携弟從回家日　형은 이끌고 아우는 따라 집으로 가는 날에
想得親歡溢井隣　상상컨대 어버이의 기쁨 이웃과 마을에 넘치리

〈慕齋先生集, 七-22〉

贈龍門山僧道崇
용문사 도승스님에게

久廢龍門山裡遊　오래도록 용문산 속의 놀이를 폐했더니
閑身還似縛塵愁　한가한 몸이 오히려 시름에 얽매인 듯하네
山應嗔我無情意　산은 응당 나의 무정한 뜻을 꾸짖을 것이고
愧汗逢僧自不收　부끄러운 땀은 중을 만나 스스로 걷지 못해

〈慕齋先生集, 七-24〉

贈龍門寺處牛師
용문사 처우스님에게

咫尺龍門萬里遙　지척의 용문사가 1 만 리로 머니
自嗟騷興久摧凋　스스로 서글프다 시의 흥이 오래 말라 버린 것을
年來幾長新叢桂　몇 년래로 새로 돋은 계수나무 얼마나 자랐나
秋屐尋師不待招　가을 나막신으로 초대 기다림 없이 스님 찾겠소

〈慕齋先生集, 七-31〉

題金剛山眞天臺住慧靜師畫牛詩軸
금강산 진천대의 혜정스님의 화우도 시에 쓰다

牛得牛亡付兩忘　소를 얻다 소를 잃어 둘 다 잊음에 부쳐
碧峯千朵繞禪房　푸른 봉우리 일천 가닥이 선방을 에워싸다
蒲團一片消閑睡　부들 방석 한 조각에 한가한 졸음 달래니
抛却人間日月忙　인간 세상의 세월 바쁨을 던져 버리자

〈慕齋先生集, 七-33〉

贈水鍾寺義天上人 兼寄羅漢殿住戒悅師

수종사 의천스님에게, 겸하여 나한전 계열스님에게도

水鍾淸磬記曾聽	수종사의 풍경 소리를 들은 적 기억하니
江逸寒聲月滿庭	강에 넘치는 차가운 소리에 달도 뜰에 가득
小殿老師聞尙健	작은 나한전의 늙은 스님도 건전타 들으니
肯容塵客再敲扃	세속 먼지 나그네 다시 방문함 용납하겠소

〈慕齋先生集, 七-34〉

贈長興寺一精上人

장흥사 일정스님에게

湖老偸閑只喜遊	호수의 늙은 이 한가함 훔쳐 놀이만 즐겨
寒驢無日不尋幽	나귀 타고 깊은 곳 찾지 않는 날 없다네
禪窓皎月長興寺	참선하는 창의 밝은 달은 장흥사이니
每被僧牽到輒留	항상 중에게 이끌려 가면 곧 머물러

〈慕齋先生集, 八-1〉

贈奉恩寺慧沃上人

봉은사 혜옥스님에게

漢水朝蒼海	한강 물은 푸른 바다로 모이고
喬山杳白雲	높은 산은 아득히 흰 구름이네
琳宮春寂寂	구슬 궁전은 봄도 고요 적적
松逕月紛紛	솔 길은 달이 분분 어지럽다네
悵望經遊迹	놀이로 지났던 길을 바라보니
餘生夢想勤	남은 생은 꿈 속에 부지런해
逢僧談半日	중을 만나 반나절의 이야기가
猶足慰離群	오히려 대중 떠난 위로에 족하다

〈慕齋先生集, 八-2〉

戲贈雉岳山聖遇上人
치악산 성우스님에게

觸眼風光興不禁	시선 닿는 자연 풍광에 흥을 멈출 수 없어
春衫初試訪湖潯	봄 적삼으로 처음 시험삼아 호수가 찾다
童冠30)風詠元來事	어린 이 어른의 바람 노래 원래의 일이지만
山衲何緣更逐尋	산의 중이 무슨 인연으로 다시 쫓아 찾았나

〈慕齋先生集, 八-2〉

贈雲遊印文師
구름처럼 노니는 인문스님에게

妙香楓岳與頭留	묘향산 풍악산 또는 두류산으로
看遍名山定不休	명산을 두루 밟아 조금도 쉬지 않네
今日逢僧詢勝迹	오늘 중들 만나 좋은 경치 물으니
試聽評品孰爲優	시험삼아 품평을 들어 누가 우등할까

〈慕齋先生集, 八-2〉

贈熙允師
희윤스님에게

名勝頭留聽慣曾	두류산이 명승지임은 익히 들은 적 있는데
昨來今去兩逢僧	어제 왔다 오늘 가는 두 스님을 만나다
昔年山下驅馳客	옛날에 산 아래에서 치닫던 나그네는
白首空將夢想疑	흰 머리에 부질없이 꿈으로만 상상하네

〈慕齋先生集, 八-3〉

....

30) 童冠: 〈論語, 先進〉에 "봄 옷이 이루어지거든 어른 두서넛과 어린 이 대여섯으로 기수에서 목욕하고 기우제 터에서 춤을 추고 바람 쏘이고 시 읊고 돌아오자(春服 旣成 冠者數三 童子五六 浴乎沂 風乎舞雩 詠而歸)"라 함이 있다. 이 말은 공자의 제자 子路 曾晳 冉有 公西華가 선생님을 모시고 앉아 자신들이 의지를 말하고 난 뒤에, 曾點에게 너도 네 의지를 말하라(各言其志) 해서 증점이 한 말이다. 이 때 공자는 "나는 증점과 함께하겠다" 하였다.

次龍門祖遇師韻
용문사의 조우스님 운에 차운함

雨足春山長蕨薇　　비가 넉넉한 봄 산에 고사리 자라니
山人招我寄新詩　　산 사람이 날 오라고 새로 시를 부쳐오다
十年形貌山應訝　　10년의 형상 모습을 산이 응당 의아하리니
霜滿頭顚雪滿頤　　서리는 머리 이마 가득 눈은 턱에 가득하니

今年又負舊山春　　올해에도 또 옛 산의 봄을 저버리고
日望煙霞枉費神　　날마다 노을 안개 바라보며 정신만 허비해
遙想禪窓明月夜　　멀리 스님 창의 밝은 달 밤을 연상하노니
定應哦句憶吾頻　　바로 응당 시구를 읊으며 내 기억 잦으리

〈慕齋先生集, 八-3〉

次萬義寺僧覺連詩軸韻
만의사의 각련스님의 시축운에 차운함

渺渺雲天外　　아득 묘묘한 구름 하늘 밖에
悠悠寄遠思　　유유 아득한 먼 생각 부치다
商歌31)唯自放　　상성 슬픈 노래 오직 스스로 부름이요
楚賦謾多悲　　초나라의 시부는 부질없이 슬픔 많다
興逐行無定　　흥에 쫓겨 걸음이 일정하지 않고
吟因意所之　　시 읊음은 뜻이 가는 대로 따르다
時時山衲到　　때 때로 산의 스님이 와서는
三徑32)伴筇枝　　세 갈래 길을 지팡이 친구 되네

〈慕齋先生集, 八-4〉

---

31) 商歌: 슬프고 처량한 노래. 商聲이 처절 애처롭기 때문에.
32) 三徑: 隱者의 정원을 이르는 말. 陶潛의 〈歸去來兮辭〉에 "三徑就荒 松菊猶存(세 갈래 길은 거칠어졌으나 솔과 국화는 아직 남았다)"하여 松 竹 菊을 심은 은자의 정원이 됨

龍門僧坦修 自山掘竹根來贈 種于藏壺亭西 戲贈小絶
용문사의 중 탄수가 산에서 대 뿌리를 캐다 주어 장호정 서쪽에 심고 절구
한 수 주다

山衲朝來贈竹根	산의 중이 아침에 와서 대 뿌리를 주며
爲言新斷自龍門	말하기를 새로 용문산에서 판 것이라네
恰隨松菊成三逕33)	소나무 국화를 따라 세 길 이루기에 맞아
不羨高風栗里34)園	높은 풍도의 율리의 정원이 부럽지 않다

〈慕齋先生集, 八-5〉

次龍門山祖遇師韻
용문산 조우스님의 시운에 차운함

層翠朝朝送北窓	층층 비취빛은 아침마다 북쪽 창으로 보내고
白雲時出度前江	흰 구름 때로 일어 앞 강을 건너간다
今春又負遊山約	올 봄에도 또 산에 노닐 약속 저버리고
空想禪棲意未降	부질없이 스님 처소 생각을 풀지 못하오

〈慕齋先生集, 八-5〉

贈長興寺沙彌思雲
장흥사 사미 사운에게

芍藥來看雨後花	작약이 있어 비 뒤의 꽃을 보게 되고
沙彌烹勸月中茶	사미는 달 속의 차를 다려 권하네
羊羔華屋圍紅粉	양 고기 호화로운 집 단청이 둘려도
較與禪房味孰多	선방의 맛과 견주어 어느 것이 좋을까

〈慕齋先生集, 八-5〉

---

33) 三逕: 앞의 주 三徑과 같음.
34) 栗里: 晉의 陶潛이 살았던 곳. 지금의 江西省 九江市 西南.

贈龍門山祖禪上人 兼寄祖遇長老

용문산의 조선 상인에게, 조우장로에게도 겸해서

坐對龍門十八年	용문산을 앉아 대한 지도 열 여덟 해
長看蒼翠爽秋天	길이 푸른 비취봉이 가을 맑힘 보았네
今年更覺秋容別	금년에도 다시 가을 모습 바뀜 알고서
遊約要僧老興顛	노닐 약속 스님 맞아 늙은 흥 흠뻑

〈慕齋先生集, 八-8〉

印文上人曾索詩於余 旣贈以一絶矣 今又將祖遇長老詩 索和不已 笑次其韻以與之

인문스님이 나에게 시를 요청한 적이 있어 이미 한 수를 주었다. 지금 또 조우장로의 시에 화답하기를 마지 않아 그 운으로 차운하여 주다

出世寧庸世上詩	세상을 벗어나서 왜 세상 시를 이용하나
寰中無物不堪遺	세상 안에 버리지 않은 물건이 없거늘
如吾習氣除猶未	마치 나의 습기 버릇을 못 버린 것처럼
失路何時得解歸	길을 잃고 어느 때에 돌아갈 줄 알겠나

〈慕齋先生集, 八-8〉

慧遠上人者 舊遊龍門時 遇於上院寺 贈以小絶 今已十二年矣 自山來訪 袖余詩示之 悵然有感 復次前韻以贈

혜원스님을 전에 용문산에 노닐 때 상원사에서 만나 절구시를 준 것이 이미 12년이다. 산에서 찾아와 내 시를 내 보이니 창연히 감회가 있어 다시 전운으로 주다

十二年蹤如一夢	12년의 발자취 한 바탕의 꿈 같아
不禁生興續遊山	흥이 돋아 산 놀이를 이을 생각 못 금해
雪顚霜鬢渾非舊	눈 이마나 서리 귀밑머리 다 옛날 아니니
秖恐山靈未認顔	다만 산 신령이 얼굴 못 알까 걱정된다

〈慕齋先生集, 八-9〉

贈水鍾寺僧敬存
수종사의 중 경존에게

憶宿水鍾寺	수종사에서세 잤던 기억으로
禪房正俯江	선방은 바로 강을 굽어 봤지
波涵淸洞月	파도는 맑은 달을 씻어 출렁이고
光射洞開窓	광채는 골의 창을 열어 투사하다
蘆渚風飛笛	갈대 물 가엔 바람이 피리로 날리고
藤床酒灧缸	등나무 책상엔 술이 항아리에 넘쳐
記師時應客	기억컨대, 스님이 당시 손님 상대에
能想是中腔	능히 중심 마음에 옳았음을 상상하오

〈慕齋先生集, 八-9〉

次龍門山僧信峯詩軸韻
용문산 중 신봉의 시축운에 차운함

江湖蹤跡復紅塵	강호 자연의 자취가 다시 붉은 먼지의 속세
鷗鳥盟寒定怪嗔	갈매기와 차가운 맹세가 바로 괴상했네
更賦歸來吾計決	다시 귀거래사 지을 나의 계획 어긋나나
休言林下見無人	숲의 아래에 보이는 이 없다 말하지 마소

〈慕齋先生集, 八-9〉

이 행
李荇

李荇(1478 성종 9~1534 중종 29). 조선조 문신 자는 택지(擇之) 호는 용재 (容齋), 청학도인(靑鶴道人), 어택어수(漁澤漁叟). 본관은 덕수(德水). 1495년 (연산군 1)증관문과(增廣文科) 병과에 급제, 권지승문원부정자(權知承文院副 正字)에 등용, 이어 검열(檢閱), 전적(典籍)을 역임하고, 1504년(연산군 10) 갑자사화 때 응교(應敎)로 폐비(廢妃) 윤씨의 복위를 반대하다가 충주로 유배 되고 이어 함안(咸安)으로 이배되고 다음해 거제에 위리안치(圍籬安置)되었 다. 1506년(중종 1) 중종반정으로 풀려나 교리(校理)에 등용되고 다음해 주청 사(奏請使)의 서장관(書狀官)으로 명나라에 다녀왔다. 1514년(중종 9) 사성(司 成)이 되어 지제교(知製敎)를 겸임하고, 다음해 대사성(大司成)이 되어 신진사 류인 박상(朴祥) 김정(金淨) 등이 연산군의 비 신씨(愼氏)의 복위를 상소하자 이를 반대하였다. 1517년 대사헌(大司憲)에 올랐으나 왕의 신임을 받은 조광 조(趙光祖)등의 신진사류의 중용으로 첨지중추부사(僉知中樞府事)로 좌천되 어 이에 사직하였다.

1519년 기묘사화로 조광조 일파가 실각되자 부제학(副提學), 이어 대제학 (大提學)으로 승진하고, 공조참판 이조판서를 거쳐 1527년 우의정에 올랐다. 1539년 신증동국여지승람(新增東國輿地勝覽)을 지어 올리고 다음해에 좌의 정에 올라 권신 김안로(金安老)의 전횡을 논박하다가 판중추부사로 전직, 이 어 함종(咸從)으로 유배되어 배소에서 작고했다. 문장에 뛰어나고 글씨와 그 림에도 능했다. 뒤에 신원(伸寃)되어 중종 묘정에 배향(配享)되고 시호는 문 정(文定), 뒤에 문헌(文獻)으로 개시(改諡)되었다.

유집 〈용재집(容齋集)〉은 저자의 자편고(自編稿)를 손자 형(泂)이 수집한 것을 1586년에 간행했다. 권 1에서 권 8이 시이고, 권 9·10이 문이고 외집 1권이다.

贈月精寺僧
월정사의 승려에게 주다

不見吾師十五年	우리 스님 보지 못한 지가 열 다섯 해이나
只今眉宇尙依然	지금까지도 눈썹 가에 오히려 알연합니다
金剛淵上中宵話	금강연 연못 위의 한밤의 이야기에
雪未消時月欲圓	눈도 아직 안 녹은 때 달은 둥글려 했지

〈容齋先生集, 一-8〉

答雄上人 餉龍門山蔬 兼以蠟燭見遺
웅상인이 용문산 채소와 초를 보내와 답함

上人分餉意如何	스님이 나누어 먹인 그 뜻 어떠할 것인가
慙愧吾生食有魚	나는 평생의 식사에 물고기 있음 부끄럽다
永夜小齋明燭坐	긴 밤의 작은 서재에서 촛불 밝혀 앉으니
却思歸采故山蔬	문득 돌아가 고향 산 나물 캘 생각을 하다

〈容齋先生集, 一-7〉

答山人
산인에게 답함

高人肯愛俗花紅	높은 분 세속 꽃 붉음 즐겨 사랑하면서도
獨詠山中桂樹叢	홀로 산 속의 계수나무 떨기를 읊고 있네
却笑未能忘肉味	우습구나 고기의 맛을 잊지 못하나
餘波時復及南翁1)	그 여파 때로는 다시 남옹에게 미치네
人日2)登山脚	인일에 산 밑에 오르니

---

1) 南翁: 일반적으로 남방의 노인이라는 의미이나, 혹은 초나라의 은자인 남공이라
   하기도 한다.
2) 人日: 음력 정월 7일을 인일이라 하여, 조화를 서로 주고 받기도 하며 높은데
   올라 시를 짓기도 한다.

衰頹甚去秋　쇠퇴함이 지난 가을보다 심하구나
塵中無一物　속세 안에는 한 물건도 없기에
興外獨相求　흥취 밖의 것을 홀로 서로 구하다

安閑爲藥餌　평안하고 한가함이 보약이 되나
開落是春秋　피고 지는 것이 봄과 가을의 세월
遠報山中客　산 중의 나그네에게 알리노니
長從這裏求　길이 저 속에서 찾도록 하게

〈容齋先生集, 一-33〉

書釋眞上人詩軸
석진스님의 시축에 쓰다

眞師未曾識　석진스님을 안 적이 없는데
求我遊山詩　나에게 유산의 시를 구하네
山亦有何好　산에 어떤 좋은 것 있는지
師今應自知　스님 지금 스스로 알 터인데
荒言豈吾吝　거친 말을 어찌 내 인색하리요
異境匪爾私　기이한 경계 당신의 사물 아니지
歸來定多得　돌아올 때는 바로 많이 얻으리니
見面終不遲　만나보기 끝내 더디지 않겠지

〈容齋先生集, 三-47〉

謝斷俗寺僧祖敏 以竹扇見遺
단속사 조민스님이 대 부채를 모내와 감사함

淨盡三生熱惱災　삼생의 번열 번뇌의 재앙 깨끗이 씻으라고
簡中遊刃3)亦恢恢　그 중의 뛰어난 술수는 역시 시원하구나

....

3) 遊刃: 어떤 백정(庖丁)이 文惠君을 위해 소를 잡으며 말했다. "지금 제가 칼을

慇懃懷袖終無斁　　은근히 소매에 품어 끝내 싫지 않으니
爲自頭流斷俗來　　이를 위해 두류산 단속사로부터 왔구나

〈容齋先生集, 七-31〉

次釋信連詩軸韻 二首
신련스님의 시축 운에 차운하여 2 수

鳴溪長向靜中叅　　울리는 시내 길이 고요함 향하여 참여하는 중에
仙岳應分海上三　　신선의 산악은 응당 바다 위에서 셋으로 갈리지
醉後禪樓哦古記　　취한 뒤의 사원 누각에서 옛 기록을 읊으니
眞成瑞世一優曇4)　참으로 상서로운 세상의 하나의 우담발화 되다
　(寺樓有崔致遠記)　　(사루에는 최치원의 기가 있다)

少年山水意偏長　　소년시절에 산수의 뜻이 유독 길었으나
未覺人間萬事忙　　인간 세상에 온갖 일이 바쁜 것 몰랐다
方怪此身隨物役　　이 몸이 사물에 이끌려 역사함 괴상하니
秖今方丈夢中蒼　　다만 지금에도 방장산이 꿈 속에 푸르다
　(方丈頭流別名)　　(방장은 두류산의 딴 이름이다)

〈容齋先生集, 七-34〉

題僧信連扇
신련스님의 부채에 쓰다

仲說5)詩中曾一識　중열의 시 중에서 한 번 안 적이 있는데

....

　　잡은 지가 19년이고 잡은 소가 수 천 마리입니다. 칼은 막 숫돌에서 간 것 같은데
저 소의 굴절 마디에는 틈새가 있고 칼에는 두께가 없습니다. 그러니 자유로이
놀리는 칼날은 반드시 여유가 있습니다" 하였다. 〈莊子 養生主〉그 뒤로 "遊刃"이
사물 관찰에 투철하거나 技藝에 정숙하여 자유로이 운용하는 이의 비유가 된다.
　4) 優曇: 꽃 이름. 優曇鉢華. 3 천년에 한 번 피는데 부처가 나타나면 핀다 함.
　5) 仲說(중열): 朴誾(1479-1422)의 자. 호는 挹翠軒.

이행李荇　167

伽倻山裏幸相逢   가야산 속에서 요행히 서로 만났구뇨
却携滿袖淸風去   문득 소매 가득히 맑은 바람 가지고 가니
未信人間熱惱攻   인간세상에 더위 번뇌가 공격함 믿지 않네

〈容齋先生集, 七-34〉

김정국
金正國

金正國(1485 성종 16~1541 중종 36) 조선조 유학자, 문신. 자는 국필(國弼), 호는 사재(思齋), 팔여거사(八餘居士), 본관 의성. 모재 안국(慕齋 安國)의 아우. 김굉필(金宏弼)의 문인. 1509년(중종 4) 별시문과(別試文科)에 장원. 이조정랑 (吏曹正郞) 사간(司諫) 승지(承旨) 등을 거쳐, 1518년 황해도관찰사가 되었다. 다음해 기묘사화로 삭직(削職)되어 고양(高陽)으로 내려가 학문에 전념하여 많은 문인들이 모였다. 1537년(중종 32) 복관(復官)되고 다음해 전라도관찰사 가 되어 편민거폐(便民祛弊)의 시정책을 올려 대부분 시행되었다.

2년 후 병조참의(兵曹參議) 공조참의를 역임, 이어 경상도관찰사로 선정을 베풀고 1540년 병으로 사퇴했다가 후에 예조 병조의 참판을 지냈다. 좌찬성 으로 추증되었다. 장단의 임강서원(臨江書院), 용강(龍岡)의 오산서원(鰲山書 院), 고양의 문봉서원(文峰書院)에 제향. 시호는 문목(文穆). 유집으로 〈사재집 (思齋集)〉이 있다. 1591년 목판으로 간행 4권 1책이다. 권 1·2가 시이고 권 3·4는 문이다.

遊神勒寺 次慕齋兄題尙均師小軸韻 軸有神勒江山圖 畫甚
妙 幷十淸軒金公碩序 詩亦甚佳

신륵사에서 노닐며 모재 형님이 상균스님 시축의 시운에 쓴 차운하다. 시축
에는 신륵강산도가 있는데 십청헌 김공석의 서가 있도 시도 있어 역시 아름
답다

如許江山見偶然	이러한 강산도를 우연히 보았으니
此身曾是井觀天	이 몸은 진작 우물에서 하늘 보았구나
重重雲嶂連空合	거듭 거듭 구름 산봉 허공에 이어 합치고
隱隱風帆映樹懸	은은한 바람 돛폭 배 나무에 비쳐 달렸네
半日勝遊供宿賞	반나절의 좋은 놀이 묵은 인연 감상이 되고
雙林1)佳會繼千年	쌍림의 사찰 좋은 모임 천년을 이읍시다
文工畫妙皆臻極	글도 공교하고 그림 오묘 모두 극치이니
竝美呈奇忽眼前	함께한 아름다움 기이히 눈 앞에 올리다

〈思齋集, 一-17〉

敬次慕齋2)兄衍熹師詩軸韻

삼가 모재형님이 연희스님에게 준 시축운에 차운함

怡神兄及弟	평안한 정신 형에서 아우에게 미쳐
休逸兩閑亭	쉬고 노니는 한가한 두 정자
天際雲俱黑	하늘 가에는 구름이 다 겁고
庭邊草自靑	뜰 가에는 풀은 저절로 푸르다
分離悲棣蕚3)	떨어져 있으니 당체의 꽃 슬프고
漂泊任蓬萍	떠돌이는 부평초에 다 맡기다
消息憑僧報	소식은 중의 회보에 기대하고

---

1) 雙林: 沙羅雙樹의 숲. 석가세존이 구시나가라에서 80세로 열반에 드실 때, 누우
   신 침상의 4 가에서 2 뿌리씩 돋아나 각기 1 뿌리가 말랐다 함.
2) 慕齋: 金安國(1478-1543)의 호. 자는 國卿. 필자 金正國의 친형.
3) 棣蕚: 형제를 비유하는 말. 〈詩經, 小雅, 常棣〉 편이 형제의 우애를 서술한 시이어
   서이다. 常棣는 棠棣이다.

| 開懷瀉酒甁 | 회포를 풀려고 술병을 쏟다 |

〈思齋集, 一-37〉

次義修師詩軸小絶韻
의수스님의 시축 절구 운에 차운함

擲錫猶離髡首群	석장을 던지고 오히려 알머리 무리 떠난 이도
雷驚4)牛鬪未曾聞	번개 놀라고 소 싸우는 솜씨 들은 적 없는데
一燈燃與傳千百	등불 하나 태워 일천 일백으로 전하게 되니
見得靑天無寸雲	푸른 하늘 한 치의 구름도 없음을 볼 수 있네

〈思齋集, 一-37〉

書義見師軸
의견스님 시축에 쓰다

身世眞如一蟪蛄5)	사람살이 참으로 하나의 매미 같으니
紛紛憂患在須臾	시끄러운 근심 걱정이 잠시 사이에 있다
將心安處恢恢地	마음을 잡아 평안히 처할 유쾌한 땅은
只有工夫數念珠	다만 공부에 있으니 자주 염불을 하자

〈思齋集, 二-5〉

書崇璨師詩軸
숭찬스님의 시축에 쓰다

| 坐睡仍過午 | 졸고 앉아 이내 정오가 지나니 |
| 不知樹影移 | 나무 그림자 옮김도 모르다 |

....

4) 雷驚: 雷驚電繞. 천둥 번개 울리듯, 붓을 날려 그리는 그림.
5) 蟪蛄: 쓰르라미. 〈莊子, 逍遙遊〉에 "朝菌不知晦朔 蟪蛄不知春秋(아침 버섯은 초하루 그믐을 모르고, 쓰르라미는 봄 가을을 모른다.)"함이 있어, 철을 모르는 단견에 비유되는 말이 되었다.

山僧來扣戶　스님이 와서 문을 두드리니
徑草自今披　풀 길이 이제서야 렬린다

携僧談亹亹6)　스님 이끌고 다정한 이야기에
不覺席前移　자리 앞으로 옮김도 잊었구나
却喜偕來衆　문득 함께 온 대중이 기뻐서
脩然與共披　갑자기 함께 마음을 열다

〈思齋集, 二-6〉

書敬熹師軸
경희스님 시축에 쓰다

求田問舍7)愧陳登8)　밭이나 구하고 집을 묻기 진등에게 부끄러워
惟日呼來一枕凭　날마다 불러다가 한 베개에다 맡기네

···

6) 亹亹: 근면하여 게으르지 않은 모습.
7) 求田問舍: 밭이나 구하고 집이나 묻다. 오로지 가정 경영이나 힘쓰고 원대한
계획이 없음을 말함. 三國時代 魏의 劉備가 許汜과 인물을 논의하는데, 허범이
"陳登은 큰 선비이나 호기가 지나치다" 하여, 유비가 이유를 물었다. 허범이
"예전에 邳下를 지나다 진등을 만났는데 주객의 예도 모르더라. 자신은 큰 침상
에 눕고 손님인 나는 방바닥에 자도록 하더라." 하니, 유비가 이르되 "그대는
國士의 이름을 가지고 있으면서 지금 천하가 어지럽고 군주는 자신의 처지를
잊었는데, 그대는 세상 구제할 뜻은 없이 밭이나 구하고 집이나 물으니 말이
하나도 채택할 만한 것이 없다. 진등이 미워한 까닭이다. 만약 나였다면 나는
백 척의 누대에 눕고 그대는 땅에 눕혔을 것이다." 하였다.
8) 陳登: 三國時代 魏의 사람. 자는 元龍〈三國志, 魏志, 陳登傳〉에 "〔劉備〕曰
'君(許汜,)求田問舍 言無可采 是元龍所諱也 何緣當與君語 如小人 欲臥百尺樓上
臥君於地 何但上下牀之間耶(유비가 말하되, 그대(허범, 당시 대화자)가 전원을
구하고 집을 묻는 것은 그 말이 채택될 만한 것이 못된다. 이는 원룡(진등의
자)도 꺼렸던 것이다. 무슨 인연으로 그대와 말하랴. 만일 나였다면 백 척의 누대
에 눕고 그대는 땅 위에 눕혔을 것이다 어찌 다만 침상의 아래 위 사이뿐이었을
까"함이 있어, "웅장한 회포를 펴려고 높은 데 오르"는 비유로 元龍高臥. 元龍豪
氣.라 하기도 한다.

啜罷淸茶酣午睡　　맑은 차를 마시고 나면 낮잠으로 취하여
喚回殘夢有山僧　　쇠잔한 꿈 속에 중을 불러 오게 하다

〈思齋集, 二-6〉

次敬敏師詩軸韻
경민스님 시축운에 차운함

空寂虛靈似兩該　　비고 고요함과 비고 신령함 둘 다 이해될 듯하니
明心見性亦佳哉　　마음을 밝혀 불성을 본다 함이 역시 아름답구나
莫將修悟論先後　　수행과 오도를 가지고 선후를 논의하지 말자
不似先從孝悌來　　부모 효도 형제 우애 뒤따름 같지는 않기에

〈思齋集, 二-8〉

書信菴師軸
신암스님 시축운에 쓰다

聯篇唾珠玉　　　　이은 시편이 모두 주옥의 언어이니
二妙9)是吾群　　두 사람의 오묘한 재예 바로 우리 무리인데
渺渺滄溟粟　　　　아득하고 아득하기 큰 바다의 좁쌀이고
悠悠天際雲　　　　까마득히 유유함은 하늘 가의 구름이네
沈吟能不哭　　　　깊이 읊으면서 울지 않을 수 없으니
淪沒10)已曾聞　　타계하심을 이미 들은 적 있기에
歲月忘情久　　　　세월에 정을 잊음이 오래인데
增傷爲見君　　　　슬픔 더해짐은 그대 보기 때문이네

〈思齋集, 二-8〉

....

9) 二妙: 같은 시기에 才藝로 이름난 2 사람을 이르는 표현. 唐의 韋維와 宋之問이
시문을 잘하면서 동시에 戶部에 있어서 "戶部二妙"라 하는 것과 같음.

10) 淪沒: 원래는 陷沒 빠지다의 의미이나 死亡으로 비유됨. 唐 杜甫의 〈哭王彭州掄〉
시에 "執友驚淪沒 斯人已寂寥(친한 친구가 이미 사망함에 놀라니 이 사람 이미
아득하네)"라 함이 있다.

書贈性寬師軸

성관스님의 시축에 쓰다

余落拓閑居 殆將二紀于玆 人事荒廢 問訊已絶 兀坐竟日 了無髮然
之音 往往款扉驚睡者 非催科之吏 卽緇髡之流 其中性寬師者 信義
益篤 杖錫來訪無虛歲 師有何求於我 而其勤也若是 夫勢利之所在
群群焉而伺候 逐逐焉而趨附 心擬金蘭之契 語均骨肉之親 一朝勢去
利盡 睨視而過門者 人之情也 吾非浮屠之徒也 勢與利又非我有 師有
何求於我 而其勤也若是 因書一絶爲贈 以答師勤 又以警夫利交者之
背義云

내가 불우하여 한가히 지냄이 이제 20여년이 되려하니 사람살이가 황폐해지고
오고가는 소식도 이미 끊겨 외로이 앉아 하루를 지낸다. 찾아오는 발길 소리도
전혀 없는데 이따금 문을 두드리며 졸음을 깨는 이는 세금을 독촉하는 관리가
아니면 스님들의 무리이다. 그 중에 성관이라는 스님이 있어 신의가 더욱 돈독
하여 지팡이 하나로 내방하기 거르는 해가 없으니 스님이 나에게 무엇이 구할
것이 있어 근면하기 이와 같은가. 대체로 세력과 이권이 있는 곳에는 무리 지어
틈을 엿보고 쫓고 쫓아 내달으며 마음에는 금란의 친함으로 비기거나 말로는
골육의 가까움으로 장식하다가, 하루 아침에 세력이 가고 이권이 다하면 눈 흘
기며 문 앞을 지나는 것이 인정이다. 나는 불가의 무리도 아니고 세력 권세는
나의 소유도 아닌데, 대사는 무엇이 나에게 구할 것이 있어 부지런히 찾음이
이와 같은 것인가. 이에 절구 1 수 써서 대사의 근면에 답하고, 또한 이익으로
사귀다 신의를 배반하는 이의 경계로 삼는다.

竟日支頤臥北窓	종일토록 턱을 받히고 북쪽 창에 누우니
塊然心似一鴻江	멍청한 마음이 흡사 눈 귀 없는 홍강 같네
年年講信閑門草	해마다 한가한 문의 풀에 신의를 말해주니
添得吾師又作雙	우리 스님이 또 쌍으로 지어 줌을 더해 얻다

天山有神 渾沌無面目 是謂帝江 或曰鴻江 山谷詩 我心塊然如帝江[11]
천산에 신이 있는데 혼돈하여 얼굴 눈이 없다. 이를 일러 제강이라 하기도 하고
혹은 홍강이라 한다. 황산곡의 시에 내 마음은 멍청히 제강과 같다 함이 있다

〈思齋集, 二-9〉

----

11) 이 시의 제목은 "戱答王定國題門兩絶句"이다.

書贈玄宗師詩軸

현종스님의 시축에 쓰다

杏花零落點蒼苔	살구 꽃 떨어져 푸른 이끼에 점을 찍더니
還有桃花次第開	오히려 복사꽃 있어 차례로 피고 있다
盡日獨看無客到	종일토록 홀로 보며 오는 손님 없다가
柳林疏處見僧來	버들 숲 성긴 곳에 중이 오는 것 보다

蕭蕭幽逕老莓苔	쓸쓸하고 조용한 길에 이끼만이 늙었는데
荊戶因僧手自開	거친 사립문이 중이 와서 손수 열고 있다
只有爾徒偏愛我	다만 저들이 유독 나를 사랑함이 있어서
出山飛錫有時來	산을 나온 나는 지팡이가 때로 찾아온다

嘉靖丙申暮春小望 杏花飛落堆階 桃花又將放 獨坐小茅 方嘆惜風光 欲老 寥落無聊之中 忽見山僧過柳林而來款扉 呈小軸求詠 書與之

가정 병신(1536, 중종 31) 3월 보름 전날, 살구꽃이 져서 뜰에 쌓이고 복사꽃이 피려는데 홀로 띳집에 앉아 풍광이 저무는 것을 한탄하며 쓸쓸히 무료하던 중에 홀연 스님이 버들 숲을 지나 사립문을 두드리며 작은 시로 읊기를 구하기에 써 주다.

〈思齋集, 二-12〉

書正心師軸

정심스님 시축에 쓰다

一心元似一虛舟	한 마음이 원래 하나의 빈 배와 같음을
正了無偏更孰尤	바로 알아 편벽됨 없으면 다시 누구 원망해
着力收功聊自笑	힘을 들여 공을 거두다가도 스스로 웃으니
向來多事覓奔牛	요사이 일이 많아 내닫는 소를 찾고 있다

〈思齋集, 二-13〉

書龍門山僧智牛軸

용문사의 중 지우의 시축에 쓰다

年年揚舸來還去	해마다 배를 저어 왔다가 다시 가니
幾縱雙眸望翠微	몇 번이나 두 눈 놓아 취미봉 바라봤지만
尙有一身根累重	아직도 한 몸에 뿌리 여러 겹이라서
未隨飛錫拂塵衣	나는 지팡이 따라 속세 옷 떨지 못해

〈思齋集, 二-13〉

楓岳僧將往頭流 呈軸索詩 走筆次伯氏韻 書贈

풍악의 중이 두류산으로 가려고 두루마리를 주며 시를 구하기에 붓을 달려 형님의 운으로 써 주다.

纏身愁緖苦多岐	몸을 얽은 시름 가닭에 지름길 많음 괴로우니
楓岳頭流求討奇	풍악산 두류산으로 기괴함 구해 보려나
早晩欲隨飛錫去	조만간 나는 지팡이 따라 가려 하여
賦遊徵取古人詩	글 지으며 놀아 고인의 시를 취해 볼까

〈思齋集, 二-18〉

次志雄師詩軸

지웅스님 시축에 쓰다

勞錫莫窮討	지팡이 수고로이 연구 검토하지 말게
此軸眞勝奇	시 시축이 참으로 기괴함보다 나아
形容必須畫	형체 그리기야 꼭 그림이 필요하고
模寫無如詩	본떠 쓰기야 시만한 것이 없지요
斂跡置禪榻	자취 거두어 참선 책상에 두면
天下知在茲	천하가 여기에 있음을 알 것이네
吾生忽遲暮	나의 삶도 홀연 저물었으니
奔走慙吾師	분주함이 우리 스님에게 부끄럽다

〈思齋集, 二-35〉

송 순
宋純

　宋純(1493 성종 24~1583 선조 16) 조선조 문신. 자는 수초(遂初), 호는 면앙정(俛仰亭), 기촌(企村). 본관은 신평. 1519년(중종 14) 별시문과(別試文科) 을과로 급제. 1547년((명종 2) 주문사(奏聞使)로 명나라에 다녀와 개성유수(開城留守)를 거쳐, 1550년 이조참판이 되었으나, 죄인의 자제를 기용했다는 이기(李芑) 일파의 탄핵으로 유배되었다. 구신(舊臣)으로 이황(李滉)등의 신진사류와 대립했고, 1569년(선조 2)에 대사헌(大司憲) 한성부판윤(漢城府判尹)이 되고, 우참찬(右參贊)에 이르러 기로소(耆老所)에 들었다.

　치사(致仕)하고는 담양의 제월봉(霽月峰) 아래에 석림정사(石林精舍)와 면앙정(俛仰亭)을 짓고 독서와 가곡으로 소일하였다. 담양의 구산서원(龜山書院)에 제향되고 시호는 숙정(肅定)이다.

　유집 〈면앙집(俛仰集)〉은 9세손 재열(在悅)이 수집 편찬하여 1829년 단양의 기곡서실(錡谷書室)에서 간행한 원집에다 뒤에 가장(家藏)된 초고본을 추가하여 1846년 다시 더 증보한 속집을 합집한 것이다. 분량은 원집 7권 속집 3권이다. 원집은 권 1에서 권 3까지는 시이고 권 4는 잡저 권 5는 부록이다. 속집 권6도 부록이고 권 7은 면앙정(俛仰亭記)와 면앙정삼십영(俛仰亭三十詠)을 여러 사람들의 유작 모음이다.

次石熙上人詩軸
석희스님 시축에 차운함

飮食無煩支外形	음식에 번거루움 없이 외모 형체 유지하여
醍醐散性已爲羸	우유로 평범한 체성이 이미 여위어 졌네
心歸淡泊空妍醜	마음 담박해 지니 곱고 미움은 부질없는 일
學向虛無盡死生	배움이 허무로 향하니 죽고 삶도 다했네
玄鍵遙開臨罔象[1]	현묘한 열쇠로 멀리 허무함을 열었고
靈珠曾拭見圓淸	신령한 구슬에 맑고 원만함을 본 적도 있다
工夫了底方通妙	공부는 철저히 마치어야 오묘함을 통하니
莫道玆燈有滅明	이 등불에 밝고 꺼짐이 있다 말하지 말라

〈俛仰集, 一-3〉

次山僧詩軸韻二首
산승의 시축운에 차운함 2 수

少年豪氣向消殘	어린 시절의 호기스런 기운은 쇠진해 가고
末路生涯漸覺難	말로의 사람살이가 점점 어려움을 알겠다
堪笑有僧相迫意	스님이 서로 핍박하는 의미를 웃으면서도
老夫荒語不須看	늙은이의 황당한 말도 꼭 살필 일 없소

故國妍花殘未殘	고향의 고운 꽃은 시들어도 시들지 않아
小亭春盡度堪難	작은 정자에 봄이 가도 보내기 어렵구나
無端剩作香山[2]話	까닭 없이 향산의 이야기를 넉넉히 하니
半日因緣亦足看	반나절의 인연이라도 역시 흡족함 보다

〈俛仰集, 二-18〉

....

1) 罔象: 허무와 같음. 허무하여 상이 없는 듯하다(虛無罔象然) 해서 이르는 말.
2) 香山: 산이름, 당(唐)의 白居易(백거이)가 여기에다 누대를 짓고 스스로 白香居士
라 했다.

又次山僧詩軸韻
또 산승의 시축 운에 차운함

鶴回松子落禪衣　학이 날아와 솔방울이 스님 옷에 떨어지고
月出鍾鳴掩竹扉　달이 돋아 종 울리자 대 사립문을 닫는다
繞榻溪雲還未靜　책상 두른 시내 구름 오히려 고요하지 않고
山風過處似多機　산 바람 지나는 곳은 기밀도 많은 듯하다

〈俛仰集, 二-18〉

贈八還上人
팔환스님에게

取此同庚3)意　이 동갑의 의미를 취하여
從前有夙親　전부터 익히 가까운 처지
今驚新白髮　이제 새로운 백발에 놀라
共惜舊青春　다같이 옛 청춘을 애석해
塵世吾無怪　먼지 세상을 나는 괴상치 않고
雲林爾底因　구름 숲이 그대는 근본 인연
閒忙歸一笑　한가함 바쁨 다 웃음으로 돌리고
只可往來頻　다만 오고 감이 바빠야 좋겠지

〈俛仰集, 三-7〉

題智異山僧詩軸
지리산 스님의 시축에

僧到松關始許開　스님이 솔 문에 이르러 처음 문을 열게 하니
白雲遊錫破庭苔　흰 구름에 노니는 지팡이로 뜰 이끼 파괴됐다
無端說盡金剛勝　끝 없이 금강산의 좋은 경치 다 말하니
應爲閑翁罷睡來　응당 한가한 노인이 졸음 깨러 옴이지요

〈俛仰集, 三-8〉

....

3) 同庚: 나이가 같음. 同甲. 庚은 나이의 뜻.

贈山人
스님에게

詠歸亭上百花時　영귀정 정자 위 온갖 꽃 필 때에
太守杯盤客路遲　태수의 술자리에 나그네 길이 더디었네
何處有僧來獻軸　어느 곳 스님이 와서 시축을 드리우니
開吟半是故人詩　열어 읊으니 태반이 거의 고인의 시이네

〈俛仰集, 三-9〉

題桃李寺僧詩軸二首
도리사 스님 시축에 쓰다 2수

迢遞千峯掩石扉　높고 높은 일천 봉우리 돌 문으로 가리니
一塵曾不到禪衣　먼지 하나도 스님의 옷에 이른 적 없네
鳥啼花落渾閑事　새 울고 꽃 지는 것이 모두 한가한 일이니
橋外何妨客到稀　다리 건너 손님 발길 드물다 무엇이 해로워

秋月春花不記年　가을 달 봄 꽃에도 햇수를 기억 못하고
只隨猿鶴老巖前　다만 원숭이 학을 따라 바위 앞에 늙다
閑心日與雲相在　한가한 마음은 날마다 구름과 함께 있으니
未信他山更有仙　다른 산에 다시 신선 있음은 믿지 않아

〈俛仰集, 三-18〉

주세붕
周世鵬

周世鵬(1395 연산군 1~1554 명종 9) 조선조 문신 학자. 자는 경유(景游), 호는 신재(愼齋), 남고(南皐), 무릉도인(武陵道人), 손옹(巽翁). 본관은 상주(尙州). 1522년(중종 17) 생원으로 별시문과(別試文科) 을과로 급제. 승문원정자(承文院正字), 교열(校閱), 부수찬(副修撰) 등을 역임하다 권신(權臣) 김안로(金安老)의 배척을 받아 강원도도사(江原道都事)로 좌천되었다. 1530년 헌납(獻納)이 되었다가 모친의 봉양을 위하여 곤양군수(昆陽郡守)의 외직으로 나갔다. 그 뒤 교리(校理), 예빈시정(禮賓寺正)을 지냈다. 1541년 풍기군수(豊基郡守)로 부임하여 다음 해 백운동(白雲洞: 順興)에 안향(安珦)의 사당 회헌사(晦軒祠)를 세우고, 이어 1543년에 주자(朱子)의 백록동학규(白鹿洞學規)를 본받아, 우리나라 최초의 서원인 백록동서원(白鹿洞書院:紹修書院)을 창설했다.

그 후 직제학(直提學), 도승지(都承旨), 대사성(大司成), 호조참판(戶曹參判)을 지내고 1551년 황해도관찰사가 되어 해주에 수양서원(首陽書院: 文憲書院)을 창설하여 최충(崔冲)을 제향했다. 그 뒤 여러 관직을 지냈다. 예조판서로 추증되고 청백리에 녹훈되었다. 시호는 문민(文敏)이다.

유집 〈무릉잡고(武陵雜稿)〉는 아들 박(博)이 가장 초고를 수습하여 이황(李滉)의 편집을 거쳐 1564년경 목판으로 초간한 것을 1581년 별집으로 시문을 수집하여 중간하였다. 분량은 원집 8권, 별집 8권 부록 4권이다. 권 1에서 권 4 까지는 시이고 권 8까지는 문이다. 별집도 권 1에서 권 5까지 시이고 권 6은 문이다.

贈祖安上人

조안스님에게

柔兆[1]涒灘[2]歲	태세 병신년
四月廿九日	4월 2십 9일
雨霽海印寺	비도 개인 해인사에
雲銷衆峭出	구름 개여 뭇 산이 돋다
拉汝躋冢頂	너를 납치해 산정에 올리고
同汝倚邃廓	나와 함께 먼 성곽에 함께 해
群山眼底皺	모든 산은 시선 아래 쭈그리고
萬仞懸雙屩	일 만 길이 두 신발에 매달렸네
岸巾[3]九萬風	두건을 9 만 리의 바람에 벗고
騰身欲跨鶴	몸을 날려 학에 올라 타려 한다
半生誤六塵[4]	반 평생을 세속 육진에 그릇되다
夙願今始適	옛 소원을 이제 비로소 마주하다
吾輕四海儒	나는 천하의 선비를 가벼이 여기고
爾實彌天釋	너는 실로 하늘 가득한 석가이네
永結謝支[5]盟	길이 사령운 지둔의 동맹 맺어
贈詩聊一拍	시를 주어 애오라지 손벽 한 번

〈武陵雜稿, 一-21〉

次李景浩[6]韻 贈說師

이경호의 운에 차운하여 열(說)스님에게

中書[7]佳句半生聞	태학사님의 아름다운 시구 반생을 들어 왔는데

....

1) 柔兆: 한 해의 太歲 干支가 丙인 해.
2) 涒灘: 한 해의 太歲 干支가 申인 해. 이 해가 丙申년(1536, 중종 31)이다.
3) 岸巾: 두건을 벗어 앞 이마를 들어냄이니, 소탈한 모습이나 옷 매무새의 간솔함을 이르는 말.
4) 六塵: 色 聲 香 味 觸 法의 6 경계. 이 六境에 眼 耳 鼻 舌 身 意의 六根에 오염되어 마음을 그릇되게 하여 먼지(塵)라 한다.
5) 謝支: 晉나라 때의 謝靈運과 支遁일 듯. 사령운은 당대의 시인이고, 지둔은 그들과 잘 어울렸던 스님.
6) 李景浩: 退溪 李滉. 이황의 자가 경호.

得爾驚看幼婦[8]文　당신의 것 얻어 절묘한 글귀를 보아 놀랐소
吾學白頭唯五止[9]　나의 배움은 흰 머리에 50에 가까이 멈추니
綿蠻黃鳥[10]誦詩云　작은 새의 꾀꼬리여 하는 시나 외울 것인가

〈武陵雜稿, 三-9〉

次前韻贈淡師

앞 운에 차운하여 담스님에게

兩耳全聾喚不聞　두 귀가 완전히 막혀 불러도 듣지 못하나
聯珠滿袖縉紳文　구슬로 이어진 소매 가득 벼슬아치의 글
加冠已晚霑吾淚　갓 쓰기는 이미 늦었기에 내 눈물 뿌리나
一首新詩繼李云　한 수의 새로운 시가 이씨를 이을 만하네

〈武陵雜稿, 三-9〉

又次贈志雄師

또 차운하여 지웅스님에게 주다

憐渠欲贈憶前聞　너를 사랑해 전에 들은 소문을 주려 하니

....

7) 中書: 중서는 여러 의미가 있다. 붓을 中書君이라 함은 唐 韓愈의 〈毛穎傳〉에서
유래한 말이고, 中書堂은 中書省의 政事堂을 말하고, 中書學은 太學을 가리킨다.
여기서는 퇴계와 연관되는 태학을 말함인 듯.
8) 幼婦: '黃絹幼婦'에서 온 말. 절묘하게 좋은 문장이라는 말을 '黃絹幼婦 外孫齏
臼'라 한 것이 있다. 황견은 色絲(색실)이니 '絶(糸+色)'자가 되고, 유부는 少女이
니 '妙(女+少)'자가 되고, 외손은 女의 子이니 '好(女+子)'자가 되고 제구는 양념
을 찧는 절구이니 매운 맛(辛)을 받아들이는(受) 기구이니 辭의 약자인 '사(受+
辛)'가 된다. 따라서 '絶妙好辭(受+辛)'의 파자적 용법이다.
9) 五止: 미상. 작자 周世鵬이 이 시를 지을 때가 42세이니, 50에 이른다는 의미로
五止라 썼는가. 다음에 인용된 '綿蠻黃鳥'의 싯구가 미천한 선비의 고뇌를 대신
에게 하소연 하는 시이기에 그런 해석이 연상된다.
10) 綿蠻黃鳥: 〈詩經, 小雅, 綿蠻〉의 시구이다. 이 시는 미천한 사대부가 대신이 기용해
주지 않음을 풍자한 시이다. 첫 구가 이렇다. "綿蠻黃鳥 止于丘阿 道之云遠 我勞如
何(작은 새의 꾀꼬리여 언덕에 멈췄도다 길이 머니 내 수고 어떠한가)"라 하였다.

獨有昌黎送暢文[11]　　　유독 한유가 창스님 보내는 글이 있구나
更把虛靈[12]添一轉　　　다시 허령하여 어둡지 않다는 말을 하려 하니
吾言非妄晦翁[13]云　　　내 말이 허망함 아니라 한 주희가 말했지

〈武陵雜稿, 三-9〉

贈熙上人
희스님에게

洗鉢東溟看出日　　　동해 바다에서 바리대 씻고 돋는 해를 보고
點燈西岳聽飛泉　　　서쪽 산에서 등불 켜고 나는 폭포를 듣는다
去來無迹一雲片　　　오고 감에 자취 없음이 하나의 구름 조각이니
聲色如今兩忘筌[14]　　소리와 빛을 지금에야 둘 다 잊는다

　熙自鷄林 來住小白山 所住方丈前 有瀑布 甚奇絶
　희스님이 경주에서 소백산을 오가는데, 머무는 방장 앞에 폭포가 있어 매우 절묘
기이하다.

八歲辭家入寂扃　　　여덟 살에 집을 떠나 적적한 대문으로 들어
十三薙髮學冥冥　　　열 셋에 머리 깎고 오묘한 이치를 배우다
却言心裏元無物　　　문득 말하되, 마음 속에는 원래 사물 없으니
不信虛中有是靈[15]　　텅 빈 속에 영특함이 있다 함은 믿지 않네

〈武陵雜稿, 三-5〉

....

11) 昌黎送暢文: 창려는 唐 韓愈의 자. 暢은 文暢으로 그와 친했던 승려. 한유의
〈送浮屠文暢師序〉가 있다.
12) 虛靈: 宋의 朱熹가 마음을 정의할 때 "虛靈不昧 而應萬事者(비고 영특하여 어둡
지 않아 온갖 일에 대응하는 것이다)"고 주석했다.
13) 晦翁: 宋 朱熹가 호를 晦庵이라 함. 앞의 吾非妄言(나는 허망한 말은 안 한다)함이
주희가 경전의 주석을 하면서 확신에 찬 말을 한 것이다.
14) 忘筌: 〈莊子, 外物〉에 "筌者所以在魚 得魚而忘筌 蹄所以在兎 得兎而忘蹄(통발은
고기를 잡으려 함이니 고기를 잡으면 통발이 필요 없고, 덫은 토끼를 잡으려는
것이니 토끼를 잡으면 덫은 잊어야 한다)" 함이 있어, 목적에 도달하면 수단과
도구는 의미가 없다 함의 비유이다.
15) 虛中有靈: 앞의 주12 참조.

次金叔藝韻 贈靈源[16] 上人
김숙예운에 차운하여 영원스님에게

靈河我識來天上	신령한 하수는 내 알기로는 하늘 위에서 오는데
斷港[17] 憐渠錯認源	끊어진 항구에서 그대 근원 잘못 앎이 가련하네
未解觀瀾[18] 寧用灌	여울 물 볼 줄 모르고 어찌 물줄기 이용하랴
竹巖微意在名軒	죽암이란 대 바위 작은 뜻이 누대 이름에 있다

〈武陵雜稿, 三-5〉

贈闇師二首
은스님에게 2 수

一躋蒼雲倚寶林	한번 푸른 구름에 올라 보배 숲에 의지하여
慣聞飛瀑洗塵心	나는 폭포수가 먼지 마음 씻음 익히 듣다
同渠五宿山頭月	그대와 함께 산 무리 달에 다섯 밤 자고
回首他年一戀深	다른 해에 머리 돌리면 한 생각 깊겠지

空外淸凉十二峯	허공 밖 청량산의 열 두 봉우리
高低寒色聳芙蓉	높고 낮은 차가운 빛에 부용이 솟았네
峯名一洗僧家陋	봉우리 이름 한번 절 집의 누추함 씻어
向我諸峯似改容	나를 향하는 봉우리들 얼굴을 고치는 듯

〈武陵雜稿, 三-10〉

....

16) 靈源: 조선 중기의 승려. 속성은 이(李)씨. 10세에 범어사의 명학(明學)을 스승으로 삼아 출가. 15세에 발심. 홀로 금강산 영원동(靈源洞)으로 들어가 정진하여 도를 깨달음. 만년에 지리산으로 옮겨 영원사(靈源寺)를 창건하고 후학들을 지도함.

17) 斷港: 물 흐름이 달라 서로 통할 수 없는 물길과 항구. 唐 韓愈의 〈送王秀才序〉에 "道於楊墨老莊佛之學 而欲之聖人之道者 猶航斷港絶潢 而至於海也(양주 묵적 노자 장자 부처의 학문에 길을 두고서 성인의 도에 들려고하는 자는 마치 끊어진 항구와 물길을 항해하여 바다로 가려는 것과 같다)"함이 있다. 이 2 구는 스님의 이름이 靈源이라 함에 대한 비판이다.

18) 觀瀾: 〈孟子〉에 "觀水有術 必觀其瀾(물을 살피는 데에 방법이 있으니 반드시 여울물을 보라)"함이 있는데, 注에 "물의 여울을 보게 되면 그 물의 근본을 알 수 있다(觀水之瀾則 知其源之有本矣)"라 하였다.

次湖陰[19]韻 贈山人了玄
호음의 시운에 차운하여 요현스님에게

禪心淸淨似秋潭	선의 마음 맑고 맑기 가을 연못 같아
鰈域[20]山川早慣諳	우리나라의 산천을 일찍 알고 있었네
不用西游五天竺	서쪽으로 다섯 춘축국에 놀지 않고서

(玄師遊遍靑丘每以迹拘一隅爲限)

(요현스님이 우리나라를 유람하되 항상 행적이 한 곳이라 한스럽다 하다.)

已多東里片時參　이미 동쪽 마을 잠시라도 참여함이 많다.

(湖陰公有半日相隨喚作同參之語故云)

(호음공이 반나절을 서로 따라 불러 동참하다 한 말이 있어서 한 말이다.)

〈武陵雜稿, 三-11〉

次雙翠軒金叔藝韻 贈普印上人(號玄凝)
쌍취헌 김숙예의 시운에 차운하여 보인스님에게.(호가 현응이다)

雨後石崟開曉窓	비 뒤의 돌 산에서 새벽 창문을 여니
白雲處處連還斷	흰 구름 곳 곳에서 이었다 다시 끊겨
攬之題作贈僧詩	잡아당겨 스님에게 줄 시를 지으니
他日薔薇誰露[21]盥	다음 날 장미 꽃을 누가 소반에 들어내

〈武陵雜稿, 三-5〉

神勒寺 書贈住持僧雪雲 二首
신륵사에서 주지 설운에게 2 수

甓寺東臺倚雨餘　벽돌 절 동쪽 누대 비온 뒤 의자하여

---

19) 湖陰: 鄭士龍의 호.
20) 鰈域: 우리나라를 이르는 말. 우리나라의 지형이 가자미 같다 하여 이른다 하고,
　　또는 가자미가 많이 나서 이른다고도 함.
21) 薔薇露: 薔微水, 향수의 이름.

滄江萬景屬祇墟　　넓은 강 일 만 리가 절 터에 귀속되다
高僧寂滅空遺塔　　높은 스님 적멸로 가고 빈 탑만 남기고
明月流光自滿瀦　　밝은 달은 광채 흘려 스스로 물 가 가득
　　(懶翁自號江月軒)　　(나옹화상은 스스로 강월헌이라 호하다)
留記牧陶名未了　　기록을 남긴 목은은 이름 마치지 않고
捨施金趙22)道何如　　시주 베푼 김씨 조씨 무어라 해야 할까
石鐘經閣寒煙簇　　석종과 장경각에 차가운 연기 어리니
等愧千秋太史書　　대등함이 부끄러운 천추의 태사 역사

未駕西行柱史23)車　　서쪽으로 어사의 수레 달리지 못하고
懷章東出泝江初　　인장을 품고 동으로 강을 거스리던 처음
樓頭浩嘯心猶壯　　누대 머리 호연한 휘파람 마음 씩씩하고
塔上高吟氣不除　　탑 위에서 높이 을퍼도 기개 가시지 않다
有美湖山天地內　　아름다움 있는 강과 산은 하늘 땅 안이고
無邊風月古今餘　　가 없는 바람 달은 예와 이제의 여유
當時二李24)揮毫處　　당시 두 이씨가 글을 날린 곳에서
却澁荒詩爲爾書　　문득 거친 시를 당신 위해 쓰기 부끄러워

〈武陵雜稿, 四-15〉

贈山人祖熙
산인 희조에게

足遍靑丘25)千萬峯　　나라 안 천 만 봉우리를 두루 밟아
茫茫碧眼八紘26)通　　망망 아득한 파란 눈은 우주를 꾀뚫다
一來小白聽飛瀑　　한 번 소백산으로 와서 나는 폭포 들으며

---

22) 金趙: 원시의 자주에 金九容과 趙云仡이 시주와 각석한 사실을 밝히고 있다.
23) 柱史: 御使.
24) 二李: 원시의 자주에 牧隱 李穡이 代藏閣記를 쓰고, 陶隱 李崇仁도 기를 썼다 함.
25) 靑丘: 우리나라를 달리 이르는 말.
26) 八紘: 팔방으로 극히 먼 곳. 천하.

習氣時時畫草蟲　　습관된 버릇에 때때로 풀 벌레 그리다

〈武陵雜稿 別集 三-18〉

贈山人雲遍
산인 운편에게

白雲片片生東皐　　흰 구름 조각 조각 동쪽 언덕에 솟아
却向雲師繞白毫　　문득 운스님에게 향해 흰 머리 돌리다
師足如雲區內遍　　스님 발은 구름 같아 지역 안을 두루하니
片心雲與孰居高　　조각 마음과 구름이 누가 더 높이 살까.

〈武陵雜稿 別集, 三-18〉

贈聾僧信淡
귀먹은 중 신담에게

碧眼聾僧乞我醫　　파란 눈의 귀먹은 중 나에게 고쳐 달라하나
渠家面壁聽何爲　　그대들은 벽을 맞대면서 들을 것이 무엇인가
莫醫身病醫心病　　몸의 병을 고치지 말고 마음 병을 고치게나
心病醫時聽亦宜　　마음 병 나을 때엔 듣기도 역시 마땅하리

〈武陵雜稿 別集, 三-18〉

贈志雄師
지웅스님에게

雨中初見蓮臺寺　　빗 속에 처음 보는 연대의 절에서
月下同聞滿月鵑　　달 아래에서 함께 듣는 만월 달의 두견
一簫飛下清凉去　　통소 한 소리에 날아 청령산으로 가니
十二峯頭捲碧煙　　열 두 봉우리에 파란 연기 걷힌다

〈武陵雜稿 別集, 三-18〉

임억령
林億齡

　林億齡(1496 연산군 2~1568 선조 1) 조선조 문신. 자는 대수(大樹). 호는 석천(石川). 본관은 선산(善山). 박상(朴祥)의 문인. 1516년(중종 11) 진사가 되고, 1525년 식년문과(式年文科) 병과로 급제했다. 1545년(명종즉위) 을사사화 때 금산군수(錦山郡守)로서 동생 백령(百齡)이 소윤(少尹) 일파에 가담하여 대윤(大尹)의 많은 선비들을 추방하자, 자책을 느끼고 벼슬을 사퇴하였다. 그 뒤 백령이 원종공신(原從功臣)의 녹권을 보내오자 분격하여 이를 불태우고 해남(海南)에 은거하였다.

　뒤에 등용되어 동부승지(同副承旨), 병조참지(兵曹參知)를 역임, 다음해 강원도관찰사를 거쳐 1557년 담양부사가 되었다. 동복(同福)의 도원서원(道源書院), 해남의 석천사(石川祠)에 제향되다.

　유집 〈석천선생시집(石川先生詩集)〉은 1572년 제주에서 간행된 목판본이다. 전집 7권이 모두 시이다.

贈衍師
연스님에게

林子入深山	임씨인 나 깊은 산에 드니
時維四月夏	계절 질서 4월의 여름이네
力盡跨僧肩	힘이 다해 중 어개에 매달려
線路穿林罅	가는 길 숲의 틈새를 뚫다
入菴憩高臺	암자에 들어 높은 누대에 쉬니
繞階淸泉瀉	계단을 두른 맑은 샘 쏟아지다
四面碧峯圍	사면에는 파란 봉우리 맴돌아
我坐屛風下	내가 병풍 아래에 앉아 있는 듯
金碧映朝曦	황금 벽색 단청 아침 해에 비쳐
上與浮雲架	위로 뜬 구름과 함께 걸려 있다
孤客怯豺狼	외로운 나그네 시랑에 겁나서
墻低吁可怕	담 밑에서 어이구 두렵구나
人間日喧閙	인간 세상은 날마다 시끄러운데
誰似山僧暃1)	누가 스님의 조용한 시선 같나
渠今師粲可2)	그대는 지금 대사 중의 정한 분
我亦蔑曹謝3)	나도 역시 조식 사령운은 무시하네
功名一腐鼠	공명이란 하나의 썩은 쥐인데
可哂鴟鴉嚇4)	매 독수리의 성냄이 가소롭다

....

1) 모(暃): 원문의 자형이 (目+曼)처럼 되어 있는데, 이런 글자는 없고, 있더라도
발음이 '만'일 가능성이 있으니 그렇게 발음되면 각운이 맞지 않아, 모(暃, 눈
아래로 볼 모)로 추정해 보았다. 모(暃)는 眸와 같은 의미로 쓰이는데 "低目細視
(눈을 아래로 떠서 자세히 본다)"의 의미이다.

2) 粲可: 미상이나, 혹 粲은 정하다의 의미이니, 정한 분 중에서도 가한 분이란 말인
듯.

3) 曹謝: 曹植과 謝靈運을 아울러 이르는 말. 唐의 韓愈의 〈懸齋有懷〉시에 "事業窺
皐稷 文章蔑曹謝(사업은 고요 직설을 엿보나 문장은 조식 사령운을 멸시한다)"
함이 있다.

4) 鴟鴉嚇: 〈莊子, 秋水〉에 "원추새(鵷鶵, 봉황새의 일종)가 남해에서 북해로 가는
데, 오동나무가 아니면 쉬지 않고 목화 열매가 아니면 먹지를 않고 단샘인 醴泉이

松月夜曨窓	소나무 달은 밤에 창을 밝히니
此景天所借	이런 경치는 하늘도 아끼는 것
石鼎煮香茶	돌 솥에 향내 나는 차 다리니
厥味聖之亞	그 맛은 성인 중의 다음이다
鳳鳥誰見鍛	봉황새를 누가 단련시키며
野馬誰能駕	야생마를 누가 탈 수 있나
寧爲子眞耕5)	차라리 정박의 농부가 되어
肯待宣尼6)價	공자의 평가를 달게 기다린다
雖非支許7)徒	비록 지둔 허순의 무리는 아니나
誰與銷長夜	누구와 더불어 긴 밤을 보내랴
深恐世人猜	세상 사람의 시기 깊이 두려우니
勿與兒曹咤	아이들에게도 꾸짖지 말자

〈石川詩集, 一-18〉

書廣慧上人詩軸
광혜스님의 시축에

曾聞金剛山	진작 들으니, 금강산이
白立天中央	허옇게 하늘 중앙에 있어서
一脈落天南	하나의 줄기가 남쪽으로 떨어져

·····································

아니면 마시지 않았다. 이 때 솔개(鴟鵅)가 썩은 쥐(腐鼠)를 얻어서 먹다가 원추새가 지나는 것을 보고 (빼앗길까봐) 윽(嚇)하고 성냈다"함이 있다. 이 우화는 惠子가 梁나라 재상을 하는데 莊子가 찾아가니, 그 자리를 잃을까 하여 장자를 경계하니, 장자가 한 말이다.

5) 子眞耕: 子眞은 漢의 鄭樸의 字. 谷口子라 불렸다. 修道自守하여 이름이 알려져, 成帝가 대장군으로 초빙해도 응하지 않고 암석 밑에서 밭 갈아 이름이 자자히 알려졌다.

6) 宣尼: 孔子를 말함. 宣은 공자의 시호가 文宣王이어서이고, 尼는 공자의 자가 仲尼이기 때문이다.

7) 支許 : 東晉의 승려 支遁과 유생 許詢. 지둔이 유마경을 강설할 때 허순으로 都講(질문자)을 삼아, 儒佛 論戰의 시발이 된다.

古劍森秋鋩	옛 칼이 가을 칼날처럼 삼엄하네
少時唾棄世	어린 시절 침뱉듯이 세상을 버리고
飛屐登崇岡	나막신 날려 높은 산에 올랐네
峯頭碧蓮花	봉우리 머리는 푸른 연꽃이
大如高帆張	크기가 높은 돛폭 펴 놓은 듯
天風落閶闔[8]	하늘 바람이 하늘 문에 떨어지니
萬壑傳淸香	일 만 골에 맑은 향기 전한다
採葉製仙衣	잎을 따서 신선 옷을 만들어
大嘯天際翔	큰 휘파람으로 하늘 가를 날다
誰人從我遊	어느 사람이 나를 따라 놀까
慧也爲頡頏	혜스님이여 오르락 내리락할까
塵埃各南北	먼지 세상 각기 남과 북이나
虎溪[9]松月涼	호계 시내에는 솔 달이 서늘해
慧也雖未見	광혜스님을 비록 보지 못하나
夢魂常交相	꿈과 영혼은 항상 서로 사귀어
題詩謝廣慧	시를 지어 광혜에게 사례하노니
莫忘荷衣狂	연꽃 옷의 광기를 잊지를 마시오

〈石川詩集, 一-22〉

贈道仁禪師
도인선사에게

傳聞大芚山	전해 들으니, 대둔산에는
中峯最精舍	중봉에 가장 좋은 절 있다지
常懷一往觀	항상 한 번 가 볼 생각 있으나
官事日埤我	공적 일이 나를 더 잡아매는데

....

8) 閶闔: 天上界의 문. 閶闔天門也. 〈楚辭〉.
9) 虎溪: 시내 이름. 廬山의 慧遠이 평생 虎溪를 넘지 않는다 하였는데, 陶潛과 陸修
靜이 와서 전별하며 이야기를 나누다 虎溪를 지나는 것을 몰랐다. 이 사실을
'虎溪三笑'라 한다.

幸遇中峯僧	요행히 중봉의 스님을 만나
孤齋與之坐	외로운 재실에서 더불어 앉다
山雲濕淨衣	산 구름이 청정한 옷 적시고
松月窺禪話	소나무 달 참선 이야기 엿듣다
寂寂兩無言	적적히 둘 다 말 없으니
病葉蕭蕭下	단풍 잎이 쓸쓸히 내리네

〈石川詩集, 一-22〉

贈故鄕僧還山
고향의 스님이 산으로 간다기에

吾邑有奇山	우리 고을에는 기이한 산이 있어
雄雄臨大洋	웅장하게 큰 바다에 닿아 있다
憶昔布衣日	옛날 서생으로 지낼 때 기억하면
挾冊棲僧房	책을 끼고 스님 방에 거처했었네
一下走京洛	한 번 내려와 서울을 달리니
麋鹿偶冠裳	사슴에다 우연히 갓과 옷을 입혔네
思歸不可得	돌아가려 해도 될 수가 없어
髭須今滿霜	수염에 이제는 서리 가득하네
羨爾無拘束	그대 구속됨 없음이 부럽구나
飄然一鉢囊	표연히 하나의 바릿대와 배랑
春來我亦去	봄이 오면 나도 역시 가서
獨入崔嵬藏	홀로 높은 산에 숨겠다

〈石川詩集, 一-27〉

贈玉上人
옥스님에게

手把一枝筇	손에는 지팡이 하나 잡고
午入萬瀑洞	낮에 만폭동에 들어가니

임억령林億齡 **193**

巨靈擘山海	큰 신령이 산과 바다 바치니
豈曰非智勇	어찌 지혜 용기 아니라 하랴
懸流走蒼巖	매달린 물은 푸른 바위로 내달아
白日雷霆動	맑은 대낮에 천둥 번개 울려
細者響騷騷	가는 소리는 소소히 울리고
大者怒洶洶	큰 소리는 노해서 흉흉하네
毗盧峯影倒	비로봉 그림자 거꾸로 박혀
臨潭以手弄	못 속에서 손으로 장난하네
師乎知此無	스님이여 이를 아나 모르나
聲色一洗空	소리 빛이 한번 허공 씻어
身作無垢翁	몸은 때 없는 늙은 이 되어
飄然策鸞鳳	표연히 난새 봉새 모네요
醉和謫仙吟	취하여 적선과 화답하나
獨立無侍從	홀로 서서 따르는 이도 없다

〈石川詩集, 一-30〉

贈逸上人走筆
일스님에게 붓을 날려 주다

雄雄毗盧峯	웅장하고 웅장한 비로봉
上有靈湫澄	정상엔 신령한 못 물 있어
九龍各據潭	아홉 용이 각기 못을 감당하고
飛瀑空巖應	나는 폭포 허공 바위에 울린다
汹然佴梟獺	깊이 잠겨 올빼미 수달도 등지니
不受人間罾	인간 세사의 그물 받지 않다
狂僧戲投石	미친 중이 희롱으로 돌 던지면
白日風雷騰	밝은 대낮에 우레 바람 날린다
氷雹散如礛	우박이 포탄처럼 흩어지고
雲氣爲昏凝	구름 기운이 엉겨 어둡다
同遊六七者	함께 노는 예일곱 사람들이
欲避焉可能	피하려 하나 어찌 가능한가

方知至神物	바야흐로 알겠다, 신령이
厭卑棲高層	낮은 놈 높이 오름 싫어함이네
嗟我本好奇	서글프다, 내 월래 호기심 많아
手有胡孫藤10)	손에는 호손의 등나무 지팡이
午入萬瀑洞	대낮에 만폭동에 들어가니
窈窕雲梯憑	아리따운 구름 사다리 기대네
穹石積太石	하늘 바위 큰 바위를 쌓았으나
欲崩還不崩	무너지려 하나 무너지지 않네
吾云不是妄	내 말이 망녕된 것이 아니라
怪事聞諸僧	괴상한 일 모든 중에게 듣다

〈石川詩集, 一-37〉

贈奎上人
규스님에게

我未識其奎	나는 규스님을 알지 못하여
問之於鄭姪(鄭遠)	정원의 조카에게 물으니
答云非火食	대답하되, 화식을 하지 않아
古貌又古質	고대인의 모습에 옛 체질이라
名山與大川	명산이나 대천을
萬里囊鉢一	만리의 길에도 배낭 바릿대 하나
今棲天冠山	지금은 천관산에 살면서
洞口不曾出	동구 밖을 나온 적 없네
飢則啖松柏	배고프면 솔 잣나무 씹고
平生乞糧不	평생을 식량 구걸 않다
我聞坐嘆息	내 듣고 앉아 감탄하되
慈惟惠遠11)匹	이는 오직 혜원의 짝이네

....

10) 胡孫藤: 지팡이의 이름. 胡孫은 원숭이의 딴 이름. 唐 李白의 〈僧伽歌〉시에 "瓶裏
千年舍利骨 手中萬歲胡孫藤(병 속에는 천년의 사리 뼈이고 손 안에는 일만 살의
호손등의 지팡이)"라 함이 있다.

其視世之儒	세상의 유생들을 보게 되면
奔走於簪紱	벼슬 끈에 분주히 내달아
知進不知退	진출만 알지 퇴보를 몰라
竟至於顚跌	마침내 자빠지고 넘어지니
何如雲水僧	어떠한가, 저 구름 물의 중이
陶然上皇逸	태연한 천상 황제의 안일
嗟予老且傭	서글프다, 내 늙고도 게을러
白髮颯滿櫛	흰 머리털 성글어 빗에 가득
有毛不得剃	터럭 있어 깎지 못하고
有衣不得拂	옷이 있어 떨치지 못하고
踽踽蓬蒿中	쑥대 밭 속에 움츠리니
何異褌中蝨	바지 속의 이와 다를 것 없다
師乎得靈藥	스님이여 신령한 약 얻거든
因風倘我乞	바람결에 혹 나에게 빌리겠소

〈石川詩集, 二-3〉

鄕僧將之香山 遂遊金剛 道出智異 予壯其志 作遠遊篇以贈
고향의 중이 장차 향산으로 가려다 금강산에서 노닐고 도중에 지리산으로
가기에 내가 그 의지를 장히 여겨 원유시를 지어 주다

予困坐春館	내 피곤하여 봄 집에 앉아 있어
昏昏午睡甘	침침하게 낮 잠이 달콤한데
折笠來報予	하인이 와서 보고하되
門有僧來三	문 앞에 중이 셋이 왔다네
掃榻與之坐	책상을 쓸고 더불어 앉으니
其形似枯枏	형상은 마른 나무 비슷하네
曰將向香山	장차 향산을 향하기 위하여
皆骨頭流探	개골산 두류산을 탐승하다
蒼藤以爲杖	파란 등나무로 지팡이 삼고

....

11) 惠遠: 東晉 때 廬山의 승려.

淸風以爲騶	맑은 바람으로 말을 삼아
天地一浮雲	하늘 땅에 하나의 뜬 구름
飄然去轡銜	표연히 가서 고삐 물리네
吾聞僧之傳	내가 승려의 전기 들으니
香山與天參	향산과 천삼산은
世人路不通	세상 사람에게는 뚫지 못하는 길
白日凝煙嵐	대낮에도 구름 안개 엉긴다네
嗟予落塵土	서글프다, 나는 진토에 떨어져서
麋鹿誤巾衫	사슴에다 두건 적삼 잘못 됐네
偶然逢野僧	우연히 들 중을 만나
風軒山水談	바람 누대에 산과 물의 이야기
留衣遠別離	옷을 남기고 멀리 이별하니
天地渺北南	하늘 땅은 아득히 남쪽 북쪽
拘官未拂衣	벼슬에 얽혀 옷을 떨치지 못하니
使我面發慙	나로 하여 얼굴에 부끄러움 띠다
好去好歸來	잘 갔다가 잘 돌아 와서
訪我望海菴	망해암으로 나를 방문하소
獨立睨宇宙	홀로 서서 우주를 살피니
幾人爲眞男	몇 사람이나 진자 사내인가

〈石川詩集, 二-23〉

贈印師還
인스님이 돌아와

落日坐危樓	지는 해에 오뚝한 누대 앉으니
萬里澄空谽	만리에 맑은 하늘이 넓구나
忽聞剝啄聲	홀연 발자국 소리 들리더니
兒報僧來謁	아이가 중이 왔다 알려 오다
乾坤解虎錫	하늘 땅으로 호랑이 지팡이 이해하고
朝夕降龍鉢	아침 저녁으로 용의 바릿대 내린다
自云棲智異	스스로 이르되 지리산에 산다며

南指浮雲末	남쪽으로 뜬 구름 끝을 가리킨다
嗟予於世數	서글프다, 나와 세상의 운수는
俗緣猶纏紲	세속 인연이 아직 얽매어 있어
神龍老未屠	신령한 용은 늙어서도 못 잡고
魯鷄12)今來割	큰 닭이나 이제 잡을 만하다
已賦歸來辭	이미 돌아올 귀거래사 지음은
昔有陶公日	옛날에 도잠의 당시에 있었다
相對發一笑	서로 대하여 한바탕 웃으니
氣可秋天夏	기개가 가을 하늘 찌를 만하네

〈石川詩集, 二-26〉

贈正上人(居莞島)
정스님에게(완도에 산다)

海中有仙島	바다 안에 신선 섬이 있어
迥與人世絶	인간 세상과 멀리 떨어졌지
溟濤若雪山	파도는 눈 산과 같고
嵯峨石壁嚙	높고 높은 바위벽 맞물리다
白日鬪長鯨	대낮에도 큰 고래의 싸움
風雷坤軸折	바람 우레에 지축이 꺾이다
上人厭平地	스님은 평평한 평지 싫어서
一咲浮杯越	한 번 웃고 잔 띄워 건너다
桂樹冬蒼蒼	계수나무 겨울에도 푸르고
中有古巖穴	안에는 옛 바위 굴이 있다
松柏可以飡	솔과 잣나무로 먹을 만한데
肯向塵寰乞	즐겨 속세 향해 구걸하겠나
乞詩不乞糧	시는 구걸하되 양식 구걸 안 해

....

12) 魯鷄: 큰 닭. 〈莊子, 庚桑楚〉에 "越鷄不能伏鵠卵 魯鷄固能矣(월나라 닭은 고니의
알을 품지 못하지만 노나라 닭은 가능하다)"함이 있다. 越鷄는 작은 닭이고, 魯鷄
는 큰 닭이다.

正于僧之傑	정상인이여 승려 중의 걸출이라
遠來竹林13)居	멀리 죽림에서 와서 살면서
久立門前雪14)	오래도록 문 앞의 눈에 섰네
貴爾殷勤情	귀엽도다 그대 은근한 정이
教兒尺素15)裂	나를 짧은 글을 쓰게 하네
書罷飄然去	쓰기를 마치자 표연히 가니
海鶴長天別	바다 학을 먼 하늘로 이별

〈石川詩集, 二-32〉

題岑師詩軸
잠스님 시축에 쓰다

我昔宰秋城16)	내가 추성의 군수로 있을 때
往祭龍泉龍	용천의 용에게 제사하러 갔지
龍也蟄其淵	용이 연못에 칩거하여 있어
白日雷兼風	대낮에도 바람에 우레 겸하다
千峯新雨霽	일천 봉우리 오던 비는 개고
瀑布垂長虹	폭포수는 긴 무지개 드리우다
詩成削木皮	시를 써서 나무 껍질을 깎아
袖拂蒼苔封	소매 헤쳐 푸른 이끼 봉해 두다
追思渺如夢	생각하니 아득히 꿈과 같으니
幾閱春夏冬	몇 차례나 여름 겨울 지났나

....

13) 竹林: 竹林七賢. 魏晉시대에 현실을 피하여 뜻이 맞는 7인이 죽림 아래에 모여 즐긴 일. 阮籍 嵆康 山濤 向秀 阮咸 王戎 劉伶을 말함. 그래서 '竹林'이 은일의 대명사처럼 쓰임.

14) 立雪: 중국 선종의 제2조 慧可가 소림사로 達摩를 찾아가서 눈 속에 앉아 가르침을 구하였으나 허락하지 않으므로, 드디어 왼팔을 끊어 굳은 뜻을 보여 마침내 허락을 받았다.

15) 尺素: 작은 비단 천. 옛날 이를 이용하여 편지나 글을 썼다. 그래서 書信의 의미로 쓰임.

16) 秋城: 전라남도 潭陽의 옛 이름.

僧言字不磨　　스님 이르되 글자 갈리지 않고
照映清泠宮　　청령궁을 비추고 있다 하네
龍乎勿久此　　용이여 여기에 오래 하지 말라
恐被梟獺攻　　올빼미 수달의 침공이 두렵구나

〈石川詩集, 二-33〉

題精師詩軸
정스님 시축에 쓰다

傳聞杜甫云　　　전해 듣건대, 당의 두보가
方丈17)三韓外18)방장산은 삼한 땅 밖이라 했다
問爾山中僧　　　그대 산중의 중에게 묻건대
致遠今何在　　　최치원은 지금 어디에 있나
僧言致遠仙　　　스님 대답하되, 치원은 신선이라
往來乘鶴背　　　오고 감에 학의 등을 타서
至人應不死　　　지인은 응당 죽지 않으니
今在山之內　　　지금 산 깊숙이 있겠지
見鶴不見人　　　학은 보이고 사람 안 보이니
此必仙蹤晦　　　이는 반드시 신선 자취 숨김이라
嗟我落塵中　　　슬프다 나는 먼지 속에 떨어져
偶與山僧對　　　우연히 산승과 마주 대하다
深思往問仙　　　깊이 생각해 가서 신선께 물으면
蕭瑟秋風待　　　쓸쓸히 가을 바람으로 대접하리
巖多不死藥　　　바위에는 죽지 않는 약 많으리니
與爾傾筐採　　　그대와 함께 광주리 기울여 캐자

〈石川詩集, 二-33〉

---

17) 方丈: 渤海 동쪽에 있다는 삼신산의 하나. 蓬萊, 方丈, 瀛洲.
18) 方丈三韓外: 唐 杜甫의 〈奉贈太常張均二十韻〉시에 "方丈三韓外 崑崙萬國西(방
　　장산은 삼한 땅 밖이고 곤륜산은 만국의 서쪽이다)"함이 있다.

200 조선조 유가가 승려에게 준 시

贈僧
스님에게

僧說淸凉寺	스님이 말하되, 청량사는
兹惟致遠棲	여기서 최치원이 살았다네
白雲遙可望	흰 구름을 멀리 바라볼 만하고
丹壁峭難躋	붉은 벽은 가파라 오르기 어렵네
麻杖樵時見	삼대 지팡이 나무꾼에게서 보고
桃花路自迷	복사꽃에 길은 저절로 가려지다
赤龍如可跨	붉은 용을 올라탈 수만 있다면
天外手相携	하늘 밖에서 손으로 서로 이끌지

〈石川詩集, 三-1〉

贈覺玄
각현에게

寂寂野僧對	적적 고요히 들중을 대하니
蕭蕭江海秋	쓸쓸한 강 바다의 가을이네
已聞棲處遠	이미 사는 곳 멀다 들으니
更覺道情幽	다시 도의 정 그윽함 느껴
脫俗元無礙	세속 벗었으니 원래 막힘 없고
除詩更不求	시를 제하고 더 구하는 것 없죠
應知獨歸去	응당 알리라, 홀로 돌아가면
寒葉滿溪流	추운 잎이 시내 흐름에 가득

又
또하나

墙下客猶臥	담 아래에 나그네 아직 누웠는데
山中僧獨歸	산중의 스님은 홀로 돌아오다
江村秋日暮	강 마을에 가을 햇살 저물고

野寺遠鍾微	들 절에는 먼 종소리 희미하네
殘夜鳥同宿	지새는 밤에 새와 함께 자고
曉天雲共飛	새벽 하늘은 구름과 같이 날다
離懷不自整	떠나는 회포 스스로 정리 못해
醉筆爲渠揮	취한 붓을 그대 위해 휘날려

〈石川詩集, 三-7〉

贈能上人
능스님에게

頭輪枕大洋	두륜산이 큰 바다를 베고 누워
雄雄半空出	웅장하고 웅장히 반공에 솟다
病夫暫來遊	병든 이야 잠시 와서 노닐지만
能也居眞佛	능스님은 참 부처로 살고 있네
寧爲乞糧僧	차라리 식량 구걸 중이 되어도
捆屨19)平生不	직접 신 삼는 일 평생 안 하다
此僧必識道	이 중은 반드시 이 도를 알아
問之佯口吃	물으면 중얼거리 듯하다

〈石川詩集, 三-23〉

贈玉上人
옥스님에게

老去愛山水	늙어가며 산수를 사랑하여
林間叩石扉	숲 사이 돌 문을 두드리다
一眉明月照	눈썹 같은 밝은 달 비치고

---

19) 捆屨: 짚신을 삼다. 〈孟子, 滕文公〉에 "有爲神農之言者許行 其徒數十人 皆衣褐 捆屨 織席而爲食(신농의 무리라고하는 허행이 그 무리 수십 명이 모두 갈옷을 입고 신발 삼고 자리를 짜서 식생활을 한다) 하여 직접 생산에 종사함을 주장하는 허행의 문도들이 일은 않고 먹는 사대부를 비아냥한 말이다.

萬點碧峯圍	일만 점의 봉우리 둘리다
問法知前妄	법을 묻자니 전날 망녕 알겠고
休官悟昨非	벼슬을 쉬니 어제의 잘못 알다
吾詩師勿失	내 시를 대사는 잃지 말고
此語當留衣	이 말을 마땅히 옷에 남기게

〈石川詩集, 三-23〉

贈惠沃上人(次梨湖先生韻)
혜옥스님에게(이호선생의 시운에 차운하여)

無根又無蔕	뿌리도 없고 꼭지도 없으니
若比是浮雲	마치 뜬 구름에 견줄 듯 해
山水偶成住	산과 물에 우연히 살게 되니
東西何害紛	동쪽 서쪽이 무슨 방해가 되나
逢渠滄海暫	그대 만나면 큰 바다도 잠시
求我小詩勤	나에게 시 구하기 자주하네
他日如吾訪	다음 날 나를 찾을 것 같으면
金剛鶴不群	금강산에 학의 무리 없겠지

〈石川詩集, 三-38〉

贈遠住持(列山縣 次湖陰[20]韻)
원 주지스님에게(열산현에서 호음의 시운에 차운)

僧從皆骨至	스님이 개골산에서 오니
孤鶴影沖天	고고한 학 그림자 하늘을 찌르다
雲迹偶成住	구름 자취 우연히 머무르게 되나
灰心寧有煙	타는 마음이 어찌 연기 있겠나
滄溟疏雨裏	큰 바다는 가랑비 속이고

....

20) 湖陰: 정사룡(鄭士龍 1491~1570)의 호. 자는 운경(雲卿), 본관은 동래(東萊).

古縣老松邊	옛 고을은 늙은 소나무가
共向毗盧頂	함께 비로봉 정상 향하니
名山中國傳	산 이름이 나라 안에 전하네

〈石川詩集, 三-39〉

贈古島僧
고도의 스님에게

海上無人地	바다 위의 사람도 없는 곳에
遙知有散仙	멀리 한산한 신선 있음 알다
塵間催短景	속세 사이엔 짧은 경관 재촉되고
物外自長年	사물 밖에는 긴 세월이 있구나
俗客焉能到	속세 나그네 어찌 올 수 있나
山僧偶爾傳	산승이 우연히 와서 전해 주다
茅齋回白首	띳 집에서 흰 머리 돌리니
風雨大江邊	비 바람은 큰 강 갓일세

〈石川詩集, 三-40〉

贈大芚山人
대둔산인에게

曾上頭輪望大洋	두륜산에 올라 대양을 바라본 적 있는데
木蘭花發斷橋香	목란화가 피자 끊긴 다리도 향기롭더라
遙知翠壁題詩處	멀리 알겠다, 파란 벽 시를 써놓은 곳에
風雨年年石髮21)蒼	연년 해마자 비바람에 돌 이끼 파랗겠지

〈石川詩集, 七-7〉

....

21) 石髮: 물 가 바위에서 나는 파란 이끼.

贈岑上人
잠스님에게

松廣山中有老禪	송광산 속의 늙은 스님이
求詩丹壁强夤緣	붉은 벽에 시를 구하며 인연을 강조하다
蒼松影裏揮長筆	푸른 솔 그림자 속에 긴 붓을 휘둘러서
驚起巢中白鶴眠	둥지 속 흰 학의 졸음을 놀래 일으키다

<石川詩集, 七-10>

贈熙師
희스님에게

山似劍邊雲鶴下	산은 칼 끝 같은데 구름 학은 내리고
草如茵處海翁吟	풀이 방석 같은 곳에 바다 늙은이 읊다
遙看隱寂(寺名)妙於畫	멀리 보이는 은적암 그림보다 묘하여
日暮泠泠生磬音	해 저물자 딩동댕동 풍경 소리 들리다

<石川詩集, 七-26>

贈休上人
휴스님에게

白石菴中老鶴棲	백서암 안에는 늙은 학이 깃들어
寧飢不啄世間泥	굶주릴지언정 세상 진흙 쪼지 않는다
斜陽遙望未能到	비낀 석양에 멀리 보여 갈 수 없으니
迦葉峯頭海月低	가섭봉의 정상엔 바다 달이 나직하다

<石川詩集, 七-26>

김인후
金麟厚

金麟厚(1510 중종 5~1560 명종 15) 조선조 문신 유학자. 자는 후지(厚之), 호는 하서(河西), 담재(澹齋). 본관은 울산(蔚山). 1540(중종 35) 별시문과(別試文科)에 병과로 합격. 승문원정자(承文院正字). 박사, 설서(說書), 부수찬(副修撰)을 거쳐 부모의 부양을 위하여 옥과현령(玉果縣令)으로 나갔다. 1545년 을사사화 이후로 병을 이유로 고향 장성으로 돌아가 성리학의 연구에 정진 중 누차 교리(校理)로 임명했으나 취임하지 않았다. 성·경(誠敬)의 실천을 학문의 목표로 하고, 이항(李恒)의 이기일물설(理氣一物說)을 반대하여 이기 혼합을 주장하였다.

천문 지리 의약 산수 율력(律曆)에도 정통했다. 문묘(文廟)에 배향되고, 장성의 필암서원(筆巖書院), 남원의 노봉서원(露峰書院), 옥과의 영귀서원(詠歸書院) 등에 제향. 시호는 문정(文正)이다.

유집 〈하서전집(河西全集)〉은 문인 조희문(趙希文)이 수집한 시문과 저자의 아들 종호(從虎)가 구송(口誦)한 수백 편의 시를 합편하여 전라감사 송찬(宋贊)의 협조로 초간한 뒤, 현손 시서(時瑞)가 김수항(金壽恒)의 명에 따라 박세채(朴世采)에게 편집을 의뢰하여 원·별집으로 재편하여 1686년 목판으로 중간한 후, 이를 토대로 정조(正祖)의 명으로 1797년 증보하여 삼판(三版)으로 간행했다. 문집의 권 1에서 권 10까지가 시이고, 권 11·12가 문이다. 부록으로 권 1은 행장등이고, 권 2는 일반 서술과 제가의 서술들이다.

贈僧
스님에게

無心自不可	무심하기로는 스스로 가능하지 않고
達心渠敢爲	마음 통달하려 하면 그대에 감히 하랴
眞源會方寸[1]	참 근원은 방촌의 마음으로 모이고
物則民秉彝[2]	만물의 원칙은 백성의 본바탕 지킴
虛靈[3]出妙用	비고 영특함이 오묘한 활용에서 나와
寂感惟其時	적적한 감응이 바로 그 시기이다
萬變在酬酢	일만 변화가 주고 받음에 있으니
庶事皆得宜	모든 일에 모두 적의함을 얻는다
殘形[4]絶人倫	형체를 손상함이 인륜을 끊는 것
與世專相遺	세상과 더불어 오로지 서로 버림
觀空有何得	공하다고 보아 무엇을 얻음이 있나
死灰終難吹	죽은 재는 끝내 날리지 못하는데
何如立敬功	어찌 이만 하랴, 성경(誠敬)을 세움이
本立而達支	뿌리가 서서 가지가 통달하니
欲之小無內	거두어 들이면 안이 없이 작고
推之六合彌	미루어 내면 우주를 채우는 것을
萬殊共一分	만 가지 달라도 한푼을 같이하니
敢以吾自私	감히 내 스스로 사사로우랴
動靜不可偏	동과 정을 기울게 할 수 없고
玄默非吾期	현묘니 침묵이니 나는 기약 안해

....

1) 方寸: 마음을 이르는 말.
2) 秉彝: 항시 지켜야 할 상도. 〈詩經, 大雅, 蒸民〉에 "天生蒸民 有物有則 民之秉彝 好是懿德(하늘이 모든 백성을 태어내어 사물이 있으면 법칙이 있으니 백성이 지켜야 할 상도이니 아름다운 덕을 좋아하라)"함이 있다. 物則이란 오행의 仁義 禮智信이다.
3) 虛靈: 마음을 설명하는 용어이다. "虛靈不昧 而應萬事者(비고 영특하여 어둡지 않아 온갖 일에 대응하되 어둡지 않다)"하였다.
4) 殘形: 스님이 출가를 위해 머리를 깎음을 이른 말이니, 형체를 잔인하게 한다(殘形, 삭발)이것이 부자관계의 인륜을 저버리는 것이라고 보는 견해이다.

他年一相見	다음해 한 번 서로 만나게 되면
排訐君何辭	잘못됨 배격해도 그대 어찌 사양하리

〈河西先生全集, 三-16〉

次孤峯5)韻 贈僧
고봉의 시운에 차운하여 중에게

蓮臺庵下飛流泉	연대암 아래에 흐르는 샘물 날리니
凝青激白爲灘淵	파란 색 흰 빛이 엉겨 여울 못이 되었네
溪頭絕壁儼難緣	시내 머리 절벽은 엄연히 오르기 어렵고
傍有古刹經千年	곁에 옛 절이 있어 천 년은 지났구나
佛殿連空俯危巓	부처 궁전 허공으로 이어 높은 뫼 굽어보고
門樓壓水臨高樹	문의 누대 물을 압도하여 높은 나무에 닿다
幽深每喜踏雲霞	깊고 조용해 매양 구름 안개 밟음 기쁘고
幾回行穿雙葛屨	몇 차례나 나들이에 칡 신을 뚫었는가
躑躅粧春楓染秋	철쭉꽃은 봄을 치장하고 단풍 가을 물들여
此來又値冬雪暮	이번 걸음에는 늦은 겨울 눈을 만났다
詩翁一去飛上天	시인 노옹은 한 번 가 하늘 위를 나니
寂寞溪山空自老	적막한 시내 산에 부질없이 스스로 늙다
當年二衲亦已非	당년의 두 중도 이미 다 그릇되었으니
但有詞筆留餘好	다만 시문만이 좋은 여흥을 남겼네

〈河西先生全集, 四-9〉

贈寶訓
보훈에게

不向剛泉久	강천을 향하지 않은 지 오랜데
尋朋到此年	친구를 찾아 이 해에 이르다

----

5) 高峰: 奇大升(1527-1572)의 호. 자는 明彦.

山僧見我至	중은 내가 온 것을 보고는
酒食屢開筵	술과 밥으로 자주 자리를 펴다
醉來發狂興	취해지면 미친 흥이 일어서
筆下風雨顚	붓을 날리어 비바람 뒤집다
爭持卷軸來	다투어 두루마리 가지고 와서
戔戔6)動盈前	옹기종기 앞을 가득 움직인다
會當囊倒7)時	마침 시 주머니도 기울 때 되어
又値欲回鞭	또 채찍을 돌리려고 하게 되네
匆匆何以贈	총총히 바빠 무엇으로 줄 것인가
對案心茫然	책상을 대하니 마음만 망연하네
儒釋固殊途	유교와 불교는 진실로 길이 달라
所修有正偏	수행함에 바르고 기울음이 있다
但比形梏人8)	다만 질곡 형태의 사람에게 견주면
汝敎差似賢	너의 교는 조금은 현인인 듯은 해
雖然邪去邪	비록 그러나 간사하건 간사함 버리든
竟未絶身緣	끝내 몸의 인연은 끊지 못한다
有如負蝂蟲9)	마치 짐을 지는 벌레와 같아서
任多終不捐	짐이 많아도 끝내 버리지 못하네
悠悠付一笑	유유 아득히 한 번 웃음에 부치고
仰視蒼蒼天	푸른 하늘이나 우러러 본다
淸晨細雨斜	맑은 새벽에 가랑비가 비끼니
好鳥啼簷邊	아름다운 새 처마 가에서 우네
渠今已忘我	그대 지금 이미 나를 잊었으니
別袂莫須牽	이별의 소매를 당기지 말게나

〈河西先生全集, 三-18〉

....

6) 戔戔: 모여드는 모양.

7) 囊倒: 주머니가 꺼꾸로 되다., 혹 囊이 詩囊으로 시의 주머니가 꺼꾸로 되다로, 시상이 말랐다는 뜻일 듯. 唐의 李賀가 외출할 때는 계집종에게 배낭을 메고 오게 하여 시상이 나는 대로 시를 써서 넣었다 한다.

8) 形梏人: 梏은 桎梏이니 질곡의 죄의 형태인 사람이란 의미인 듯.

9) 負蝂: 부판(負版)이라고도 함. 本文의 蚸은 蝂의 오자. 벌레 이름. 전설에 이 벌레는 물건을 만나면 등에 지는데 아무리 피곤해도 멈추지 않는다 함.

贈印岑
인잠에게

剛泉雪中寺	강천의 눈 속의 절에서
伊我來讀書	내 와서 책을 읽는데
淸晨有僧來	맑은 새벽 어느 중이 와서
云住白巖居	백암사에서 산다 한다
無心雲出岫	생각 없이 구름 산에 솟듯
偶此駐行裾	우연히 여기서 걸음 멈췄다
袖中三道印	소매 속에 3 도 관인이 있어
一紙官所除	종이 하나 관직의 승격이니
隄防大項流	큰 홍수를 둑으로 막아
有助生民閭	민생의 여염 집에 도움 주다
乃是祖姑孫	바로 내 대고모의 손자이니
爾當兄稱余	너 당연 나를 형이라 불러야는데
何爲早飄戾	어찌하여 일찍이 표연히 거슬려
至今不見渠	지금껏 너를 보지 못하였는가
吾聞西方敎	내 듣건대 서방의 종교에는
差等無親疎	친소의 차별이 없다 하지만
雖然再從親	비록 그러나 재종의 친족인데
豈與行路如	어찌 길 가는 이와 같이 하랴
時時可來訪	때때로 찾아 올 수 있다면
其無相舍諸	서로 버림이 없을지어다

〈河西先生全集, 三-18〉

贈惠遠
혜원에게

廬山[10]聳九疊	여산이 9 층으로 솟았으니

....

10) 廬山: 晉의 惠遠이 결사했던 東林寺가 있는 산.

高標凌蒼蒼	높이 솟아 푸른 하늘에 닿네
巖奇壑更幽	바위 기이하고 골은 더 깊어
瀑布遙相望	폭포는 멀리 서로 바라본다
香爐最圓秀	향로봉이 가장 빼어나서
五老爭昂莊	오로봉과 웅장함 다투다
仙人酌玉杯	신선은 구슬 술잔으로 주고
桂樹橫石梁	계수나무 돌 다리 가로 놓여
東林誰所住	동림사엔 누가 거주하는가
一臥經十霜	한 번 누워 10년을 지나네
高士時來過	높은 선비 때로 지나가다가
荷製聯霓裳11)	연꽃으로 무지개 옷 짓다
潛心問道時	고요한 마음으로 도를 물을 때
已歷虎谿12)傍	이미 호계의 시내 가 지났네
相看笑相失	서로 보며 실수함을 웃으니
塵霧兩茫茫	먼지 안개 둘 다 아득하구나
何年來止玆	어느 해 여기와 머물렀는가
東海浩洋洋	동해 바다 넓어 양양하구나
飛錫不辭遠	나는 지팡이 먼 것 사양 않고
浮雲無定方	뜬 구름은 일정한 방향 없어

〈河西先生全集, 三-18〉

贈熙上人
희스님에게

| 熙師昔來謁 | 희스님이 옛적에 와 주었으니 |
| 屬我憂疢日 | 내가 근심 걱정에 있던 날이었지 |

....

11) 霓裳: 신선의 의상. 전설에 신선은 구름으로 옷을 삼는다 함.
12) 虎溪: 시내 이름. 廬山의 慧遠이 평생 虎溪를 넘지 않는다 하였는데, 陶潛과 陸修靜이 와서 전별하며 이야기를 나누다 虎溪를 지나는 것을 몰랐다. 이 사실을 '虎溪三笑'라 한다.

手持學士敍	손에 학사의 서술을 가지고 있어
看之未措筆	보니 아직 쓰지는 않았었네
雨露草滿地	비 이슬에 풀은 땅에 가득하고
怛焉心內怵	조심스러이 마음 속이 두려워
尺素13)墨未乾	조각 편지 먹물 마르기도 전에
人間忽相失	사람들은 홀연 서로 잃어
灑淚強悲吟	눈물 뿌려 애써 슬피 읊으나
草草情難悉	대충 대충 정을 다하기 어려워
九原不可負	구원의 지하를 저버릴 수 없어
深懷更憭慄	깊이 다시 두려움을 품는다

〈河西先生全集, 三-23〉

題惠能軸
혜능의 시축에 쓰다

禪學全殊我	불가의 배움은 전혀 나와 달라
虛靈觀衆妙	헛되이 대중의 오묘함을 본다
後會知幾時	뒤에 만나 기미를 알 때에
溪頭粲14)三笑15)	시내 머리에서 세 사람이 웃자

〈河西先生全集, 五-8〉

題惠能軸
혜능의 시축에 쓰다

哦松華山雪	소나무와 화산의 눈을 읊으니

....

13) 尺素: 작은 비단 천. 옛날 이를 이용하여 편지나 글을 썼다. 그래서 書信의 의미로 쓰임.
14) 粲: 웃는 모습. 宋의 范成大의 〈蛇倒退〉시에 "我乃不能答 付以一笑粲(내 이에 대답할 수 없어 한 번 웃음으로 부치다)"함이 있다.
15) 三笑: 虎溪三笑.

一醉百篇詩	한 번 취하면 백 편의 시일세
南北幾經歲	남쪽 북쪽에서 몇 해를 지낸나
展軸如見之	시축을 펴니 보는 듯하구나

其二
두 번째

鍾谷今何去	종곡은 지금 어디 갔나
靈川已返京	영천은 이미 서울로 되돌아가
相思病裡苦	서로의 생각 병 속의 괴로움
見爾每關情	그대 보면 매양 정에 걸려

其三
세 번째

曾吟棠岳句	일찍이 당악의 시구 읊었고
又誦鵠峯詩	또 곡봉의 시를 외우다
坐想連珠16)會	앉아 연주의 모임 연상되니
俱非枳棘17)宜	모두 소인들의 의리는 아냐

〈河西先生全集, 五-28〉

贈惠遠
혜원에게

| 我非陶彭澤18) | 내가 도연명도 아니니 |
| 將何友遠公19) | 어떻게 혜원의 벗인가 |

....

16) 聯珠: 진주를 꿴다 하여, 시문을 이어 짓는 비유로 쓰임.
17) 枳棘: 탱자나무와 가시나무, 모두가 가시가 많으니 악인이나 소인의 비류.
18) 陶彭澤: 晉의 陶淵明. 彭澤令을 지냈다.

| 敲門病未語 | 문을 두드리나 병으로 대화 못하고 |
| 送子入關東 | 그대를 보내어 관동으로 들게 해 |

〈河西先生全集, 五-29〉

贈信應上人
신응스님에게

山中自有好書僧	산중에 스스로 책을 좋아하는 스님이 있어
此夕何期共一燈	이날 저녁 어찌 등잔불 같이할 줄 기대했나
明日紅塵回首望	내일엔 붉은 먼지 속 머리 돌려 바라보면
巖崖空憶雪千層	바위 언덕 부질없이 천 길 눈을 기억하지

〈河西先生全集, 六-4〉

山人守安 以愼吉遠喜男之書來謁 軸中有橘亭[20], 靈川[21], 松江[22], 夢窩[23]及李上舍季眞[24]之詩 松江二詩 一自道 一道僧 仍效之
산인 수안이 신길원 희남의 편지를 가지고 왔는데 시축 중에 귤정 영천 송강 몽와 및 상사 이계진의 시가 있다. 송강 2 수의 시가 하나느 자신의 이야기이고 하나는 스님을 말했기에 이에 모방하다

歲暮寒門雪最多	세밑의 가난한 문엔 눈이 가장 많아
百年無意向繁華	평생동안 번화로움으로 향할 뜻이 없어
自憐草木凋零後	스스로 가련하다, 초목이 말라 진 이후에는
滿眼蒼松義氣加	시선에 가득한 파란 솔이 의리 기운 더하네

....

19) 遠公: 惠遠을 말함. 廬山 東林寺의 혜원이 당시의 문인 陶淵明 陸修靜과 절친했다.
20) 橘亭: 尹衢(1495-?)의 호. 자는 亨仲.
21) 靈川: 申潛(1491-154)의 호 靈川子. 자는 元亮.
22) 松江: 趙澄(1511-1574)의 호. 자는 泂叔.
23) 夢窩: 柳希齡(1480-?)의 호. 자는 元老.
24) 季眞: 李後白(1520-1578)의 자. 호는 靑蓮.

其二
두 번째

病落山村不見人	병으로 추락된 산 마을엔 사람도 안 보이는데
何方白足就相親	어느 곳에서 맨발로 나아온 친한 이 있어
松江橘老靈川句	송강 귤정 노인 영천의 시구들의
把卷行吟莫此珍	시권을 가지고 읊노라니 이보다 보배 있겠나

〈河西先生全集, 六-15〉

鷄龍山人道暹, 性修, 智雲自靈川所 持軸過(靈川序云 養得 雙鶴 長其翅翎 任他來往 因立玩鶴亭)
계룡산인 도섬 성수 지운이 영천의 처소에서 시축을 가지고 오다.(영천이 서하기를 '한쌍의 학을 길러서 날개를 길게 하여 저들의 오고 감에 맡기고서 완학정을 세우다' 하였다)

賞鶴亭中賞鶴人	상학정에서 학을 감상하는 이가
看梅弄月見天眞	매화 보고 달 희롱하여 천진함을 보다
聞渠挂錫參詩榻	저들이 머물면서 시의 모임 참여했다 하니
處士西湖25)是後身	서호 처사 임포의 후신인가

其二
두 번째

路繞鷄龍幾往來	길이 계룡산을 맴돌아 몇 번이나 오고 갔나
東林靑鶴未聞奇	동림사에는 청학이 있단 말 듣지 못했는데
山人就報先生事	산인이 와서 선생의 일로 보고해 주니
感歎仍成一首詩	감탄하여 이내 한 수의 시를 지었도다

....

25) 處士西湖: 아내를 취하지 않고 매화를 심고 학을 기르며 살아 사람들이 梅妻鶴子 라 하였다. 학과 매화를 유독 좋아했던 宋의 林逋를 말함. 西湖의 孤山에 살면서 20년을 저자 거리에 가 본 적이 없었다.

其三
세 번째

楓岳高低八萬峯	풍악산은 높고 낮게 8 만 봉우리인데
今何移錫向鷄龍	이제 어찌 거처 옮겨 계룡산을 향하나
應知妄想生高遠	응당 알겠다 망녕된 생각이 높은데서 나서
平地宜加日用工	평지에서 의당 날마다 공력을 더하겠다고

〈河西先生全集, 六-23〉

有僧飮以山醪
어떤 중이 산 막걸리로 마시라네

蛙聲經雨轉紛如	개구리 소리 비 지나니 점점 더 시끄럽고
雲散長空桂影疏	구름 걷힌 긴 하늘에 달 그림자도 성기다
星斗闌干山入夜	북두칠성도 아련하게 산은 밤이 되니
數觥春酒間新蔬	몇 잔의 봄 술에다 새 나물도 곁드리다

〈河西先生全集, 七-19〉

贈義暉上人
의휘스님에게

風雪來尋歲暮天	바람 눈발이 세밑의 날씨에 찾아드니
分渠已是數年前	그대와의 이별이 벌써 수년 전의 일
蒼顔白髮餘生在	퍼런 얼굴 흰 머리로 여생이 남았으니
罪苦誰期更話緣	죄의 고뇌 누가 다시 대화 인연 기약해

〈河西先生全集, 七-20〉

양사언
楊士彦

양사언(楊士彦)(1517 중종 12~1584 선조 17) 조선조 문신. 자는 응빙(應聘), 호는 봉래(蓬萊), 완구(完邱), 창해(滄海), 해객(海客). 본관은 청주. 1546년(명종 1) 식년문과(式年文科) 병과로 급제. 대동승(大同丞)을 거쳐 삼등현감(三登縣監), 평창군수(平昌郡守), 강릉부사(江陵府使), 함흥부윤(咸興府尹) 등을 역임했다. 지방의 직책을 두루 돌아다닌 것이 그의 자연 사랑의 일면이었으니, 회양태수(淮陽太守)로 있을 때에도 금강산을 자주 올랐음이 바로 이런 사실의 반증이다. 안변태수(安邊太守)로 있을 때 지릉(智陵 翼祖의 능)의 화재로 해서(海西)로 유배되었다 2 년 후 돌아오다 병사했다.

글씨를 잘 써서 안평대군(安平大君), 김구(金絿), 한호(韓濩)와 함께 조선 전기 4대서예가로 불렸다.

유집 〈봉래시집(蓬萊詩集)〉은 아들 만고(萬古)가 가장 초고를 바탕으로 수집 편찬하여 1633년 목판으로 간행하였다. 전 3 권이 시이고 권 3의 말미에 부와 문 몇 편이 있다.

題僧軸山水圖
스님의 산수도에 쓰다

畵出蓬萊[1]影	봉래산의 그림자를 그려 내어
求詩向世間	인간세상 향해 시를 구하다
逢人如有問	사람 만나 묻는 일이 있으면
休道我家山	우리 집 산천이라 말 말라

〈蓬萊詩集, 一-1〉

贈雲上人
운스님에게

朝朝靑海上	아침 아침에 푸른 바다 위이고
暮暮碧山中	저녁 저녁마다 파란 산 속이니
去住無心着	오고 감에 마음 집착 없으니
生涯空復空	평생 살이가 공하고도 공하다

〈蓬萊詩集, 一-1〉

贈江西寺住持(僧問莫是賦丹砂者乎 時以大同察訪過此)
강서사 주지에게 (중이 묻기를 '단사부를 지은 이가 아니냐' 하니, 그때 대동찰방으로 여기를 지나다.)

風雨無人慰客行	비바람에 나그네 위로해 줄이 없는데
江西寺主最歡迎	강서사의 주지가 가장 환영을 해 주네
相逢便說丹砂賦	만나자 다시 단사부를 이야기 하니
慙愧山僧亦識名	산승도 내 이름을 아는 것 부끄럽네

〈蓬萊詩集, 一-20〉

....

1) 蓬萊: 渤海 동쪽에 있다는 삼신산의 하나. 蓬萊, 方丈, 瀛洲.

贈花嵒尚宗師

화엄의 상종사에게

花嵒宗師大選戊午科 住持四名山 其學長于浮屠 師事者衆余亦愛其
淸且和 數往來於所住蓬萊山之表訓寺 與之論道理洞然無碍 不啻所
謂頗聰明可與語者也 丙寅夏 余在鑑湖 來訪且別曰 我家水城 少喪母
塋于峴山之麓 有老父在水城 今將往觀 因投洛山觀音 上雪嶽 入花嵒
欲將老焉 余尤愛其托迹空門 而內有實行 眞可謂墨而儒者也 嵒師名
尙珠 字圖映 種桃嵒居 以自號云

화엄종사는 무오년의 선과에서 선발되어 4 명산의 주지를 했으니, 학문이 불교계의
으뜸이라 스승으로 섬기는 자가 많다. 나도 맑고 온화함을 사랑하여 그가 머물고
있는 봉래산의 표훈사로 자주 왕래하여 함께 도리를 의론하면 훤히 막힘이 없으니
총명하여 더불어 말할 만한 자일 뿐만 아니었다. 병인년(1566, 명종21) 여름 내가
감호에 있을 때 찾아왔다 가면서 말하기를 '우리 집이 수성인데 어려서 어머니를
여의어 현산 기슭에 모셨고, 아버지가 수성에 계셔서 지금 뵈러 가다 낙산사에 들
러 관음을 뵙고 설악산에 화엄사로 들어 장차 늙으려 한다' 한다. 나는 그가 불가에
기탁하면서도 내심에는 유교적 실행이 있음을 더욱 사랑한다. 참으로 먹물 옷을
입은 유자라 할 만하다. 화엄대사의 이름은 상주이고 자는 도영인데 종도암거(種
桃嵒居)로 스스로 호를 삼았다.

去國江關遠	나라를 멀리 강 어구로 버리고
辭家歲月賒	집을 떠난지 세월이 멀었구나
花嵒近梓社2)	화엄은 고향과 가깝고
法號寄禪科	법호로 선과에 기탁하다
降苾3)招靈母	비구를 내려 어머니 영혼 초청하고
將蔬薦老爸	채소밥을 가져다 아버지께 드리다
峯雲留貝葉	봉우리 구름은 불경으로 남았고
海月印楞華	바다 달은 능엄의 꽃으로 인찍다
林藪應朝市	숲 속에서 도시 시장에 응대하고
頭陀4)是洛迦5)	두타의 번뇌가 바로 관음보살이네

....

2) 梓社: 梓里, 梓桑을 고향의 의미이니, 재사도 고향을 말함. 梓는 梓와 같음.
3) 降苾: 苾蒭가 比丘를 이르는 말이니 降苾은 비구의 신분을 낮춘 세속법에 따른다
는 의미로 쓴 듯.

| 多君儒者釋 | 그대처럼 유자의 불자가 많으면 |
| 吾不與如何 | 나와 같이하지 않아도 어떠리 |

〈蓬萊詩集, 二-17〉

贈休静6)(卽淸虛長老也)
휴정에게(청허장로이다)

休如木人立7)	나무 사람 서 있듯 쉬고
静是爭靑山8)	고요하기 푸른 산과 다투다
安禪制龍虎	참선에 안주하여 용 범을 제압하고
獨坐雨花間	홀로 꽃비 속에 앉아 있구나

〈蓬萊詩集, 二-19〉

贈靈雲
영운에게

覺海何涯岸	깨닫는 바다 어디가 물 가 끝인가
靈師寶筏通	영운스님은 보배 뗏목으로 통하네
欲尋花雨去	꽃비를 찾으러 가려 하니
天外法雲空	하늘 밖으로 법 구름이 비었네

〈蓬萊詩集, 二-18〉

....

4) 頭陀: 衣食住와 같은 번뇌를 불식시키는 수행. 두타가 抖擻(두수, 떨어버림)의 의미.
5) 洛迦: 補陀洛迦山의 약칭으로, 관음보살의 住處라 한다.
6) 休静: 조선 중기(1520-1604)의 승려. 호는 청허, 서산. 자는 현응(玄應). 속성 최(崔)씨. 15세에 지리산으로 들어가 숭인(崇仁)에게 공부하고 부용 영관(芙蓉靈觀)에게 법을 받음. 1592년(선조25)에 임진왜란이 일어나자 왕명으로 팔도도총섭(八道都摠攝)이 되어 난을 극복함.
7) 木人立: 休(쉴 휴)자를 나무木 사람人으로 파자함.
8) 爭靑山: 静(고요 정)자를 다툴 爭 푸를 靑으로 파자함.

贈學澄
학징에게

金剛碧玉水	금강산의 파란 구슬 물은
上人學澄淸	학징 상인만큼이나 맑구나
欲達曹溪岸	조계의 언덕으로 도달하려거든
莫敎風浪生	풍랑 물결 일지 말게 하게나

〈蓬萊詩集, 二-19〉

書無爲軸(無爲天然字也 當擊破智異山淫祠 南溟9)有記)
무위의 시축에 쓰다 (무위는 천연의 자다. 지리산의 음란한 사당을 격파했다 남면 조식의 기문이 있다)

昔聞無爲名	예전에 하염 없는 무위로 들을 때는
無爲而有爲	하염 없이 하염 있더니
今見無爲面	오늘 하염 없는 무위의 얼굴 대하니
有爲而無爲	하염 있는 하염 없음일세

〈蓬萊詩集, 二-19〉

贈安上人
안스님에게

靑山昨日訪閑居	청산으로 어제 한가한 거처를 찾으니
珍重沙彌說問余	진중한 사미승이 나에게 묻는 말이
只隔一岑還不到	다만 산 하나 막혀도 이르지 못하고
五更春夢謾蘧蘧10)	새벽녘 봄 꿈만 부질없이 뚜렷하다네

〈蓬萊詩集, 二-20〉

....

9) 南溟: 조선 중기 曺植(1501-1572)의 호. 자는 楗仲. 본문의 溟은 冥의 오식인듯
10) 蘧蘧: 스스로 자득한 모습. 〈莊子, 齊物論〉에 "莊周가 꿈에 나비가 되어 너울 너울대어 뜻이 들어맞아 장주인지를 모르다가, 조금 있어 홀연히 깨니 뚜렷한 장주였다(俄然覺 則蘧蘧然周也)"라 함이 있다.

황정욱
黄廷彧

黄廷彧(1532 중종 27~1607 선조 40). 조선조 문신. 자는 경지(庚之), 호는 지천(芝川). 본관은 장수. 1552년(명종 7) 사마시(司馬試)에 합격, 1558년 식년문과(式年文科) 병과로 급제. 정언(正言), 응교(應敎), 문학(文學), 집의(執義) 등을 역임. 1508년(선조 13) 진주목사(晉州牧使)를 지내고, 충청도관찰사가 되었다. 1584년 태조 이성계(李成桂)의 가계가 잘못 기재된 중국의 〈대명회전(大明會典)〉을 바로잡기 위하여 승지(承旨)로서 종계변무주청사(宗系辨誣奏請使)로 중국에 가 바로 잡고 돌아와 동지중추부사(同知中樞府事)가 되었다가 이어 호조판서로 승진하고, 1590년에 이 공로로 관국공신(光國功臣) 1등이 되어 장계부원군(長溪府院君)으로 책봉되었다. 이어 예조판서 병조판서로 전임되었다.

1592년 임진왜란이 일어나자 호소사(號召使)가 되어 왕자를 배종하여 강원도에 들어 의병 소집의 격문을 8도에 돌렸으나 왜군의 진격으로 회령으로 피했다가 모반자 국경인(鞠景仁)에 의해 포로가 되어 적장 가등청정(加藤淸正)의 강요로 선조에게 항복을 권유하는 글을 아들 혁(赫)이 쓰게 되었다. 한 편으로 이 글이 거짓임을 알리는 글도 썼지만 이것은 묵살되고 거짓 항복 권유의 글만 전해졌다. 이로 인해서 길주로 유배되어 복관되지 못하고 죽었다. 이 때 이 억울함을 호소한 글이 〈상도당서(上都堂書)〉이다. 그 뒤로 신원(伸寃)이 되어 문정(文貞)의 시호를 받았다. 시문 서예에 뛰어났다.

〈지천집(芝川集)〉은 아들 혁(赫)이 수집 편찬한 초고본에 외손 이후원(李厚源)이 부록을 더하여 1632년에 목판으로 간행. 권 1 권 2가 시이고 권 3 권 4는 문이다. 부록은 제가의 제문 만장이다. 시를 쓰는 장유(張維)도 명성에 비해 2백 여수도 못 미치는 시는 아쉬운 점이라 했다.

題僧軸
스님시축에 쓰다

夙昔悠揚夢	옛날에 꿈을 멀리 날리면
每尋水石去	매양 물 바위를 찾아가더니
今日身入來	오늘 몸소 들어 와 보니
山顔開晚雨	산 얼굴이 저녁 비에 열리네

〈芝川集, 一-1〉

贈敬上人
경상인에게

爲問渠家第一義	그대 불가의 제1의 뜻을 물어
要知見性與觀心	불성을 보고 마음을 보는 것 알려 하니
如何直內兼方外	어떻게 곧바로 내면과 방외 겸할까 하니
還向吾儒分上尋	되이려 우리 유가의 본분을 찾아 오네

〈芝川集, 一-5〉

贈七寶山人
칠보산인에게

逐臣[1]多病臥三冬	쫓긴 신하 병이 많아 삼동을 누웠더니
忽有僧來自五峯	홀연 스님이 오봉산에서 찾아 왔구나
聞說山中蘭若好	산 중의 절간이 좋더냐고 물으니
春風擬放竹枝筇	봄 바람에 대지팡이로 기댈 만하다네

〈芝川集, 一-6〉

---

1) 逐臣: 조정에서 내쳐진 신하.

謝七寶山人惠諸葛菜, 五味子 二首
칠보산인이 쥚채와 오미자를 보내와 감사하여 2 수

赤[2]憎褦襶[3]觸炎蒸 맨 몸으로 패랭이 쓰고 찌는 더위 부딛침 미운데
却喜今逢碧眼僧 이제 파란 눈의 스님 만나니 문득 기쁘구나
老去交遊眞冷淡 늙어가는 친구의 사귐이 참으로 냉담하나
山茶野菜興難勝 산 차와 들 채소에 흥을 금할 수 없구나

二
縛寂仙山一味淸 박적의 신선 산에 한 맛이 청결하니
遠尋羇客[4]作人情 멀리 찾아온 나그네 손님이 인정 베푼다
恨無羽翼從渠去 날개 없어 그대 따르지 못함 한스러우니
萬壑千巖散策輕 일만 골 일천 바위에서 가벼이 산책하겠지

〈芝川集, 一-8〉

贈山人靈修 二首
산인 영수에게 2 수

見說尤多石窟奇 기이한 돌 굴이 더욱 많다 소문 들었으니
山僧結社好相期 산승들은 모임을 맺어 서로 잘 기약하겠지
春風趁此巖花發 봄 바람도 여기에 불어 바위 꽃 피우면
携却禪笻到處隨 문득 스님 지팡이 끌어 어디나 따르겠지

二
晩愛王官一曲幽 늦게 왕관산 한 굽이의 고요함 사랑해

2) 赤: 의미가 잘 통하지 않으니, 혹 赤身의 의미로 '맨 몸'이란 뜻일까.
3) 褦襶: 여름에 더위를 가리는 패랭이.
4) 羇客: 羈客. 나그네. 旅人.

卜隣須兩[5]趁新秋　　수이를 이웃 삼았더니 새 가을이 닥쳤네
山僧莫訝騎牛去　　산승은 내가 소 타고 간다 의아하지 마
自是殘生好放遊　　이로부터 남은 여생 방랑 유람 즐길래

〈芝川集, 一-8〉

贈洽上人(軸中有思庵[6]林塘[7]詩)
흡상인에게(두루말이 안에 사암 임당의 시가 있다)

兩相風流已隔世　　두 재상의 풍류는 이미 세상을 달리했으며
孤臣憔悴亦多年　　외로운 신하가 초췌해 진 것도 역시 여러해
舊詩一口瀾翻倒　　옛 시구를 한 번 읊으니 눈물 번득여 흘러
知我平生有好緣　　내가 평생에 좋은 인연 있었음을 알겠네

〈芝川集, 一-10〉

....
5) 王官, 須爾는 그 지방의 지명인 듯.
6) 思庵: 朴淳(1523-1589)의 호. 자는 私叔.
7) 林塘: 鄭惟吉(1515-1588)의 호. 자는 吉元.

윤두수
尹斗壽

尹斗壽(1533 중종 28~1601 선조 34). 조선조 문신. 자는 자앙(子仰), 호는 오음(梧陰). 본관은 해평. 이황(李滉) 이중호(李仲虎)의 문인. 1555년(명종 10) 생원이 되고, 식년문과(式年文科) 을과로 급제. 정자(正字) 저작(著作)을 거쳐 1503년 이조정랑(吏曹正郎), 수찬(修撰), 그 후 이조 공조 형조 호조의 참의(參議)를 거쳐 대사간(大司諫), 대사성(大司成)을 역임했다. 1577년(선조 10)에 사은사로 중국을 다녀왔다. 한성판윤(漢城判尹), 부총관(副摠管), 형조참판(刑曹參判), 전라도관찰사, 동지중추부사(同知中樞府事), 평안도관찰사를 지냈다. 1590년 종계변무(宗系辨誣)의 공으로 광국공신(光國功臣) 2등에 해원부원군(海原府院君)으로 봉해졌다. 다음해 호조판서로서 세자의 책봉 문제로 화를 입어 유배길에 올랐다. 회령 안변 등지로 옮기다가 고향으로 축출되었다.

임진란에 기용되어 왕을 호종, 개성에 이르러 어영대장(御營大將)이 되고 이어 우의정에 승진, 평양에서 좌의정에 올랐다. 전세가 불리하여 왕이 요동으로 피하려는 것을 반대하여 여러 차례 상소하였다. 1594년 세자를 시종하여 남하하여 삼도체찰사(三道體察使)가 되고, 다음해에는 판중추부사(判中樞府事)로 왕비를 모시고, 다음해 다시 좌의정에 오르고 다음해 마침내 영의정에 올랐으나 곧 사직하고 남파(南坡)로 돌아갔다. 1604년 (선조 37) 호승공신 2등에 추록되었다. 시호는 문정(文靖)이다.

유집 〈오음유고(梧陰遺稿)〉는 아들 방(昉)이 가장초고를 바탕으로 수집 편차하여 1653년 활자로 간행하였다. 권 1 권 2는 시이고 권 3은 문이다.

書西山休靜1)詩軸

서산 휴정의 시축에 쓰다

正直無勞得感衡	곧고 바름은 수고 없이 감동의 잣대를 얻듯
峯巒露盡自誇榮	봉우리들이 모두 들어나 스스로 영화 자랑하나
老禪不下山曾久	늙은 스님이 산을 내려오지 않은 지도 오라
碧眼相迎坐覺淸	푸른 눈으로 서로 맞아 앉자 청정을 깨닫다
譜石評雲心已爽	돌을 정리하고 구름 평하니 마음 이미 맑고
馴猿縛虎道能行	원숭이 길드리어 범 잡기에 도도 행할 수 있네
吾生塵濁無由撥	내 삶의 먼지 흐림 헤쳐 낼 길이 없으니
乞取摩尼得暫明	마니주를 빌어 얻어 잠시 밝음을 얻었네

名山端合着名師	이름난 산이 바로 스님 이름 붙이기 합당하여
不出名山只自奇	명산을 나오지 않고 다만 스스로 기특하네
我欲虛來而實往	나는 헛되이 왔다가 실해 가기를 원하니
曹溪門外不須麾	조계의 문 밖으로 꼭 휘몰아 치지 마소

〈梧陰遺稿, 一-30〉

又

또

暫抛蘿月忽然來	잠시 달을 버리고 홀연히 와서
飽看江山表裏開	강과 산 안팎을 실컷 열어 보다
箕子餘民多化鶴	기자의 유민들은 많이도 학으로 변하고
東明舊井久生苔	동명왕의 옛 우물에는 오래 이끼가 돋다
已知浮世如風燭	이미 뜬 세상은 바람 앞 촛불 같으니

1) 休靜: 조선 중기(1520~1604)의 승려. 호는 청허, 서산. 자는 현응(玄應). 속성 최(崔)씨. 15세에 지리산으로 들어가 숭인(崇仁)에게 공부하고 부용 영관(芙蓉靈 觀)에게 법을 받음. 1592년(선조25)에 임진왜란이 일어나자 왕명으로 팔도도총 섭(八道都摠攝)이 되어 난을 극복함.

莫向昆明2)嘆劫灰3)　　밝은 불꽃을 향하여 불탄 재 탄식 말라
直待孤筇重訪日　　바로 외로운 지팡이 다시 찾는 날 기다려
明春花事政相催　　다음 해 봄 꽃 일을 정히 서로 재촉하네

關外羈懷不自裁　　국경 밖의 나그네 회포 스스로 자제하지 못하고
一春詩思賴官梅　　한 봄의 시 생각을 관사의 매화에 의뢰하다
日長公館文書靜　　해가 길어 공관에도 문서가 뜸해 지고
惟有高僧數往來　　오직 높은 스님이 있어 자주 오고 가네
　　(下二首 贈靜師弟子雙翼)
　　(아래 2 수는 휴정스님의 제자 쌍익에게 주다)

〈梧陰遺稿, 一-30〉

次山人天然軸中韻
산인 천연 시축운에 차운

好武攻文少崛奇4)　　무를 좋아하고 문을 공격 어려서 특이하더니
晚途終是一沙彌　　늦은 길에 끝내 하나의 사미가 되었구나
學無已斷世間念　　무를 배워 이미 세간의 생각을 끊었고
嫉怪徑焚峯上祠　　괴상함 미워하면서 봉우리 사당에 분향해
好事高翁欣作記　　일 좋아하는 노인은 기꺼이 기를 짓고
多情石叟更題詩　　다정한 석수는 다시 시를 짓는다
憐渠變幻還神駿　　그대 변환술은 오히려 신령한 준마이니
定是前身愛馬支　　바로 전신이 말을 사랑하는 지류이었나

〈梧陰遺稿, 一-31〉

　2) 昆明: 昆은 焜과 통용이니, 焜明은 왕성한 불꽃을 의미함
　3) 劫灰: 劫火에 의해 타고 남은 재. 전란이나 큰 불로 타고 남은 재.
　4) 崛奇: 特異, 奇特.

윤두수尹斗壽　231

次智圓詩卷
지원의 시권에 차운함

春風驛路野棠香	봄 바람의 역 길에는 야당화 향기로워
快馬東歸兩袖涼	상쾌한 말 동으로 달려 두 소매 서늘하다
多謝高僧不知遠	다분히 감사하오, 높은 스님 멀다 하지 않고
却來空館問行裝	곧바로 빈 공관으로 와 행장을 물어 주다니

〈梧陰遺稿, 一-31〉

題僧詩軸 次栗谷韻
중의 시축에 쓰다. 율곡의 운에 차운하여

名利前頭却斂蹤	명예 이욕 앞에서는 곧 자취를 감추더니
還於詩軸作先容	오히려 시의 두루마리에는 먼저 수용하네
相思相見知何處	서로 생각하다 서로 만나기 어느 곳일까
正在臨江煙雨中	바로 안개 비 속의 강 가로 다가 갈까

又
또

栗谷5)高標6)似隔晨	율곡의 높은 인격은 새벽 빛만큼이나 멀고
松江7)清節便驚人	송강의 청렴한 절의는 곧 사람을 놀래는데
僧從兩地頻來往	스님은 두 곳을 자주 오고 가면서
一見吟詩句句新	한 번 읊은 시를 보니 시구마다 새롭구나

〈梧陰遺稿, 一-32〉

---

5) 栗谷: 李珥(1536-1584)의 호. 자는 叔獻.
6) 高標: 높이 솟음. 뛰어난 인재의 비유.
7) 松江: 鄭澈(1536-1593)의 호. 자는 季涵.

題義淳詩卷
의순의 시권에 쓰다

客裏天時遇閒關	나그네의 하늘 날씨를 흐리고 개임을 만나
歸心一片在靑山	돌아갈 마음 한 조각이 푸른 산에 있다
千林雪後無人跡	일천 숲 눈 온 뒤에 사람 자취 없으나
唯見高僧到此間	오직 높은 스님만이 이 사이 옴을 본다

又
또

南來愁鬢十分斑	남쪽으로 온 시름어린 머리엔 십분 얼룩져
北望8)傷心百二關9)	북으로 바라보니 험악한 산천에 상심된다
抛却簿書何日是	문서 장부의 일 버릴 날은 어느 날일까
相從林下共怡顔	숲 아래에서 서로 만나 함께 얼굴 피자고

〈梧陰遺稿, 一-32〉

次題宗熙刻手僧詩卷
각수장이 중 종희의 시권에 차운

萬水千山只短筇	일만 물 일천 산을 다만 지팡이 하나로
歸來一室興還濃	한 방으로 돌아오니 흥이 더욱 짙구나
閉門不出今三紀	문을 닫고 나오지 않음이 이제 30년
野鶴飛巢手植松	들 학은 손수 심은 소나무에 깃들이다
至今孤負北山文10)	지금 밖으로 나가지 않음으로 저버려

....

8) 北望: 신하가 임금을 그리는 심정. 임금은 항시 남쪽으로 보고 앉기 때문에, 신하
   의 위치는 항상 북으로 바라봐야(北望) 한다.
9) 百二關: 百二關河. 百二山河. 백이는 2로 100을 대적함이니, 험해 감당 못함을
   말한다. 따라서 백이관하나 백이산하는 산하가 험한 곳을 말한다.
10) 北山文: 北山移文. 북산은 鍾山인데. 周彦倫이 이 산에 은거하여 나아가지 않는

夢入南柯11)政策勳　꿈에 남쪽 가지에 들어 바로 공훈 받다
忽見高僧論世道　홀연 높은 스님 만나 세상 이치 논평하니
惟言字體亦如雲　오직 글자의 체가 역시 눈 같다 말하다

〈梧陰遺稿, 一-32〉

天淨軸中次韻
천정의 시축 중에서 차운함

自愧名聲無水北　명성이 강물 북쪽에 없음이 스스로 부끄러워
謾將行色滯江西　부질없이 행장을 차려 강 서쪽에 머무르려
禪房信宿12)機心靜　스님 선방에 거듭 묵으니 기틀 마음 고요하니
深覺前途遠遠迷　앞 길이 멀고 멀리 혼미함을 깊이 깨닫겠다

〈梧陰遺稿, 一-32〉

題寶正詩卷(松楸霜露庵僧)
보정의 시권에 쓰다(송추 상로암의 스님이다)

梧陰洞裏秋將晚　오음동의 동리에 가을은 저물려 하는데
霜露庵邊日又濃　상로암 암자 가에는 햇살이 또 짙구나
俛仰之間成感慨　위 아래로 굽어보는 사이 감개로워서
僧來不語自鳴鍾　중은 와서 말이 없고 저절로 종만 울리네

〈梧陰遺稿, 一-33〉

....

다 하다가, 海鹽縣令이 되어 출사했다. 孔稚圭가 종산의 신령의 처지에서, 다시는
여기에 이르지 못하게 한다는 내용으로 글을 썼다. 이것이 〈北山移文〉이다.
11) 南柯: 南柯一夢. 당나라 淳于棼이 괴수나무 남쪽 가지(南柯) 밑에서 자다가 꿈에
槐安國의 사위가 되어 영화를 누렸다. 꿈을 깨어 나무 밑을 살피니 큰 개미 집이
있었다는 고사.
12) 信宿: 이틀 밤을 이어 자다. 信이 再宿이고, 宿은 處이다.

山人軸中　次黃長溪韻(山人自永平長溪溪堂來)
산인의 시축 중에 황장계의 운에 차운함(산인이 영평의 장계 계당에서 왔다)

聞道乞詩黃學士	황학사에게서 시를 빌었단 말 듣고서
知師度臘白雲山	대사가 백운산에서 설 지남을 알았네
霞煙物外年年在	안개 노을 사물 밖에서 해마다 있다가
鬢髮塵中日日斑	먼지 속세에서 귀밑머리 날로 얼룩지다

〈梧陰遺稿, 一-33〉

次道岬山人軸中韻
도갑산인 시축 운에 차운함

馬上遙看九井峯	말 위에서 멀리 구정의 봉우리 바라보니
令人忽憶踏山筇	사람에게 홀연 산 밟던 지팡이 생각케 해
何時得共禪房夢	어느 때나 스님 선방 꿈을 함께하면서
花木深深聽曉鍾	꽃 나무 깊이 깊은 속 새벽 종 들을까

洛中初見賀13)方回	서울에서 처음 돌아온 석장의 중 보았는데
海上今尋道岬來	바다 위에서 지금 도갑사로 찾아 왔다네
正對好山吟好句	바로 좋은 산을 대하여 좋은 시구 읊는데
郵人何事又相催	역부 우인은 무슨 일로 또 서로 재촉하나

〈梧陰遺稿, 一-33〉

次一上人卷中韻
일상인 시권의 운에 차운하여

正憶江南風獵14)蒲	바로 강남의 바람이 부들풀 지나감 생각하니

13) 賀: 方術家들이 주석(錫)을 賀라 한다. 夏縣에서 주석이 생산되어서 붙은 이름이
다. 불가에서는 지팡이(禪杖)를 錫杖이라 하니, 賀가 석장의 의미로 쓴 것일까.
錫杖이란 스님의 지팡이가 머리 부분을 쇠로 장식하고, 아래 끝 부분에 쇠를
달아 짚을 때마다 소리 나게 하여서 붙인 이름이다.

何時林下聽提壺[15]	어느 때나 숲 아래에 소쩍새 울음 듣나
十年走俗頭空白	10년동안 세속에 내닫다 머리만 희지만
此日逢僧興不孤	이날에 중을 만나니 흥이 외롭지 않다

〈梧陰遺稿, 一-34〉

老僧軸中 次石川韻
노스님의 시축 중에서 석천의 운에 차운하여

八十年來兩眼明	여든의 나이에도 두 눈이 밝아
萬千峯外一筇輕	만 천 봉우리 밖에 하나의 지팡이 경쾌해
慇懃爲訪西林下	은근히 서림의 숲 아래로 찾아오니
春夢還驚剝啄聲	봄 꿈에서 오히려 신발 소리에 놀라다

〈梧陰遺稿, 一-34〉

扈駕[16]龍灣 遣雙翼[17] 寄休正[18]大禪
용만(의주)에서 호가하며 쌍익을 보내 휴정 대선사에게

極知無策可平戎	궁극적 오랑캐 평정할 계책 없음 알고도
坐使京都陷賊鋒	앉아서 서울을 적의 예봉에 함락되게 하다
千里山河羞不歇	천 리의 산과 강이 부끄러이 쉴 새 없고
萬民魚肉[19]慘何窮	만백성 고기밥이 되니 이 처참 어찌 다해

....

14) 獵: 지나 가다의 뜻. 宋玉의 〈風賦〉에 "獵蕙草 離秦衡(혜초를 지나가고 진형의 향초를 베다)"함이 있다.

15) 提壺: 새 이름. 소쩍새.

16) 扈駕: 임금의 행차 수레를 뒤따르거나 호위함.

17) 雙翼: 조선 중기의 승려(1570-1636). 淸虛 休靜, 四溟 惟政에게 사사함. 임진왜란에 승병장으로 공을 세움.

18) 休正: 正은 靜의 오기이다. 休靜(1520-1504)의 호는 淸虛. 조선 중기의 승려. 임진왜란에 큰 공을 세움.

19) 魚肉: 侵害나 殘害를 입는 비유. 〈史記, 項羽本紀〉에 "如今人方爲刀俎 我爲魚肉

乞師未免頭先白	대사에게 애걸하자니 머리 희기 못 면하고
奉檄還慙面發紅	격서를 받드니 오히려 얼굴이 붉어 지도다
爲送沙彌應有意	사미승을 보내기 위한 뜻이 응당 있으니
他時覓我戰場中	다음 날 나를 전쟁의 마당에서 찾으시오

又
또

清羸已近百年身	청렴하고 연약함 이미 백 세의 몸에 가까운데
古寺風煙又一春	옛 절의 바람 연기의 자연 또 한 해의 봄이네
寰海自成戎馬窟	바다 안이 온통 오랑캐 말의 소굴이 되어도
惟師猶是一閑人	오직 대사만은 오히려 한가한 한 분이시네

〈梧陰遺稿, 二-1〉

次韻 贈德寶上人 因懷休靜大禪
차운하여 덕보스님에게 휴정대선사를 생각하며

茸茸[20] 花日闕[21] 相逢	풍성한 꽃 핀 날에도 서로 만나지 못하고
涼思[22] 如今在澗松	처량한 생각 지금처럼 시내 소나무에 있네
西望妙香長入夢	서쪽으로 묘향산을 보며 길이 꿈에 들고
東來紫氣杳無蹤	동으로 올 붉은 서기 아득히 자취가 없네
自知捫虱[23] 無經世	스스로 활달하여 세상 경륜 할 수 없음 아나

何辭焉(지금처럼 사람들은 칼 도마가 되고 나는 고기밥이 되었으니 어찌 사양하
겠소)"함이 있다.
20) 茸茸: 부드럽고 왕성한 모습.
21) 闕: 빠지다. 모자라다의 뜻.
22) 涼思: 처량한 생각.
23) 捫虱: 이를 잡다. 몸가짐이 활달하여 초연한 모습을 이르는 말. 前秦의 王猛이
곤궁하면서도 활달했다. 東晉의 대장 桓溫이 關中으로 진격하고 그를 찾아가
계책을 물으니, 왕맹은 천하의 일을 거침없이 말하면서 한 편으로 이를 잡고(捫

更信終身作臥龍 　다시 몸이 맞도록 누운 용이 되리라 믿다
須見休師憑寄問 　모름지기 휴정선사에게 소식 묻게 되니
悠悠山水幾重重 　유유 아득한 산과 물은 얼마나 거듭되나

〈梧陰遺稿, 二-35〉

答山人惟政寄問
산인 유저의 편지에 답함

戎衣脫却着袈裟 　무사 옷 벗어 버리고 가사를 입으니
出處依俙壯士歌 　세상에 나오고 물러남에 알연한 장사의 노래
更恨南邊風氣惡 　다시 남쪽 갓에 바람 기운이 사나우니
山中高興恐無多 　산중의 높은 흥취 많지 못할까 걱정이네

〈梧陰遺稿, 二-36〉

次山人信默軸中韻
산인 신묵 시축의 운에 차운하여

邊隅眼暗風塵淸 　변방 구석에 눈이 어두우니 풍진이 맑으나
海上心驚鼓角聲 　바다 위 마음 놀라니 북 나팔 소리이네
世亂人才尤可惜 　세상이 어지러워 인재가 더욱 아까우니
爲誰生也竟難明 　누구를 위해 사는지 끝내 밝히기 어려워
（軸中 有栗谷牛溪詩） 　(시축 중에 율곡 우계의 시가 있다)

西江波浪何時靜 　서강의 파랑 물결은 어느 때나 고요해지나
世事惟增壯士悲 　세상 일이 오직 장사의 슬픔만 더해 간다

....

　　鑑) 있었다. 환온이 지금 나는 천자의 명을 받아 여기까지 왔거늘 이 지방의
호걸이 나에게 오지 않으니 이것이 무슨 까닭이냐 하니, 왕맹이 그대가 천리를
왔지만 長安이 지척인데 아직도 霈水를 건너지도 못했으니, 백성들이 당신이
무엇 하는 사람인지도 모른다. 하였다. 환온은 할 말이 없이 돌아갔다. 이후로
"捫鑑"이 활달 조용하면서 거침없이 말하는 모습을 형용하는 말이 되었다.

東路角巾24)非不識　동쪽 길로 되돌아가는 은퇴 모르지 않지만
對僧還愧獨躊躇　스님 대하자 오히려 홀로 주저함 부끄럽다

〈梧陰遺稿, 二-37〉

次題山人玄悟卷中韻
산인 현오의 시권 중의 운에 차운

亂後無餘物　전란의 뒤라 남은 물건 없는데
僧持一軸來　중이 두루마리 하나 가져 오니
存亡還有感　살아 있고 죽음에 느낌이 있어
默默向誰開　잠잠 묵묵히 누구를 향해 펴나

〈梧陰遺稿, 二-37〉

----

24) 東路角巾: 角巾東路. 〈晉書, 羊祜傳〉에 "嘗與從弟琇書曰 既定邊事 當角巾東路
歸故鄕 爲容棺之墟(사촌동생 수에게 보낸 편지에 이미 변방의 일이 평정되었으
니 당연히 뿔 두건으로 동쪽 길을 나서 고향으로 돌아가 관을 용납할 터를 삼아야
지)"함이 있어, 角巾東路가 隱退하는 고사가 된다. 角巾이 隱士의 두건으로 귀은
(歸隱)의 뜻이 있다.

이 이
李珥

　　이이(李珥) 1536(중종 31~1584 선조 17) 조선조의 문신, 학자. 자는 숙헌(叔獻), 호는 율곡(栗谷), 석담(石潭), 우재(愚齋). 본관은 덕수(德水). 1548년(명종 3) 23세로 진사초시(進士初試)에 합격, 1564년(명종 19) 생원시(生員試), 식년문과(式年文科)에 모두 합격하여 구도장원공(九度壯元公)이라 일컬어지기도 하였다. 호조정랑(戶曹正郞), 예조좌랑(禮曹佐郞), 정언(正言), 이조좌랑(吏曹佐郞), 지평(持平)등을 역임하고, 1568년(선조 1) 천추사(千秋使)의 서장관으로 명나라에 다녀왔다. 부교리(副校理)로 춘추관기사관(春秋館記事官)을 겸임하여 명종실록 편찬에 참여했다. 다음해 사직하였다가 1571년 청주목사로 복직했다. 다음해에 다시 사직 해주로 낙향. 1573년 직제학, 동부승지(同副承旨), 우부승지, 병조참지(兵曹參知), 대사간을 지낸 뒤 병으로 사직했다.

　　1581년 다시 대사헌, 예문관제학(禮文館提學), 동지중추부사(同知中樞府事)를 거쳐 양관대제학(兩館大提學)을 지냈다. 다음해 이조, 형조, 병조판서, 우참찬(右參贊)을 역임, 1583년 당쟁을 조장한다는 동인들의 탄핵을 받고 사직했다가, 같은 해 판돈녕부사(判敦寧府事)에 등용, 이조판서에 이르러 동서분당의 조정에 힘쓰다 뜻을 이루지 못하고 작고했다.

　　문묘에 종사(從祀)되고 선조의 묘정(廟廷)에 배향되고, 파주 자운서원(紫雲書院), 강릉 송담서원(松潭書院), 풍덕의 구암서원(龜巖書院) 서흥의 화곡서원(花谷書院), 함흥의 운전서원(雲田書院), 황주의 백록동서원(白鹿洞書院) 등 전국 20여 곳의 서원에 제향되었다.

　　유집〈율곡전서(栗谷全書)〉는 원집(原集)은 저자의 형 번(璠)이 수집한 초고본 9책을 1591년 시집 1권 문집 9권으로 편집하였고, 1611년에 세계(世系)와

영보(年譜)를 더하여 목판본으로 간행하였다. 1675년에 원집에 수록되지 않은 시문을 편집한 속집 8권, 1681년 경연일기(經筵日記)를 중심으로 여러 전적에서 수집한 외집(外集) 8권과 전문(傳聞) 잡기 등을 편집한 별집(別集) 6권을 다음 해 전주에서 목판으로 간행하였다. 전서(全書)는 1742년 성학집요(聖學輯要), 격몽요결(擊蒙要訣), 연보(年譜), 어록(語錄) 등을 합편한 정고본(定稿本)을 1749년 활자로 간행하였다. 1814년 정고본(定稿本) 이후에 발생한 관계기록을 추보(追補)하여 해주에서 중간했다. 분량은 45권 23책이다. 권 1 권 2가 시이다.

與山人普應[1]下山 至豐巖李廣文之元家 宿草堂 乙卯
산인 보응과 함께 하산하여 풍암의 이광문 지원의 집에 이르러 초당에서
자다 을묘년

學道卽無著	도를 배우면 곧 집착됨이 없어
隨緣到處遊	인연 따라 이르는 곳에 노닌다
暫辭靑鶴洞	잠시 청학동을 떠나서
來玩白鷗洲	백구주로 와서 구경하다
身世雲千里	몸과 세상은 구름으로 천리
乾坤海一頭	하늘 땅은 바다의 한 머리
草堂聊寄宿	초당에서 애오라지 기숙하니
梅月是風流	매화와 달이 바로 풍류이네

〈栗谷全書, 一一23〉

贈山人智正
산인 지정에게

昔年流宕愛山水	예전에 방탕으로 흘러 산과 물 사랑하여
遠遊不得毛生脛	멀리 노닐어 정강이 털 날 새 없었네
竹杖芒鞋淡行裝	대 지팡이 짚신으로 행장도 담담하게
負笈[2]相隨惟智正	책상 짊어지고 서로 따른 이 지정이었지
同穿白雲入楓嶽	함께 백운을 뚫고 풍악산으로 드니
萬二千峯雪相映	일만 이천 봉우리에 눈이 서로 비친다
搜奇探勝不暫休	기이하고 뛰어남 찾아 잠시도 쉬지 않으니
泉石膏肓天與病	천석의 자연의 깊은 병은 하늘이 주었네
時時步屧碧海滑	때때로 발 길을 푸른 바다 가로 끌며

....

1) 普應: 해일(海日 1541~1609)의 호 보응당. 또다른 호 영허(暎虛). 속성은 김(金)
   씨. 19세에 출가하여 능가산 실상사에 있다가 지리산에서 3년을 지낸 뒤 묘향산
   의 청허 휴정(淸虛休靜)에게서 법을 받음. 1609년(광해군 1)에 입적하니 세수
   69, 법랍 50이다. 유집으로 〈영허집(暎虛集)〉 4권이 있다.
2) 負笈: 책상을 짊어지고 스승을 찾아가다. 외지로 유학하다.

笑指鯨波一銅鏡	고래 물결이 거울이라고 웃으며 지적했지
踏盡關東一千里	관동 땅 1천 리를 밟아 다하고 나니
天機一周回斗柄	하는 기틀도 한 돌이라 북두 자루 돌다
我別湖山塵臼深	나는 호산으로 이별하여 먼지 구렁 깊고
師臥煙霞根境淨	대사는 안개 노을에 누워 근기 경지 청정하네
爾來屈指過五年	그 뒤를 손 꼽아 보니 다섯 해가 지났으니
道人謦咳3) 無由聽	도인의 말씀 웃음을 들을 길이 없네요
南荒北極兩渺然	남쪽 끝 북쪽 끝으로 두 곳이 아득한데
繭足來尋情轉盛	발이 부르트도록 찾아주니 정은 더욱 두터워
我時偸閒臥古寺	나는 당시에 한가한 틈 타 옛 절에 누워
只將黃嬭4) 窮晨暝	다만 책을 가지고 새벽까지 밝혔다네
跫然可喜況故人	발 소리에도 기뻤으니 하물며 친구이겠나
客裏相逢斯亦命	나그네 길에서 서로 만났으니 이도 운명이지
瓶錫隨緣休便休	물병 지팡이로 인연 따르다 쉬면 곧 쉬고
禪窓連榻歡難罄	선방의 창에 책상 맞대니 기쁨 끝이 없네
朱樓步屧暝色來	붉은 누대의 걸음걸음엔 어둠이 있지만
碧巘縱目春糚靚	푸른 산에 시선 놓으면 봄치장 단정해
尋花傍水動相隨	꽃 찾고 물 건너 움직이면 서로 따르고
苔逕巖扉行不定	이끼 길 바위 문에 행차가 일정하지 않다
時揮玉塵5) 辨異同	때로는 옥주 휘두르며 같고 다름 담론하고
談邊矛盾紛縱橫	담론 끝에 모순점이 가로 세로 뒤얽히니
憐師惑志未曾變	스님의 미혹된 의지 변한 적 없음 안타까워
不遵大路求捷徑	큰 길을 따라서 가까운 길을 구하지 않네
法輪6)心印7)本無徵	법 바퀴니 마음 인장이니 원래 징험 없고

....

3) 謦咳: 말소리와 기침으로, 이야기와 웃음을 이르는 말.

4) 黃嬭: 책을 이르는 말. 책이 정신을 함양하고 본성을 기르는 것이 유모(嬭) 같다
해서 유래됨.

5) 玉塵: 塵는 승려가 이야기나 담론할 때 휘두르는 拂子.

6) 法輪: 진리의 바퀴. 진실의 가르침. 부처님의 가르침이 전달되는 것을 바퀴에
비유함.

7) 心印: 佛心印의 준말. 心은 精要, 印은 決定. 부처님의 마음 작용을 실현하는 것.

三界[8]六道[9]誰汝證	삼계니 육도니 함을 누가 너 위해 증명해
吾家自有眞樂地	우리 유가에는 참으로 즐거운 땅이 있으니
不絶外物能養性	바깥 사물 끊지 않고 본성을 기를 수 있어
求高立異摠非中	고고함 구하고 이상함 세우면 중이 아니니
反身而誠可醒聖[10]	자신을 반성하되 성실하면 깨인 성인이지
師聞此語始聽氷[11]	대사는 이 말 듣고서 처음엔 의아하더니
漸似醉夢人呼醒	점점 꿈에 취한 사람이 점점 깨어남 같네
低頭請讀子思[12]書	머리 숙여 자사의 책을 읽어 달라 청하니
欲以墨名儒其行[13]	부채에 이름 두나 유가로 행하려 해
頭流雄鎭蟠地軸	두류산은 웅장한 고을이라 지축이 서리고
路指火維幽[14]且夐	길을 남쪽으로 가리키면 깊고도 멀구나
師今遮莫千萬峯	대사는 일천 일만 봉우리 가리지 말고
競秀爭流幾吟詠	수려한 산수 다투어 얼마나 시를 읊었나
臨流不堪懷抱惡	흐름에 다다라 회포 나쁠까 감내 못하니
贈言何待殷勤請	주는 말에 어찌 은근한 정을 기대하겠나
但恨鉛槧[15]廢已久	다만 한스러움은 글쓰기 폐한 지 오라니
詩成苦乏詞鋒勁	시 이루어도 수사의 생경함이 괴롭구나

〈栗谷全書, 一—25〉

---

8) 三界: 불교의 세계관으로 중생이 왕래하고 거주하는 영역으로서의 3 가지 세계. 欲界 色界 無色界.

9) 六道: 중생의 업에 의하여 생사를 반복하는 6 가지 세계. 六趣와 같음. 地獄, 餓鬼, 畜生, 阿修羅, 人間, 天上.

10) 醒聖: 글자대로의 의미라면 깨인 성인이라는 뜻이나, 이러한 용례를 찾을 길이 없다.

11) 聽氷: 전설에 여우는 의심이 많아서 얼음을 건너려면 곧 귀를 얼음에 대고 물소리가 안 나야 건넌다고 한다. 〈水經注, 河水〉. 그래서 "聽氷"이 의혹이 많거나 일을 너무 신중히 함에 비유된다.

12) 子思: 이름은 伋. 孔子의 손자이고, 孟子의 스승이다. 〈中庸〉을 편집했다.

13) 墨名儒行: 먹물 옷(승려)으로 이름 내고, 유생처럼 행동하다.

14) 火維: 남쪽은 불(火)에 속하기 때문에 "火維"가 남방을 지칭하는 말이다.

15) 鉛槧: 고대인들의 書寫用具. 연은 연필 참은 칠판인 셈. 그래서 "鉛槧"이 筆記道具나 作文 또는 文章을 말함.

次靈熙軸韻
영희 시축운에 차운함

一錫飄然幾處飛	지팡이 하나 표연히 몇 곳에 날렸나
白雲猶惹出山衣	흰 구름이 오히려 산을 나서는 옷인 듯
煙村訪客情多少	안개 마을 찾는 손님은 정도 많아서
細雨松門獨自歸	가랑비 소나무 문에 홀로 돌아가네

〈栗谷全書, 一-27〉

有僧惟命求詩甚苦 走書以贈
스님 유명이 시를 달라고 졸라 갈겨 써주다

禪形鶴共臞	중의 형색은 학과 함께 여위고
行脚雲無迹	가는 걸음은 구름이라 자취 없다
胡爲淡泊僧	무엇 때문에 담박한 중으로서
却有求詩癖	시를 구하는 괴벽증이 있는가

〈栗谷全書, 一-38〉

題老僧詩軸(僧老而耳聾)
늙은 중의 시축에 쓰다(중은 늙고 귀가 어둡다)

蟻動與牛鬪	개미의 운동이나 소의 다툼이
寥寥同一聲	아득히 다 같은 소리이니
誰知淵默16)處	누가 아나 깊이 잠잠한 곳에
殷地海濤轟	땅 흔드는 바다 파도 울림을

〈栗谷全書, 一-38〉

....

16) 淵默: 깊이 잠겨 조용함. 〈莊子, 在宥〉에 "尸居而見龍 淵默而雷聲(조용히 앉아서 용을 보고 깊이 잠잠하나 우레 소리이네)"라 함이 있다.

贈山人
산인에게

五臺山下月精寺	오대산 아래 월정사는
門外淸溪不息流	문 밖의 맑은 시내 쉬지 않는 흐름을
可笑衲僧迷實相	가소롭게도 중들은 실지 모습에 미혹해
只將無字謾推求	없을 無자를 가지고 부질없이 찾고 있어

〈栗谷全書, 一-39〉

次山人詩軸韻
산인 시축의 운에 차운하여

此道元一本	이 진리의 도는 원래 한 근본인데
人心有去來	사람의 마음이 오고 감이 있는 것
如何入他逕	어째서 다른 길로 들어서
十年頭不回	10년 동안 머리 돌리지 않나
霜落千山瘦	서리 내리니 일천 산이 여위고
風和百卉開	바람 온화하면 온갖 꽃 핀다
玄機宜默識	현묘한 기틀은 침묵으로 이해하니
妙運孰相催	오묘한 운행을 누가 서로 재촉해

〈栗谷全書, 一-39.〉

題處均軸
처균의 시축에 쓰다

靑瑣17)空餘18)夢裏蹤	화려한 전각 공한하여 꿈 속의 자취이니
海山無事不從容	바다 산 무사하다고 조용한 것도 아니야

··

17) 靑瑣: 皇宮의 문을 장식한 푸른색의 꽃 문양. 궁정을 지칭하기도 하고, 화려한
   장식의 주택을 이르기도 한다.
18) 空餘: 空間과 같음.

| 禪窓雪夜疏鐘歇 | 사원의 창 눈 온 밤 성긴 종소리 다하니 |
| 萬木蕭蕭月影中 | 일만 나무 쓸쓸한 달 그림자 중이네 |

〈栗谷全書, 一-39〉

贈山人雪衣
산인 설의에게

石與水相激	돌과 물이 서로 부딪치면
萬壑淸雷鳴	일만 골에서 맑은 우레 운다
借問衣上人	빌려 묻건대, 설의 상인이여
水聲還石聲	물 소리인가 아니 돌 소리인가
爾若下一語	그대가 한 마디만 해 준다면
便了物我情	곧 사물과 나의 정상을 알겠네

〈栗谷全書, 一-40〉

有僧求詩 次退溪韻
어느 중이 시를 구하기에 퇴계의 운에 차운하여

五臺山上有禪龕	오대산 위에 스님 집 절이 있어
石底竽筒19)水味甘	바위 아래 댓통에는 물 맛이 달다
早識此心元是佛	일찍이 이 마음이 원래 부처임을 알았다면
玉峯20)無竭21)不須參	옥봉이나 무갈도 참여하지 않았을 것을

〈栗谷全書, 一-43〉

----

19) 竽筒: 원문의 "竽"는 "竿"의 오자가 아닐까. 竽는 생황이란 악기이니, 竿筒이라야 대나무 통이 되기 때문이다.
20) 玉峰: 玉峰이라는 호를 가진 분이 여럿이 있고, 불교와의 관계로 연결될 분을 잘 알 수가 없다.
21) 無竭: 曇無竭. 보살의 이름. 法生 法勇으로 번역됨.

贈僧
스님에게

憶昔中臺下	예날 중대사 아래에서
同聞上院鐘	함께 상원사 종을 듣던 생각하다
乖離十三載	어긋나 이별함이 열 세 해이니
雲水幾千重	구름과 물에 몇 천 리이오
洗鉢臨秋澗	바릿대 씻으려 가을 시내로 가고
攀蘿度夕峯	댕댕이 당겨서 저녁 산을 넘다
相逢問(缺二字)	서로 만나(2자 마모) 물으니
各怪舊時容	각기 옛 모습에 이상하다네

〈栗谷全書, 二-24〉

深源寺月夜 季獻[22)彈琴 次玄玉上人韻
심원사 달밤에 계헌이 거문고를 타고 현옥상인의 운에 차운함

山月斜移萬木陰	산 달이 빗기 옮겨 일만 나무 그늘지니
溪風吹雜六絃音	시내 바람은 여섯 줄 거문고와 뒤섞이다
香煙銷盡長廊靜	향 연기 사라져 다하고 긴 복도 조용하니
兀對高僧坐夜深	올연히 높은 스님과 밤 깊도록 앉아 있다

〈栗谷全書, 二-24〉

---

22) 季獻: 李瑀(1542-1609)의 자, 호는 玉山. 필자 栗谷 李珥의 아우.

임 제
林悌

　임제(林悌) 1549(명종 4)~1587(선조 20). 자는 자순(子順). 호는 백호
(白湖), 겸재(謙齋), 풍강(楓江), 소치(嘯痴) 등이다. 본관은 나주(羅州)요 성
운(成運)의 제자이다. 1576년(선조 9)에 생원 진사 양시(兩試) 합격. 다음
해 알성문과(謁聖文科) 을과(乙科)로 합격. 예조정랑(禮曹正郎) 지제교(知
製敎)를 지내다, 당쟁으로 시끄러운 세태에 실망하여 자연의 유람으로
자위하기도 하였다. 외손 허목(許穆 1595~1682)이 쓴 〈임정랑묘갈문(林
正郎墓碣文)에 의하면, 이이(李珥) 허봉(許篈) 양사언(楊士彦) 등 몇 사람
이 그의 기기(奇氣)를 인정했다 하였다. 〈임백호집(林白湖集)〉 서문을 쓴
이항복(李恒福)은 전국시대의 기풍을 사모하여 때로는 기방 술자리에서
낭만으로 즐겨 감개로이 슬픈 노래를 부르니 사람들은 그 의중을 모르면
서 역시 기이하다 여겼다 하니, 이런 사실들이 그를 기인이라는 평을 하
게 된 듯하다.

　이런 기이한 일의 절정이 그의 가승(家乘)인 〈나주임씨세승(羅州林氏世
乘)〉의 다음 기록이 아니었을까 생각된다.

　"사방 팔방의 오랑캐들도 다 황제라 자칭했는데 유독 우리 조선은 중
국을 주인으로 섬겼으니 내 삶이 무얼 했으며 내 죽음이 무슨 한이냐.
울지 마라(四夷八蠻 皆爲稱帝 獨朝鮮入主中國 我生何爲 我死何恨 勿哭)"

　죽음을 애도하는 자손들에게 남기는 이 한 마디가 그가 생전에 다 풀

지 못한 한의 실토이었으니 38세의 짧은 생을 마치면서 남긴 유언은 우리 민족의 한을 대변한 것이라 하겠다. 이런 기질로 보아 남겨진 시문도 방외(方外)적 수사가 많으리라 예상되나 그러하지 않다. 그저 자연을 수창하는 평범한 시인의 노래로 보아질 뿐이다. 이런 점에서 승려와의 수답은 방외적 소요의 한 방편이었기에 행적의 한 단면을 살피기에 충분하겠으나, 시적 수사에는 별다른 기기(奇氣)가 보이지 않는다. 유불(儒佛)의 간극을 인식하지 않는 순수한 지기(知己)들의 일상적 수창(酬唱)으로 보인다.

贈眞鑑
진감에게 주다

夜伴林僧宿	숲 속의 중과 한밤에 같이 자니
重雲濕草衣	짙은 구름이 풀 옷을 적시네
巖扉開晩日	바위 사립문도 늦게야 여니
棲鳥始驚飛	자던 새도 비로소 놀라 날다

〈林白湖集 권一 -1〉

題圓明軸
원며의 시축에 쓰다

天碧銷雲氣	하늘 파라니 구름 기운도 녹아내리고
江空受月輝	강은 텅비어 달빛을 잘 받아들인다
師能微笑否	스님이여 빙긋이 웃을 수 있나 없나
此是上筋機1)	이것이 바로 최상의 근기일 터인데

〈林白湖集 권一 -1〉

贈潛師(道潛)
도잠스님에게 주다

我則不如君	나는 그대만도 못하고
君則不如雲	그대는 구름만은 못하니
無心自出岫	무심히 저절로 봉우리로 솟거늘
僧俗兩紛紛	중이나 속인은 둘 다 어지럽기만

〈林白湖集 권一 -1〉

....

1) 筋機: 근기(根機)와 동일 의미로 쓴 것일까. 근기(根機)는 사람의 본성을 나무로
비유하여, 사물 접촉에 따라 발동하는 게기를 말함이다.

成佛菴 邀靜老話(休靜一代名僧 時住香山)

성불암에서 휴정 노스님을 초창하여 이야기 나눔(휴정은 일대의 명스님으로 당시 묘향산에 주석하다)

一鳥不鳴處	새 하나도 울음 없는 곳에서
二人相對閑	사람 둘은 마주앉아 한가롭네
塵冠與法服	속세의 의관과 불법의 복장이나
莫作兩般看	두 가지로 갈라 보지는 맙시다

〈林白湖集 권一 -4〉

題玄敏軸

현민의 시축에 쓰다

古樹無花葉	늙은 고목엔 꽃잎도 없지만
禪僧了死生	선승은 죽고 삶 통달하셨네
披圖澹相對	시축 열어놓고 담담히 서로 마주해
江月夜深明	강 달은 밤이 깊도록 밝구나

〈林白湖集 권一 -5〉

次法禪軸

법선의 시축에 차운함

禪理本空空	선가의 이치란 본래 비고 비었거늘
拈何向汝說	무엇을 들어 그대 향해 말하겠나
山深僧獨歸	산은 깊어 중은 혼자 돌아가고
古道留殘雪	옛 길에는 잔설만 남아 있네

〈林白湖集 권一 -5〉

贈僧解牛

해우 스님에게 주다

殘春共師別	가는 봄에 스님과 함께 이별하니

花落碧峯寒	꽃은 지고 푸른 봉우리 싸늘하네
節序愁中盡	계절의 차례는 시름 속에 다 가고
煙蘿2)夢裏攀	깊이 수양할 곳은 꿈 속에나 오르네
重尋方外契	초탈한 세상 밖 벗을 다시 찾으니
不改舊時顏	옛날의 안색에는 변함이 없구료
寂默閉門坐	고요 잠잠히 문을 잠그고 앉으니
高懷雲與閑	고상한 회포가 구름과 한가롭네

〈林白湖集 권─ -7〉

法住寺有得
법주사에서 깨달음

法寺眞如境	법주사는 진여의 경계이니
殘鍾靜夜時	잔잔한 종소리 고요한 밤
風鳴五層殿	바람은 오층의 대웅전에 울리고
月照萬年枝	달은 일만 년의 가지에 비추다
暫客自幽趣	잠시의 나그네에게도 저절로 깊은 멋
居僧猶未知	거처하는 스님은 오히려 알지 못하지
忘言表獨立	말이나 몸짓 잊고 홀로 서 있는 곳
多事可除詩	많은 일 중에서 시를 멈출 수 있나

〈林白湖集 권─ -9〉

出山 贈僧
산을 떠나며 스님에세

蓮花七夜漏	연꽃 전각의 칠석날 밤 시간
草座共僧棲	풀 자리에 스님과 함께 앉아
月色隱孤嶂	달 색깔은 외 봉우리로 숨고

....

2) 煙蘿: 초목이 무성하여 안개와 넝쿨이 얽힌 상황을 "연라(煙蘿)라 하여, 깊은
거처나 수양하는 곳을 지칭하기도 함.

秋聲生亂溪	가을 소리 시끄러운 시내에 일어
出山殊忽忽	산을 벗어나니 더욱 총총해지고
回首重悽悽	머리 돌리니 거듭거듭 쓸쓸해
古堞楓如錦	옛 담장에는 단풍나무 비단 같아
雲梯更許躋	구름 사다리도 다시 오르라 하네

〈林白湖集 권一 -10〉

山人處英3)將歷遊楓岳 尋休靜4) 詩以贐行
처영스님이 풍악으로 가 휴정 스님 만난다기에 시를 주어 보냄

第一山楓岳	제일 가는 산은 풍악산이고
無雙釋靜師	둘도 없는 스님은 휴정스님
上人今遠訪	스님을 지금 멀리 찾는다는데
芳草未言歸	꽃다운 풀에 간다는 말도 못해
石點談經處	경전 담론하는 곳 돌이 점령
龍降洗鉢時	바릿대 씻을 때 용도 내려와
慇懃說離幻	은근하게 이환에게 말하여
消息莫相違	소식이라도 어기지 말라 해

　　(離幻乃空門友惟政號松雲)

　　(이환은 불가의 친구 유정인데 호는 송운이다)　　　　〈林白湖集 권一 -13〉

臘之望 自法住寺經舍那寺 陟不思議庵 眞仙區也 與居僧 正禪懸燈伴宿
섣달 보름에 법주사에서 사나사를 지나 부사의암을 넘으니 참으로 선경이다. 절중 정선과 등불을 밝혀 함께 자다.

逶迆休筇數	길이 기울어 지팡이도 자주 놓쳐

....

3) 處英: 조선 중기의 승려. 승병장. 호는 뇌묵(雷默). 휴정의 제자.
4) 休靜: 조선 중기(1520~1604)의 승려. 호는 청허(淸虛) · 서산(西山). 자는 현응(玄應).

溪氷未解消	시냇물도 아직 녹지를 아니 했네
崖窮若無地	언덕도 끝나 마치 갈 곳 없는 듯하다
庵迥倚層霄	빙둘린 암자 층층의 하늘에 기대네
翠壁松如畵	푸른 벽에는 소나무도 그림 같고
香臺鶴可招	향불 누대에는 학을 불러 모을 듯
微吟度風磴5)	높은 돌 계단을 흥얼거리며 지나니
日下亂山遙	해는 늘어진 산맥을 넘어 멀어진다

〈林白湖集 권一 -15〉

石窟數間 有絶粒僧
두어 칸의 바위 굴에 식량 떨어진 스님

洒洒巖僧住	깔끔한 바위 굴에 중이 살아
微風自動幡	산들바람에 깃발 절로 흔들려
不曾離石榻	바위 책상을 떠난 적 없으니
那復夢金門	어찌 다시 황금 문을 꿈꾸랴
絶食身無辱	식량 떨어져도 욕됨 없는 육신
還源道亦尊	근원으로 돌아가 도 역시 높네요
仍悲采藥去	약을 캐러 간 것이 못내 섭섭
未與接淸言	맑은 대화로 마주하지 못하네

〈林白湖集 권一 -19〉

贈普願上人
보원스님에게

昔別廣陵寺	옛날 광릉사에서 이별하고는
十年思見君	10년 동안 그대 보고 싶었지

....

5) 風磴: 바위 위의 돌계단을 이르는 말이니 바위가 높아 바람이 많기 때문에 하는
   말이다.

一瓶江漢月	병 하나에 한강의 달이고
殘衲妙香雲	헤진 가사엔 묘향산의 구름
欲解桃花妙	복사꽃의 오묘함 이해하려고
閑翻貝葉[6]文	한가로이 불경 글을 번역
曹溪舊面目	조계의 옛 날 낯을
相對已斜曛	마주하니 이미 저녁 볕

〈林白湖集 권一 -20〉

僧卷 次鄭之升韻
스님의 시권에. 정지승의 시운에 차운

不見子眞久	그대를 보지 못한 지 참으로 오래나
停雲思可休	멈춘 구름에 생각도 멈출 만해
溪山愁健筆	시내 산에는 건장한 붓의 시름이고
天地泛虛舟	하늘 땅 사이 빈 배만 띄운다
應俗羞新態	세속에 대응하는 새 모습 부끄럽고
逢僧說舊遊	중을 만나서는 옛 놀이를 말하다
簪纓縻此物	벼슬아치들은 이런 모습에 얽혀서
獨過漢江樓	홀로 한강의 누대를 지나고 있네

〈林白湖集 권一 -21〉

次韻 贈僧
차운하여 스님에게

故交各千里	옛날 친구는 각기 천리이니
書札日應稀	편지 소식도 응당 날로 드물다
尋寺每獨往	절을 찾아도 항상 혼자 가니

----

6) 貝葉: 패다라엽(貝多羅葉). 범어 pattra의 음역. 글 쓰는 자료로 제공됨. 종이가 발명되기 이전 인도에서 이 잎에다 글을 적음.

微師誰與歸	스님이 아니라면 누구와 가겠나
溪雲傍馬起	시내 구름은 말 옆에서 일고
山鳥近人飛	산 새는 사람 가까이 날다
聊此愛岑寂	이로써 적적한 산 사랑하니
共棲林下扉	함께 숲 아래 사립문에 사세

〈林白湖集 권一 -21〉

贈天參師 師持正夫書來
천삼스님에게, 스님이 정부의 편지를 가져오다

過㤼曾龍象7)	지난 생에서 진작 뛰어난 보살이
今生又離塵	금생의 이승에서도 속세를 떠나
不參無漏8)學	번뇌의 배움에는 참여한 적이 없이
來訪有爲人	하염만 있는 사람을 와서 찾네요
關雪栖栖者	변방의 눈은 쌓이고 쌓이는 것
湖山去去春	호수나 산에는 가고 가는 봄
廣陵他夜夢	광릉에서 다음 날의 꿈은
孤棹沒靑蘋	외로운 배만 푸른 부평초에 묻혀

〈林白湖集 권一 -24〉

次僧卷韻
스님 시권 운에 차운

咫尺喬山路	지척 가까운 높은 산 길
招提9)幾地深	절은 얼마간의 깊은 곳

....

7) 龍象: 원래 코끼리 중에서 뛰어난 것을 이르는 말인데, 보살의 위엄 용맹한 능력
   으로 비유됨.
8) 無漏: 번뇌가 없음. 루(漏)는 누설(漏泄)의 의미로 번뇌의 또 다른 이름.
9) 招提: 원래 사방(四方)이라는 의미로 사방의 스님, 또는 사방의 스님의 처소 등으
   로 사원을 말함.

長因爲客日	오래도록 나그네였던 날로
却憶定僧心	문득 선정의 스님이 기억나
林靄細成雨	숲의 아지랑이 가랑비 되고
江雲低度岑	강 구름은 낮윽히 산을 넘다
如今懶孱子	지금껏 게으르고 쇠잔한 이도
一爲話幽襟	한 번 시험삼아 깊은 회포 말하다

〈林白湖集 권一 -26〉

次僧玉老韻
옥장로스님 시운에 차운

老宿依然在	옥장로 스님 의연히 계시는데
重遊已十年	다시 온 것이 이미 10년이네요
孤燈蕭寺夜	외로운 등불 쓸쓸한 절간의 밤
長笛楮江煙	긴 피리소리는 저강의 안개일세
羈宦客猶苦	얽맨 벼슬아치 손은 오히려 괴롭고
坐禪僧未眠	선으로 좌정한 스님 아직 잠 못 이뤄
明朝回首處	내일 아침 머리 돌린 곳에는
一棹過湖船	돛대 하나로 호수를 지나가는 배

〈林白湖集 권一 -26〉

贈徹法師
철법사에게

師有金剛心	법사님은 금강의 마음을 가지고 있음이
端爲一大事	바로 하나의 큰 사건이지요
獨超向上路	홀로 초탈하여 최강의 길을 향해
深造如來地	깊이 여래의 처지로 나아가시네
泛泛若虛舟	둥실둥실 마치 빈 배와 같으니
誰能問所以	누가 능히 그 까닭 물을 수 있나

江南結一夏	강남에서 한 해 여름 결제하여
底所饒淸致	청정한 정취를 풍요로이 이루고
蒼蒼瑞石山	푸르고 푸른 서석산처럼
秀拔雄南紀10)	우수 발탁됨이 남방의 으뜸이네
浮雲暫寄蹤	뜬 구름이 잠시 자취를 멈추어
客來眞偶爾	나그네로 오심 참으로 우연이라
碧眼對靑眸	파란 눈동자로 푸른 산 대하고
忘言道在此	말 잊음이 진리가 여기 있어
巖居祖月明	바위살이가 조월암의 달 밝히니
萬古空潭水	만고에 텅빈 연못의 물이네
冥心共一味	마음을 비워 한 맛을 함께하고
有意仁爲里	뜻이 있으니 인이 이웃 마을
朝暾暎別裾	아침 햇살이 이별 소매를 비추니
萬壑霞如綺	일만 구렁의 안개도 비단 같구나
袖中一片雲	소매 속의 한 조각 구름으로
要我揮淸思	나의 맑은 생각을 휘두르라네
我言文字者	내 이르기를 문자라는 것은
古人糟粕耳	옛 사람들의 지거미일 뿐이라 했네

〈林白湖集 권一 -27〉

贈智浩

지호에게

火宅11)娛戲人	불난 집에서 즐겨 노는 사람들을
師心頗憫懵	스님의 마음은 자못 민망하고 답답해

....

10) 南紀:〈시·소아·사월(詩·小雅·四月)〉"滔滔江漢 南國之紀(출렁이는 강수와 한수
여 남방의 기강이로구나)"함이 있는데, 주에 강수와 한수는 남방의 큰 물인데
모든 하천을 잘 다스리어 막히지 않게 한다 하여 오(吳) 초(楚)의 군주가 주변의
작은 국가를 잘 통치함에 비유되어 "남기"가 남방을 지칭하게 되다.

11) 火宅: 화택유(火宅喩). 법화경의 7가지 비유의 하나. 미혹된 세계에 사는 중생들
의 괴로움을 비유.

不堪鼠咬藤12)	쥐가 등나무 갉아먹음 못 견디어
青年掉頭出	젊은 청년으로 머리 저어 출가하다
煙霞結盟深	안개 자연에 맺은 맹세는 깊고
高情難苟屈	높은 정서는 구차히 굽히기 어렵네
一鉢兼一瓶	하나의 바릿대와 물병 하나로
巖扉我興發	바위 사립문이 내 흥을 돋우네
江南鶴誌飛	강남 땅에서 학처럼 높은 인식 펴니
瑞石峯巒屼	서석산의 봉우리가 우뚝하구나
空堦樹影寒	빈 뜰에는 나무 그림자 차갑고
古逕苔紋滑	옛 길에는 이끼 무늬가 매끄럽다
衣草衲已殘	풀 옷이라 장삼은 이미 헤지고
飧霞粮久絶	안개 밥이라 양식 떨어진지 오래다
自知冷暖水	스스로 안다, 찬물 더운 물이
殆將不生滅	자못 죽고 삶을 주관하지 못함을
客到却無言	손님이 와도 문득 말이 없으니
拈河向汝說	무얼 가지고 너에게 말하랴
共爾天之遊	너와 함께 하늘에 노닐어
悠悠超慌惚	이 황홀함을 유유히 초탈하자
雲歸山自靑	구름 돌아가면 산 절로 푸르고
石靜溪空聒	바위 조용한데 시내는 공연이 울려
情深贈以詩	정이 깊으면 시로써 주니
一句能生殺	한 구절로도 죽고 살릴 수 있지
若迷不二門	둘 아닌 절대 진리를 모른다면
三生夢泡沫	삼생의 삶이 꿈 속의 거품이지
臘後三十日	섣달 첫날 뒤 30일이면
俱空急如律	모두가 비어 빠르기 달력 같으리
圭峯祖師居	규봉난야 암자에 조사 계시니

....

12) 鼠咬藤: 쥐가 등나무를 갉아먹다. 위험을 피하여 등나무에 올랐는데 쥐가 등나무
줄기를 갉아 먹어 잘라질 지경이고 밑에는 사나운 짐승들이 입을 벌리고 있는
상황으로 미혹에 빠진 중생의 괴로움을 비유함.

去去尋祖月　　가고 가서 조월암을 찾으셔야지

〈林白湖集 권一 -28〉

贈故山僧天眞
고향 절중 천진에게

爾自故山來　　그대 고향 산천에서 왔으니
殘春發錦里　　지는 봄에 금리를 떠났겠지
丘壟舊松楸13)　산언덕에 옛 조상 묘소이니
骨肉今生死　　골육의 친족 살았나 죽었나
梅花落已盡　　매화는 져서 이미 다했을 것
新竹時未長　　새로 나는 대 아직 못 자랐지
田疇將有事　　전답에는 장차 일이 있을 것이니
父老亦無恙　　노인 어른들도 병 없으시겠지
樂爾遠遊志　　그대의 먼 나들이 즐거워 하며
又喜說故園　　또 고향 이야기를 하니 기쁘네
題詩留贈爾　　시를 써서 그대에게 남겨 주니
香社曹溪門　　향내의 절이요 조계의 문일세

〈林白湖集 권一 -31〉

贈僧印浩
승려 인호에게

煙霞痼疾逐年增　　안개 자연 사랑 고질이라 해마다 더해가
今歲名山再度登　　올 해에도 이름난 산을 두 번 오르다
慙愧禪僧强索句　　참선 승려가 강하게 찾는 시구 부끄럽고
自憐淸債償無能　　이 맑은 빚을 보상 못함이 스스로 가련

〈林白湖集 권二 -1〉

....

13) 松楸: 소나무와 호두나무를 묘지에 많이 심기 때문에 분묘를 지칭함. 특히 부모의
　　묘소로 쓰임.

贈戒默
계묵에게

靑山不語古猶今	말 없는 푸른 산은 예나 이제나 같은데
體得禪僧戒默心	이를 체득한 선승인 계묵의 잠잠한 마음
茶罷香殘坐寂寂	차 마시고 분향 마치고 적적히 앉았으니
一林微雨聽幽禽	한 숲의 가랑비에 깊은 새소리를 듣다

〈林白湖集 권二 -1〉

次玄玉詩軸
현옥의 시축에 차운

石壇蘿薜小菴幽	돌 단에 댕댕이넝쿨 작은 암자 깊숙한데
雨過千峯水亂流	비 지난 일천 봉우리에 냇물 어지러이 흘러
紅葉閉門香火冷	붉은 단풍이 문을 가리니 향불도 식어서
不關塵客有閑愁	속세 손님의 한가로운 시름쯤 간여 안해

〈林白湖集 권二 -2〉

贈雲師(凌雲)
능운스님에게

江南脩竹占淸寒	강남의 깊은 댓숲 청정 싸늘함 독점
金塔香燈獨揜關	황금탑 향불 석등 유독 입구를 가리다
萬古長天一輪月	만고 세월 높은 하늘 두둥실 달이니
眞緣何必妙香山	진여 인연이 어찌 꼭 묘향산이라야 해

〈林白湖集 권二 -3〉

次僧軸
스님의 시축에 차운

借師雲壑一枝筇	스님의 구름 골 한 자루의 지팡이 빌려서

264 조선조 유가가 승려에게 준 시

擬遍金剛萬二峯　　　금강산의 일만 이천 봉을 두루 돌았으면
寸廩[14]縻人客南北　　박봉에 얽매이어 남북으로 오가는 나그네
秖今來聽禁城鍾　　　지금에야 금성 땅의 종소리를 와서 듣네

〈林白湖集 권二 -13〉

贈性俊
성준에게

衲衣筇杖寄雲林　　　누비옷 지팡이 하나로 구름 숲에 더부살이
長對芙蓉八萬岑　　　길이 부용꽃의 8만의 봉우리를 대하다
傳語禪師閉眼坐　　　들리는 말에 선승께서는 눈 감고 앉아
不觀山水只觀心　　　산수 자연에 관여 없이 마음만 관찰

〈林白湖集 권二 -14〉

贈敬倫大禪
경륜대선사에게

萬古澄澄一潭水　　　만고 세월 맑고 맑은 하나의 연못 물
碧天來照月盈虧　　　푸른 하늘을 비추며 차고 기우는 달
生憎更被浮雲掩　　　평생에 다시 뜬구름에 가리는 것 미워
須待剛風別樣吹　　　모름지기 금강 바람 별달리 부는 것 기대

〈林白湖集 권二 -15〉

贈智雄
지웅에게

太白山中碧眼僧　　　태백산 속의 눈동자 푸른 스님
曉餐松露夜懸燈　　　아침엔 솔 이슬 먹고 밤엔 등불 밝혀

....

14) 寸廩: 작은 봉급. 박봉(薄俸).

相逢相別無多語   서로 만나고 서로 헤어져도 별 말 없어
擊竹15)看花16)問未能   노래 반주나 꽃구경은 물어도 할 수 없대

〈林白湖集 권二 -15〉

藥師殿 贈靈彦
약사전에서 영언에게

遠客夜投藥師殿   먼 나그네 밤에 약사전에 투숙하는데
名香淨蓺祝醫王   좋은 향을 깨끗이 피워 의왕에게 축원하니
願將一味淸凉散   원컨대 한 모금의 맑고 시원한 청량산으로
汲向塵寰惱熱腸   먼지 세상에 뿌려 번뇌의 창자를 씻었으면

〈林白湖集 권二 -17〉

贈敬信
경신에게

禪龕牢落小燈明   부처님 법당은 퇴락하고 작은 등불 밝아
坐對名僧遠世情   높은 스님과 앉아 대하니 세상 정 멀어져
香盡石樓蓮漏永   향불도 다한 돌 누대에 절 시간도 깊으니
靜聞氷竇暗泉聲   얼음 골의 깊은 샘물 소리 청정히 들리네

〈林白湖集 권二 -17〉

題一雄軸
일웅의 시축에 쓰다

冬柏花開翡翠啼   동백의 꽃이 피자 비취새가 우는
竹林東畔小溪西   대 숲의 동쪽 가 작은 시내 서쪽

....

15) 擊竹: 대 조각을 잘라 양 손으로 두들겨 박자 맞춰 함께 노래함
16) 看花: 당(唐)나라 때 진사 급제자가 장안에 있어 꽃구경하던 풍습.

禪僧送客出洞去　선승은 손님 전송 동구 밖 나가니
晴雪玉峯寒日低　백옥의 봉우리 눈 개어 해는 나즉

〈林白湖集 권二 -18〉

贈數學僧
수학스님에게

蜀肆17)藏名夢一廻　깊은 곳에 이름을 숨겨 꿈에 한 번 돌아와
鉢囊東走近蓬萊　바릿대 주머니로 동으로 달려 봉래산 가까워
碧窓點罷羲文易　파란 창에 복희씨의 글 주역 점치고 나니
殘雪溪橋玩臘梅　남은 눈의 시내 다리 위 섣달 매화 감상

〈林白湖集 권二 -18〉

次鷺渚18)韻 贈僧
노저의 시운에 차운하여 스님에게

客堂淸晝篆煙飛　사랑채 맑은 대낮에 향불 연기 날으니
坐對名僧世慮微　이름난 스님과 마주 앉아 세상 걱정 없네
憶昔尋眞上院寺　옛 일 기억하니, 진리 찾아 오른 상원사엔
木蓮花發雨霏霏　목련화 꽃 피우고 비는 부슬부슬했지

〈林白湖集 권二 -21〉

贈景曇
경담에게

小龕蘿薜獨關門　넝쿨 얽힌 작은 절엔 유독 문을 닫았으니
豈有游塵點六根　세상 떠도는 먼지 어찌 이목구비에 점치랴

....

17) 蜀肆: 촉(蜀)은 고고히 우뚝 솟은 산을 의미하고, 사(肆)는 펼친 자리를 의미하니
　　'깊숙한 곳'의 뜻일 듯.
18) 鷺渚: 李陽元(1533~1592)의 자, 호는 雙阜·南坡.

幽磵松風碧潭月　　　깊은 시내 솔바람과 푸른 연못의 달빛에
欲論眞意已忘言　　　진실한 뜻 의론하려다가 이미 말을 잊었네

〈林白湖集 권二 -23〉

贈寶雄
보웅에게

山雲山鳥任渠嗔　　　산 구름 산 새에게 제멋대로 지저귀게 하고
十載浮名誤此身　　　10년 동안의 뜬 이름으로 이 몸을 그르치다
唯有橋南碧溪水　　　오직 다리 남쪽 파란 시냇물만이 있어서
出山幽咽送行人　　　산을 벗어나며 목메어 나그네를 보내다

〈林白湖集 권二 -24〉

贈正上人
정스님에게

露濕空壇長紫苔　　　이슬 젖은 빈 불단에 붉은 이끼만 자라고
藥爐無火但寒灰　　　약 다린 화로에 불은 없이 찬 재만 남다
巖間瑤草綠可折　　　바위 사이 구슬 풀은 푸르러 꺾을 만하나
僧在秋村猶未回　　　스님은 가을 촌가로 내려가 아직 안 오네

〈林白湖集 권二 -24〉

贈僧
스님에게

石樓三夜共寒燈　　　돌 누대 한밤중에 차가운 등불 함께하나
雙綬纏身住未能　　　두 줄 인끈이 육신을 얽어 머물 수 없네
晚出溪橋重回首　　　늦게 시내 다리 벗어나 다시 머리 돌리니
一瓶秋水午齋僧　　　병 하나의 가을 물로 낮 불공 올리는 스님

〈林白湖集 권二 -24〉

贈僧寶雲
보운스님에게

松雲蘿月久忘年	솔 구름 댕댕이 달에 오래 햇수도 잊었으니
一落風塵夢杳然	한 번 풍진 세상으로 떨어져 꿈도 아득
僧札何煩問歸日	스님 편지는 왜 번거로이 가는 날을 묻나
使君三十未華顚	고을원님은 서른이라 아직 흰 머리도 아닌데

〈林白湖集 권二 -26〉

次韻 贈海冏
차운하여 해경에게

曉月初生雲木稠	새벽달이 처음 돋자 구름 나무도 조밀한데
一溪靈籟爽如秋	한 시내의 신령한 울림소리 가을처럼 시원
遊人懺悔三生事	노니는 이는 삼생의 삶을 참회하다가도
更聽微鍾度石樓	다시 돌 누대 건너는 은은한 종소리 듣다

〈林白湖集 권二 -28〉

次頤庵韻 贈戒浩
이암의 운에 차운, 계호에게

早將瓶錫寄茅庵	일찍이 병 하나 석장으로 띳집 암자에 들어
透得禪門不一三	하나도 셋도 아닌 선가 입문 뚫어 알았네
茶罷香殘坐無語	차도 끝나고 향불도 다해 말없이 앉았으니
石床經卷濕靑嵐	돌 책상 경전 책들도 푸른 산 그림에 젖다

〈林白湖集 권二 -28〉

次至祥軸
지상의 시축에 차운

宦情鄕思轉蹉跎	벼슬 정서 고향 생각이 점점 어긋나니

임제林悌 269

蕭寺重尋感慨多　　깊은 절 다시 찾은 감회도 많구나
憶昔艤船秋浦月　　지난 날 기억하니, 추포의 달에 배를 매고
小塘風露賞荷花　　작은 연못의 바람 이슬에 연꽃 구경했음

〈林白湖集 권二 -32〉

次信雄軸
신웅의 시축에 차운

斜陽偶入湖邊寺　　지는 해에 우연히 들른 호수 가의 사찰
寂寂長廊不見人　　적적 쓸쓸한 긴 회랑에는 사람 안 보여
遠客豈能無意緒　　먼 나그네이나 어찌 생각 정서 없겠는가
梅花枝上十分春　　매화의 가지 위에는 충분한 봄 기운인데

〈林白湖集 권二 -32〉

次惟寬軸
유관의 시축에 차운

只許溪雲度眼前　　시내 구름이 시선 앞 지나는 것만 허락하지만
何妨山鳥助談禪　　산새들 선리 이야기 돕기야 무엇이 해로우랴
却愁夢踏東華土[19)]　　문득 시름의 꿈 속에 신선 땅을 밟았으니
淸夜懸燈坐不眠　　맑은 밤에 등불을 매달고 앉아 잠 못 이뤄

〈林白湖集 권二 -32〉

次義英軸
의영의 시축에 차운

林外草亭聊寓興　　숲 밖의 풀 정자에 애오라지 흥을 붙여
欲將閑話問山僧　　한가로운 이야기로 산승에게 물으려 해

....

19) 東華土: 동화(東華)가 전설 속의 신선 동왕공(東王公)이니 동화토는 신선의 땅이
란 뜻.

如何半畝春塘水　어찌하여, 반 이랑의 봄 연못의 물은
一半淸漪一半氷　반은 맑은 물인데 반은 얼음이냐고
〈林白湖集 권二 -32〉

次可言軸
가언의 시축에 차운

新正強半日初暄　새 해 정월도 반쯤 지나 햇살 처음 따뜻해
殘衲春來始啓門　해진 장삼에 봄이 오니 비로소 문을 열다
客到不交閑說話　손님이 와도 한가로운 이야기 나누지 않자
塔鈴松籟代僧言　탑 풍경 소나무 바람이 스님 대신 이야기
〈林白湖集 권二 -33〉

次太和軸
태화의 시축에 차운

寺下春江江水流　절 아래는 봄 강 강에 물만 흘러
東風吹雨過長洲　봄바람이 비를 몰아 긴 모래톱 지나가다
臨離更與居僧約　떠남에 다다라 다시 절중과 약속을 하되
三月煙花繫釣舟　3월 달 안개꽃에 낚시 배를 대어 매자고
〈林白湖集 권二 -33〉

次寶器韻
보기의 시운에 차운

孤鶴身心熟麻飯　외로운 학의 몸과 마음에 익은 삼씨의 밥
雲間一室松爲扉　구름 사이 방 하나에 소나무로 사립문 삼다
春湖觀水獨歸晚　봄 호수에 물 구경하다 홀로 늦은 귀가에
山翠霏霏沾草衣　산 푸르름이 아슬아슬 풀 옷을 적신다
〈林白湖集 권二 -33〉

임제林悌　271

贈一正
일정에게

寂寂梅堂旅夢孤　　적적 쓸쓸한 매화당에 나그네 꿈도 외로워
夜來春雨水生湖　　밤 사이 내린 봄비로 물은 호수에 넘쳐
新詩寫與山僧去　　새로운 시 써서 산승에게 주려고 가니
遠寄城西大小蘇[20]　멀리 저 국경 서쪽의 대소 소소에게 부치다

〈林白湖集 권二 -33〉

贈澹晶
담정에게

芳草閑門斷往還　　꽃다운 풀 한가한 문에 오고 감이 끊기니
簷床看雨病郎官　　처마 밑 침상에서 비나 보는 병든 관원
逢僧忽憶江南寺　　중을 만나자 홀연 강남의 절이 생각나
煙裏脩篁一萬竿　　안개 속 긴 대나무 일만의 줄기이네

〈林白湖集 권二 -34〉

題僧軸
승려 시축에 쓰다

書劍悠悠兩不成　　서책이나 칼도 아득해 둘 다 못 이루니
旅遊江海意難平　　여행 놀이 강과 바다에도 펴기 힘든 생각
僧房暫借蒲團睡　　스님의 방에서 잠시 부들 자리 빌려 조니
夢度金河[21]射虜營　꿈 속에 금하를 건너 오랑캐 진영을 쏘다

〈林白湖集 권二 -34〉

....

20) 大小蘇: 북송(北宋)의 문학가 소식(蘇軾)과 그 아우 소철(蘇轍)이 다같이 문명이
　　있어, 대소(大蘇)와 소소(小蘇)라 하고 함께 일러 대소소(大小蘇)라 한다.
21) 金河: 강 이름. 지금의 대흑하(大黑河). 내몽고 경내에 있어 옛날에는 북방 교역의
　　요충지였다.

贈僧
스님에게

故山松雪負幽期	고향 산의 소나무 눈에다 깊은 약속 저버리고
爲客風塵萬事違	나그네가 된 풍진세상 온갖 일이 어긋나네
芳草一春仍臥病	꽃다운 풀이 일색인 봄도 병으로 누워있어
寂寥空賦送僧詩	쓸쓸 적적히 부질없이 스님께 주는 시나 쓰다

〈林白湖集 권三 -1〉

贈僧
스님께

岐路悠悠足別離	갈래 길도 아득 아득히 이별에 딱 맞아
海雲江月幾相思	바다 구름 강 달에 몇 번이나 서로 생각
西池荷葉已出水	서쪽 연못의 연잎이 이미 물에 솟았으니
早晚從師一問之	조만간에 스님을 찾아가 한 번 물으리

〈林白湖集 권三 -4〉

贈道潛禪老
도잠선사에게

癡漢心期淡似僧	어리석은 이의 마음 기약은 담담하기 중을 닮아
村人世事百無能	마을 사람들의 세상사 능한 것 하나도 없구나
憐師性海波初定	스님의 성품은 파도 가라앉은 바다라 부러워
寂寂河沙照一燈	고요 적적한 항하사 모래에 비추는 등불 하나

〈林白湖集 권三 -4〉

在鍾谷 贈祥雲道者
종곡에 있으며 상운도자에게

| 嘯癡豈是能詩者 | 어리석은 휘파람이 어찌 시를 잘 하는 이이며 |
| 風雪胡爲勤苦來 | 눈 바람에 어찌 근면하여 애써 온 자이겠는가 |

임제林悌　273

文字元非裡面事	문자라는 것이 원래 미음 속 일이 아니기에
早歸山逕掃寒苔	일찍이 산길로 돌아가 차가운 이끼나 쓸자

〈林白湖集 권三 -5〉

贈僧
스님에게

觀海歸來獨掩門	바다를 보려고 와서 홀로 문을 닫으니
詩僧鳴錫下層雲	시 쓰는 스님 석장 울려 구름층을 내려와
江村寂寂梅花落	강 마을 적적 쓸쓸 매화꽃도 지는데
怊悵閑忙此路分	서글프게도 한가함 바쁨 이 길에서 갈려

〈林白湖集 권三 -6〉

次韻 贈太能[22]
차운하여 태능에게

白石淸流亂樹間	흰 바위 맑은 흐름 어지러운 나무 사이의
曹溪門外坐忘還	조계의 산문 밖에 앉아서 돌아오기 잊었네
眞源未泝世緣在	진여 근원 소급하지 못해 세연은 남았지만
此水此身俱出山	이 물처럼 이 몸도 함께 산을 벗어났다네

〈林白湖集 권三 -9〉

次栗谷韻 贈祖一
율곡의 시운을 차운하여 조일에게

叢桂蕭蕭起夕風	쓸쓸한 계수나무 떨기에 저녁 바람 일고
磬聲飛出白雲中	풍경 소리는 흰 구름 속으로 날아 오른다
關山鞍馬客歸去	고향 산의 안장 말은 나그네의 돌아감이니

....

22) 太能: 조선 중기(1562~1649)의 승려. 호는 소요(逍遙). 부휴 선수(浮休善修)의
제자로 운곡 충휘(雲谷冲徽), 송월 응상(松月應祥)과 함께 법문 삼걸(三傑)이라
불림. 청허 휴정(淸虛休靜)의 문하에서 20년 수련.

古道獨還僧一筇　　옛 길로 홀로 돌아가는 산승의 지팡이 하나

〈林白湖集 권三 -9〉

次題無等山僧軸
무등산 스님의 시축에 따라 지음

叢桂陰邊六六臺　　계수나무 그늘진 곳 육륙대의 누대
萬山深處獨崔嵬　　온 산이 깊은 곳 홀로 우뚝 솟다
塵生寶坐無僧住　　속세 속의 보배로운 자리 사시는 스님 없고
花落閑庭有客來　　꽃이 진 한가한 정원엔 손님이 찾아오네
禪老瑞光留夜月　　장로 스님 상서로운 광채에 밤 달은 멈추고
空門行迹印苺苔　　불가 집안의 실행한 자취는 이끼에 인찍혀
逢師欲問鷄山[23]趣　　스님을 만나 계족산의 멋을 물으려 하나
床上寒爐有死灰　　선상 위의 차가운 난로에는 식은 재만 있네

〈林白湖集 권三 -11〉

次韻 贈性超
차운하여 성초스님에게

庚午年中曾作別　　경오년 사이에 진작 이별을 했으니
水鄉山寺幾經秋　　물의 고향과 산 속의 절 몇 해 지난나
琴書滿案客病肺　　거문고 책 책상에 가득하나 폐병의 손님
香火閉門僧白頭　　향 피우는 불 닫힌 문엔 흰 머리의 스님
氷合亂溪殘月照　　얼음 굳은 산란한 시내 새벽 달 비치고
雪晴獰岳冷雲流　　눈도 개인 높은 산엔 차가운 구름 흘러
相逢細話舊遊事　　서로 만나 옛날 놀던 일 세세히 말하며
暗記當時雙碧眸　　은근히 그 당시의 파란 두 눈동자를 기억해

〈林白湖集 권三 -15〉

....

23) 鷄山: 계족산(鷄足山)인가. 계족산은 마하가섭이 입적한 곳임.

임제林悌　275

偶題僧軸
스님 시축에 우연히 쓰다

戌罷還家鬢半凋	벼슬살이 끝내고 집에 오니 귀밑머리 반은 빠져
郊居悄悄度昏朝	교외에 살며 슬쓸하게 아침 저녁을 지낸다
閑門客靜留芳草	문간 한적하고 손님도 정적 방초만 남고
官渡人喧趁晩潮	관리 건넌다 사람 들레어 저녁조수 밀리네
數句警從沙鷺起	두어 시구 일깨워 백사장 갈매기 일게 하고
一筇歸爲野僧邀	지팡이 하나로 돌아가는 들중을 마중해
庭前昨夜蕭蕭雨	뜰 앞의 엊저녁 소소 쓸쓸한 비에
更喜山中笋蕨饒	다시 산 속에는 댓순 고사리 풍요함 기쁘다

〈林白湖集 권三 -23〉

次德麟軸
덕린의 시축에 차운

商略風埃豈久稽	계산되는 바람 먼지의 세상 어찌 오래 살피랴
征鞍聊爲過招提24)	말에 안장 얹어 애오라지 절간을 지나다
林間一片夕煙起	수풀 사이로 한 줄기 저녁 연기가 일고
竹外數聲春鳥啼	대숲 밖의 몇 곡조는 봄 새의 울음이네
靜裡禪心無去住	정적 속의 참선 마음은 가고 옴이 없고
客邊關路任高低	나그네 가의 고향 길은 높낮이에 맡겨
閑忙此別空怊悵	한가함 분망의 이 작별에 공연히 서글퍼
草草新詞謾自題	대충대충 새로운 가사를 부질없이 쓰네

〈林白湖集 권三 -34〉

次智淨軸
지정의 시축에 차운

有人土木爲形骸	어느 누가 흙과 나무로 형상을 만들어서

....

24) 招提: 원래 四方이라는 의미로 사방의 스님, 또는 사방 스님의 처소 등으로 사원을 지칭.

276 조선조 유가가 승려에게 준 시

昨日拜辭三等階　어제도 3층의 계단에서 절하고 떠난네
紫殿25)迢迢江以北　임금님 궁전은 아득으득히 강의 저 북쪽
白雲杳杳天之涯　흰 구름은 까마득히 하늘의 저 끝과 끝
名香淸水古禪社　이름난 향불과 맑은 물은 옛날의 절이고
玉劍金鞭歸客懷　백옥의 칼 황금의 채찍은 나그네의 회포
山雨霏微政滑道　산 비도 부슬부슬 바로 길은 매끄러워
愁將款段26)過蒼崖　말의 더딘 걸음 걱정하며 언덕을 지나다

〈林白湖集 권三 -35〉

次弘贊軸
홍찬의 시축에 차운

自愛禪房近竹林　댓숲에 가까운 절방을 스스로 사랑하여
細風微露濕幽襟　산들바람 가랑비에 고요한 옷깃 적시다
五更鍾盡廻廊靜　새벽 되어 종소리 멎어 복도도 조용하고
一縷香殘寶殿深　한 줄기 향불도 잦아들어 법보전도 깊숙
情到去留歸計緩　정이 가고 머무름에 이르자 갈 길 늦추고
雨連江浦暝煙沈　비가 강과 포구로 이어 어둔 안개 잠기다
嶠南驛路多芳草　교남의 남쪽 역사 길에는 방초도 많으니
遙想倚樓長短吟　누대 기대어 장단의 시구로 멀리 상상해

〈林白湖集 권三 -35〉

雲菴
운암

峯勢支天玉作嶒　봉우리는 하늘을 떠받들 형세로 백옥의 높이
區區杞國謾憂崩　구구하게도 기국 사람들은 무너질까 걱정해
林疎紅葉墮寒水　숲이 성글어지니 단풍잎이 차가운 물로 지고

---

25) 紫殿: 제왕의 궁전.
26) 款段: 말이 더딘 걷는 모습.

逕滑蒼苔縈古藤　　길은 파란 이끼로 미끄러워 묵은 넝쿨에 얽혀
千古嶺雲方外趣　　천고의 세월 고개 구름은 세상 밖의 운치이고
一菴蘿月定中僧　　한 암자의 댕댕이 달은 선정 속의 스님이네
十年火宅27)多煩惱　　10년 동안의 불바다의 집에 번뇌도 많으니
欲向空門問大乘　　불가의 문을 향하여 대승의 경지 물으려

〈林白湖集 권三 -36〉

次贈圭大禪
규대선사에게

飛鶴匡廬28)築一顚　　광려산으로 날은 학이 하나의 고개를 쌓아서
寥寥香火古城邊　　넓고 적적한 향화의 절도 옛 성터의 가일세
客無塵想僧無語　　손님은 속세 상상 없고 스님도 말이 없고
水在寒潭月在天　　물은 차가운 못에 있고 달은 중천에 있네
雲態自隨朝暮變　　구름 자태는 스스로 아침저녁에 따라 변하나
山容不與古今遷　　산 얼굴은 옛날과 지금과 다를 것이 없네요
石樓風露淸如許　　돌 누대의 바람 이슬 맑음이 그 어떠한가
試向吾師說淨緣　　시험삼아 우리 스님에게 청정 인연 묻다

〈林白湖集 권三 -37〉

次贈廣慧大禪
광혜대선사에게 차운하여 주다

鬢髮滄浪29)腰腹皤　　머리칼은 희끗희끗 허리 배는 하얗고

....

27) 火宅: 화택유(火宅喩). 법화경의 7가지 비유의 하나. 미혹된 세계에 사는 중생들
　　의 괴로움이 불난 집에 사는 것 같음으로 비유.
28) 匡廬: 강서성의 여산(廬山)을 지칭. 전설에 은 주(殷周) 시대에 광속(匡俗)의 형제
　　7인이 여기에서 집을 지어 이르게 되었다 함. 혜원(慧遠)이 세운 동림사(東林寺)
　　도 여기에 있음
29) 滄浪: 머리카락이 반백(斑白)임을 형용하는 말.

在家時少遠游多	집에 있을 때는 적고 나가 놀음이 많다
山風海月開幽抱	산 바람 바다 달에 깊은 회포를 열고
煮茗談禪祛宿痾	차 다리고 선문답에 묵은 병을 물리쳐
行李半生淸似水	행차 차비로 반평생이 맑기 물과 같고
宦情三載薄於羅	벼슬 정의 3년은 얇기가 비단 같구나
耽閑久廢新詩句	한가함 탐내 새로운 시도 오래 폐하나
離思茫茫又一哦	이별 생각이 아득아득 또 한 번 읊다

〈林白湖集 권三 -42〉

荷谷集

허 봉
許篈

　　허봉(許篈 1551(명종 6)~1588(선조 21) 자는 미숙(美叔), 호는 하곡(荷谷).
본관은 양천(陽川). 유희춘(柳希春)의 문인. 1568년 생원시(生員試)에 합격.
1572년 정시문과(庭試文科)에 랍격. 1574년(선조 7) 예조좌랑(禮曹佐郞)으로
성절사(聖節使)의 서장관을 자청하여 중국을 다녀와 조천기(朝天記) 상 중
하 3권을 썼다. 1582(선조 15) 원섭사 이이(李珥)의 송사관으로 반하조사(頒賀
詔使) 황홍헌(黃洪憲) 왕경민(王敬民)을 의주에서부터 영접할 때 이들이 그이
문장력에 감복하여 이별할 때는 부채를 주면 시를 써 달라 하여 이필휘지하니
황홍헌이 칭찬해 마지 않으며 역관에게 이르기를 "이 사람이 중국에 태어났
더라면 한림원의 윗자리를 양보받았겠다." 하였다. 1583년 언사(言事)로 갑산
(甲山)으로 유배되었다가 다음 다음해 풀려나 백운산에서 독서도 하고 인천
춘천을 왕래하며 산천의 유람을 즐기다가, 1588년 금강산에 들어 대명암(大
明庵)에 우거(寓居)하다가 술의 과음(過飮) 여파로 금화현에서 작고하니 향년
이 38이었다. 그의 문집 〈하곡집(荷谷集)〉은 하곡선생시초(荷谷先生詩鈔) 1권,
하곡선생시초보유(荷谷先生詩鈔補遺) 1권, 하곡선시집보유(荷谷先生詩集補
遺) 1권, 조천기(朝天記) 상 중 하 1권으로 편집되어 전한다.

贈熙上人
희스님에게

春風廻暖律	봄바람에 따뜻한 절기 돌아오니
澗水鳴幽灘	시냇물은 목메어 깊이 운다
裊裊門外柳	한들거리는 문 밖의 버드나무
今朝已堪攀	오늘 아침에 벌써 꺾을 만해
我有雙白鹿	나에게 두 마리 흰 사슴 있어
獨往青崖間	홀로 푸른 언덕 사이로 가다
他年倘相憶	다음 날에 혹 서로 생각나면
訪我蓬萊山	나를 봉래산으로 찾으시오

〈荷谷先生詩鈔 1〉

贈林上人
임스님에게

我昔遊東界	옛날 내가 동쪽 경계에 놀 때
東界樂莫樂	동쪽 경계 즐거움 중에도 즐거움
層峯聳秋蓮	층층의 봉우리는 가을 연꽃의 솟음
懸瀑垂匹帛	매달린 폭포는 한 폭 비단의 드리움
爾從東界來	그대 동쪽 경계에서 왔으니
爲說東界事	나를 위해 동쪽 경계 사정 말하게
吾然一夜燈	내가 한 밤의 등불을 밝히니
爾拭三年淚	그대 3년 전의 눈물을 씻네
三年路超緬	3년 동안의 길은 아주 머나
十日情纏綿	열흘의 정은 길게도 이어져
贈我大谷梨	나에게 대곡의 배를 주면서
求我瑤華篇	나의 구슬 같은 글을 요구해
感君重山岳	그대 중히 여기는 산악 감동하나
報君非瓊玖	그대에게 보답이 구슬은 아냐
物外松栢心	사물 밖의 솔 잣나무 마음이지

人間雲雨1)手	세상은 비구름처럼 변하는 솜씨
今胡告我去	오늘 아침 나에게 간다고 고하니
去住多苦顔	가고 머물음에 괴로운 안색 많아
氷橫昭陽江	얼음은 소양강에 가로 놓이고
雪積寒溪山	눈도 한계산에 쌓였을 터인데
杖錫向此去	석장으로 이리 향해 가고나면
魂夢倘相遇	꿈결에나 혹 서로 만날 것인가
春風毗盧峯	봄바람 부는 비로봉에서
共攀三珠樹	함께 3 보배 나무나 꺾을까

〈荷谷先生詩鈔 2〉

贈遠上人
원스님에게

丹霞空門友	붉은 안개 신선계 불문의 벗으로
遠也爲師弟	원스님은 동문 아우가 되지
恒河六牙象	항하에는 6 상아의 코끼리
玉山一枝桂	옥산에는 가지 하나의 계수나무
壯志旣染衣	웅장한 의지 이미 먹물 옷으로
淸言屢揚袂	청정한 언어로 자주 소매 들멘다
丹霞不可見	붉은 안개야 볼 수도 없지만
見君如丹霞	그대 보면 붉은 안개인 듯해
忽忽離別難	바삐 바삐 이별은 어렵지만
茫茫道路賒	망망 아득히 길은 멀어
相思如念我	서로 생각에 나를 생각한다면
山月照山花	산 달이 산 꽃을 비추고 있어

〈荷谷先生詩鈔 2〉

....

1) 雲雨: 당(唐) 두보(杜甫)의 〈빈교행(貧交行)〉시에 "翻手作雲覆手雨(손을 뒤집어 구름 되고 손 엎어 비를 짓다)"함이 있어, "운우(雲雨)"가 인정세태의 변화무쌍함을 비유하는 말이 됨.

贈默上人

묵스님에게

俗子細而點	세속인은 작고도 교활하나
上人狂而癡	스님은 미친 듯 어리석어
狂而癡尚可	미친 듯 어리석음 숭상할만하나
細點多詭隨	작고도 교활하면 위험 많이 따라
我今畸於世	내 지금 세속을 벗어났으니
焉用俗子爲	어찌 세속 사람 짓을 하겠나
春風白玉峯	봄바람 부는 백옥봉에서
好與上人期	좋이 스님과 기약하리이다

〈荷谷先生詩鈔 3〉

贈凝上人

응스님에게

淸平沙彌最嗔客	청평사의 사미스님은 가장 미운게 손님
寒宵催打二更鍾	추운 밤에 초저녁 종을 바삐도 쳐대네
是時道人醉不起	이 때 도인은 취하여 일어나지도 않고
綠蘿月照芙蓉峯	푸른 넝쿨의 달빛은 부용봉을 비추네
芙蓉峯下凝禪師	부용봉 아래의 응스님 선사는
擧手招我騎黃鶴	손 들어 나를 부르며 누런 학을 탔네
一擧超忽凌三山	한 번 들면 훌연히 삼산을 넘어가고
再擧翶翔過五岳	두 번 들면 훌쩍훌쩍 오악을 지나가네
五岳三山咫尺間	오악이나 삼산이 지척의 사이이니
人人喚我爲神仙	사람마다 나를 불러 신선이라 하네
歸來逍遙逍遙臺	돌아와 소요대에서 소요히 노니니
正是芙蓉蘿月天	이것이 바로 부용봉의 달이로구나
道人欲結紫霞想	도인은 신선세계 상상을 맺으려하나
禪師猶戀靑蓮宇	선사는 오히려 푸른 연꽃 절집 그리네
禪師爲訪道人來	선사가 도인을 위해 방문을 하니

道人棲在三花樹²⁾　　도인은 보리수나무에 깃들어 있네요

〈荷谷先生詩鈔 4〉

贈儼上人

無爲子人中龍　　　무위자는 사람 들 중에서의 용이라
前身劈海金翅鳥³⁾　전생의 몸은 바다 가르는 금시조로서
霹靂夜下天王峯　　번개 타고 밤에는 천왕봉에 내려오다
道眼空四海　　　　도의 안목은 사해천하가 텅 비고
法門有二人　　　　불법 문에는 2 사람이 있으니
遠也爲之子　　　　원스님은 아들이 되고
儼也爲之孫　　　　엄스님은 손자가 되네
精神皎潔氷壺象　　정신은 밝고 맑기 얼음 병의 기상
言語鏗鏘金石聲　　언어는 쩽그렁 울려 쇠와 돌의 소리
自從寫盡芭蕉葉　　파초 잎에다 다 써 내놓기 시작부터
滿紙烟雲筆下生　　종이 가득한 안개구름 붓 아래 탄생
見爾才似爾祖　　　그대 지주 보면 그대 할아버지 닮고
知爾心把爾手　　　그대 마음 알아 그대 손을 잡는다
禪房寂寂夜鍾沈　　참선 방이 적적 고요해 종소리도 잠긴 밤
叢桂蕭蕭寒月吐　　계수나무 떨기도 쓸쓸히 차가운 달을 토해
悒悵明朝訪隱淪⁴⁾　서글프게도 내일 아침 신선을 방문하려니
世間離別鼻酸辛　　세상 사이의 이별이란 코끝이 시럽지
何人更覓曹溪洞　　어떤 사람이 다시 조계동을 찾는다면
萬疊雲山月一輪　　일만 겹겹의 구름 산에 달 하나

〈荷谷先生詩鈔 4〉

....

2) 三花樹: 곧 패다수(貝多樹 보리수). 1 년에 3 번 꽃을 피우기 때문에 얻은 이름.
3) 金翅鳥: 불교 전설 속의 큰 새.
4) 隱淪: 신인(神人) 등급의 하나로 일반적으로 신선을 지칭. 천하의 신인이 5인데, 하나는 신선(神仙) 둘은 은륜(隱淪), 셋은 사귀물(使鬼物), 넷은 선지(先知), 다섯은 주응(鑄凝)이다.

허봉許篈　285

贈眞上人
진스님에게

東風曉入花枝冷	봄바람은 새벽에 꽃가지에 들어 싸늘하다가
玉琯5)初移晴晝永	댓 숲으로 처음 옮기니 개인 대낮이 길구나
乍聽氷泉幽咽聲	잠간 들리는 얼음 샘물은 깊이 울리는 소리
愁垂珠箔玲瓏影	시름으로 드리운 구슬 발에 영롱한 그림자
蕙帷怊悵宿香濃	혜초의 휘장은 쓸쓸하게도 묵은 향내 짙고
洞裏仙人那可逢	동구 안의 신선을 어떻게 만날 수 있나
烟沈鶴駕三珠樹	안개 학의 수레에 가라앉아 3 구슬 나무
月照瓊樓五夜鍾	달이 구슬 누대에 비치니 새벽의 종소리
簷鐸丁丁碎寒玉	처마 풍경이 쟁그렁 찬 구슬이 부서지고
王孫芳草6)萋萋綠	왕손 방초 이별 풀은 더부룩히 푸르구나
瀟湘歸去碧雲師	소상강으로 돌아가는 벽운의 스님이여
和我高山流水曲	나의 고산유수의 노래에 화답하여 주오

〈荷谷先生詩鈔 6〉

送覺上人
각스님을 송별하며

羲和7)鞭日鞭碎火	희화씨 해 채찍질 채찍이 불을 부수고
海霧濕鳶鳶欲墮	바다 안개 솔개 적시니 솔개가 떨어지려 해
蓬萊微茫白銀闕	봉래산이 아득하니 흰 백은의 궁궐인데
弱水8)浮天不可過	약수가 하늘에 떠 있어 지날 수가 없구나
不可過行路難	지나갈 수 없으니 가는 길의 험함이여

....

5) 玉琯: 옥관(玉管)과 같음. 대나무의 미칭(美稱).
6) 王孫芳草: 왕송초(王孫草). 한(漢) 회남소산(淮南小山) 〈초은사(招隱士)〉에 "王孫 遊兮不歸 春草生兮萋萋(왕손은 놀아서 돌아오지 않으니 봄 풀은 돋아서 더부룩하네)"라 함이 있어 그 후로 왕손초(王孫草)가 사람들의 이별 풍경으로 인용되었다.
7) 羲和: 고대신화 전설 속의 인물로 해 수레[日車]를 모는 신. 또는 태양의 어머니.
8) 弱水: 옛날 물 이름. 옛 사람들이 이 물은 얕어서 배를 띄울 수가 없다 하여 약수(弱水)라 했다 하나, 고대 신화 전설에 험악하여 건널 수 없는 강과 바다로 쓰임.

蹋跙蹢何爲者	미끄러지고 자빠지고 무엇 하는 이인가
絳雪虛教凡骨霜	눈발은 잔학하게 범인의 골격시리게 하고
黃泥半上禪衣浣	누런 진흙 반쯤은 가사옷에 묻어 물들인다
靈泉可漱芝可咀	영천 샘물 마실 만하고 지초 씹을 만하니
歸兮歸兮且安坐	돌아가자 돌아가자 장차 평안히 앉으리
玉京群帝驂赤螭	옥황경의 뭇 황제들 붉은 용을 탔지만
三千年遲爾來隨我	3천 년이나 더디게 와서 나를 따른다

荷谷先生詩鈔 6

贈性衍
성연에게

憶到橋陵寺	교릉사에 갔던 일 기억하니
攀援桂樹叢	계수나무 떨기를 당겨 올랐지
御香燒影殿	임금님 향불 영전에서 사루니
天樂動花宮	하늘 음악이 꽃 궁전에 울렸지
自別雙林後	쌍림을 이별한 후로부터
渾疑一夢中	혼연히 한 번의 꿈 의심했지
長吟碧雲句	길이 푸른 구름 시구를 읊는
悄悵白頭翁	쓸쓸 서글픈 흰 머리 늙은이

〈荷谷先生詩鈔 10〉

贈熙俊上人
희준스님에게

悄悵烟蘿9)計太遲	쓸쓸 서글픔 산림에 너무도 늦은 계획
暮年初結綵雲期	한해가 저물어 처음 맺은 구름의 기약
三冬文史東方朔	삼동 한 겨울의 문사는 동방삭이고
萬軸經函惠遠師	일만 축의 경전 함은 혜원의 스님

---

9) 烟蘿: 안개 어린 넝쿨. 산림으로 차용되는 말.

天外鍾聲遙夜後　　하늘 밖의 종소리는 먼 밤의 뒤이고
隴頭梅發早春時　　언덕 머리 피는 매화는 이른 봄의 시기
寒灰又動江湖興　　재처럼 식은 강호의 흥이 다시 움직이니
預恐明朝有別離　　내일 아침에 또 이별이 있을까 미리 걱정

〈荷谷先生詩鈔 13〉

贈純上人
순스님에게

霞背寒棲憶去年　　안개 등진 추운 거처에 지난 해가 기억돼
佛香僧飯夢依然　　부처님 향기 스님의 밥이 꿈에 아련하네
重尋往事堪怊悵　　지난 일을 다시 찾으려니 서글픔 견디나
不及梨花聽杜鵑　　배꽃 계절 못 미쳐서 두견울음 듣는다

〈荷谷先生詩鈔 18〉

贈玉海山人
옥해스님에게

窓外東風料峭10)寒　　창 밖의 봄바람 약간 쌀쌀하게 차가운데
鴨鑪香篆爐初殘　　압로의 향로 향불 연기 처음 자자지는 때
土床晩起無餘事　　토담의 침상에 늦게 일어나 일이 없으니
白首工夫只弄丸　　흰 머리에 하는 공부 다만 구슬 놀이

〈荷谷先生詩鈔 18〉

贈無爲
무위에게

天王峯上走如飛　　천왕봉 위로 날 듯이 달려
手碎千年片石歸　　손으로 천년의 조각돌을 부수고 돌아오다
可惜英雄空老去　　애석하구나 영웅들은 부질없이 늙어 갔고
碧山蘿月掩柴扉　　푸른 산의 아스라한 달에 사립문을 닫는다

....

10) 料峭: 쌀쌀한 추위의 표현. 바람이 약간 차가움의 형용.

豆滿江邊草木衰　　두만강의 가에는 초목이 쇠잔하고
孤城處處見旌旗　　외로운 성 곳곳에 가는 깃발만 보여
山中袖却擎天手　　산 속에서 하늘 떠받들 솜씨를 물리치면
怊悵何人斬月支[11]　쓸쓸하게도 어느 사람이 월지국 베이지

〈荷谷先生詩鈔 19〉

贈學上人 次林塘[12]韻
학스님에게 임당의 운에 차운

少日臨河[13]氣欲憑　어려서는 물고기나 부러운 헛된 기개 의지하고
白頭流浪捻輪僧　　늙어 흰 머리에는 유랑하여 모두를 스님께 주다
如今始了安心法　　지금에 와서 비로소 마음 안정의 법을 알아서
手有胡孫萬歲藤[14]　손 안에는 호손의 만세 등나무 지팡이가 있네

荷谷先生詩鈔 20

允上人卷 有子順[15]詩 仍次其韻
윤스님 시권에 자순의 시가 있어 그 시운에 차운

白玉樓前孤鶴飛　　백옥의 누대 앞에 외로운 학이 날고
紫烟籠樹月依微　　붉은 안개 숲을 에워싸 달은 희미하구나
江潭芳草年年綠　　강이나 연못의 방초는 해마다 푸르지만
怊悵斷魂何日歸　　서글피 끊긴 혼령은 어느 날이나 돌아와

〈荷谷先生詩鈔 20〉

....

11) 月支: 월씨(月氏). 서방(西方) 씨족 국가. 침략자를 지칭하기도 함.
12) 林塘: 정유길(鄭惟吉 1515~1588)의 호.
13) 臨河: 임하선어(臨河羨魚), 강물에 가서 물고기를 부러워한다. 헛된 욕망만 있고
　　실제 행동이 없음을 비유함.
14) 胡孫萬歲藤: 호손등(胡孫藤). 지팡이 이름. 당(唐) 이백(李白)의 〈승가가(僧伽歌)〉
　　에 "瓶裏千年舍利骨 手中萬歲胡孫藤(병 속에는 천년의 사리골이고 손 안에는
　　만년의 호손등나무)"라 함이 있다.
15) 子順: 임제(林悌 1549~1587)의 자.

贈無爲
무위에게

趙州無丹霞有[16]	조주는 없다 하고 단하는 있다 했지만
有無本相須	있고 없음이 원래 서로 필수인데
世人强先後	세상 사람들은 애써 앞뒤를 따져
我觀有無際	내가 있고 없음의 사이를 관찰하니
渺渺恒河沙	아득 미묘하기 항하사의 모래이네
夜久雪猿啼嶽頂	밤 깊으면 눈발 원숭이 산마루에 울고
夢回淸月上梅花	꿈을 깨면 맑은 달이 매화꽃으로 돋아

〈荷谷先生詩鈔補遺 5〉

贈季雲上人
계운스님에게

仲春氣已暖	중춘의 2월 천기는 이미 따뜻해
澗水氷始泮	시냇물의 얼음도 녹기 시작하네
我欲下山去	나는 산을 내려 가려 하니
臨行重三歎[17]	떠남에 다다라 거듭 세 번의 감탄
林僧無垢氛	산 속 스님은 때묻은 기가 없고
俗客多羈絆	세속 나그네는 얽힘이 많구나
他年叢桂陰	다음 날 계수나무 떨기 그늘에
永結山中伴	길이 산 속의 친구로 맺읍시다

〈荷谷先生詩鈔補遺 6〉

....

16) 趙州無丹霞有: "구자불성유무(狗子佛性有無 개에게도 불성이 있느냐 없느냐)"
   의 공안(公案)에, 조주종심선사(趙州從諗禪師)는 없다 하고, 단하천연선사(丹霞
   天然禪師)는 있다 했다.
17) 三歎: 원래 3 사람이 노래하는 이를 따라 감탄의 소리를 내어 내가 응대함을
   의미함. 일창삼탄(一唱三歎).

呈無爲
무위에게

黃河有龍馬[18]	황하에는 용마가 있었고
洛水有靈龜	낙수에는 영험의 거북 있어
玄象[19]豈云秘	하늘 형상 어찌 비밀이라 하나
圖書其在斯	그림과 글씨가 여기에 있었네
憑君莫問我	그대 빗대어 나를 묻지 말게나
我是舊庖羲	내가 바로 옛날의 복희씨이니

〈荷谷先生詩鈔補遺 6〉

贈純上人
순스님에게

前林梅欲老	앞 숲에는 매화도 늙으려 하고
風雨敗叢蘭	비바람에 난초 무리가 시들었네
世故長爲客	세상 이유로 길이 나그네 되니
生涯半在山	생애의 삶이 반은 산에 있게 돼
淸鍾鳴竹院	맑은 종소리 대 원집에 울리고
殘火照雲關	지는 불빛도 구름 관문을 비춰
一夜聞僧話	한 밤에 스님 이야기를 듣자니
愁邊亦解顔	시름 변두리에 역시 얼굴 풀리네

〈荷谷先生詩鈔補遺 7〉

---

18) 龍馬: 고대 전설에 용 머리에 말 몸체인 신수(神獸). 복희씨(伏羲氏)가 천하의
왕이 되니 하수에서 용마(龍馬)가 나와 곧 그 무늬를 따라 8괘를 제정하니 이를
일러 하도(河圖)라 한다.
19) 玄象: 천상(天象) 일 월 성신(星辰)이 하늘에서 형성된 모습.

贈均釋子
균석자에게

一壑脩眞久	골짜기 한쪽에서 진리 닦기 오래니
雙林20)托契深	쌍림의 사원에 믿음 쌓기 깊었네
士慚仁智勇	선비는 인자 슬기 용기 부끄럽지만
僧說去來今	스님은 가고 옴이 바로 지금이라네
已分心灰息	이미 마음의 재 식음을 분간하니
寧堪鬢雪侵	귀밑에 서리 침범도 평안히 감내
相期雲海路	서로 구름 바다의 길을 기약하니
芳樹聽春禽	꽃다운 나무에서 봄 새를 듣는다

〈谷先生詩鈔補遺 7〉

寄答無爲禪伯
무위선백에게 답신

苦憶山僧伴客幽	산 속 스님 손님 맞음 깊숙함 기억하려니
可堪蹤跡捴悠悠	종적 자취가 모두 유유 아득함 견딜 만
風塵未記經年面	풍진세상에 지난 세월의 낯을 기억 못하고
燈火長懷昔日遊	등불 밑에서는 길이 지난 놀이를 회상해
關外人稀空遠夢	국경 밖 사람 희소해 부질없이 먼 꿈이고
洛中書到又新愁	서울 장안 안에 편지가 오니 또 새 시름
秋來欲赴匡廬21)約	가을이 되면 광려의 약속으로 내달려 하나
其奈孤雲22)逝不留	외로운 구름이 가고 오지 않음을 어찌하나

〈荷谷先生詩鈔補遺 8〉

....

20) 雙林: 석가모니께서 열반하신 곳으로, 일반적으로 절을 지칭함
21) 匡廬: 강서(江西)의 여산(廬山)을 말함. 전설에 은 주(殷周)의 시대에 광속(匡俗)
이라는 이의 7형제가 여기에 집을 정하고 살아 얻은 이름.
22) 孤雲: 신라말의 최고운(崔孤雲)이 가야산에 숨어 간 곳을 모른다 하니 이를 빌려
말했을 수도 있겠다.

贈連上人
연스님에게

山中叢桂樹	산 속의 한떨기 계수나무
春至發寒芳	되어 싸늘한 꽃피겠지
借問重來日	묻건대 다시 오는 날에
瓊枝幾尺長	구슬 가지 몇 자나 자랐던가

〈荷谷先生詩鈔補遺 13〉

題無爲軸
무위의 시축에 쓰다

我觀西番23)蓮	내가 서역의 연꽃을 보니
其大如車輪	크기가 마치 수레바퀴 같네요
車輪不足道	수레바퀴로도 말하기 부족하여
如露復如塵	이슬 같다가 다시 진흙 같기도
水作廣長舌	물에서는 넓고 긴 혀이더니
山爲清淨身	산에서는 맑은 청정의 몸이네
休煩此山水	이런 산 물의 번거로움 멈추게
元是一微塵	원래가 하나의 작은 미진인 것을

〈荷谷先生詩鈔補遺 13〉

贈無爲
무위에게

此身千里足風沙	이 몸이 천리를 내닫는 바람 모래이더니
解網歸來始一家	그물에서 풀려 돌아오니 비로소 하나의 집
莫問寒天燃木佛24)	추운 날씨에 나무 불상 불사른 것 묻지 말게

....

23) 西番: 서번(西蕃)으로, 서역 일대의 지역을 말하나, 때로는 인도를 말하기도 함.
24) 燃木佛: 단하소불(丹霞燒佛)의 공안(公案). 단하천연(丹霞天然)선사가 혜림사(慧

前身元是舊丹霞　　전신이 원래 옛날의 단하천연선사이었으니

　　　　　　　　　　　　　　　　　〈荷谷先生詩鈔補遺 15〉

贈懶融
나융에게

蕭蕭山雨濕茅茨　　쓸쓸한 산 비가 띳집을 적시니
萬里初廻楚客悲　　만 리에서 처음 온 초지방 나그네 서글프다
此夜三人成鼎坐　　이 밤에 세 사람이 솥발처럼 앉아 있어
淸言更聽小沙彌　　맑은 이야기를 다시 작은 사미에게 듣다

　　　　　　　　　　　　　　　　　〈荷谷先生詩鈔補遺 15〉

贈遠上人
원스님에게

久嬰司馬經年病25)　　오래 쇠약한 사마상여가 해를 넘긴 병으로
慣聽闍梨26)飯後鍾　　승려들의 조반 뒤의 종소리 즐겨 들었지
怊悵佳辰一百五27)　　서글피 쓸쓸한 명절인 백오일의 한식에
帝鄕歸路幾千重　　황제 고향 서울로 오는 길 몇 천리인가

　　　　　　　　　　　　　　　　　〈荷谷先生詩鈔補遺 16〉

贈信田上人
신전스님에게

浮名欺我四方遊　　뜬 구름 명예가 날 속여 사방으로 놀아

....

林사)에서 날씨가 추워 목불(木佛)로 불을 피우니 원주가 "왜 목불을 태우느냐"하
니 선사가 주장자로 재를 헤집으며 " 불살라 사리를 찾으려 한다."했다. 원주가
"목불에 무슨 사리가 있느냐"하니, 선사는 "이미 사리가 없다면 두 보처보살도
태워버려야 하겠네요."하니 원주는 이로부터 두 눈썹이 저절로 떨어졌다.

25) 司馬經年病: 사마상여(司馬相如)가 소갈증(消渴症)으로 오래 고생했다.

26) 闍梨: 범어 아도리(阿闍梨)의 약칭. 고승(高僧)의 의미로, 널리 승려를 이르는 말.

27) 一百五: 한식(寒食)날. 동지 뒤 105일이 한식이다.

笑別雲山叢桂幽　구름 산 계수나무 떨기에서 웃으며 작별
頭白只應忙裏老　머리 희기는 응당 분망한 속에서 늙음이니
人生何處得眞休　인생살이 어느 곳에서 참 휴식을 얻을까

〈荷谷先生詩鈔補遺 16〉

贈雲上人
운스님에게

一錫隨緣秋復春　하나의 석장으로 인연 따라 가을에서 다시 봄
河沙踏遍海揚塵　항하사의 모래 두루 밟아 바다에서 먼지 날려
他年我亦營茅棟　다음 날에 나도 역시 띳집 한 채 짓게 되면
憑仗吾師作主人　우리 스님에게 기대어 주인이 될 수 있을까

〈荷谷先生詩鈔補遺 16〉

贈環上人
황스님에게

十年蹤跡負雲山　10년의 떠돈 자취가 구름 산을 저버렸으니
誰料餘生辦此閑　남은 삶에 이런 한가함 누가 헤아릴 것인가
萬死殘魂今始定　만 번 죽었다 남을 영혼 지금에사 안정되니
臥聞鍾漏五更寒　누워서 종소리 듣는 시간 새벽의 추위이네

〈荷谷先生詩鈔補遺 17〉

贈淳沙彌
순사미에게

海上寒梅發舊叢　바다 위의 차가운 매화 옛 떨기에서 돋으니
十年愁夢大關東　10년의 시름과 꿈은 대관령의 동쪽이네
時人莫怪今留滯　당시 사람들 지금 막혀 머무름 괴상타 말라
洗鉢焚香爲遠公　바릿대 씻고 향 사르는 것 원스님 위함이니

〈荷谷先生詩鈔補遺 17〉

허봉許篈　295

題僧軸
스님 시축에 쓰다

海鶴獨飛遠	바다 학이 홀로 날아 멀어지니
天涯杳去蹤	하늘 끝 아득히 가는 자취이네
春風南國路	봄바람의 남쪽 지방의 길이니
京洛夢中鍾	서울 거리는 꿈 속의 종소리

〈荷谷先生詩集續補遺 1〉

又
또하나

送爾梁山去	양산으로 가는 그대 송별하니
桃花半落時	복숭아꽃이 반은 지는 시절이네
慇懃柳太守	은근한 정의 저 유씨 태수는
千里一相思	천 리에 하나인 서로의 생각

〈荷谷先生詩集續補遺 1〉

遙寄性牛上人
멀리 성우스님에게 보냄

久負驪江二十年	오래 저버린 여강의 20년 세월
夢魂頻到白鷗邊	꿈 속에는 자주 찾은 백구의 물가
秋風忽憶長興寺	가을바람에 홀연 장흥사가 기억되니
黃葉靑山益杳然	누런 잎 푸른 산이 더욱 아득하구나

〈荷谷先生詩集續補遺 2〉

贈修釋
수석에게

欲問金剛千萬峯	금강산 일천 일만 봉우리를 물으려 하나

296 조선조 유가가 승려에게 준 시

何人隨我躡仙蹤　어느 누가 나를 따라 신선 발자취 밟을까
憑師拂袖出門去　스님에게 의지해 소매 떨쳐 문 나서 가니
共聽長安半夜鍾　함께 한밤중의 서울 장안 종소리를 듣다

〈荷谷先生詩集續補遺 4〉

奉戒學上人
계학스님을 받들어

嗣昔充三寶　그대 옛날 삼보로 충원될 때
余曾寄一枝　내가 진작 한 지팡이 주었지
時供香積飯28)　때때로 향적불의 향적반 올리며
爲問楚臣悲　초나라 신하 서러움 묻기 위함
月照金繩29)夜　달은 황금 동아줄의 밤 비추고
春廻玉樹時　봄은 백옥의 나무로 돌아오는 때
憑師拂塵服　스님에게 기대어 먼지 옷 떨치니
隨我采華芝　나에게도 채화의 영지가 따르네

〈荷谷先生詩集續補遺 5〉

贈上人
스님에게

寂寂灘聲裏　적적 고요한 여울 물 소리 속에
師歸杳未從　스님 돌아가 아득히 따르지 못해
不緣憐古意　옛 생각의 연정에 이끌리지 않아
誰爲問孤蹤　누가 외로운 자취 물을 수 있나
嶺路雲烟暝　고개 길에는 구름 안개 어득하고

....

28)　香積飯: 중향국(重香國)의 향적불(香積佛)의 향반(香飯).
29)　金繩: 불경에서 말하는 이구국(離垢國)에서 경계를 구별하기 위하여 무쇠로 만든 새끼줄.

暮江波浪重	저녁 강에는 물결만이 거듭되네
今朝三浦宿	오늘 아침에는 삼포에서 묵어
愁聽廣陵鍾	시름으로 광릉의 종소리를 듣다

〈荷谷先生詩集續補遺 6〉

贈上人
스님에게

浪跡承殊眷	유랑의 흔적은 특수한 사랑으로 잇고
流年換故蓂30)	흐르는 세월은 옛 명협으로 교환되다
玉墀頻賜履31)	백옥의 뜰에서 자주 신발 내리시고
蓬島又飛螢	봉래산 섬에서는 또 반디부리 날다
短髮愁懷苦	짧은 머리털은 시름 회포 괴롭고
荒園夜色冥	거친 전원에는 밤 빛깔만 어둡구나
林虛延缺月	숲이 텅 비니 이글어진 달 마지하고
池闊浸寒星	땅이 광활하니 차가운 별의 침범
曲檻偏臨水	굽은 난간은 기울어 물에 임하고
疎梧落滿庭	성근 오동나무 뜰 가득히 내리다
芙蓉32)那可吐	목련꽃을 피울 만할 것인가
蟋蟀不堪聽	귀뚜라미를 들을 수 있을까
鍾漏秦城遠	시간의 종소리에 진성이 멀고
秋風楚客醒	가을바람에 초지방 손님 깨다
何時東嶺夜	어느 때나 동쪽 고개의 밤에
頭白草玄經	머리 허옇게 태현경을 쓸까

〈荷谷先生詩集續補遺 6〉

---

30) 蓂: 명협(蓂莢). 고대 전설에서 일종의 서초(瑞草). 매월 초하루에서 15일까지
   잎 하나씩 돋다가 16일부터 한 달 끝까지 한 잎씩 떨어져서 일명 역협(曆莢)이라
   고도 한다.
31) 賜履: 임금이 하사하는 봉지(封地)를 이르는 말.
32) 芙蓉: 목련(木蓮), 곧 목부용(木芙蓉).

贈白雲山 如上人
백운산 여스님에게

舊遊深洞覓丹砂	옛날 깊은 골에 놀아 단사를 찾았는데
三度幽巖結桂花	세 번 깊은 바위 건너 계화를 맺었었지
黃紙[33]題名催客鬢	황지에 이름 쓰니 나그네 머리 재촉하고
白雲埋壑認君家	흰 구름이 골을 메우니 그대 집 알겠네
香臺急雪藏秋瀑	향기 누대에 급한 눈 가을 폭포 잠기고
御路寒霜滿曙靴	궁궐 길의 차가운 서리 새벽 신발에 가득
怊悵佳期負猿鶴	서글프게도 좋은 기약의 원숭이 학 저버리니
青門獨上望天涯	푸른 문에 홀로 올라 하늘가를 바라보다

〈荷谷先生詩集續補遺 9〉

---

33) 黃紙: 옛날 관원의 선발이나 승진에 누런 종이[黃紙]에 써서 보고했다.

이안눌
李安訥

李安訥(1571 선조 4~1637 인조 15) 조선조 문신, 시인. 자느 자민(子敏), 호는 동악(東岳). 본관은 덕수(德水). 1599년(선조 32) 정시문과(庭試文科) 을과에 합격. 여러 언관직(言官職)을 거쳐, 1601년 예조 이조 정랑(正郎)을 지내고, 이해 진하사(進賀使)의 서장관(書狀官)으로 명나라에 다녀온 후 원접사(遠接使)의 종사관(從事官)이 되었다. 1607년 동해부사(東海府使), 1610년(광해군 2)에 담양부사(潭陽府使), 3년 후 경주부윤(慶州府尹)을 거쳐, 1516년 승문원부제조(承文院副提調), 동부승지(同副承旨)를 지내고, 문신정시(文臣庭試)에 급제한 후 1617년 예조참의에 오르고 다음해 강화부윤(江華府尹), 1622년에 부사과(副司果)가 되었다. 이해 광해군의 폭정에 분개하여 사직 은퇴했다. 1623년 인조반정으로 등용, 예조참판(禮曹參判)에 오르고, 다음해 이괄(李适)의 난에 방관했다 하여 퇴출되었다가 1628년(인조 6)에 방면되어 강화부유수(江華府留守)로 복직, 형조참판을 거쳐 1631년(인조 9) 함경도관찰사를 지내고 다음해 주청부사(奏請副使)로 명나라에 가서 인조의 아버지 정원군(定遠君)의 추존을 허락받아 원종(元宗)이라는 시호를 받고 돌아와 그 공으로 예조판서에 올랐다. 1633년 예문관제학(禮文館提學), 다음해 공청도관찰사(公淸道觀察使)를 지내고, 1636년 병자호란 때 인조를 남한산성으로 호종(扈從)하였다.

청백리로 녹선(錄選)되고 시호는 문혜(文惠)이다. 면천(沔川)의 향사(鄕祠), 담양의 구산서원(龜山書院)에 제향되었다.

유집 〈동악집(東岳集)〉은 저자의 조카 침(梣)과 재종질 식(植)이 자편고(自編稿)를 바탕으로 수집 편차한 것을 전라도관찰사 원두표(元斗杓)등이 1640

년 목판으로 간행했다. 원집이 권 1에서 권 24까지 시이고 권 25가 부(賦)이고 권 26이 잡저(雜著)이다. 속집에 시가 1백 10여 수이고 별록으로 저자에 대한 만사(挽詞)의 모음이다.

正上人詩卷 次西坰[1]韻
정상인 시권에 서경의 운에 차운하여

爾從山中來	그대 산에서 왔다가
還向山中去	다시 산을 향해 갔다
我本山中客	나도 원래 산중의 나그네라
爲報山中侶	산중의 반려에게 알리노니
山中幽事多	산중에는 조용한 일 많아
難與世人語	세상 사람들과 말하기 어렵지
巖花開又落	바위 꽃은 피고 또 져서
四時自成序	사시 사계절 저절로 이루고
擾擾名利關	시끄러운 명예 이욕 닫혔지만
不可以久處	오래 머무를 수가 없어서
歸去來[2]山中	산중에서 돌아왔지만
終當不負汝	끝내 그대 버리지 못해

　(上人時住妙香山寺)　(상인이 그때 묘향산 절에 있었다)

〈東岳集, 三-15〉

仁上人詩軸 次使相[3]韻
인상인 시축에 순찰사의 운에 차운

見說香山有石樓	묘향산에는 돌 누대가 있다는 말 들었는데
一官羈絆未曾遊	벼슬살이 얽매이어 노닌 적이 없으니
羨渠杖錫[4]飄然去	부럽구나, 그대는 석장 날려 표연히 가니

....

1) 西坰: 柳根(1549-1627)의 호. 자는 晦夫.
2) 歸去來: 돌아오다. 去來의 두 글자 중 하나는 뜻이 없이 관례적으로 쓰임. 여기서
　는 去의 의미가 없음.
3) 使相: 使는 임금의 심부름꾼이라는 의미로 國使이니, 곧 御使나 巡察使와 같은
　직책이고, 相도 돕는다의 의미로 宰相과 같은 지위로, 여기서는 존칭의 의미가
　강하다.
4) 杖錫: 錫杖, 승려의 지팡이를 이름. 여기서 杖錫이라 한 것은 시의 平仄을 맞추려

松桂清陰萬壑秋　　소나무 계수나무 그늘에 골 가득한 가을

一春重過古箕京[5]　　한 해 봄에 거듭 옛 기자의 서울을 지나도록
送爾西歸眼却明　　그대를 서쪽으로 보내니 눈이 문득 밝아지네
浿上[6]故人如問訊　　대동강 가에서 옛 친구가 안부를 묻거든
別來霜髮滿頭生　　이별한 뒤로 서리 머리칼이 가득하다고 하소

〈東岳集, 三-29〉

冠岳山天印上人 爲來索詩 書以贈之
관악산 천인산인이 시를 청하러 와서 써 주다

吾憶佛聖寺　　내 기억으로는 불성사에서
偶逢天印師　　우연히 천인 스님을 만났지
平生未見面　　평생을 보지 못할 얼굴이
千里故求詩　　천리에서 일부러 시 구하러 오다
花落官居靜　　꽃이 지니 관가 생활도 조용하고
鳩鳴春晝遲　　비둘기 우니 봄의 대낮도 더디다
臨分五字律　　이별에 다다라 다섯 자의 율시로
一壑結幽期　　한 골짜기에서 그윽한 기약 맺다

杖錫凡塵外　　스님 지팡이 모든 먼지 밖이라
飄然不定居　　표연히 일정한 거처가 없구나
雲移關嶺遠　　구름 옮기니 저 고개도 멀고
月出洞天虛　　달이 돋으니 마을 하늘 비다
覺性清無染　　깨닫는 본성 맑아 무젖음 없고
禪心炯自如　　선의 마음은 밝아 자연 진여

....

　　는 고의성이다. 錫은 仄聲이고 杖은 平聲이다. 4 번째 자가 평성이라야 平仄에
맞는다.
5) 箕京: 平壤. 평양이 고대 箕子朝鮮의 수도여서 이르는 말.
6) 浿上: 大同江 가. 대동강을 패강이라 한다.

深慙[7]五斗米　　깊이 5 말 쌀을 부끄러워 하니
身世似池魚　　몸과 세상 신세 물고기 같구나

浮屠蹤跡本無依　　스님들의 발자취추가 원래 의지함 없으니
萬里長空一鶴飛　　만 리의 높은 하늘에 하나의 학이 날다
遙塞偶尋羈客至　　먼 변방에서 우연히 나그네 찾아 왔다가
短筇翻逐片雲歸　　짧은 지팡이로 다시 조각 구름 따라 가다
花殘銅渡[8]回蘭棹　　꽃이 동작동 나루에 지니 난초 돛대 오고
月滿珠臺掩石扉　　달이 연주 누대 가득하니 돌 문을 닫다
自笑世緣何日了　　우습구나, 세상 인연 어느 날 다해
故山回首悟今非[9]　　고향 산으로 머리 돌려 이제의 잘못 아나

〈東岳集, 六-29〉

次卷上韻 送印上人還冠岳山
시권의 운에 차운하여 인상인을 관악산으로 보내다

天涯送爾還京邑　　하늘 가 그대 서울로 되돌려 보내니
待得秋風訪我不　　가을 바람을 기다려 나를 찾겠나 아닌가
一壑雲林牛耳洞　　구름 숲으로 골이 가득한 우이동에서
草廬新卜小溪頭　　초가집을 새로이 시내 가에 지었다네

....

7) 五斗米: 관리가 상관에게 허리를 굽힘. 晉의 陶潛이 彭澤令으로 있을 때에 상관이 오자 마지하면서, 닷말의 녹봉 곡시로 허리를 꺾을 수 없다(不折腰五斗米)하여 사직했다는 일화가 유명하다.
8) 銅渡: 의미가 확실하지 않다. 혹, 銅雀洞 나루를 말함인가, 다음 구 珠臺가 관악산의 連珠臺와 대구로 쓴 듯.
9) 悟今非: 晉 陶潛의 〈歸去來辭〉에 "覺今是而昨非(지금이 옳고 어제 날 잘못임을 깨닫다)"함이 있다. 이는 도잠이 벼슬을 그만 두며 과거를 후회하는 내용이다. 지금 이 시의 작자도 그런 심정인데 '今非'가 아닌 '今是'라 함은 脚韻을 고려한 擬作이다.

白沙學士郊居子　　백사 윤차야 학사와 교거 목우경 군도
能得閑情似此不　　한가한 정 누릴 수 있음 이같은가 아닌가
小閣焚香春日永　　작은 누각에 향을 사루며 봄날은 긴데
刺桐10)花落古墻頭　엄나무 꽃은 낡은 담 머리에 떨어진다
　(尹次野號白沙11)　睦禹卿12)號郊居　兩君詩俱在卷中　故及之)
　(윤차야의 호가 백사이고 목우경의 호가 교거인데 두 사람의 시가 시권 중에 있어
언급했다.)

〈東岳集, 六-29〉

次慧允上人詩軸韻
혜윤상인 시축의 운에 차운함

風亂鴉翻樹　　바람 어지러우니 까마귀 나무에 번득이고
天寒雪滿山　　날씨 차가우니 눈은 산에 가득하구나
鈴齋13)對釋子　고을 원님도 스님을 대하여
占得片時閑　　잠시 동안을 한가함을 얻었네

小杜14)平生靜愛僧　두목지는 평생동안 스님을 사랑하여
不堪回首望昭陵15)　머리 돌려 소릉을 바라보지 못했네
阿房健筆淹江海　아방궁의 건장한 글씨 바다 무젖어도
惆悵瀛洲未易登16)　슬픈 영주를 쉬이 오르지 못한다

〈東岳集, 七-6〉

....

10) 刺桐: 엄나무. 海桐, 山芙蓉이라고도 한다. 잎이 관상할 만하고, 가지와 줄기
　　사이에 가시가 있어 자동이라 한다.
11) 白沙: 尹暄(1573-1627)의 자가 次野, 호가 白沙이다.
12) 睦禹卿: 睦長欽(1572-1641)의 자가 禹卿인데 호가 郊居인지는 미상. 〈인명사전〉
　　에는 호가 孤石으로 되어 있다. 생몰연대로 보면 동일인 것은 틀림 없다.
13) 鈴齋: 고대에 지방 장관이 집무하던 곳.
14) 小杜: 唐의 杜牧之를 杜甫와 구별하기 위하여 小杜라 칭한다.
15) 昭陵: 唐의 太宗의 陵號.
16) 이 시에 내포되어 있는 역사적 사실에 대해서는 자세히 알 수 없음.

贈敬全上人
경전상인에게

寒鴉集古樹	추운 까마귀는 묵은 나무에 모이고
雪落湖天暮	눈은 내려 호수의 하늘도 저문다
山人此時來	산인이 이 때에 와서
索我題新句	나의 새로운 시구를 요구하네

〈東岳集, 七-6〉

贈妙淳上人
묘순상인에게

僧來覓我詩	스님이 와서 내 시를 찾지만
詩在無言裏	시는 무언 중에 있는 것을
雪月滿空階	눈 달이 빈 층계에 가득하고
蕭蕭竹風起	쓸쓸히 댓 숲 바람만 이네

〈東岳集, 七-6〉

題大鑑上人詩卷
대감상인의 시권에 쓰다.

八峯山上老沙彌	팔봉산 위에 늙은 스님이
來乞洪陽太守詩	홍양태수에게 시를 구걸해 왔네
詩句欲成師自去	시구가 이루려 하니 스님은 가고
一簾風雪暮鍾時	발 하나의 바람 눈 저녁 종 울리네

〈東岳集, 七-7〉

贈印悟上人
인오상인에게

萊州17)地濕似湘潭18)	동래 지방의 습기는 소상강과 같아서

瘴氣玄冬[19]噴作嵐	아지랑이가 깊은 겨울에도 안개 되어 뿜다
病守不堪頻望北	병을 간직하여 자주 북쪽 보기 견딜 수 없는데
禪僧何事又來南	참선하던 스님은 무슨 일로 또 남쪽으로 왔소
古城風雨參差夢	옛 성의 비 바람은 꿈을 어지럽게 하나
名岳煙霞子細談	이름난 산의 연기 안개 자연 자세히 말하오
懶性直思拋印去[20]	게으른 본성은 곧바로 관인을 버리고 싶으니
共尋仙洞結雲庵	함께 신선 골을 찾아서 구름 암자 지읍시다
師遍遊智異金剛等山云	(스님은 지리산 금강산 등을 두루 유람하였다 함)

〈東岳集, 八-23〉

梵魚寺 贈惠晶長老
범어사에서 혜정장로에게

雲壑深深松逕迷	구름 골짜기 깊고 깊어 소나무 길도 희미한데
遠尋禪院渡淸溪	멀리 스님 사원을 찾아 맑은 시내를 건너다
道人邀我石頭坐	도인께서 나를 맞아 바위 머리에 앉으니
林鳥數聲山日西	숲의 새 두세 곡조에 산의 해는 서쪽이네

〈東岳集, 八-46〉

梵魚寺 贈妙全上人
범어사에서 묘전상인에게

杖策行尋古佛堂	지팡이 의지하여 옛 불당을 찾아 가니
溪頭小逕入叢篁	시내 가 작은 길이 댓숲으로 들어가다
浮生半日偸閑地	뜬 인생 반나절을 한가로운 땅 훔쳐서

---

17) 萊州: 東萊의 옛 이름이 蓬萊이니 萊州는 동래를 말함.
18) 湘潭: 湘은 중국의 瀟湘江을 말하니 상담은 이 소상강을 이름.
19) 玄冬: 季冬, 섣달.
20) 拋印去: 관인을 버리고 가다. 작자인 東岳 李安訥이 당시에 東萊府使로 있었기에
한 말이다.

却遣山僧半日忙　　문득 산승을 반나절 동안 바쁘게 하다

〈東岳集, 八-46〉

梵魚寺 贈智安上人
범어사에서 지안상인에게

樹深山鳥近人飛　　나무 깊어 산 새가 사람 가까이 날고
峽口雲巒碧四圍　　골 어구 구름 봉우리 사방으로 에워싸다
坐聽溪聲歸路晚　　앉아 시내 물소리 듣다 갈 길이 늦으니
晴嵐濕盡薜蘿衣21)　개인 아지랑이가 갈대 베옷을 적시네

〈東岳集, 八-46〉

梵魚寺 贈道元上人
범어사에세 도원상인에게

石崖廻遝入煙霏　　돌 언덕 둘린 길이 안개 질은 속으로 드니
坐倚松根看夕暉　　소나무 뿌리에 앉아 저녁 햇살을 바라보다
蜀魄22)一聲山寂寂　소쩍새 한 곡조에 산은 적적 고요한데
轉頭三十九年非　　머리 돌리니 서른 아홉 해의 잘못이네

〈東岳集, 八-46〉

謝惠晶長老以辛甘菜見寄(本草 當歸俗名辛甘)
혜정장로가 신감채를 보내와 감사함(본초강목에 당귀의 속명이 신감이라 함)

世味辛甘已飽嘗　　세상 맛으로 맵고 단 것 배불리 맛보았으니
忍看山菜寄盈筐　　산 나물을 광주리 가득히 보내 옴 차마 보랴

....

21) 薜蘿衣: 칡넝쿨로 짠 베옷. 葛衣.
22) 魄: 蜀魂. 杜鵑새. 전설에 蜀나라 임금의 이름이 杜宇이고, 호를 望帝라 하였는데
　　죽어서 두견새가 되어 봄날이면 밤낮으로 울어 그 소리가 애처러우니, 촉나라
　　사람들이 듣고는 "이는 망제의 혼이다" 한데서 유래함.

| 從來道是當歸草 | 예부터 이것을 당연히 돌아갈(當歸)풀이라 하니 |
| 要勸羈人返故鄉 | 나그네 사람에게 고향으로 돌아가기를 권함인가 |

〈東岳集, 八-46〉

惠晶長老請賦一詩 劇諸石上 以爲後日之覽 輒書此以示
혜정장로가 시 한 수 청하여 돌 위에 새겨 뒷날의 관람으로 삼겠다기에 곧 이를 써서 주다

德水[23]李居士	덕수의 이거사이고
萊山晶上人	동래의 혜정 상인
煙霞一古寺	안개 노을 하나의 옛 절
丘壑兩閑身	언덕과 골에 두 한가한 몸
掃石苔粘屐	바위 쓸자 이끼 신발에 묻고
觀松露墊巾	솔 구경에 이슬은 두건 적셔
蒼崖百千劫	푸른 언덕 일백 일천의 세월
短什是傳神	짧은 글귀 신선으로 전할까

〈東岳集, 八-51〉

晶和尚設飯 詩以謝之
혜정화상이 음식을 차려 시로 감사하다

梵魚古精舍	범어사의 옛 정사에
老僧名惠晶	노스님의 이름이 혜정이네
我來宿其房	내가 와서 그 방에서 자고
晨起具飯羹	새벽에 일어나니 밥 국이 갖추었네
羹以煮錦葵	국은 비단 같은 아욱으로 끓이고
飯以炊玉糠	밥은 백옥 같은 쌀로 지었네
松枝斫爲薪	솔가지를 베어 땔감을 삼고
寒泉淪石鐺	찬 샘물에 돌 솥을 씻다

....

23) 德水: 필자인 東岳 李安訥의 관향이 덕수이다.

新蔬三四品	새로운 채소 세네 가지와
飣盤俱眼明	차려진 소반에 다 눈을 밝히다
山蔘淨如雪	산삼은 깨끗하기 눈과 같고
澗芹甘似餳	시내 미나리는 사탕처럼 달다
蕨芽與菁根	고사리 싹과 무 뿌리로
調芼椒薑幷	산초 생강 뒤섞인 조리인데
最喜籜龍24)兒	가장 좋기론 어린 댓 순을
和露斲斑莖	이슬 맞아 자른 얼룩 줄기이다
始覺匙筯香	비로소 수저 향기로움 깨달으니
忽使肌骨淸	홀연 살과 뼈가 시원하게 되다
兩歲慣南食	두 해 동안 남쪽 음식에 길들어
腸肚厭腥鯖	창자 속이 비린내 물고기 싫다가
淡泊禪家味	담박한 스님 집 맛에
洗盡塵累嬰	먼지에 얽맨 여윈 몸 다 씻었네
一笑謝和尙	한 번 웃으며 화상에게 감사하니
飽餐感素誠	배부른 음식 감동되는 소박한 정
方丈25)信非願	호화 식단이야 원하는 바 아니지만
滿腹豈求贏	배 부름이야 어찌 여유의 구함인가
人生此可樂	인생이란 이런 것이 즐거움이지
咄彼五鼎26)烹	에이! 저 풍성한 솥의 삶음이여

〈東岳集, 八-51〉

留別敬祖上人
경조상인을 이별함

長老曾無出山日　　장로는 산을 벗어난 날이 일찍이 없고

....

24) 籜龍: 竹筍의 別稱.
25) 方丈: 食前方丈의 줄임. 음식 상이 한 길일 정도로 풍성함을 말함. 곧 사치스런
    생활을 이르는 말. 〈孟子, 盡心〉에 "食前方丈 侍妾數百人 我得志 弗爲也(식탁 앞의
    사방 한 길과 시첩 수백 명은 내가 뜻을 이루어도 하지 않을 것이다)"함이 있다.
26) 五鼎: 五鼎食. 솥 다섯을 벌려 놓고 먹다. 곧 고관 귀족의 사치 생활을 이르는 말.

使君歸去絶來期　　순찰사도 돌아가 올 기약이 끊겼으니
一溪流水月正滿　　한 시내 흐르는 물에 달이 정이 차면
只是兩鄕相憶時　　다만 두 시골에서 서로 기억한 때이네

通度寺 次道林上人韻
통도사에서 도림상인의 시운에 차운

松檜交陰佛殿虛　　소나무 회나무 섞인 그늘 불전은 비었고
老僧齋罷磬聲餘　　늙은 스님 재를 끝내니 풍경소리 남았네
苔階坐數歸林鳥　　이끼 층계에 앉아 숲으로 드는 새를 세며
愧殺雲山未卜居　　부끄럽게도 구름 산에 아직 거처 못 정해

一鵑啼徹五更頭　　소쩍새 하나 새벽까지 울음 철저하고
月黑松林水暗流　　달도 검은 소나무 숲에 물은 조용히 흘러
默對道人心却愧　　잠잠히 도인을 대하니 마음 곧 부끄럽다
左魚[27]經歲阻淸遊　　관인을 차고 해를 넘겨 맑은 놀이 막히니

〈東岳集, 八-52〉

六月二十五日 還到通度寺 書示仁暹上人
6월 25일, 다시 통도사로 돌아와 인섬상인에게 써 보이다

六月淸流洞　　유월달 청류동에는
松風作雨聲　　소나무 바람이 빗 소리 되다
吾生何太苦　　우리 삶은 어찌 크게 괴로운가
北去又南征　　북으로 가고 또 남으로 가니

〈東岳集, 八-53〉

....

27) 左魚: 군수나 지방관이 반을 나누어 가진 신표. 유사시에 나머지 반으로 증명함.
　　신표를 물고기 형상(魚形)으로 제작했다.

312 조선조 유가가 승려에게 준 시

次妙彦上人詩卷韻
묘언상인 시권의 운에 차운

李相名聲重太山　한음 이상국의 이름 소문은 태산보다 무겁고
崔公筆力漢秦間　동고 최공의 필력은 한나라 진나라와 다투다
陽春[28]自古稱難和　양춘의 가곡은 예부터 화답하기 어렵다 하니
撚斷吟髭[29]只汗顏　수염 부비며 골돌히 읊어도 얼굴에 땀만이네
　　右題漢陰[30]李相國, 東皐[31]崔令公詩後
　　(위 시는 한음 이상국과 동고 최공의 시 뒤에 씀)

甘露禪房倚鷲山　감로당의 선방이 영취산에 의지했고
玉泉流出彩雲間　백옥의 샘물은 채색 구름 사이에서 나온다
若敎此地成眞隱　만약 이 땅이 참으로 숨을 곳이 되게 한다면
不待仙丹可駐顏　신선 단약을 기다리지 않고 얼굴 멈출 만하네
　　右詠通度寺舊有甘露堂故云
　　(위 시는 통도사에 옛날 감로당이 있다 해서 한 말이다.)

〈東岳集, 八-53〉

通度寺 次仁暹上人韻
통도사에세 인섬상인의 시운에 차운

滌盡塵襟骨欲仙　먼지 옷깃을 씻어 다하니 골격이 신선되려 하고
佛齋欹枕聽鳴泉　부처 재실에서 베개 기대어 우는 샘물 듣는다
雲林雨霽淸如掃　구름 숲에 비가 개이니 쓸어낸 듯 맑고
日暮星河滿洞天　날 저무니 별의 하수 은하가 골 하늘 가득하네

----

28) 陽春: 옛 가곡의 이름. 陽春과 白雪의 곡은 전국시기 楚나라의 곡인데, 화답하기
　　가 어려운 곡이라 함.
29) 撚髭: 수염을 비비 꼰다 하여, 詩想에 골돌한 모습을 이르는 말.
30) 漢陰: 李德馨(1561-1613)의 호. 자는 明甫.
31) 東皐: 崔岦(1539-1612)의 호. 또 簡易라고도 함. 자는 立之.

鷲峯仙洞碧雲重　영취산 신선 동부에 푸른 구름이 거듭되는데
更着詩僧似己公　다시 시하는 스님 있어 제기공을 닮았구나
後夜石壇山月上　밤 뒤에 돌 제단에 산 달이 돋으니
鶴翻涼露滴高松　학이 번득이니 찬 이슬이 높은 솔에서 지다
　　己公唐僧齊己　善爲詩　出杜詩
　　(기공은 당의 스님 제기이니 시를 잘 했다는 말이 두시에 나온다)

心似氷壺本自空　마음은 얼음 병 같아 본래 저절로 비었고
僧廬更在竹陰中　중의 집은 다시 대밭 그늘 속에 있구나
蒲圍石枕淸宵夢　부들 방석 돌 베개의 맑은 밤의 꿈이
便逐靑牛32)白兎公33)　문득 푸른 소 탄 노자와 신선 백토공을 쫓네

〈東岳集, 八-53〉

通度寺 贈文慧上人
통도사에서 문혜상인에게

一壑涼風洒碧泉　골짜기 가득 서늘 바람이 푸른 샘에 쏟으니
山門六月似秋天　산문에는 유월 달에도 가을 날씨 같구나
禪僧手掃長松下　선승은 손수 큰 소나무 밑을 쓸다가
閑掛袈裟坐石眠　한가로이 가사 걸어놓고 돌에 앉아 졸다

雪崖苔蘚翠成紋　눈빛 바위 이끼들이 파랗게 무늬를 이루고
松影連橋石路分　솔 그림자는 다리와 이어 돌 길과 구분되네
日午上方齋飯罷　한낮 되어 상방에는 재 올린 밥이 끝나니
小鍾聲徹一溪雲　작은 종소리 시내 구름에 닿아 흩어지다

〈東岳集, 八-54〉

....

32) 靑牛: 老子. 노자가 서족으로 노닐 때 국경의 관원 尹喜가 검붉은 기운이 국경에
　　뜨더니, 노자가 푸른 소(靑牛)를 타고 가는 것을 보았다 〈列仙傳〉 하여, 靑牛가
　　老子의 별칭이 되었다.
33) 白兎公: 白兎公子. 신선의 이름. 전하는 말에는 彭祖의 제자라 함.

314 조선조 유가가 승려에게 준 시

七月初一日 發通度寺 抵梁山 書贈戒行上人
7월 1일, 통도사에서 양산으로 가 계행상인에게 써주다

沙彌相送寺門前	사미승이 절 문 앞에서 서로 보내니
三日祇園³⁴⁾亦一緣	3일 동안의 사원에서도 역시 하나의 인연
堪笑浮生何處定	우습구나 뜬 인생이 어느 곳이 정처인가
澗聲山色倍依然	시내 소리 산 색깔이 배나 더 의연하구나

〈東岳集, 八-54〉

留別智禪³⁵⁾上人
지선상인을 이별하며

鷲溪之水鷲峯雲	취계의 시내 물이요 취봉의 구름인데
一出山前各何處	한 번 산문을 나서면 각기 어느 곳일까
吾人聚散正如此	우리들의 만나고 헤어짐 바로 이런데
此去無因更見汝	이번 가면 다시 너를 볼 인연 없겠네

〈東岳集, 八-54〉

謝惠晶長老寄鞋
혜정장로가 신을 보내와 감사함

山中遠寄兩芒屨	산중에서 멀리 두 짝 신을 보내오니
正是解官西去時	바로 벼슬 벗고 서쪽으로 가는 때이네
好向松溪訪林壑	좋게도 송계를 향하여 숲 골짜기 찾아
石蹊隨處憶吾師	돌 길 가는 곳 따라 우리 스님 기억하네

....

34) 祇園: 祇園精舍. 須達多 장로가 석존과 그 교단을 위해 세운 승방. 여기서는 사찰
   로 인용됨.
35) 智禪: 조선 중기의 승려. 1642년(인조 20) 허응당 보우(虛應堂普雨)의 〈수얼도량
   공화불사여환빈주몽중문답(水月道場空花佛事如幻賓主夢中問答)〉을 해인사에서
   중간함.

(松溪在牛耳洞)　　　(송계는 우이동에 있다)

贈雲逸上人
운일상인에게

師號高峯 南原人也 壬辰海賊之亂 以義僧從軍 功勞積著 受訓鍊正職帖
今差全羅左道總攝 勾管金城修築之役 領率緇徒 營建寺刹 住在城中 專
掌守護之任 將以備南北緩急之虞也

스님의 호는 고봉이고 남원 사람이다. 임진년 해적의 난리에 의병승으로 종군하여
공로를 쌓아 훈련정의 직첩을 받았고 지금은 전라좌도총섭이 되어 금성을 수리
개축하는 일을 관장하여 승려들을 거느리고 사찰을 세우고 성 안에 거주하며 수호
의 임무를 전담하니 장차 남북의 급한 일이 있을 것에 대비하고 있다.

南國無奇士　　　남쪽 지방에 기이한 무사 없는데
東林36)得老師　　동림사에서 늙은 스님을 얻었네
朝廷置總攝　　　조정에서는 총괄할 총섭을 두고
保障仗慈悲　　　자비로 의지할 것으로 보장하다
努力經營地　　　노력으로 경영 관리하다가
輸誠板蕩37)時　　어지러울 때에는 정성 다하다
白頭叨虎竹38)　　흰 머리에 병부의 수장을 이으니
空愧荷恩私　　　내 부질없이 사은을 받음 부끄럽다

....

36) 東林: 동림사(東林寺). 중국의 여산(廬山)에 혜원(慧遠)이 381년(동진 태원 6)에
　　세운 백련사(白蓮社)이다. 여기서는 사찰을 대표적 지칭으로 쓴 것임.
37) 板蕩: '板'과 '蕩'은 〈詩經, 大雅〉의 시편 이름인데, 모두가 周의 厲王이 무도하여
　　국가가 붕괴되고 사회가 혼란한 것을 풍자한 것이다. 그래서 '板蕩'이 정국의
　　혼란이나 사화의 동란을 이르는 말이 된다.
38) 虎竹: 銅虎符와 竹使符를 아울러 이르는 말. 虎符는 發兵에 쓰이고, 竹符는 군대
　　의 조절에 쓰인다.

次一珠上人詩卷韻
일주상인의 시권에 차운

昨夜梧桐雨	어제 밤 오동나무의 비에
郡齋秋氣多	군 청사에 가을 기운 많다
便思投印去	문득 생각하되, 인끈 던지고 가
鄕墅趁黃花	고향 별장에서 국화꽃 내달을까

作吏身仍滯	관리 되어 몸은 이어 막히고
歸田計未成	전원으로 귀거 계획 이루지 못해
秋風今又至	가을 바람이 이제 또 이르니
孤夢繞林扃	외로운 꿈만이 숲을 돌아 잠기다

〈東岳集, 九-8〉

送一珠上人遊智異山 次軸上韻
일주상인을 지리산으로 보내고 시축운에 차운

東西南北名山四	동 서 남 북으로 이름난 산이 넷인데
聞慣頭流第一奇	익히 듣기로 두류산이 제일 기이하다네
病臥官齋秋又到	병으로 관사에 누워 가을이 또 이르니
鬢絲憨愧送僧時	귀밑머리는 스님 보낼 때 부끄럽구나

(俗稱我國四名山 東皆骨 西九月 北香山 南智異山)
(세속적으로 우리 나라 명산이 넷인데 동은 개골산 서는 구월산 북은 묘향산 남은 지리산이라 한다.)

〈東岳集, 九-11〉

次德連上人詩卷韻
덕연상인 시권운에 차운

一笑龍灣館	용만관에서 한 번 웃으며
春風共倚欄	봄 바람에 함께 난간 의지하다

天晴鴨水綠　　하늘 개이니 압록강 물 파랗고
日暮鶻峯靑　　해 저무니 골봉이 푸르다
湖海今重見　　호수 바다에서 지금 다시 보니
星霜39)問幾經　햇수로 몇 번을 지났나
秋齋兩夜語　　가을 관사 이틀 밤의 이야기는
要與返巖扃　　바위 문으로 돌아가자는 요점

〈東岳集, 九-14〉

次廣源上人詩卷韻
광원상인의 시권운에 차운

風打疏桐雨滴秋　　바람은 싱긴 오동을 치고 비는 가을을 적셔
郡齋東望近頭流　　군 청사에서 동쪽을 바라보면 두류산 가까워
投簪40)直欲携師去　벼슬 끈 던지고 곧바로 스님 따라가서
靑鶴峯前寺寺遊　　청학봉 앞에 절마다 노닐려 하려 하다

〈東岳集, 九-15.〉

贈敬悟上人
경오산인에게

梅向春前動　　매화는 봄 앞에서 움직이고
僧從雪裏來　　스님은 눈 속에서 왔네
新詩正滿眼　　새로운 시가 바로 시선 가득하니
吟苦不能裁　　괴로이 읊기 자제할 수 없네

〈東岳集, 九-21.〉

....

39) 星霜: 별은 1년에 한 번 회전하고, 서리도 1년의 한 번 추위에 내리기에 1년의 햇수를 '星霜'이라 함.

40) 投簪: 冠에 장식한 비녀(簪)를 떼어 버림이니, 곧 벼슬을 버린다는 뜻.

次雲逸上人詩卷韻
운일상인의 시권 운에 차운

萬壑晴嵐一道泉	일만 골짜기 아지랑이 개여 길 가 샘 하나
石壇春靜日如年	돌 강단에 봄이 고요하니 하루가 일년이네
芒鞋布襪尋眞約	짚신 무명 버선으로 참 약속을 찾아가니
松桂花香滿洞天	소나무 계수나무 꽃향기 동천에 가득하다

羈心日夜憶林泉	나그네 얽맨 마음 밤낮으로 임천의 자연 생각
四十如今又一年	40 여년 한결같이 지금 또 한 해이구나
直欲掛冠春作伴	곧바로 갓을 걸어놓고 봄날에 동반하여
故園歸趁賣餳天[41]	고향으로 달려 화려한 봄날에 내달을까

〈東岳集, 九-23〉

春日郡齋書贈義林上人
봄날 군 청사에서 의림상인에게

竹村如畫半臨溪	대나무 마을 그림같이 반은 시내에 닿고
對郭晴峯翠黛低	성곽을 마주한 개인 봉우리 검푸름이 나직해
民俗最淳稀牒訴	백성의 풍속 가장 순박해 소송 사건 드물고
郡齋常靜近巖棲	군 청사는 항상 조용하여 바위 집에 가깝다
午眠初覺野雲起	낮 졸음을 처음 깨니 들 구름이 일고
新句欲成山鳥啼	새 시구 이루려 하니 산 새가 운다
却怪僧來有忙事	문득 괴상하구나, 중이 오니 일이 바빠져
數枝花發小橋西	두어 가지 꽃이 작은 교량 서쪽에 피네

〈東岳集, 十-14〉

---

41) 賣餳天: 봄날의 화려한 날씨를 지칭하는 말. 이 때에 장사치들이 통소를 불며 엿(餳)을 팔기(賣) 시작한다 해서 사용되는 말. 宋 宋祁의〈寒食〉시에 "草色引開盤馬地 簫聲催暖賣餳天(풀 빛은 말 달리는 곳으로 이끌려 열리고, 통소 소리는 엿 파는 곳으로 따뜻함 재촉한다)"라 함이 있다.

題義林上人詩卷
의림상인의 시권에

本自宦情少	원래가 벼슬 심정이 적은데
況來山郡深	더구나 산 고을 깊이 왔으니
訟庭春蒔藥	송사의 뜰에다 봄에 약을 심고
賓館夜鳴琴	객관에는 밤에 거문고 울리다
風定晚花落	바람 멎었는데 늦 꽃이 지고
日長幽鳥吟	해가 기니 그윽히 새가 운다
禪僧時見過	선승이 때로 지나가게 되면
留與話沖襟[42]	머물러 함께 깊은 회포 말해

〈東岳集, 十-14〉

宿安心寺 書勝寶上人詩卷
안심사에 자며 승보상인의 시권에

石峯霜樹畫圖如	돌 봉우리의 서리 나무는 그림인 것 같아
一入禪關萬念虛	한 번 산사의 문에 드니 일만 생각이 빈다
後夜老僧參佛祖	밤 늦게 노스님이 불조에게 참배하니
洞天寒月磬聲疏	고을 하늘 차가운 달에 풍경 소리 가늘다

〈東岳集, 十-32〉

石陽正灘隱[43]爲義林上人, 寫風竹梅月圖 上人仍請余題其上
석양정 탄은이 의림상인을 위해 풍죽매월도를 그리고 상인이 나에게 시 쓰기를 청하다

風生兩竿竹	바람은 두어 줄기 대에 일고

....

42) 沖襟: 넓고 담담한 회포.
43) 灘隱: 이정(李霆 1541~?)의 호, 자는 仲燮, 석양정은 세종의 고손으로 받은 封號

月掛王孫筆	세대를 뛰어 넘은 왕손의 필치라
新詩一枝梅	달은 매화 한 가지에 걸렸다
絶代未易裁	새로운 시가 쉽게 지어지지 않다

〈東岳集, 十-33〉

郡齋雪中 題義林上人詩卷(師時往遊京畿山寺)
군청사 눈 속에 의림상인의 시권에 쓰다(대사는 그 때 경기의 산사에 노닐다)

又見南中雪	또 남산의 눈을 보게 되니
鈴齋[44]白髮增	수령님은 백발이 더해 가네
索居同子夏[45]	거처를 탐색함은 자하와 같고
長嘯異孫登[46]	긴 휘파람은 손등과는 다르다
搖落三秋盡	떨어지는 가을 3달도 다하고
沈綿一病仍	병 하나에 이끌려 오고 있다
故山泉石趣	고향 산의 자연의 멋 취미도
說與北歸僧	북으로 가는 중과 이야기하다

〈東岳集, 十-33〉

次妙和上人詩卷韻(是日人日[47])
묘화상인 시권의 운에 차운(이 날이 인일이다)

湖外三人日	호남의 외지에서 세 번의 인일

----

44) 鈴齋: 고대에 지방 장관이 집무하던 곳.

45) 子夏: 공자의 제자. 성은 卜 이름은 商. 詩文을 잘하여 孔門의 詩學은 子夏에세 비롯된다. 자하는 산 이름인데, 이 산에 石室이 있는데, 자하가 西河 남쪽에 물러나 살았다 함이 이 산이고, 석실을 子河室이라 한다.

46) 孫登: 晉나라 사람. 자는 公和. 가족도 없이 蘇門山에 은거했다. 주역을 좋아하고 거문고 하나로 사람들과 친하게 지냈다. 阮籍 嵇康과 노닐어도 자신의 포부를 말한 적이 없다.

47) 人日: 음력 정월 7일. "정월 7일이 人日인데 7 가지 채소로 국을 끓이고, 채색 실이나 금박으로 인형을 만들어 머리에 이기도 하고, 높은 곳에 올라 시를 읊기도 한다." 〈荊楚歲時記〉

林間一野翁　　숲 사이의 한 들 늙은 이이네
竹符仍旅宦　　관인의 병부로 나그네 벼슬아치
梅蕊自春風　　매화 꽃술은 저절로 봄 바람
本是揚雄[48]吃　원래 양웅의 말더듬이인데
其如杜甫聾　　거기다 두보의 귀머거리라
東郊舊籍在　　동교 밖에 옛 관적이 있어
夢逐北歸鴻　　꿈은 북으로 가는 기러기 쫓다

(辛亥正月 余在潭陽 癸丑正月 及今年正月 余在是郡 故云三人日)
(신해 정월에 내가 담양에 있었고, 계축 정월과 금년 정월에도 이 고을에 있어서
세 번의 인일이라 했다.)

〈東岳集, 十-41〉

寄贈沖徽[49]上人(師乃洪州人也 善爲詩 時來住郡東德裕山寺)
충휘상인에게(스님은 홍주 사람이다 시를 잘한다. 그때 군동의 덕유산사에 머물렀다)

聞說名僧方外遊　　유명한 스님이 방외에 노닌다 들으니
淸詩句句似湯休[50]　맑은 시 글귀마다 탕혜휴와 같구료
春風莫道雲山隔　　봄 바람에 구름 산 막혔다 말하지 말라
一采金英寄[51]郡樓　한 번 국화를 꺾은 뒤로 군루에 기탁하오

〈東岳集, 十-44〉

....

48) 揚雄吃: 한의 양웅의 자는 子雲. 어려서부터 학문을 좋아하여 널리 보지 않은
　　것이 없지만, 말이 어눌하여 재미 있는 이야기를 못했다(口吃不能劇談). 원문의
　　楊은 揚의 잘못.
49) 沖徽: (?-1613) 조선 중기의 승려, 호는 雲谷, 당시의 이름 있는 유생과 교유가
　　많았다. 유집에 〈雲谷集〉이 있는데 張維가 서문을 썼다.
50) 湯休: 南朝 宋의 승려이자 시인인 湯惠休. 성이 湯이고, 이름이 惠休이다. 송의
　　세조가 환속시켜 揚州從事에 이르렀다. 杜甫의 〈大雲寺贊公房〉시에 "湯休起我
　　病 微笑索題詩(탕혜휴가 나를 병에서 일으켜 미소 지으며 시 짓기를 요구하다)"
　　라 함이 있다.
51) 金英: 황금 빛의 꽃. 국화를 말함.

安城倉館 喜沖徽上人袖詩來訪 走筆酬贈
안성의 창관에서 충휘상인이 시를 갖고 옴이 기뻐 붓을 달려 주다

手把騷經誦遠遊	손수 이소경을 가지고 먼 놀이를 영송하며
一官羈絆愧三休[52]	한 관직에 매여 있어 높은 곳 오름 부끄럽네
春城東望名山路	봄 성에서 동으로 명산의 길을 바라보다가
夢逐歸僧上寺樓	꿈에 돌아가는 중을 쫓아 절 누대에 오르다
好作廬山惠遠[53]遊	여산의 혜원의 놀이를 좋게 지어도
却慙彭澤未歸休[54]	팽택으로 돌아가 쉬지 못함 부끄럽다
虎溪三笑[55]知何日	호계에서 셋이 웃음이 언제인지 아나
指點香爐獨倚樓	향로봉을 가리키며 홀로 누대 기대다

(德裕山九千屯寺 俗稱廬山白蓮社[56]云 虎溪又在於德裕山下)

(덕유산 구천둔사를 속칭 여산 백련사라 한다. 호계는 또 덕유산 아래에 있다)

〈東岳集, 十-44〉

疊前韻 示沖徽上人
앞 운을 거듭하여 충휘상인에게

赤藤行逐白雲遊	붉은 등 지팡이로 백운 쫓아 노닐어
一遍蓮華萬慮休	한 번 연꽃을 두루하니 온갖 걱정 사라지다
暫下雪峯留偈去	잠시 눈 봉우리 내려와 게송 남기고 가니

....

52) 三休: 楚나라의 왕이 자기 나라의 건축을 자랑하기 위하여 사신이 오면 章華의 누대에서 연회를 베푸니, 그 누대에 오르는 이는 3번을 쉬어야 올랐다. 그 후로 "三休"가 높은 곳을 오르는 고사로 쓰인다.

53) 廬山 惠遠: 惠遠이 廬山 東林寺에서 白蓮社를 열고 陶潛 陸修靜 등과 함께 노닐었다.

54) 彭澤歸休: 陶潛이 彭澤令을 하다가 관직에 얽매임이 싫어 80 여일만에 돌아왔다. 이 때에 쓴 〈歸去來辭〉가 유명하다.

55) 虎溪三笑: 廬山의 慧遠이 평생 虎溪를 넘지 않는다 하였는데, 陶潛과 陸修靜이 와서 전별하며 이야기를 나누다 虎溪를 지나는 것을 몰랐다. 세 사람은 크게 웃었다.

56) 廬山白蓮寺: 앞의 주 53 참조.

石溪流遶古官樓　　바위 시내 옛 관가 누대 흘러 두루하네

次韻 答沖徽上人
차운하여 충휘상인에게 답함

白月爐峯雪　　흰 달은 비로봉의 구름이고
黃梅野館春　　누런 매화는 들 집의 봄일세
洞天歸計晩　　동천 골 안에 돌아갈 계략 늦으니
華鬢愧山人　　센 귀밑머리에 산인이 부끄럽구나

峽縣迎梅雨　　산골 마을에 매화 비를 마지하고
湖鄕種秫田　　호수 고향에 수수 밭을 심는다
黃堂57)一枕夢　　태수 관아 한 베개의 꿈은
歸伴白鷗眠　　돌아가 백구와 동반하여 졸자

復用沖徽上人韻 題安城倉
다시 충휘상인운으로 안성창에 쓰다

峽洞煙霞晩　　산골 마을에 안개 노을 늦고
溪橋草樹春　　시내 다리에는 풀 나무의 봄
桃源應有路　　도원에도 응당 길이 있었겠지
欲問武陵人　　무릉인에게 물으려 한다

野鳥啼茅屋　　들 새는 초가집에서 울고
山雲覆麥田　　산 구름은 보리밭을 덮다
行春少官事　　봄을 보내며 관가 일 없어

---

57) 黃堂: 고대 太守 관아의 正堂. 그래서 태수를 지칭하는 말이기도 하다.

虛館日高眠   빈 청사에 해 대낮까지 졸다

贈別沖徽上人還德裕山白蓮社 用芝峯李參判睟光題詩卷韻
충휘상인이 덕유산 백련사로 돌아가기에, 지봉 이수광의 시권 운으로.

要結廬山社   여산의 백련사를 결성함이
寧攢栗里58)眉59)   어찌 도잠의 눈썹 찡그리랴
花香滿天界   꽃 향기는 하늘 경계 가득하고
仙鶴宿禪枝   신선 학은 참선 나무 가지에 자다
已戒狂因酒   이미 술이 광기 부른다 경계하고
方慙妄是詩   바야흐로 망년된 이 시 부끄럽다
掛冠歸隱計   갓을 걸고 돌아가 숨을 계획을
說與嶺雲知   고개 마루 구름과 알게 말했지

次韻贈惠熙60)上人
차운하여 혜희상인에게

岳翠茶煙外   산 빛 비취색 차 연기 밖이고
花香鳥語中   꽃 향기는 새의 울음 속이네
僧來午夢覺   중이 와서 낮잠을 깨어서
共倚一株松   함께 소나무 그루에 기대다

----

58) 栗里: 晉의 陶潛이 살았던 곳. 지금의 江西省 九江市 西南.
59) 攢眉: 눈썹을 찡그려 올리다. 불쾌한 감정을 표현하는 말.
60) 慧熙: 조선 중기의 승려로 승병장. 1592년 임진왜란 때 충남 예산 향천사(香泉寺)
    에서 승병 50인을 이끌고 공주 갑사의 기허 영규(騎虛靈圭)의 승병과 결합하여
    왜적을 격퇴했다. 순천 일대의 무기고 수비에도 큰 공을 세웠다.

次惠熙上人詩卷韻

혜희상인 시권운에 차운

牛耳溪清可濯湘	우이계 시내 맑아 갓끈 빨 만하고
早知魚樂在濠梁61)	물고기 즐거움은 물에 있음 일찍 알았네
一聲蜀魄三年夢	소쩍새 한 소리는 3년의 꿈이었으니
霜鬢深慙太守章	서리 귀밑머리 태수의 인장 깊이 부끄럽다
(牛耳溪在楊州海村)	(우이계는 양주 해촌에 있다)

連年百五62)未還鄉	해마다 한식날에 고향을 가지 못하니
忍見官城柳色黃	관가의 성 버들 빛 누런 것 차마 못 봐
何處梨園舊弟子63)	어느 곳의 이원의 옛날 제자가
更將長笛弄伊涼64)	다시 피리를 가지고 이량곡 희롱하나
(時聞城外有人吹笛)	(그때 성 밖에서 피리 부는 이가 있었다)

| 賈傅65)治安遠渡湘 | 태부인 가의는 치안책을 올려 멀리 상수를 건너고 |
| 馬卿66)詞賦倦遊梁 | 사마장경은 사부 문장에 뛰어나 양나라로 노닐다 |

....

61) 濠梁: 濠는 물 이름이고 梁은 다리이다. 〈莊子, 秋水〉에 莊子와 惠子가 濠水 다리 (梁) 위에서 놀다가 물고기가 여유롭게 노는 것을 보고, 물고기의 즐거움을 아느냐는 논변을 한 것이 있다. 장자가 "안다" 하니, 혜자가 "네가 물고기가 아닌데 어떻게 물고기의 즐거움을 아느냐" 했다. 장자는 "네가 내가 아닌데 내가 아는 것을 네가 어찌 아느냐" 한다. 그래서 "濠梁"이나 "濠上"이 별다른 이해가 있어 자득 쾌락한 처지를 비유하는 말이 되었다.

62) 百五: 寒食. 한식날이 冬至가 지난 지 百五日 만에 닿는다 하여, "百五'가 한식일을 지칭하게 됨.

63) 梨園弟子: 唐의 玄宗이 梨園을 개설하고 궁정의 연예인을 훈련시켰다. 그래서 이원제자가 연예인을 지칭하는 용어로 널리 쓰이게 되다.

64) 伊涼: 곡조의 이름. 伊州 涼州 2곡.

65) 賈傅: 漢의 賈誼. 長沙王太傅와 梁王太傅가 되어 세상에서 賈太傅라 한다. 나이 20여세의 약관에 文帝가 불러 박사를 삼았다. 장사왕태부가 되어 멀리 湘水를 건넜고, 돌아와서는 또 梁王太傅가 되어 治安策을 올렸는데 논자들이 國體에 통달하였다 했다. 양왕이 말에서 떨어져 죽으니, 가의도 스스로 상심하여 1년여동안 통곡하다 죽으니 33세였다.

龍鍾67) 此日專城寵68)　　　보잘것없는 이 사람 오늘 지방 장관의 총애 받으나
夢裏鶯聲滿建章69)　　　꿈 속의 꾀꼬리 소리만이 도성 궁궐에 가득하구나

吏隱年來睡作鄕　　　관리로 숨은 연래로는 졸음이 고향 되었으니
訟堂高枕傲義皇70)　　　소송의 전당 높은 베개에 오만한 복희황제
仁風却荷慈悲力　　　인자한 바람이 문득 자비의 힘을 짊어져서
留與蒼生納夏涼　　　창생들에게 주어 여름 냉기를 수납하게 해
　　(右謝師以尾扇來惠)　　(위는 대사가 부채를 보내와 감사함)

〈東岳集, 十-46〉

次韻 寄謝沖徽上人
차운하여 충휘상인에게 감사함

午堂人靜篆香消　　　대낮 불당에 사람이 없고 향불도 사라지니
茶臼惟聞隔竹敲　　　차 절구에는 오직 대밭 건너오는 소리 들리다
廬嶽此時勤寄訊　　　여악에도 이런 때에 부지런히 소식을 보내어
詠梅新偈跨參寥71)　　　매화 읊은 새 게송은 삼요스님을 뛰어 넘네

....

66) 馬卿: 漢의 司馬相如, 자가 長卿이어서 馬卿이라 불린다. 경제 때 武騎常侍가
　　되었다가 병으로 사임하고, 梁나라에 노닐다 다시 蜀나라로 가다 卓王孫의 딸
　　文君을 유혹하여 함께 成都로 갔다. 생활이 어려워 다시 탁문군의 고향인 臨邛으
　　로 가서 술장사를 하니, 탁왕손이 수치스러워 돈 백만과 종 100여인을 주어
　　부자가 되었다. 문장력이 뛰어나 그가 지은 上林賦 子虛賦 大人賦 등은 漢魏六朝
　　人들이 많이 모방하였다.
67) 龍鍾: 보잘 것 없이 옹졸한 모습의 의태어.
68) 專城寵: 성을 오로지 하는 총애. 전성은 한 고을을 전담한 태수, 총은 임금의
　　총애를 받음을 말함.
69) 建章: 建章宮의 약칭. 漢代에 장안의 궁전의 하나. 그 후로 궁궐에 대한 일반
　　지칭이 되기도 했다. 여기서 지방관청으로 인용되었다.
70) 傲義皇: 義皇은 고대 이상정치를 했다는 伏羲皇帝. 복희황제는 자연스러운 德治로
　　북쪽 창에 높이 누워 세상을 다스렸다 함. 자신이 그러한 오만스러운 자세라는 뜻.
71) 參寥: 宋의 승려 道潛의 호. 그의 문집으로 〈參寥子集〉이 있는데, 시가 매우 脫俗
　　的이다.

白日都憑一枕消　대낮에 모든 것을 베개 하나 기대 소일하니
坐哦詩句謾推敲72)　앉아 읊는 시구들만 부질없이 가다듬는다
官扉晝掩無人到　관청의 문 낮에도 닫혀 오는 사람 없으니
數樹梨花伴寂寥　두어 가지 배꽃만이 고요함을 동반한다

〈東岳集, 十-47〉

處林上人袖苔軒高尚書敬命 往在癸未春宰韓山時所贈 兩
絶句 來示請和 敬步其韻以贈之(師住德裕山圓寂菴 時年六
十有六歲云)
처림상인이 태헌 고경명이 지난 계미년 한산군수로 있을 때 준 절구 2
수를 가지고 와 화답하기를 청하여 그 운을 받아 주다(스님이 덕유산 원적암에
사니 당시 나이 66세라 한다)

高名一代重於山　높은 명성은 한 세대에 산보다도 중하여서
白首丹心矢石間　흰 머리의 붉은 마음 돌 사이에 맹세했다
戰地更堪傳秀句　전쟁 땅에서도 우수한 시구를 전하였으니
至今忠血點苔斑　지금까지도 충성의 혈흔이 이끼에 얼룩지다
　(白首丹心 用公檄書中語)
　(흰 머리 붉은 마음은 공의 격서 중의 단어를 이용했다)

心似陶潛本愛山　마음은 도잠 같아서 원래 산을 사랑했으나
一官空愧寄人間　하나의 관리로 인간세상에 기탁함 부끄럽다
春深郡閣添歸思　봄 깊은 군청 누각에서 돌아갈 생각 더하니
細草濃花滿目斑　가는 풀 짙은 꽃이 시선 가득히 얼룩지다

〈東岳集, 十-48〉

....

72) 推敲: 문장의 수정을 골돌하게 생각하는 것. 賈島가 "鳥宿池邊樹 僧敲月下扉(새
　는 못 가의 나무에서 자고 중은 달 아래 사립문을 두드리다)"라는 시구를 홀연
　생각하고는 '敲(두드리다)'를 '推(밀다)'로 할까 하여 매우 심사숙고했다는데서
　유래.

次韻 謝沖徽師見訪
차운하여 충휘스님 내방에 감사함

五十年來住碧山	50년을 내리 푸른 산에 살면서
暫携筇竹出雲間	잠시 대 지팡이로 구름 사이 벗어나다
彩毫欲和金英什	채색 붓으로 황금 꽃 시구 화답하려니
堪笑江淹73)夢錦還	강엄이 꿈 속에 비단으로 되돌림 우습다

古郭臨溪閣對山	옛 성곽은 시내에 닿고 누각은 산을 대하니
晴嵐深鎖樹陰間	개인 아지랑이는 나무 그늘 사이에 깊이 잠겼네
蒲團留得沙門話	부들 방석에서 스님의 이야기를 들을 수 있으니
一炷名香悟入還	한 줄기 이름 있는 향이 스며 드는 것 깨닫다

郭西郭北皆青山	성곽 서쪽 성곽 북쪽은 모두 푸른 산이고
蜀魄74)晝啼雲樹間	소쩍새는 낮에도 구름 나무 사이에 운다
此地人閑境亦靜	이 곳에 사람 한가하고 경계도 조용하니
禪公不必催早還	스님이여 꼭 일찍 돌아가라고 재촉 마오

錦溪東望是廬山	금계에서 동으로 바라보면 이것이 바로 여산인데
寺在雲嵐紫翠間	절은 구름 안개 검푸른 사이에 있구나
慗愧銅章75)抛未得	태수의 인장을 버리지 못함이 부끄럽게
春深獨送衲衣還	봄 깊은데 홀로 스님만 돌아가게 하네

....

73) 江淹: 南朝 梁의 사람. 자는 文通. 어려서부터 문예에 뛰어났다. 醴陵侯로 봉해졌다. 冶亭에서 잔 적이 있는데, 밤에 꿈에 한 장부가 나타나 郭璞이라 하면서 "내 붓이 그대에게 있은 지 여러 해이니 이제는 돌려주라"하여, 강엄이 품속을 더듬어 五色筆을 얻어 건네 주었다. 그 후로 절묘한 시문을 못썼다.

74) 蜀魄: 蜀魂. 杜鵑새. 전설에 蜀나라 임금의 이름이 杜宇이고, 호를 望帝라 하였는데 죽어서 두견새가 되어 봄날이면 밤낮으로 울어 그 소리가 애처러우니, 촉나라 사람들이 듣고는 "이는 망제의 혼이다" 한데서 유래함.

75) 銅章: 고대에 銅으로 만든 官印. 唐 이래로 지방 관장이나 그에 상응하는 직책을 이름.

山外淸溪溪上山　산 밖에는 맑은 시내 시내 위는 산이니
一蹊高下萬松間　한 시내는 높고 낮은 일만 소나무 사이
尋花倦逐孤雲出　꽃을 찾아 게을리 외로운 구름을 쫓고
帶月忙隨老鶴還　달을 띠고 바삐 늙은 학 따라 돌아오다

〈東岳集, 十-49〉

贈徽師
충휘스님에게

吏散重門閉　관리 퇴청해 문 거듭 닫으니
春深小院空　봄 깊은 작은 정원 텅 비다
鳥回山影外　새는 산 그림자 밖으로 오고
花謝雨聲中　꽃은 빗소리 중에 떠나가네
眼看浮生理　눈은 뜬 인생의 이치를 보고
心知造物功　마음은 조물주의 공력을 안다
岳僧能啄剝[76]　산 속의 중이 방문을 하니
應爲道情同　응당 진리와 정이 같기 때문이겠지

瘴嵐窮峽內　아지랑이 깊은 골짜기 안에 서리고
寥落古名州　쓸쓸히 퇴락한 이름난 옛 고을이네
白水深圍郭　흰 물은 깊이 성곽을 에워싸고
靑山近對樓　푸른 산은 가까이 누대와 맞서다
與僧三日語　스님과의 사흘의 대화는
爲吏一春愁　한 관리의 봄 시름 위함이네
後夜西歸夢　뒷날 밤 서쪽으로 갈 꿈은
東江有小舟　동쪽 강에 작은 배가 있다네

太守本好道　태수는 원래 도를 좋아하고

....

76) 啄剝: 剝啄. 문을 두드리는 의성어. 사람의 방문을 이르는 표현.

上人偏愛詩	스님은 유독 시를 사랑한다
風塵異名迹	풍진 세상에 이름 자취 달리하나
雲水一襟期	구름 물의 자연에 회포 같이 해
古縣相邀地	옛 고을에 서로 마지한 곳이고
春城枉過時	봄 성에는 굽으려 지나는 계절
卽今支許[77]契	바로 지금 지둔과 허순의 사귐
終老不磷緇[78]	늙어 맞도록 변함이 없어야지

釋老雨中至	석가 늙은이 빗속에 오니
郡齋花落時	군 청사에는 꽃 지는 계절
煙霞十年夢	안개 노을에 10 년의 꿈이고
寵辱一篇詩	사랑 미움은 한 편의 시이네
官況同元亮[79]	벼슬 정황은 도연명과 같고
羈心又子規[80]	나그네 마음은 또 자규이다
鬢毛今已白	귀밑머리 이미 희어졌으니
羞殺[81]問歸期	돌아갈 기약 물음이 부끄럽다

〈東岳集, 十-49〉

次徽師道中見寄韻

충휘스님이 도중에 보내온 운에 차운

虎溪[82]春又晚	호계에는 봄이 또 늦었는데

....

77) 支許 : 東晉의 승려 支遁과 유생 許詢. 지둔이 유마경을 강설할 때 허순으로
都講(질문자)을 삼아, 儒佛 論戰의 시발이 되다.
78) 磷緇 : 〈論語, 陽貨〉에 "不曰堅乎 磨而不磷 不曰白乎 染而不緇(단단하다 말하지
않으랴 갈아도 갈리지 않는다. 희다고 말하지 않으랴 물들여도 검어지지 않는
다)" 함이 있어, '磷緇'가 '외부의 영향을 받아도 변치 않음을'을 말한다.
79) 元亮: 晉 陶潛의 자, 또 하나의 자가 淵明이다.
80) 子規: 뻐꾸기 소쩍새의 딴 이름.
81) 殺: 副詞로 어구 뒤에서 정도의 깊이를 나타냄.
82) 虎溪: 앞의 시 〈安城倉館 喜沖徽上人袖詩來訪 走筆酬贈〉에 보면 덕유산 아래에

空送老僧歸　　공연히 늙은 중을 보내네
吏役眞堪愧　　관리의 일 참으로 부끄러워
風塵染素衣　　풍진 세속에 흰 옷 물들어

誤被浮名繫　　잘못 뜬 이름에 묶이게 되어
滄洲⁸³⁾久未歸　　물 갓으로 오래 돌아가지 못해
春來釣船夢　　봄이 오면 낚시 배의 꿈으로
煙雨滿簑衣　　안개 비가 도롱이 옷에 가득해

〈東岳集, 十-50〉

題妙信沙彌詩卷
묘신사미의 시권에 쓰다

春晚花飛盡　　봄이 늦으니 꽃도 날아 다하고
山空草自萋　　산은 비어 풀은 절로 풍성하다
如何煙雨裏　　어떻게 안개 비 속에
更聽子規啼　　다시 자규의 울음 들을까

〈東岳集, 十-50〉

次惠熙上人韻
혜희상인 운에 차운

日午幽禽啼滿林　　한 낮에도 그윽한 새 울음 숲에 가득하고
郡齋惟見寺僧尋　　군 청사에는 오직 절 중이 찾아옴을 보다
晴嵐欲散晚山綠　　개인 아지랑이도 개려 해 늦 산은 푸르고
萬事無心時一吟　　온갖 일에 마음이 없어 때로 한 번 읊다

層巒積翠隔禪林　　층층의 산 쌓인 푸르름 절 숲을 막았는데

....

도 있다 함.
83) 滄洲: 물 갓의 지방. 일상적으로 은사의 거처로 쓰인다.

錫杖空飛何處尋　　석장을 부질없이 날려 어느 곳에서 찾나
一炷眞檀七字偈　　한 줄기의 전단향에 일곱 글자의 게송을
白頭東望碧雲吟　　흰 머리 동으로 바라보며 푸른 구름을 읊다

〈東岳集, 十-52〉

復用沖徽上人韻
다시 충휘상인 운을 이용하여

羞將白髮對靑山　　부끄러이 흰 머리로 푸른 산을 마주하니
十載昇沈一夢間　　10년의 오르내림이 하나의 꿈 사이이네
故業別來桑柘[84]廢　고향의 일은 요즘 이래 본업이 폐하니
又聽鶗鴂[85]未能還　접동새 울음 또 들으며 돌아갈 수 없네

水雲蹤迹寄江山　　물 구름의 자취로 강과 산에 기탁하여
枉把詩名滿世間　　부질없이 시의 이름 가져 세간에 가득하네
想得草堂扃白日　　상상컨대 초당에 대낮에도 문을 잠그니
春深惟見燕飛還　　봄 깊어 오직 제비만 날아옴을 보리라.
　（右傷石洲[86]）　　（위는 석주에게 심상해서）

〈東岳集, 十-52〉

元明上人以所藏詩卷 來示索題 亡友權汝章[87]稿 亦在卷中 輒用其韻 而贈之
원명상인이 소장한 시권으로 보이며 시를 구했다. 작고한 친구 여장의 원고도 그 안에 있어 그 운을 이용하여 주다

事已悲無奈　　　일이 이미 그릇되었으니 어찌하나

---

84) 桑柘: 뽕나무와 꾸지나무. 農業 蠶業을 지칭하는 말. 그래서 本業이라 번역했다.
85) 鶗鴂: 접동새. 子規.
86) 石洲: 權韠(1569-1612)의 호. 자는 汝章.
87) 權汝章: 권필(權韠)의 자가 여장(汝章), 앞 주 참조.

天何忍若玆　　하늘은 어찌 차마 이와 같을 수가
虎鬚編故急　　호랑이 수염 엮기는 짐짓 급하고
羊胛熟[88]翻遲　양 어깨 삼기가 오히려 더디구나
白雪[89]歌誰和　백설의 노래를 누가 화답하랴
黃梅節又移　　황매의 절기는 또 이동하는 것을
夷吾[90]三走日　관중이 세 번 후퇴하던 날을
獨有叔牙[91]知　홀로 아는 포숙아가 있었네

　　(石洲以去年四月初七日不幸)

〈東岳集, 十-53〉

題戒元上人詩卷
계원상인 시축에

歸心似壯馬　　돌아갈 마음은 웅장한 말 같으나
何日脫重銜　　어느 날이 무거운 재갈을 벗을까
又見荊桃[92]熟　또 앵도가 익은 것을 보고
唯聞魯鴟喃　　오직 제비의 지저귐 듣다
眼偏靑野衲　　시선이 편협한 푸른 야인의 가사옷
頭已白朝衫　　머리가 이미 흰 조복의 한삼
一枕鄕園夢　　베개 속에 고향 동산의 꿈인데
煙嵐鎖七巖　　안개 아지랑이 일곱 바위 감싸다

....

88) 羊胛熟: 骨利干이라는 지방은 瀚海의 북쪽에 있는데, 낮이 길고 밤이 짧아, 해가 져서 양의 어깨(羊胛)를 삶는데, 익으면 벌써 날이 밝는다〈新唐書 回鶻傳〉. 그래서 '羊胛熟'이 짧은 시간을 형용하는 말이 되다.
89) 白雪: 옛 가곡의 이름. 陽春과 白雪의 곡은 전국시기 楚나라의 곡인데, 화답하기가 어려운 곡이라 함.
90) 夷吾: 春秋時代 齊나라 사람인 管仲의 이름. 젊어서 鮑叔牙와 친구로서, 관중이 전쟁에 나아가 3번 싸워 3번 후퇴했는데(三戰三走), 포숙아는 "그가 겁나서 그러함이 아니라, 늙은 어머니가 있기 때문이라"고 알아 준 적이 있다.
91) 叔牙: 鮑叔牙. 앞의 주 참조.
92) 荊桃: 앵도(櫻桃).

(時新食櫻桃第三句云海村別墅前有七大岩)

(당시 새 앵도를 먹어서 제3구에 말했고, 해촌 별장 앞에 7개의 큰 바위가 있다)

〈東岳集, 十-55〉

次一英上人韻

일영상인의 운에 차운

一行仍作吏	한 번 걸음이 곧 관리가 되어
十載未休官	10년 동안 관직 쉬지 못하네
直欲歸方丈	곧바로 방장으로 돌아가
仙丹93)服大還	신선 약을 먹고 돌아왔으면

老僧來說踏名山	늙은 중이 와서 말하기를, 명산을 밟아왔는데
萬二千峯積翠間	일만 이천의 봉우리가 비취빛으로 쌓였다네
愍愧朝簪投未得	조정의 관직을 던질 수가 없음이 부끄러우니
鬢毛如雪滯人寰	귀밑머리는 눈과 같고 사람 무리 안에 막혀

訟庭花落雨痕斑	송사의 뜰에 꽃이 지니 비 흔적에 얼룩져
錫杖來從杳靄間	석장 지팡이 아득한 노을 사이에서 오다
誰識上人忙半日	누가 알겠나, 상인의 반나절의 바쁨이
却敎半日使君閑	곧 반나절의 태수를 한가롭게 하는 것

〈東岳集, 十一-13〉

用敬一上人韻

경일상인의 시운을 이용하여

春日欲晴仍欲雨	봄 날이 개이려 하다 인해 비 내리려 하니
晩花初落又初開	늦은 꽃이 처음 지자 다시 처음 열리네

....

93) 仙丹: 신선의 丹藥.

新詩滿眼未成句　　새로운 시 시선 가득하나 시구 못 이루는데
衲子更從山寺來　　스님은 다시 산 절에서 내려오는구나

書學允上人詩卷

학윤상인 시권에 쓰다 〈東岳集, 十一-14.〉

有母懷鄉土　　어머니 계셔 향토를 생각하나
爲僧避俗徒　　중이 되어 세속 무리 피한다
好粧書籍賣　　책을 잘 정장하여 매매하고
勤辨旨甘需　　부지런히 좋은 음식 구비하다
杖逐隨陽94)雁　지팡이는 볕 찾는 기러기 쫓고
囊輸反哺95)烏　행낭에 어미 먹이 나르는 까마귀
平生墨行者　　평생을 먹물 옷의 실행자가
幾許謾名儒　　거의 부질없이 허락하나 이름 난 유자로

〈東岳集, 十二-4〉

贈學允上人 用滄洲車僉正96)韻

학윤스님에게, 창주 차첨정의 운을 이용

逢僧江國憶洪都　　물나라에서 중을 만나니 홍주 고을 생각나
龍鳳山光水墨圖　　용봉산의 산 빛이 수묵화의 그림일세
惆悵十年南又北　　서글프게도 10년의 세월 남과 북에서
白頭重對八峯無97)　흰 머리에 다시 상대하나 팔봉은 없네
　(師洪州人 住龍鳳寺)　(스님은 홍주 사람이다. 용봉사에 머문다)

〈東岳集, 十二-4〉

----

94) 隨陽: 태양을 따라 움직임. 철새가 계절에 따라 오고 감을 말함.
95) 反哺: 까마귀가 자라면 먹이를 물어다 제 어미에게 먹임. 부모 은혜에 보답함을
　　비유하는 말.
96) 滄洲車僉正: 滄洲는 車天輅의 호, 僉正은 직함. 또 다른 호는 五山. 자는 復元.
97) 八峰無: 문맥이 잘 통하지 않으니, 八峰이 혹 옛날 만났던 어느 스님이었나 싶다.
　　그래서 지금은 없다는 아쉬움 같다.

寄心印上人(師時在天摩山佛教庵)
심인상인에게(스님은 당시 천마산 불교암에 머물렀다)

聞說高僧入定深	높은 스님이 입정하심이 깊다고 들었으니
白雲流水共無心	흰 구름 흐르는 물은 모두 마음 없음의 무심
天磨不用三年住	천마산에서 3년이나 머무를 필요 없으리니
一訪摩尼海上岑	한 번 마니산의 바다 위 산을 찾아 볼까

〈東岳集, 十二-5〉

贈惠安上人
혜안상인에게

萬方聞說祝生東	만방의 천하에서 동쪽 나라에 낳기를 빌어
要見金剛第一峯	금강산 제일봉을 보기를 바란다 들었으나
回首深慙五百里	머리 돌려 깊이 부끄러운 5 백리에
紅塵四十七年蹤	붉은 먼지 홍진에 4십 7년의 발자취

〈東岳集, 十二-6〉

贈熙悅上人 追次石洲權汝章[98]韻
희열상인에게 석주 권여장의 운을 다시 차운하여

烏石江上人不歸	오석강 위에 사람도 오지 않으나
玉女峯前春又到	옥녀봉 앞에는 봄이 또 이르렀네
小樹桃花古藤陰	작은 나무 복사꽃에 옛 등나무 그늘인데
至今腸斷城東道	지금까지 창자를 끊는 성 동쪽의 길이네
黃公酒壚[99]迹已空	황공의 주막은 자취도 이미 비어 있지만
白蓮淨社[100]名獨好	백련의 청정한 결사는 이름이 홀로 좋다

---

98) 石洲權汝章: 權韠(1569-1612)의 호가 石洲이고, 자가 汝章이다.
99) 黃公酒壚: 魏晉 시대 王戎 阮籍 등 竹林七賢이 모여 술 마시던 곳.
100) 白蓮社: 魏晉 시대 惠遠이 廬山 東林寺에서 白蓮結社를 함.

悽悽錦里[101]求友篇　　쓸쓸했던 금리의 친구 찾는 시편을
寫與當時悅長老　　당시의 희열장로에게 써 주었구나
(師住府西高麗山白蓮寺)　(대사는 부의 서쪽 고려산 백련사에 주석하다)

壬子四月初一日 汝章以宮柳絶句 被鞫殿庭 初二日 謫配咸鏡道慶源府
初四日 出就道 疾革不能行 停東門外路傍人家 初七日晴時而逝 先是
嘗有人題其家牖上曰 況是靑春日將暮 桃花亂落如紅雨 權君更進一杯
酒 酒不到柳聆墳上土 汝章歿其牖下 其日申時立夏 庭有桃花零落紛紛
噫 勸換書權 劉伶換書柳聆 汝章詩禍 實出於柳家 聞而媒蘗之也 人之
死生禍福 莫非前定 痛矣哉

임자(1612, 광해군 4)년 4월 1일, 여장이 궁류의 절구시로 해서 궁전의 뜰에서 국문
을 받고 2일 함경도 경원으로 귀양 보내졌다. 4일에 길을 떠났으나 병이 더쳐 갈
수가 없어 동문 밖 인가에 머물렀다가 7일 저녁때에 별세했다. 이보다 앞서 어떤
사람이 그 집의 담 위에다 쓰기를 "더구나 푸른 봄에 해도 저물려고 하는데 복사꽃
이 어지러이 떨어지니 붉은 비 같다 권군은 다시 한 잔 술을 받아라 술이 유령의
무덤 위에 이르지 않는다네" 하였다. 여장이 그 담 아래에서 죽었고 그날 신시가
임하였고 뜰에 복사꽃이 어지러이 떨어졌다. 오! 勸을 權으로 바꿔 쓰고 劉伶을
柳聆으로 바꿔 썼는데 여장의 시화가 실로 유씨집에서 나왔으니, 소문으로 화가
싹튼 것이다. 사람의 생사 화복이 이미 정해지지 않은 것이 없다. 애통하구나.

〈東岳集, 十二-10〉

<참고> 시화에 연루된 시는 다음과 같다.

宮柳青青花亂飛 滿城冠蓋媚春暉 朝家共賀昇平樂 誰遣危言出布衣 〈聞任茂叔削科〉

贈法林上人追次石洲權汝章韻

법림상인에게 석주 권여장의 시운에 차운

師海西人也 去年秋 始見師之弟靈樹於齊陵衍慶寺 說洲翁嘗與師游 仍誦洲贈師 詩請余和 余乃步其韻 而贈之 今以祀官到厚陵興敎寺 師見余出示洲手迹 則樹所誦也 師亦索和 輒復用其韻 以記卽事 留爲後日之覽云 時萬曆戊午春三月十有一日也

스님은 해서 사람이다. 지난 해 가을 스님의 아우 영수를 제릉의 연경사에서 처음 보았는데 석주옹이 스님과 노닐었다 하며 석주가 스님에게 준 시를 외우며 나에게 화답하기를 요청하였다. 내가 그 운대로 지어 주었는데 지금 사관으로 후릉 흥교사에 이르니 스님이 나를 보더니 석주의 필적을 보이는데 영수가 외웠던 것이다. 스님도 화답을 구하기에 곧 그 운을 이용하여 사실을 써서 후일의 관람으로 삼는다. 때는 만력 무오(1618, 광해군10) 3월 11일이다.

相看一笑兩無疑	서로 보고 한바탕의 웃음에 둘 다 의심 없어
水月禪心老子知	물과 달 선과 마음을 늙은 그대 알겠지
憶昨初逢樹公地	작년 처음 영수공을 만난 곳을 기억하고
言師常對石翁時	대사가 항상 석주옹을 대할 때를 말하다
東躋楓嶽南方丈	동쪽으로 풍악산 오르고 남쪽은 방장산
曉踏天冠暮俗離	새벽엔 천관산 밟고 저녁엔 속리산이네
安得金篦刮眼102)膜	어떻게 황금 빗으로 눈동자를 긁을까
後車堪戒旋哦詩	뒷 수레 경계하라고 곧 내 시를 읊다

〈東岳集, 十二-17〉

----

102) 金篦刮眼: 金篦는 정밀한 공구로 金篦術이 눈 병 치료의 의술을 말하고, 金篦括目은 번연히 각성함을 비유하는 말이다.

喜靈樹上人至
영수상인이 온 것을 기뻐하며

去年秋夜宿齊陵	지난 해 가을 밤을 제릉에서 자니
萬木寒聲一點燈	일만 나무 추운 소리에 한 점의 등불
與爾此時成軟語	그대와 이런 때에 부드러운 이야기하니
至今相憶似親朋	지금에 서로 기억되기는 친한 벗 같다
簿書衮衮身仍繫	장부 문서가 이어 이어 몸은 곧 매이고
江水盈盈月幾紅	강 물은 출렁 출렁 달은 몇 번 잠겼나
錫杖忽乘花雨到	석장 지팡이 홀연 꽃 비에 이르렀으니
獨憑烏几晚愁凝	홀로 오궤 의자에 기대 늦 시름 엉기다

〈東岳集, 十二-18〉

書示靈樹上人
영수상인에게 보이다

相逢亦無語	서로 만나도 역시 말이 없으니
相別卽相思	서로 이별이 곧 서로의 생각
此意果何意	이 뜻이 과연 무슨 뜻인가
爾知吾未知	너는 아나 나는 알지 못한다
野雲濃似墨	들 구름은 먹물처럼 짙고
江雨細如絲	강 비는 실처럼 가늘구나
心與境俱寂	마음과 대상이 함께 적적한데
春風吹柳枝	봄 바람은 버들 가지에 분다

〈東岳集, 十二-18〉

戲留靈樹上人
희롱삼아 영수상인에게 남기다

昨日柳絲黃[103]	어제는 버드나무 실이 누렇더니
今日柳條碧	오늘의 버들 가지는 파랑구나

昨日杏萼紅	어제의 살구 꽃망울은 진홍이더니
今日杏花白	오늘의 살구 꽃은 흰 빛일세
以我淸意味	이 나의 맑은 의미로써
對此好時節	이 좋은 시절을 대한다
僧來不遣去	중이 와서 가지 않으려 하니
山月圓仍缺	산 달은 둥글었다 인해 기울어
朝對城前山	아침에도 성 앞 산을 대하고
暮對城前山	저녁에도 성 앞 산을 대하니
山雲起復滅	산 구름은 일었다 다시 사라지고
山鳥去又還	산 새는 갔다가 다시 돌아온다
心靜境不喧	마음 고요하니 대상도 들레지 않고
世忙身自閑	세상 바쁘지만 몸은 절로 한가하다
卽此是樂地	여기에 마주함이 곧 낙원인데
何必出人寰	어찌 꼭 인간 세상 벗어나야 해

〈東岳集, 十二-18〉

題靈樹師詩卷
영수스님 시권에

府中何事强留僧	관청에서야 왜 억지로 중을 만류하랴
坐我金剛最上層	나를 금강좌의 최상층에 앉히네
寒乞客來如怪鳥	추위 구걸하는 손님 괴상한 새처럼 오니
不堪鳴喚使人憎	울고 울어 사람을 밉게 함 견디지 못해
花塢雨晴紅旭昇	꽃 언덕에 비가 개이어 붉은 햇살 오르고
柳堤風軟碧煙凝	버드나무 뚝 바람 가볍고 파란 안개 짙구나

....

103) 柳絲黃: 버드나무의 잎이 초봄에 처음 싹이 틀 때는 누렇다가 잎이 활짝 피면
파랗다. 그래서 초봄의 버들은 柳黃(버들은 누렇다)이라 표현한다. 가지가 실처
럼 가늘어서 버들가지는 柳絲라 표현한다.

跏趺鈴閣104)靜相對　집무 청사에 가부좌하고 조용히 상대하니
身是使君心是僧　몸은 지방장관이나 마음은 승려일세

如歌如哭鳥聲亂　노래하는 듯 통곡하는 듯 새 울음 어지럽고
半雨半晴嵐氣濃　반나절은 비 반나절은 맑음 아지랑이도 짙다
留僧十日又五日　중을 만류하기 10일에 또 5일이 되니
日日名山千萬峯　날이면 날마다 이름난 산이 천만의 봉우리이네

城外垂楊風倒吹　성 밖의 수양버들이 바람에 불려 늘어지고
城頭雨濕杏花枝　성 머리의 비는 살구꽃 가지를 적신다
老夫無限傷春意　늙은 이는 봄을 애상하는 뜻 무한함은
更耐山人歸去時　다시 산인 돌아가는 때를 견뎌야 하기에

〈東岳集, 十二-18〉

送靈樹上人還齊陵105)衍慶寺
영수상인을 제릉의 연경사로 보내며

雲暗山頭雨滿空　구름은 산마루에 가득하고 비는 허공 가득
遠堤煙柳颭春風　둑을 두른 안개 버들에 봄 바람이 날린다
津流渺渺郡城北　나루의 흐름은 아득히 성 북쪽으로 가고
寺院寥寥陵樹東　사원은 요요 적적히 능 나무 동쪽일세
江月共看盈又缺　강 달에 다 같이 차고 기우는 것을 보고
野花方衍白兼紅　들 꽃에는 바야흐로 희고 붉음을 대한다
人非木石眞堪笑　사람이 나무와 돌이 아님이 참 우습구나
去住依然此日中　가고 머무름이 의연히 이 하루 중이니

〈東岳集, 十二-19〉

---

104) 鈴閣: 翰林院이나 將帥臺나 지방 郡縣의 집무실.
105) 齊陵: 조선 태조의 비 신의왕후(神懿王后)의 능. 개풍군 상도면 풍천리에 있다.

書儀禪上人詩軸
의선상인의 시축에 쓰다

禪也年今三十三	중 되기 금년이 서른 세 해인데
名山四十四幽探	명산을 마흔 넷을 깊이 더듬었구료
東登骨岳投關北	동으로 개골산에 오르다 관북으로 투신
西過香峯走嶺南	서쪽으로 향봉을 지나고 영남을 내닫다
草屨有蹤皆水石	짚신으로 남긴 발자국은 다 물과 돌이고
銅瓶無影不雲嵐	황동의 물병 그림자 없고 구름도 아니다
鬢毛雪白身匏繫	귀밑머리는 눈인데 몸은 박처럼 매이어
坐使江州太守慙	강주 고을에서 태수로 앉게함 부끄럽네

〈東岳集, 十二-19〉

淨水寺 贈學玲上人 追次權汝章[106]韻
정수사에서 학령상인에게, 권여장의 운을 쫓아

海中孤嶂雨花天	바다 속 외로운 뫼뿌리 비꽃 하늘이
百八眞珠一味禪[107]	백팔의 진주로서 일미의 선이네
浮世傷心無限事	뜬 세상 마음 상함 한이 없는 일이니
獨吟遺句憶詩仙	홀로 남긴 시구 읊으며 시선을 생각해

〈東岳集, 十二-20.〉

法林, 靈樹, 戒元三上人來訪
법림 영수 계원 3 상인이 내방하다

法林無事臥雲根	법림은 일이 없어 구름 끝에 누워 있고
靈樹誰言踵戒元	영수는 누가 계원을 계승한다 말한다
暇日驚逢三釋子	여가의 날에 세 스님들 놀라 만나니
公庭幻出一祇園	공무의 뜰이 하나의 사원으로 바꿔 나다

....

106) 權汝章: 權韠의 자. 호는 石洲
107) 一味禪: 점진적인 선 수행에 상대되는 頓悟 頓入의 禪을 일미선이라 함

說金剛處風生榻　금강경을 말하는 곳에 바람 책상에 일고
問妙香時月上軒　묘향산을 물을 때는 달이 난간에 오른다
州吏不知丘壑趣　고을 관리는 산 언덕의 취미를 모르니
定嗔迂叟[108]愛桑門[109]　우원한 늙은이 중을 사랑한다 꾸짖어야

通津文殊寺 天緝上人從戒元上人 淸明日 雨中見訪
통진 문수사의 천집상인이 계원상인을 따라 청명일 빗 속에 찾아오다

淸明時節雨迎梅　청명절의 시절에 비가 매화를 영접하니
坐凭烏皮[110]夢大槐[111]　오피 의자에 기대어 대괴안국의 꿈을 꾸다
隔水不知天緝在　물 건너에 천집상인이 있는 것을 모르더니
叩門能逐戒元來　문을 두드리면 계원을 쫓아 올 수 있었네
杖頭楓岳峰峰月　지팡이 머리에는 풍악산 봉우리의 달이고
屨齒香山寺寺苔　나막신 굽에는 묘향산의 절 절의 이끼이네
憨愧霜毛四十九　부끄럽구나, 서리 머리가 된 49년 동안
郡符猶自滯塵埃　군수의 병부로 오히려 먼지에 막혀 있음이여

〈東岳集, 十二-23〉

次天緝上人韻
천집상인의 운에 차운

平生性癖喜尋僧　평생 동안 성격 편벽되이 중의 심방 좋아하나

....

108) 迂叟: 세상 일을 떠난 늙은 이.
109) 桑門: 僧侶. '沙門'의 다른 번역.
110) 烏皮: 烏皮几. 검은 양 가죽으로 장식한 의자. 옛 사람들이 앉을 때 기대는 기구.
111) 夢大槐: 槐安夢. 淳于棼이 늙은 괴수나무 밑에서 술을 마시다가 취하여 꿈을 꾸었다. 한 곳에 이르니 大槐安國이라는 성문의 누대가 있었다, 괴안국왕이 그를 불러 南柯太守로 임명하여 30년 동안 부귀영화를 누리었다. 꿈을 깨니 괴수나무 밑에 큰 개미 집이 있고 남쪽 가지(南柯)에 작은 구멍 하나가 있는 것을 보았다. 꿈 속의 괴안국과 남가태수는 바로 이 괴수나무와 남쪽 가지였던 것이다. 그래서 槐安夢이나, 南柯一夢을 꿈 같은 인생이나, 부귀득실의 무상을 이르는 말이 되다.

瀟灑如師見未曾　　시원하기 대사 같은 이를 아직도 못 보다니
安得春風拂衣去　　어떻게 하면 봄 바람에 옷을 뿌리치고 가
共登皆骨入神興　　함께 개골산을 올라 신흥사에 들를 수 있나

〈東岳集, 十二-41〉

贈別義忠上人還水落山寺
의충상인을 수락산사로 보내며

水落峯頭寺　　　　수락산의 산마루의 절은
波羅谷口莊　　　　파라곡의 골짜기의 별장
川原一何曠　　　　냇물과 들이 어찌 그리 넓으며
洞壑兩相望　　　　동네와 산골이 서로 바라보네
木屐窮山逕　　　　나막신으로 산 길 다 더듬고
魚符112)滯海鄉　　병부 차고 해향촌에 체재하다
春來僧獨去　　　　봄이 오자 중이 홀로 가니
短髮愧滄浪113)　　짧은 머리에 반백이 부끄럽다

(楊州海等村 一名波羅洞)　(양주 해등촌을 일명 파라동이라 한다)

〈東岳集, 十二-42〉

志敬, 儀禪兩上人一時來訪 喜而書贈(敬住吉祥山傳燈寺 儀 住摩尼山淨水庵)
지경 의선 두 상인이 일시에 찾아와 기뻐서 써주다(지경은 길상산 전등사에 살고, 의선은 마니산 정수암에서 산다)

三郎114)古蹟傳燈寺　　삼랑성의 옛 유적의 전등사이고

....

112) 魚符: 隋唐시대 조정에서 발행한 信符, 나무로 새기거나 동으로 주조하되 물고
　　기 모양으로 해서 반을 나누어 가졌다가 유사시 합쳐 신빙 자료로 하기 때문에
　　"魚符"라 한다.
113) 滄浪: 머리털이 희끗희끗한 반백을 형용하는 말.
114) 三郎: 三郎城. 경기도 江華에 있는 鼎足山城의 옛 이름.

一島名區淨水庵	강화섬의 이름난 곳인 정수암
紫綬[115]春風縛身世	관리의 몸 봄 바람에도 얽매인 신세
靑鞋[116]咫尺負煙嵐	짚신으로 지척에도 안개 자연 등지다
誰呼志敬花前到	누가 지경스님 꽃 앞에 왔다 부르고
更對儀禪月下談	또 의선을 달 아래 마주하여 담론하다
坐我摩尼吉祥頂	마니산 길상봉의 정상에 앉으니
海天無際豁西南	바다 하늘 끝이 없이 서남으로 트이다

〈東岳集, 十二-45〉

弘俊上人 以月沙[117]相公詩來示 索和
홍준상인이 월사상공의 시를 가지고 와 화답을 요하다

江閣淸樽已隔年	강 누각 맑은 술잔 막힌지 몇 해인데
新詩忽見野僧傳	새로운 시를 들 중이 전해서 보게 되다
西風落日東回首	서쪽 바람 지는 해에 동으로 머리 돌리니
古渡無人浪拍天	옛 나루에 건너는 이 없이 물결 하늘을 치다

郭外僑居定幾年	성곽 밖의 더부살이 바로 몇 해이었나
禁鍾[118]時逐曉風傳	궁궐의 종은 계절 따라 새벽 바람에 전한다
憑師欲報安心法	스님에게서 마음 평안한 법 알아보려 하니
莫學騷人謾問天	세속 시인이 부질없이 묻는 하늘 배우지 마소

碧眼高僧政少年	파란 눈의 높은 스님은 바로 소년일세
袈裟遠自釋伽傳	가사옷은 멀리 석가에서 전해졌겠지
暫來江郭催歸錫	잠시 강화 성에 왔다 가기 재촉하니
楓岳秋光滿洞天	풍악산의 가을 빛이 동천에 가득하네

115) 紫綬: 자주색의 실 띠, 고대에 고급 관리가 사용한 관인의 끈, 혹은 복식.
116) 靑鞋: 짚신.
117) 月沙: 李廷龜(1564-1635)의 호. 자는 聖徵.
118) 禁鍾: 궁궐의 종. 禁은 구궐을 뜻한다.

五十如今欠一年	50년이 지금 같은데 한 해가 모자라
又驚霜信雁催傳	서리 소식을 기러기 빨리 전함에 놀라다
抽簪[119]直欲東歸去	벼슬 던지고 곧바로 동으로 가려고 함은
萬二千峯插九天	일만 이천의 봉우리 구천 하늘에 꽂혔기에

〈東岳集, 十二-50〉

贈妙正上人
묘정상인에게

再聽黃鸝囀	꾀꼬리 울음을 두 번 들었고
三看白雁飛	기러기 나는 것 세 번 보았으니
徘徊捧檄[120]地	벼슬살이 땅을 오락가락 배회하다
晼晚[121]掛冠[122]時	늦게서야 갓 벗을 시기이네
北麓新花塢	북쪽 산록에는 새 꽃의 언덕
東沱舊石磯	동쪽 물가는 옛 낚시 터일세
使君今日意	태수의 오늘의 의미를
惟有老僧知	오직 노스님이나 알겠지

〈東岳集, 十二-50〉

送儀禪上人入金剛山
금강산으로 가는 의선상인을 보내며

四十九歲留塵寰	4십 9년을 먼지 세상에 머무르면서

---

119) 抽簪: 비녀를 뽑아 버리다. 벼슬을 그만두다. 簪은 高官의 冠에 꽂힌 장식물 비녀.
120) 捧檄: 東漢의 毛義가 효행이 있어 官府에서 檄書를 보내 그를 지방 수령으로 임명하려 했다. 격서가 이르니 모의가 받들어(捧) 반기는 듯했으나, 이는 노모가 있어서 굽히는 뜻이었다. 어머니가 죽은 뒤에는 끝내 나아가지 않았다. 그 후로 "捧檄"이 어머니를 위하여 벼슬하는 전고가 되었다.
121) 晼晚: 婉晚. 늦다의 뜻.
122) 掛冠: 벼슬아치의 상징인 冠을 벗어 걸다. 辭職. 벼슬을 버림.

至今不見金剛山　　지금껏 금강산을 보지 못했으니
金剛山在滄海岸　　금강산은 넓은 바다 가 언덕에 있고
白玉作峯高屛顏123)　흰 옥으로 봉우리 지어 높게도 험준하다
仙人洞府駕鶴駛　　신선의 마을에는 학을 몰아 타고
佛氏世界開雲關　　부처의 세계는 구름 문으로 열렸네
郡齋空送錫杖去　　군 청사에서 석장을 부질없이 보내니
霜凋嶺樹秋爛斑　　서리 마른 고개 나무 가을이 얼룩지다

〈東岳集, 十二-55〉

重贈儀禪上人
다시 의선상인에게

秋風吹海樹　　가을 바람은 바다 나무에 불고
日落津亭暮　　해가 지니 나루 정자도 저문다
東歸一錫輕　　동으로 가는 지팡이 경쾌하니
楓岳山前路　　풍악산의 산 앞의 길이네

〈東岳集, 十二-55〉

題學玲上人詩軸
학령상인 시축에 쓰다

十日留僧宿　　열흘을 스님 머물러 자고
三年作吏愁　　3년을 관리의 시름 짓다
只緣論素計　　다만 소박한 계획 말할 인연이지
誰說愛緇流　　누가 스님들을 사랑해서라 말하나
骨岳千峯秀　　개골산에는 일천 봉우리 빼어나고
頭山萬壑幽　　두류산에는 일만 골짜기 깊다네
終當脫簪弁　　끝내는 갓 비녀를 벗어 버리고

....

123) 屛顏: 들쑥날쑥 가지런하지 않은 모습. 험준한 모습.

| 錫杖與冥搜 | 스님 지팡이 더불어 산천 더듬을까 |

〈東岳集, 十二-57〉

贈片雲上人
편운상인에게

生於辛卯晬而孤[124]	신묘년에 태어나 돌되자 고아가 되고
端郡之氓病苾蒭[125]	단군 고을의 백성으로 병든 비구이니
一榻道峯三夏滿	도봉산의 책상에 3 여름의 만기였고
九庵楓岳十霜踰	풍악의 9 암자에서 10년을 넘겼네
山中別却觀空侶	산중에서 공을 참관하는 친구 이별하고
海上來爲逐臭夫[126]	바다 위로 와서 냄새 쫓는 사람 되다
塞叟[127]異時傳怪事	변방 늙은이 다음 날 괴상한 일 전하면
儒名佛對佛名儒	유가 이름인 중이 불가 이름인 유생 대했다고

〈東岳集, 十五-45〉

正朝 贈片雲上人
설날, 편운상인에게

大明天啓六年春	대명 천계 6년(1626) 봄이요
月建庚寅歲丙寅	월건의 간지 경인월 해의 간지 병인에
德水[128]老翁遭聖世	덕수의 늙은 이가 태평성세를 만났고

....

124) 晬而孤: 돐 지나자 고아가 되다.

125) 苾蒭: 比丘와 같은 말.

126) 逐臭夫: 逐臭之夫. 사람이 크게 냄새나는(大臭) 자가 있어, 친척, 형제 처자 지식
인 무능한 자까지도 괴로우면서도 바다에 살았는데, 또 다른 海上人은 그를
좋아하여 주야로 따라다닌다 한다. 그래서 "逐臭之夫"가 괴상한 것을 즐기는
사람의 비유로 인용된다.

127) 塞叟: 塞翁. 자신을 사물 밖으로 잊어, 樂天的이어서 得失을 마음에 두지 않는
사람. 塞翁之馬.

128) 德水: 필자인 李安訥의 관향이 德水이다.

花山窮谷作羸臣	화산의 궁벽한 골에 용열한 신하이네
曾從塞北霜盈鬢	변방 북쪽 따라가 서리 머리에 가득하고
又向湖西血濕巾	또 호서로 향하여 피가 수건에 젖었다
賴有片雲禪子在	다행히 편운스님이 있어서
兩冬相伴共迎新	두 해 겨울을 동반하여 함께 새해 맞다

〈東岳集, 十七-1〉

中秋月夜 贈片雲上人
한가위 달밤에 편운상인에게

絶塞磨天嶺	뚝 떨어진 국경 하늘 닿는 산고개
嚴城鎭海樓	위엄 있는 성은 바다 누르는 누대
當時共邊月	당시엔 변방 함께 한 달이요
此地又中秋	이 땅에서 또 추석 한가위
戀主孤臣淚	임금 그리는 외로운 신하의 눈물
思鄕老吏愁	고향 생각하는 늙은 관리의 시름
白頭唯爾在	흰 머리는 오직 너에게 있지만
隨處作靑眸129)	가는 곳마다 파란 눈동자이네
江甸130)新留守	강화의 새 유수이고
關城131)老謫臣	국경성의 늙은 유배자이네
誰憐此秋月	누가 이 가을 달이
曾照昔年身	옛 몸 비춘 적 있음 가련히 여기나
竢罪追前事	죄를 기다리며 전날 일 쫓고
知音托上人	알아주는 일은 상인에게 의탁해
至今榮辱境	지금 같은 영욕의 경지에서는
逾覺寸心親	더욱더 촌 마음의 친함 깨달아

〈東岳集, 十八- 53〉

....

129) 靑眸: 맑게 빛나는 눈동자.
130) 江甸: 江華인 듯. 甸이 京畿의 의미이니 경기지방의 가화일 듯함.
131) 關城: 국경 변방의 성.

贈乾達上人
건달상인에게

老釋逢乾達	늙은 중 건달을 만나니
初名說印熙	처음 이름은 인희였다 하네
南投小白住	남쪽으로 소백산에 주석하고
西指妙香歸	서쪽으로 묘향산으로 간다네
法性終無染	법의 본성엔 끝내 물들음 없고
禪身本不羈	중의 몸은 본래 매임이 없다
囚山一悵望	산에 갇혀 한번 슬피 바라보니
半百夙心違	반백년 동안 옛 마음 어기었네

杖錫風塵外	석장 지팡이 풍진의 밖이고
名山是爾家	명산이 바로 너의 집이지
毗盧峯五雪	비로봉에는 오월의 눈이고
貝葉寺三花	패엽사에는 삼월의 꽃이네
有夢皆丹壑	꿈이 있으면 모두 붉은 골이고
無蹤不碧霞	자취 없으니 푸른 안개 아닌가
慙余晚相見	내 늦게 만남이 부끄럽구나
湘澤鬢全華	소상강 가에 귀밑머리 꽃이니

〈東岳集, 十六-11〉

次希安[132)上人見寄韻
희안상인이 보내온 운에 차운

早歲移文愧北山[133) 이른 해에 주언륜의 이문은 북산이 부끄럽고

....

132) 希安: 조선 중기의 승려로, 호는 설봉(雪峰). 한흥사(漢興寺)의 승려로 1636년
   (인조 14) 병자호란 때 강화로 피란한 왕자들에게 채소를 공급했다. 시 글씨
   그림에 모두 능했다.
133) 北山文: 北山移文. 북산은 鍾山인데. 周彦倫이 이 산에 은거하여 나아가지 않는
   다 하다가, 海鹽縣令이 되어 출사했다. 孔稚圭가 종산의 신령의 처지에서, 다시

白鷗滄海舊盟寒 　흰 갈매기와 넓은 바다의 옛 맹세가 차갑다
空門小友孤松詠 　공문의 작은 벗은 외로운 솔의 음미이고
火日囚居拭淚首 　대낮에 귀양살이는 눈물 씻는 머리이네

〈東岳集, 十六-12〉

贈義慧上人
의혜상인에게

鵝谷山中舊宿僧 　아곡산 중의 옛부터 익히 안 스님을
風塵重見貌稜稜 　풍진 세상에 다시 만나니 모습이 늠름하네
靑楓白芷昭陽路 　푸른 신나무 흰 지초의 소양로의 길에서
會訪騷人說妙乘 　마침 시인을 만나 현묘한 진리를 말하다

〈東岳集, 十六-14〉

題宗信上人詩卷 用參議姪 植[134]韻
종신상인의 시권에 참의인 조카 식의 운을 이용하여 쓰다

谷轉雲門窄 　골짜기는 구름 문으로 들어 좁고
山圍雪逕危 　산은 눈 길을 둘러 위태롭다
爾從何處至 　그대 어디로부터 왔는가
如與此心期 　마치 내 마음과 예약한 것 같네
故宅經元日 　고향 집에서 설날을 지내니
新梅發老枝 　새로운 매화 늙은 가지에서 피다
阿咸[135]五字句 　조카의 다섯 자의 시구가
一慰楚臣[136]悲 　한번 외로운 신하 위로하네

〈東岳集, 十七-2〉

　　는 여기에 이르지 못하게 한다는 내용으로 글을 썼다. 이것이 〈北山移文〉이다.
134) 植: 李植(1584-1647)의 이름, 자는 汝固 호는 澤堂. 필자 李安訥의 조카.
135) 阿咸: 魏나라의 阮籍의 조카 阮咸이 재주로 이름 나, 그 후로 조카를 "阿咸"
　　또는 "咸氏"라 한다.
136) 楚臣: 초나라의 신하 屈原을 말한다. 굴원이 추방되어 임금을 그리워하는 시가
　　를 많이 남겨, 일반적으로 임금을 멀리 떠난 신하의 의미로 쓰임.

再用參議姪韻 贈宗信上人
다시 조카의 운을 이용하여 종신상인에게

群謗何時息	뭇 비방은 어느 때나 식을까
孤身此地危	외로운 신하 이 땅이 위태롭다
寂寥丹鳳[137)赦	적조한 사신의 특사 명령이고
迢遞白雲[138)期	아득한 어버이 뵈올 기약이네
壞衲披三事[139)	떨어진 장삼 삼사의를 헤치고
枯筇拄一枝	마른 지팡이는 한 가지로 버티다
送師楓岳日	스님을 풍악산으로 보내는 날
蓬鬢益堪悲	쑥대머리 더욱 서글퍼 지네

谷回嫌望遠	골이 굽어 멀리 바라보기 어렵고
峯聳怯登危	봉우리 솟아 오르기 겁이 난다
骨肉徒相憶	골육의 친족 다만 서로 기억뿐
鄕園不可期	고향 전원을 기약할 수 없구나
遊魚動細浪	노니는 물고기 가는 물결을 일고
宿鳥聚深枝	자는 새들은 깊은 가지에 모이다
無限窮途事	한없는 곤궁한 일들을
逢僧只自悲	스님 만나면 다만 스스로 서글프다

九渡雲溪險	아홉 번 험한 구름 시내 건너고
三躋石磴危	세 번 위험한 돌사다리 오르다
春風始相見	봄바람에 처음 서로 보았으니
夏日未曾期	여름날을 미리 기약할 수 없다
老鼬跳藤蔓	늙은 족제비는 등 넝쿨로 뛰고
新蜩噪柳枝	새 매미는 버들 가지에서 울다

137) 丹鳳: 임금의 詔書를 하달하는 사신의 비유.

138) 白雲: 어버이를 생각하는 비유.

139) 三事: 1. 三事戒이니, 身 口 意의 3 가지 戒. 2. 三事衲이니, 五條 七條 九條의 三衣가 있다. 본 시에서는 文意로 보아 三事衲을 말한 듯하다.

| 羨渠無定迹 | 그대의 정처 없는 자취 부러우니 |
| 幽蟄意逾悲 | 깊은 칩거에 뜻은 더욱 서글퍼 |

〈東岳集, 十七-23〉

九月十四日 希安[140]上人 與義浩禪師 一淨沙彌 自廣州 南漢山城而來 留話三日 時凍雨成雪

9월 14일, 희안상인이 의호선사와 일정사미와 광주 남한산성에서 와서 3일을 묵으며 대화하다. 그 때 비가 얼어 눈이 되다.

白髮重陽後	흰 머리는 중양절 뒤이고
黃花小雪初	국화는 소설의 처음일세
誰言蕭寺侶	누가 작은 절의 승려들이
共訪楚臣[141]居	함께 외로운 신하 찾았다 하나
日暮歸禽疾	날도 저물어 가는 새 빠르고
風高落木疏	람도 거세어 나뭇잎 성기다
故園江漢上	고향 전원이 한강의 위이니
一問一霑裾	한 번 문답에 한 번 옷깃 적셔

〈東岳集, 十七-38〉

贈希安上人

희안상인에게

杏花梁獄[142]雨	살구꽃은 양나라 옥의 비이고
楓葉楚江秋	단풍잎은 초나라 강의 가을
萬死重逢地	만 번 죽음 다시 만난 처지에
三年獨客愁	삼년을 홀로 나그네의 서러움

....

140) 希安: 조선 중기의 승려. 앞의주 132 참조.
141) 楚臣: 앞의 136 참조.
142) 梁獄: 漢의 鄒陽이 모함을 받아 투옥되었는데 옥중에서 梁孝王에게 상소하여 석방이 되었다. 인해서 "梁獄"이 억울한 옥살이를 이르게 되었다.

沔陽新栗里[143]　면양은 새로운 율리이고
河內古楊州[144]　하내는 옛 양주인데
結社當時約　　동지로 결사하자던 당시 약속은
蕭條雪滿頭　　쓸쓸히 눈만 머리에 가득하구나

次韻 酬希安上人
차운하여 희안상인에게

客裏逢僧話故山　나그네로 있다 스님 만나 고향을 이야기 하니
一回揮淚一相看　한 번 눈물 뿌리고 한 번 서로 바라본다
孤燈入夜挑無焰　외로운 등불 밤들자 돋아도 불꽃 없고
雨滴空階墜葉寒　비가 빈 계단에 내려 잎이 떨어지는 추위

身作山翁不出山　몸이 산 속 늙은이 되어 산 나서지 않으니
秋花却對野僧看　가을 꽃은 문득 들 중을 마주하여 본다
心閑不用思鄕社　마음 한가하니 고향 생각할 필요 없어
萬壑泉聲夜更寒　온갖 골의 물 소리에 밤은 더욱 춥다

次韻 酬楓岳山人義浩
풍악산인 의호의 시에 차운하여

秋深落葉滿空山　가을 깊어 지는 잎이 빈 산에 가득하니

....

143) 栗里: 晉의 陶潛이 살던 곳.
144) 楊州: 揚州夢. 唐 杜牧의 〈遣懷〉시에 "十年一覺揚州夢 贏得靑樓薄倖名(10년에
　　한 번 양주의 꿈을 깨니 청루에서 요행스런 이름 많이 얻었었네)"라 함이 있다.
　　두목이 牛僧孺를 따라 양주에 주재하여 기생 누각(靑樓)에 출입하다 그 후 洛陽
　　으로 옮겨 옛일을 생각하며 꿈같은 감회를 읊었다. 그 후로 "揚州夢"이 感懷의
　　고사가 된다. 본문의 楊은 揚의 잘못.

夜雨鳴簷草座寒　밤 비가 처마에 울려 풀 자리 차갑다
明日一筇西去後　밝는 날 지팡이 하나 서쪽으로 가고나면
數枝殘菊共誰看　두어 가지 남은 국화를 누구와 함께 보나

〈東岳集, 十七-39〉

贈別義浩, 希安, 一淨三上人
의호 희안 일정 세 스님을 보내며

孤身謫棄臥空村　외로운 몸 귀양살이로 빈 마을에 버려 누웠는데
誰遣山人遠扣門　누가 스님들을 보내어 멀리 문을 두드리나
對榻話時纔暖眼　책상 마주하여 대화할 때 겨우 시선 따뜻하더니
拂衣歸處却銷魂　옷을 떨쳐 돌아가는 곳엔 문득 넋이 사라지네
雲崖木落秋風冷　구름 가에 나뭇잎 지니 가을 바람 싸늘하고
石渚煙沈暮雨昏　돌 물 가 안개 침침하니 저녁 비가 어둡구나
老病已知無起日　늙은 병으로 이미 일어날 날 없음을 아니
只應羈夢遶祇園[145]　다만 응당 나그네 꿈은 기원정사나 맴돈다

〈東岳集, 十七-40〉

送希安上人還南漢山寺　兼簡沖徽長老
희안상인을 남한산사로 보내며, 겸해서 충휘장로에게 편지

峽天秋雨送歸僧　산골 날씨 가을 비에 가는 중을 보내니
西渡龍津下廣陵　서쪽으로 용산 나루 건너 광릉으로가다
雲谷老師如見問　운곡 노스님 보고 안부 물을 수 있으면
十年回首一龕燈　10년을 하나의 불감등에 머리 돌린다 하소
　(徽師號雲谷)　　(충휘스님의 호가 운곡이다)

〈東岳集, 十七-40〉

....

145) 祇園: 祇圓精舍. 須達多 장로가 석존과 그 교단을 위해 세운 승방. 여기서는
　　사찰로 인용됨.

次片雲上人到沔陽別墅 中秋月下 聽笛見憶之韻

편운상인이 면양별장에 이르러 추석 달 아래 피리 듣고 생각난다는 운에
차운하여

別來無日不相思   이별 후로 하루도 생각하지 않은 날이 없으니
秋夜詩傳語益悲   가을 밤 시를 전하자 말이 더욱 슬퍼
鐵笛數聲湖月上   쇠피리 두어 곡조 호수 달 위에서
共憑松檻定何時   솔 난간에 함께 의지할 때는 언제일까

獨坐西風欲語誰   홀로 서풍에 앉아 있어 누구와 대화하려 해도
送僧南去意逾悲   스님을 남으로 보내니 생각만 더욱 슬프구나
寒峯月吐平川雨   추운 봉우리의 달이 돋고 평천에 비 내리면
摠是羈人墮淚時   모두가 나그네 사람이 눈물 지는 때이네

次片雲上人見寄韻(師時在沔鄕石水庵)

편운상인이 보낸 운에 차운함(수님은 당시 면천고향의 적수암에 있었다)

沔浦居隣古寺樓   면포의 이웃에 있는 옛 절의 누대에
步尋松逕夕陽收   솔 길을 걸으며 석양 볕을 거두다
羈心怪底寬如許   나그네 마음 이상하게 이렇듯 너그러우니
貯却禪僧去後愁   선승의 스님 간 뒤의 시름을 저축함인가

病裏哦詩獨爾思   병중에 시를 읊음이 유독 그대 생각이니
空齋歲晏轉添悲   빈 청사에 한 해도 늦어 점점 시름 더해
疏星燦燦天寒夜   성긴 별도 반짝반짝 날씨 차가운 밤에
密雪騷騷日暮時   함박눈 펄펄 날도 저무는 때이네

〈東岳集, 十七-40〉

題法林上人詩卷

법림상인 시권에 쓰다

師袖余萬曆戊午春 到厚陵興敎寺 追步亡友權石洲[146]韻留贈詩 自聖居

山開聖庵來示 撫事感時 相視慨然 輒用其韻 又成一篇 時崇禎戊辰秋七月初吉也

스님이 내가 만력 무오(1618, 광해 10)년 봄에 후릉 흥교사에서 죽은 친구 권석주의 시운을 밟아 준 시를 성거산 개성암에서 가져와 보이니, 그 일을 더듬고 그 때를 느껴 서로 슬피 쳐다보고 곧 그 운을 이용하여 또 한 편을 이루다. 때는 숭정 무진(1628) 7월 초하루이다.

老翁顔狀衆皆疑	늙은 이의 얼굴 모습을 모두가 의심하여
此地重逢不自知	이 땅에서 다시 만나 스스로 알지 못하네
興敎寺花寒食日	흥교사의 꽃은 한식일이었고
鎭江山月早秋時	진강산 달은 이른 가을의 시기
招呼本擬偕棲遁	부르기는 월래 모두 함께 있자함이나
放逐那堪又亂離	쫓기는 몸이 어찌 또 난잡함 감내해
十載世途經百變	10년의 세상 길에 백 번은 변함 겪으나
短牋無恙故人詩	짧은 글에 별고 없음이 고인의 시일세

〈東岳集, 十八-2〉

義賢, 眞一, 希安三上人自南漢山來訪
의현 진일 희안상인이 남한산에서 찾아오다

共乘炎熱到京華	함께 불꽃 더위를 타고 서울에 왔다가
江島相尋路更賒	강화 섬으로 서로 찾으니 길이 다시 많소
連浦瘴雲生睥睨	포구 이은 안개 구름이 눈 가에 일어나고
隔峯秋雨濕袈裟	봉우리 막힌 가을 비가 가사옷을 적시네
百年有約三盂飯	평생을 기약해 둠은 세 그릇의 밥이고
千事無心一椀茶	일천 일에 마음 없음은 한 잔의 차이지
却被小胥齊目笑	문득 아전의 작은 무리 한결같이 웃되
使君居作梵王家	군수님은 부처님을 집으로 삼고 살라네

〈東岳集, 十八-2〉

---

146) 石洲: 권필(權韠)의 호.

送義賢, 眞一, 希安三師遊白蓮, 積石, 傳燈, 淨水四寺
의현 진일 희안 세 스님이 백련사 적석사 전등사 정수사에 노닌다기에

坐送三開士[147]	앉아서 세 큰 스님을 보내어
行尋四給園[148]	노닐어 네 급고독원 찾는다네
靑山多古蹟	청산에는 옛 자취 고적이 많아
白日絶塵喧	대낮에도 먼지 들렘이 없지
世亂縻公務	세상 어지러운데 공무에 얽히고
才微荷國恩	재주 작은데 나라 은혜를 입다
沈吟思桂樹	잠잠히 읊어 계수나무 생각하나
不得共攀援	함께 오르지 못하네요

〈東岳集, 十八-3〉

贈義賢, 眞一兩人
의현 진일 2 사람에게

三角山前始賞音	삼각산 앞에서 처음 이야기 나누어
一間亭上幾開襟	한 칸 정자에서 몇 번 옷깃 열었나
白衣朱紱[149]知吾命	흰 옷에 붉은 인끈이 내 운명을 알고
赤日靑泥[150]見爾心	붉은 날 푸른 된장에 그대 마음 보다
獨鶴自緣何事舞	홀로된 학이 무슨 인연으로 춤추며
寒蛩又作去年吟	추운 벌레는 또 지난 해의 울음이네
官情本淺身多病	벼슬 사정이란 원래 천박한 병이 많으니
徑欲投簪寄少林[151]	빨리 벼슬 던지고 소림사에 깃들었으면

〈東岳集, 十八-3〉

147) 開士: 보살의 딴 이름. 자신을 開覺하게 하고 타인도 열어 주기 때문에 이르는 말. 스님에 대한 존칭으로 쓰인다.
148) 給園: 給孤獨園. 給孤獨長者가 기타태자의 원림을 사서, 孤獨한 僧衆에게 시주(給)하여 급고독원이라 한다
149) 朱紱: 붉은 실로 맨 인장의 끈. 벼슬길을 나타내는 말.
150) 靑泥: 전설에 신선이 먹는 일종의 푸른 된장.
151) 少林: 少林寺 불교 선종의 발원지. 여기서는 일반적 사찰의 의미로 쓰임.

積石寺妙正上人, 傳燈寺志敬上人, 淨水寺裕巖上人, 文殊寺天悟上人 一時見訪 喜甚有賦 時南漢山義賢, 眞一, 希安三禪師竝來 見余而去 纔兩日矣

적석사 묘정상인 전등사 지경상인 정수사 유엄상인 문수사 천오상인이 일시에 찾아와 기쁨이 넘쳐 짓다. 이 때 남한산 의현 진일 희안 3선사도 함께 와서 나를 보고 간 지가 겨우 이틀이다.

平生性癖愛雲林	평생 성격이 괴벽하여 구름 숲을 사랑하니
到處沙門託契深	이르는 곳마다 스님과 교분이 깊구나
昨日三師纔見過	어제 세 선사가 겨우 지나갔는데
今晨四釋又招尋	오늘 세 스님이 또 찾아 주었구나
年荒吏哂頻留饋	흉년이라 아전들 자주 먹이 댄다 빈정대고
夜短僮嗔久對吟	밤이 짧으니 종놈들 시 오래 읊는다 욕해
直欲身隨飛錫去	곧바로 나는 지팡이 따라 가고 싶지만
秋霜滿鬢愧朝簪	서리 머리 가득하고 벼슬 비녀 부끄럽네

〈東岳集, 十八-3〉

題志敬上人詩卷
지경상인 시권에 쓰다

師以余爲府尹時所贈詩來示 乃萬曆己未夏作也 師住傳燈古寺 曾不出山 余於其歲臘月 秩滿而去 及至天啓甲子春 被不測之罪 竄逐北塞 今者蒙恩 再莅于玆 奄忽俛仰之間 已十歲矣 人事百變 無一可悅 手披塵牋 怳若夢寐 撫己興感 有不忍言者 輒復用其韻 以自志云 時崇禎戊辰仲秋上澣

스님이 내가 부윤일 때 준 시를 가져와 보이니 만력 기미(1619, 광해군 11)년 여름에 지은 것이다. 스님은 전등사에 머물러 산을 나선 적이 없고, 나는 그 해 섣달에 임기 끝나서 갔다. 천계 갑자(1624, 인조 2)년 봄에 불측한 죄를 입어 북쪽으로 귀양갔다가, 이제 은혜를 받아 다시 여기로 부임했으니, 오르내리는 사이 이미 10년이었다. 사람살이의 온갖 변화가 하나도 기뻐할 것이 없다. 먼지 묻은 글을 펴니 꿈만 같구나, 어루만지자 감흥이 일어 차마 말 못할 것이 있다. 다시 그 운을 이용하여 스스로 기록하다. 때는 숭정 무진 (1628, 인조 6)년 8월 상순이다.

迷途十載我何堪	헤매는 길 10년을 내 어찌 감당했나
羨汝空林守一庵	그대들은 공림에서 한 암자 지킴 부럽구나

枉梏解時投磧雪　질곡에서 풀릴 때는 모래벌 눈에 던져지고
袈裟披處對峯嵐　가사옷 헤치는 곳엔 봉우리 안개 대하다
重逢古府眞如夢　다시 옛 고을에서 만나니 참으로 꿈 같고
獨展殘章未忍談　홀로 헤진 글을 펼치니 차마 말을 못해
謝病直思依佛日　병을 핑게로 곧바로 부처 해에 귀의 하려니
西風吹雁又賓南　서녘 바람 기러기에 불어 또 남쪽 나그네

〈東岳集, 十八-5〉

義賢上人住廣州南漢山城天柱寺 門徒頗衆 曾糶官穀 遣敬浩沙彌 來遺白紙二十束 請易米一斛 以爲納倉之資 戲書以答之

의현상인이 광주 남한산성 천주사에 주지하며 문도들이 많아 관곡을 빌린 적이 있다. 사미 경호를 보내어 백지 20속을 보내며 쌀 한섬과 바꾸어 창고의 자산으로 삼겠다 하니 장난삼아 써서 대답하다

堪笑浮屠本不羈　중들은 원래 얽매임 없다 함이 우습구나
廣陵留滯遣沙彌　광릉에 머물며 사미승을 보냈는데
餐霞久負休糧計　안개 밥으로 양식 끊는 계획 저버리고
鬻紙翻營糶穀資　종이 팔아 오히려 관국 갚을 자산으로 경영하네
炎雨夜廬相訪日　불꽃 더위 비 오는 밤 집으로 찾아오던 날이요
暝煙官渡獨歸時　어둔 연기에 관가로 가는 홀로 돌아갈 때이네
傾囷直欲酬深眷　창고 기울여 곧 깊은 애정으로 보답하려 해도
赤地蒼生正訴飢　황무지의 백성들이 배 고품을 호소하니 어쩌지

〈東岳集, 十八-12〉

眞一上人在南漢山城開元寺 追步余華字韻見寄 復用其韻而謝之

진일상인이 남한산성 개원사에 있으며 나의 화(華)자 운을 받아 보내왔기에 다시 그 운으로 사례함

忽驚燕石[152]博瓊華　연석 돌이 구슬의 호화로움에 도전함 놀라니

南漢靑山入夢賖	남한산성의 푸른 산이 꿈에 들어 넉넉하구나
雪院掩扉燒櫟柮	눈 속 사원에 문을 닫고 참나무를 불 때고
雲房憑几掛袈裟	구름 방에 의자 기대어 가사옷 걸어두다
何由更秉西窓燭	무슨 이유로 다시 서창의 등불을 잡고서
每憶同煎北苑茶	항상 북쪽 원집에서 차 다림을 생각하나
別後官居君莫問	이별 후로 관가 생활 그대 묻지 말라
荒年不及臥田家	흉년이라 농촌 집에 가 눌 새도 없다네

〈東岳集, 十八-12〉

法林上人自聖居山至 戲書以示
법림상인이 성거산에서 와서 희롱으로 쓰다

自佩江城印	강화성의 관인을 찬 뒤로
年荒困薄書	흉년에다 문서로 피곤하네
困倉積逋稅	창고에는 포탈한 세곡이 쌓이고
閭巷急追胥	동리에는 관리의 추징이 급하네
不但林泉間	임천의 자연일 뿐만 아니라
仍兼翰墨疏	시문의 문장 생활도 소원해
空門舊友在	공문에 옛 친구가 있어
一見一愁余	한 번 보면 한 번의 내 시름

〈東岳集, 十八-14.〉

寄贈學慧上人遊楓岳
학혜상인이 풍악으로 노닌다기에

淸晨力疾寫新詩	맑은 새벽 달려 새로 시를 써서
寄與春空錫杖飛	봄 하늘 날리는 지팡이에 부쳐주다
一萬二千峯北指	일만 이천 봉우리를 북으로 가리키니

....

152) 燕石: 燕山에서 나오는 일종의 옥 같은 돌.

東華[153]五十九年非 동화의 5십 9년의 잘못일세

〈東岳集, 十八-15.〉

義賢上人 曾於去歲八月上旬 自南漢山城來見余 今又以三月初六日來訪 求詩 率題以贈

의현상인이 지난 해 8월 상순에 남한산성에서 나를 찾아온 적이 있는데 지금 3월 6일에 내방하여 시를 구하기에 써 주다

上巳[154]三晨後	상사날 세 새벽의 뒤이고
中秋四夕前	처석날 네 저녁의 앞이었네
砌寒蛩泣露	섬돌 차니 벌레 이슬에 울고
汀霽柳縈煙	물가 개니 버들 연기에 어리다
石洞談靑鶴	돌 마을을 청학이라 하고
雲庵記白蓮	구름 암자를 백련이라 하네
連年相訪遠	해마다 멀리 서로 찾으니
滯臥愧華顚	함께 누워 흰 머리 부끄럽다

　(靑鶴洞在智異山　白蓮庵在德裕山)

〈東岳集, 十八-16〉

贈燦浩沙彌

찬호사미에게

獨坐江城暮	홀로 강 마을의 저녁에 앉았다가
逢師輒解顔	스님 만나니 곧 얼굴이 풀리네
三年海印寺	3년을 해인사이고
一月俗離山	한 달은 속리산일세

....

153) 東華: 東華門. 明淸 시대에 中樞의 官署들이 궁성의 동화문 안에 있어서 중앙관서를 이르는 용어가 된다.
154) 上巳: 漢나라 이전에는 3월 상순의 巳日을 上巳라 했는데, 魏晉 이후로 3월 3일을 상사라 했다.

乍聽蟬南往　　잠시 매미 들으러 남으로 가고
常隨雁北還　　항상 기러기 따라 북으로 가다
金章翻自哂　　황금 인장 오히려 스스로 웃기니
不及衲衣閑　　가사옷의 한가함 못 따르네

<東岳集, 十八-17>

市義賢上人
의현상인에게

雨霽江城淑景佳　　비 갠 강 마을 말숙한 경개 아름다우나
詰朝扶病臥山齋　　이른 아침까지 병에 매달려 산 집에 눕다
南筇智異穿雲壑　　남쪽 지팡이는 지리산 구름 골을 뚫고
東屐金剛跨石崖　　동쪽 나막신은 금강산 바위 언덕 넘는다
谷鳥聽應心忽醒　　골짜기 새 듣노라면 마음 홀연 깨고
巖花看却眼方揩　　바위 언덕의 꽃을 보려고 눈을 부비다
今春又負尋眞約　　올 봄에도 또 진경 찾을 약속을 저버려
獨對禪公話老懷　　홀로 스님이 늙은 회포 말함을 대하다

<東岳集, 十八-17.>

寄片雲上人(師時在泰安郡北 金堀山寺)
편운상인에게(스님은 당시 태안군 북쪽 굴산사에 있었다)

手題新句寄雲公　　손수 새 시구를 써서 편운공에게 부치니
蕁北何如住槥東　　태안 북쪽은 어떠하고 면천의 거주했나
　(泰安古號蕁城 沔川古號槥城)
　(태안의 옛 이름이 순성이고, 면천이 옛 이름이 혜성)
霜落岸楓丹照日　　서리 내린 언덕 단풍은 붉게 해를 비치고
雨晴汀柳綠搖風　　비 개인 강 버들은 녹색으로 바람 흔든다
沁城[155]已過三春後　　강화에서 이미 세 봄을 지난 후이고

....

155) 沁城: 沁都. 강화도를 이르는 말.

沔路曾分六月中　　면천 길에서 유월이 반이 나뉘는 중이네
每憶關河唱歸雁　　매양 국경의 강에서 가는 기러기 들어
夢魂無夜不相通　　꿈 속의 영혼 밤마다 통하지 않음 없다
　(余竄鏡城時 曾以俚語 作歸雁歌二闋 師常爲余唱之 以慰余故云)
　(내가 경성으로 귀양갈 때 우리말로 귀안가를 2 수를 지은 적이 있는데 스님이
　항상 나를 위해 불러서 나를 위로했기에 한 말이다)
　　　　　　　　　　　　　　　　　　　　　〈東岳集, 十八-21.〉

戲示妙正上人
묘정상인에게 희롱으로

野性從來時俗疏　　야성의 순박은 원래 시속과는 멀어지는 것
却敎甁錫156)集官居　　문득 스님들에게 관가의 거처로 모이게 하다
裕嚴德峻供山果　　유엄스님 덕준스님이 산 과일을 공급했고
志敬玲琦惠澗蔬　　지경스님 영기스님이 시내 채소 보내오다
纔聽法林天悟偈　　겨우 법림스님 천오스님 게송 듣자마자
旋看眞一義賢書　　바로 진일스님 이현스님의 편지를 보다
每朝笑向闇人157)問　　매일 아침 문직이에게 웃으며 묻기를
余愛僧耶僧愛余　　내가 중을 사랑하냐 중이 나를 사랑하냐
　　　　　　　　　　　　　　　　　　　　　〈東岳集, 十八-22〉

仲秋月夕 眞一, 希安二師來自南漢山
중추의 달 밤에 진일 희안 두 스님이 남한산에서 오다

曾過水國返山城　　일찍이 물 나라를 지나 산성으로 돌아가더니
錫杖還從送日迎　　석장 지팡이를 오히려 송별했던 날에며 마지하다
秋月憶同今夜色　　가을 달은 오늘 저녁 색깔과 같다고 기억하나

---

156) 甁錫: 승려들이 사용하는 바릿대와 석장 지팡이.
157) 闇人: 周나라의 官名. 아침 저녁으로 궁문을 여는 관원.

道人看是去年情　도인은 이것을 지난해의 정으로 보고 있다
東西路共回仍往　동쪽 서쪽의 길을 함께 돌아와 이에 머물고
上下弦常缺又盈　위 아래의 달 무리는 기울었다 또 찬다네
衰疾獨慙顏狀改　쇠약한 병에 홀로 얼굴 변한 것 부끄러우니
未抛符竹158)謾勞生　벼슬 병부 못 버리고 부질없이 수고하는 삶

　(師於去歲七月晦 來訪余 八月十二日去今則以八月十二日來到 故首
　聯云)

　(스님이 작년 7월 그믐에 나를 찾아 왔다가 8월 12일에 갔다. 이번엔 8월 12일날
　왔다. 그래서 수련에서 말했다.)

〈東岳集, 十八-26〉

送希安師歸南漢山
희안스님을 남한산으로 보내며

白月中秋滿　흰 달이 8월 추석에 가득하고
黃花九日鮮　국화꽃은 9월 9일이 곱다
淹留兩佳節　아름다운 두 절기를 머물러서
述作幾新篇　지은 시문이 새로 몇 편인가
吏案愁奚破　관리의 책상엔 시름 어찌 깨며
禪關夢自牽　스님의 문에는 꿈이 절로 이끌려
層巒隔孤嶼　층층의 산과 외로운 섬은 막혀서
此別又經年　이번 이별이 또 해를 넘기겠네

〈東岳集, 十八-30〉

與希安上人別後 志敬禪師見訪
희안상인이 떠난 뒤 지경선사가 내방하다

秋深江雨霽　가을 깊어 강 비도 개이니

....

158) 符竹: 竹符. 竹使符. 지방관의 信符.

府舍淨無埃	관부 청사 먼지 없이 맑다
昨夕安纏去	어제 밤 희안이 겨우 가더니
今晨敬忽來	오늘 새벽 지경이 홀연 오다
老年資法侶	늙는 나이에 법의 친구 의지하고
休日費詩材	쉬는 날이면 시의 재료 허비하다
更有盆中菊	다시 화분 안의 국화 있어서
繁葩次第開	번성한 꽃봉오리 차례로 피다

〈東岳集, 十八-30〉

法林長老與天悟禪師 相繼而來 喜書以示
법림장로가 천오선사와 서로 이어서 와서 기뻐 쓰다

每聞雲衲入州城	매양 떠돌이스님 고을 성에 들었다 하면
門吏偏驚倒屣迎	문직이 아전 유독 놀라 신 꺼꾸로 마지한다
只爲老身供劇務	다만 늙은 몸이 과격한 집무에 제공됨이요
未能眞界作閑行	진여의 세계에서 한가한 놀이 하지 못함이지
懸燈話處心逾遠	등불 매달아 대화하는 곳 마음 더욱 멀고
對榻眠時夢亦淸	선탑을 대한 졸음엔 꿈도 역시 맑구나
雪後況逢雙道友	눈 온 뒤 더구나 두 진리의 벗 만나니
五臺山月眼中明	오대산의 산 달이 시선 앞에서 밝구나

(林公新自五臺山來 悟師時亦盛稱五臺山之勝)

(법림공이 새로 오대산에서 왔고 천오스님도 오대산의 좋은 경치를 극구 칭찬한다)

〈東岳集, 十八-36〉

重贈法林, 天悟兩上人
다시 법림 천오 두 스님에게

歲晏身多暇	한 해도 저무니 몸은 한가함이 많아
公門晝不開	관청의 문을 낮에도 열지 않는다
誰知林老至	누가 법림이 올 줄을 알았겠나
更報悟師來	또다시 천오스님이 왔다 아뢴다

雪重雲沈郭　　눈이 무거워 구름이 성곽에 잠기고
天淸月轉臺　　하늘 맑아 달은 누대를 전전한다
煙霞十日語　　연하의 자연 열흘의 이야기에
一榻隔塵埃　　책상 하나에 먼지가 가득하구나

〈東岳集, 十八-36〉

雪後月夜 對志敬師口占
눈 뒤의 달 밤에 지경스님 대해 부르다

地迥千山雪　　땅이 머니 일천 산의 눈이요
天寒萬壑氷　　하늘 차가워 일만 골에 얼음
海雲都淨洗　　바다 구름은 모두 깨끗이 씻고
江月忽高升　　강 달은 홀연 높이 오르다
好是三更夜　　이 좋은 삼경의 밤에
添渠一箇僧　　저 하나의 중을 더했구나
眞如玉京裏　　참으로 옥경의 궁전 속에
仙鶴不須乘　　신선 학을 꼭 탈 필요 있나

〈東岳集, 十八-37.〉

寄片雲上人
편운상인에게

金堀山頭寺　　금굴산 산두사를
聞師愛此居　　스님 사랑하여 산다 들었네
雪蹊行覓句　　눈 길을 걸으며 시구를 찾고
雲榻坐看書　　구름 책상에 앉아 책을 보지
隔海逢人少　　바다로 막혀 만나는 이 적고
經年寄信疏　　해가 지나도 오는 소식 드물다
煙霞未赴約　　연하의 자연 내닫지 못한 약속
空愧左銅魚159)　　부질없이 관리의 신표 부끄럽다

〈東岳集, 十八-41〉

368 조선조 유가가 승려에게 준 시

次片雲上人見寄韻

편운상인이 보내온 운에 차운하여

客愁如絮鬢如蓬	나그네 시름 솜털 같고 귀밑머리 쑥대 같아
六十人間一病翁	60년의 세상살이에 하나의 병든 늙은 이
慙愧禪門報消息	스님에게 이 소식을 알리기 부끄럽구나
春眠初熟日方中	봄 졸음 이제 막 익었는데 해는 한낮이니

〈東岳集, 十八-43〉

中秋月夜 贈片雲上人

한가위 달밤 편운상인에게

絶塞磨天嶺	뚝 떨어진 변방의 마천령이요
嚴城鎭海樓	장엄한 성의 진해루에서
當時共邊月	그 당시에도 함께 변방의 달이었는데
此地又中秋	이 땅에서 또 한가위 만났구나
戀主孤臣淚	임금 그리는 외로운 신하의 눈물
思鄕老吏愁	고향 생각하는 늙은 관리의 시름
白頭唯爾在	흰 머리에 오직 그대 있어
隨處作靑眸160)	처지에 따라 지혜로운 눈동자이네

江甸161)新留守	강화도의 새 유수이고
關城老謫臣	국경 성의 늙은 귀양살이일 때
誰憐此秋月	누가 이 가을 달을 사랑하나
曾照昔年身	일찍이 옛날의 나 비춘 적 있네
竢罪追前事	죄를 기다리며 전날 일 추적하고

---

159) 左銅魚: 魚符. 隋唐시대 조정에서 발행한 信符, 나무로 새기거나 銅으로 주조하
되 물고기 모양으로 해서 반을 나누어 가졌다가 유사시 합쳐 신빙 자료로 하기
때문에 "魚符"라 한다. 여기서 左銅魚라 함은 나눈 반쪽의 의미이다.

160) 靑眸: 맑게 빛나는 눈동자.

161) 江甸: 江華島. 甸이 京畿의 의미이니 경기지방의 강화를 말함.

知音托上人　　마음 아는 이는 스님께 기탁해
至今榮辱境　　지금의 영화나 욕되는 경지에
逾覺寸心親　　더욱 작은 마음의 친함 깨달아

〈東岳集, 十八-53〉

戒淨上人乃義賢師沙彌也 自南漢山寺 袖五峯, 月沙諸相國
詩 遠涉風濤 來示索和 余辭以才竭思涸 不敢贅一語 師留三
日不去 戲步其韻 而贈之

계정상인은 의현스님의 사미이다 남한산사에서 오봉 월사 등 여러 상공의
시를 기지고 멀리 파도를 건너 와 시를 보이며 화답을 구한다. 내가 재주도
없고 생각도 말라 한 마디도 덧붙일 수 없다 사양하나, 스님이 3일 동안
가지 않아 그 운을 밟아 주다.

遠衝風浪背雲山　　멀리 풍랑에 부딪히며 구름 산을 등지고
虛譽堪咍筆硯間　　헛된 소문에 붓 벼루 사이 비웃음 샀네
乞取一聯三日駐　　시 한 줄 얻으려 사흘을 머무르고 있으니
沙彌忙處使君閑　　사미승 바쁜 곳에 수령님은 한가하구나

〈東岳集, 十八-55〉

九日 喜戒淨上人至
9월 9일 계정상인이 와 기뻐서

舊俗登高日[162]　　옛 풍속으로 높은 곳 오르는 날
孤城抱病時　　　외로운 성에서 병을 앓는 때이네
何言衲子到　　　누가 말했나 스님이 오기를
似趁菊花期　　　국화 필 시기를 달려 오리라고
野冷蛩聲近　　　들 싸늘하니 벌레 소리 가깝고
川明雁影遲　　　냇물 맑으니 기러기 울음 더디다
百年吾已老　　　인생 백년에 나 이미 늙어서

....

162) 등高日: 9월 9일 重陽節에 산에 올라 조상 묘의 성묘를 하는 풍습이 있다.

爲爾一題詩　　그대 위해 한 편의 시를 쓴다

重贈戒淨上人 兼寄義賢長老 用軸中前韻

다시 계저앙인에게 주며, 겸해서 의현상인에게도, 시축 중의 앞 운을 이용하여.

白蓮庵在九峯山　　백련암이 구봉산에 있어
一逕靑松杳靄間　　한 가닥 푸른 솔 길 아득히 안개 사이
底事又歸南漢寺　　무슨 일로 또 남한의 산사로 돌아가나
北方人怪未曾閑　　북방인은 괴상하게도 한가한 적 없네

　（師與賢公 曾住靈光郡白蓮庵 今又來寓於南漢山寺）

　（스님이 의현공과 일찍이 영암 백련사에 머물렀고, 지금은 또 남한산사에 있다）

〈東岳集, 十八-57.〉

贈惠雄上 人用軸中前韻

혜웅상인에게 시축 중의 앞 운을 이용하여

塵事如雲心自知　　세속 일이 구름 같음을 마음으로 알면서도
鹿門163)歸計久參差　녹문산으로 돌아갈 계획 오래 어긋나다
鎭東軍館笑相對　　진동의 군관에서 웃으며 서로 대했는데
師不負翁翁負師　　스님 나 저버리지 않고 내가 스님 저버렸네

〈東岳集, 十九-18.〉

尙全上人來貽杆城縣監姪汝固164)書及詩 次其韻却寄

상전상인이 간성현감인 조카 여고의 시와 편지를 가져와 차운하여 보내다

地僻咸關內　　땅도 궁벽한 함경도 국경 안에

....
163) 鹿門: 鹿門山. 後漢의 龐德公이 처자를 데리고 녹문산으로 들어가 약을 캐며
　　돌아오지 않았다. 이후로 隱士가 사는 곳을 지칭하는 말이 되다.
164) 汝固: 李植(1584-1647)의 자. 호는 澤堂. 필자 李安訥의 당질.

天寒臘月初　　날씨도 추운 섣달의 초승이니
衝風鳴棟宇　　부딪치는 바람 집채를 울리고
疊雪擁階除　　겹겹의 눈은 층계를 에워 싸다
老愧持龍節165)　늙어서 지방장관직 부끄러워
閑思駕鹿車166)　한가히 조그만 수레 생각하다
全公此日到　　전공이 이런 날에 이르러
手把仲容167)書　손수 조카의 편지 가져오다

〈東岳集, 十九-19〉

修學上人自沔川石水庵來謁
수학상인이 면천 석수암에서 찾아오다

客欲南州去　　나그네는 남쪽으로 가려 하는데
僧何北地來　　스님은 왜 북쪽으로 오는가
塞關唯古柳　　변방 관문에는 오직 옛 버들이고
鄉墅幾新梅　　들 별장에는 몇 그루의 새 매화
石水庵前麓　　석수암의 앞 산록이고
松風院後臺　　송풍원의 뒷 누대이네
白頭方謝疾　　흰 머리에 병으로 인사하고
歸共臥蒼苔　　돌아가 함께 푸른 이끼에 누울까

(余家別業在沔川郡北 以松風名堂)

(내 집 별장이 면천군 북쪽에 있어 송풍으로 당의 이름을 했다)

〈東岳集, 十九-28〉

---

165) 龍節: 용의 모양을 한 符節. 지방관의 信標.
166) 鹿車: 작은 수레.
167) 仲容: 晉 阮咸의 자. 완함은 阮籍의 조카이다. 그래서 "仲容"이 조카의 대칭으로
　　인용된다. 남의 조카를 "咸氏"라 하는데, 이것도 이 阮咸의 이름을 인용한 용법
　　이다.

贈別楚萍上人歸楓岳天德庵

초평상인을 풍악 천덕암으로 이별하며

地連氈府[168]北	땅은 온성의 북으로 이었고
天隔鐵關[169]南	하늘은 철령의 남으로 막혔네
楓岳平生夢	풍악산은 평생의 꿈인데
萍師半日談	초평스님은 반나절의 이야기
煙霞萬瀑洞	안개 노을은 만폭동이고
水石九龍潭	물과 바위는 구룡연의 못
又負尋眞約	또 진경 찾을 약속 저버려
花前雪髮鬖	꽃 앞에서 흰 머리 더부룩

(穩城古號氈城 乃北邊極遠之地也)

(온성의 옛 이름이 전성이니 북쪽 극히 먼 땅이다)

〈東岳集, 十九-29〉

贈雙彦[170]上人

쌍언상인에게

洞暝千峯雨	동구 어두우니 일천 봉의 비이고
堂寒一澗風	당이 추우니 한 시내의 바람이라
岳僧相對睡	풍악의 중이 마주하여 졸고 있어
心與境俱空	마음과 대상이 함께 비어 있다

對爾已三日	너를 마주하기 이미 사흘에

----

168) 氈府: 氈城府. 전성이 함경도 穩城의 옛 이름.
169) 鐵關: 鐵嶺의 關門. 또는 鐵關城으로, 함경남도 德源郡 北城面에 있던 성.
170) 雙彦: (1591~1658) 조선 중기의 승려로 호는 춘파(春坡). 속성 최(崔)씨. 9세에
묘향산으로 가 휴정(休靜)의 제자가 되어 경학에 몰두하여 제자백가서까지도
통달하였다. 금강산의 송월 응상(松月應祥)에게서 법을 이어받다. 유저로 〈춘파
집(春坡集)〉, 〈통백론(通百論)〉이 있다.

向余無一言　　　나에게 말 한 마디 없는데
淙淙寺前水　　　졸졸 흐르는 절 앞의 물은
晝夜爲誰喧　　　밤낮으로 누구 위해 들레나

石室三更雨　　　돌 집에는 삼경의 비이고
雲牋五字詩　　　구름 종이에는 다섯 자의 시
岳翁[171]今日意　　동악 늙은 이 오늘의 뜻은
唯有彦公知　　　오직 쌍언공이 있어 알지

〈東岳集, 十九-35〉

贈瑩圭上人
형규상인에게

四月尋山日　　　사월 달 산을 찾은 날이요
三更聽雨時　　　삼경의 밤 빗소리 듣는 때
主師不解事　　　형규스님 사리 이해 못해
强索岳翁詩　　　애써 동악의 시를 찾네

〈東岳集, 十九-35.〉

贈無忍上人
무인상인에게

欲求岳公句　　　동악의 시구를 요구하려거든
須認岳公心　　　동악의 마음을 알아야 하지
般若岡巒峻　　　반야봉의 봉우리 험준하고
摩訶洞壑深　　　마하동의 골짜기 깊구나
軟紅徒自誤　　　연분홍 빛 한갓 좋아하고
衰白未曾尋　　　쇠잔한 흰 빛 찾은 적 없네

....

171) 岳翁: 東岳 노인, 필자 자신을 말함.

心與句俱贈　　마음과 시구를 함게 주니
好投名刹吟　　절에 잘 가져가 읊게나

〈東岳集, 十九-37〉

贈三均上人
삼균상인에게

二十一禪房　　스물 하나의 선방에서
六十四衲子　　예순 네 살의 스님
獨愛均上人　　유독 삼균스님 사랑은
誦經能識字　　경을 외우고 글자 알기에

〈東岳集, 十九-35〉

學暹上人 自鷄龍山至 留宿公營 書以示之
학섬상인이 계룡산에서 와서 공관에서 머물기에 써 보이다

沔廬172)攀柏173)日　　면천 여막에서 시묘하던 날이요
湖節174)憩棠175)年　　호서의 관찰사로 나가던 해이네
曩已形容改　　전날에 이미 형체 모습 변했고
今纔性命全　　이제 겨우 생명을 온전히 하네

....

172) 沔廬: 필자의 별장인 沔川의 집. 이때 모든 관직을 사양하고 고향 면천으로 내려 왔다.
173) 攀柏: 晉의 王裒의 아버지가 司馬昭에 의해 살해되었다. 왕포가 묘소에 여막을 짓고 아침저녁으로 묘소 앞에서 절하고 잣나무(柏)를 부여잡고(攀) 우니 눈물이 나무에 닿아 나무가 말라 죽었다. 이후로 "攀柏"이 죽은 어버이를 애도하는 고사가 되었다.
174) 湖節: 갑술(1634)년에 公淸道觀察使로 임명됨
175) 憩棠: 〈詩經, 召南, 甘棠〉에 "蔽芾甘棠 勿翦勿敗 召伯所憩(자그마한 감당나무를 베거나 해치지 말라 소백이 쉬었던 곳이다)"함이 있다. 이는 周나라 召지방 사람들이 召伯(소의 통치자)의 德政을 그리워하여 지은 시이다. 그래서 "憩棠"이 지방관의 덕정을 칭송하는 말이다.

星霜十荏苒	세월은 10년이 흘렀지만
瓶鉢一團圓	물병 바릿대 하나 둥글 둥글
坐話迷途事	앉아 희미했던 길 이야기에
官城落月懸	관가의 성에 지는 달 달렸네

〈東岳集, 二十一-16〉

贈瑞巖176)上人
서암상인에게

先生六十四寒炎	먼저 난 나는 64년의 더위 추위이고
師亦年今六十三	대사도 역시 금년 나이 육십 삼이나
爾駐童顏我髮禿	그대는 동안으로 머무르고 나는 머리 빠지니
塵埃方愧左雲嵐177)	먼지 속에서 구름 안개 자연 외면함 부끄럽다

〈東岳集, 二十一-17〉

鷄龍山人瑞巖長老 書致川椒, 石筍等物 率題以謝
계룡산인 서암장로가 산초와 석순 등을 보내와 졸연 감사해 쓰다

蒼山四十里	푸른 산 40 리에서
一札問黃堂178)	한 서찰로 관사에 문안하다
啓笥川椒辣	상자를 여니 산초 매콤하고
登盤石筍香	소반에 오른 석순 향기롭네
翻令洗心胃	번연히 심장 위장을 씻어
直勝飽膏粱	곧 기름진 포식보다 낫구나
坐荷慈悲力	앉아서 자비의 힘을 입었으니

....

176) 瑞巖: 조선 중기의 스려 일화(日華)의 호. 당시 불교계의 명필로 후대까지 많은
영향을 끼쳐, 영남의 영파 성규(影波聖奎 1728~1812), 호남의 영파 덕수(永波德
壽) 등 많은 명필들이 그 필법을 계승함.
177) 左雲嵐: 구름 아지랑이 외면하다. 雲嵐은 자연의 아름다움을 말하고, 左는 왼
편으로 잘못 가다의 의미.
178) 黃堂: 고대 태수(太守) 관아(官衙)의 정당(正堂).

明珠不足償   밝은 구슬로 갚아도 부족하네

〈東岳集, 二十一-17〉

寄贈瑞巖上人 用軸中疎菴任茂叔¹⁷⁹⁾韻

서암상인에게, 시축 중에 소암 임무숙의 운으로

慙余經世志   나의 세상 경륜의 의지 부끄럽고
羨汝出塵姿   너의 세속 벗어난 자세 부럽구나
騄駬¹⁸⁰⁾超千里   녹이의 말은 천리를 뛰어 넘지만
鷦鷯寄一枝   뱁새는 가지 하나에 부쳐 산다
空歌紫芝曲¹⁸¹⁾   공연히 자지곡을 노래하면서
未赴白蓮¹⁸²⁾期   백련사의 기약에 내닫지 못해
起望東林¹⁸³⁾道   일어나 동림사의 길을 바라보니
西峯月落時   서쪽 봉우리 달이 지는 때이네

〈東岳集, 二十一-17〉

贈思胤上人

사윤상인에게

胤也浮屠者   사윤은 불교의 승려로서

---

179) 任茂叔: 任叔英(1557-1623)의 자가 茂叔, 호가 疎庵이다.
180) 騄駬: 騄耳. 좋은 말의 이름.
181) 紫芝: 紫芝曲. 秦나라 말년에 東園公, 綺里季, 夏黃公, 甪里先生이 난세를 피하
여 은거하면서 商山四皓라 하면서 이 노래를 지었다. "漠漠商洛 深谷威吏 曄曄
紫芝 可以饒飢 皇農邈遠 余將安歸 駟馬高蓋 其憂甚大 富貴而畏人 不若貧賤而
輕世(아득하고 아득한 상나라 서울이여 깊은 골에도 위엄의 관리이네, 빛나고
빛나는 붉은 영지여 배고품을 달랠 만하구나. 신농황제 아득히 멀어 나는 장차
어디로 가야하나. 네 바리 말에 높은 수레도 근심이 크구나. 부자와 고귀함으로
사람 두려워 함이 가난 천하나 세상 가벼이 여김만 못하다.)"라 하였다.
182) 白蓮: 魏晉 시대 惠遠이 廬山 東林寺에서 白蓮結社를 함. 白蓮社.
183) 東林: 앞 주 참조.

高標184)迥出塵	높은 인격 멀리 세속을 벗어나다
能敎竹換骨	대나무의 골격을 바꾸게 할 수 있고
更與鶴傳神	다시 학과 더불어 정신을 전하다
心上天機妙	마음 속에는 천기의 기밀 오묘하고
毫端物像眞	붓 끝에는 사물 모습 진실하다
殷勤如畫我	은근히 나를 그리는 것 같으니
萬壑一綸巾185)	온갖 골에 하나의 유생 두건

〈東岳集, 二十一-18〉

久留稷山 夏日苦熱 贈性默上人
오래 직산에 머무르는데 여름 날이 심히 덥다, 성묵상인에게.

徹夕那安寢	밤새도록 어찌 편히 잘 수가 있나
淹旬每夙興	열흘 동안을 매일 새벽에 일어나다
炎曦赤可染	불꽃 햇살 붉기 물들만 하고
毒霧黑如凝	독한 안개 검기 엉긴 듯하다
宦況因衰減	관리의 정황도 인해 쇠해 덜하나
羈愁與病增	나그네 시름은 병과 함께 더하다
南樓當此日	남쪽 누대에서 이런 날 당하니
徒羨北山僧	한갓 북쪽 산의 중이 부럽다

〈東岳集, 二十一-18〉

贈自隱上人
자은상인에게

素髮淹湖外	흰 머리는 엄호 물가의 밖이고
秋城落日沈	가을 성에는 지는 해 잠긴다
怜渠三寸舌	네 3 치의 혀가 그리우니

....

184) 高標: 높은 가지. 뛰어난 사람의 비유. 또는 높고 깊은 造詣의 비유로 쓰임.
185) 綸巾: 관의 이름. 고대에 청색으로 띠를 둘렀던 두건. 諸葛亮이 군중에서 썼다
하여 諸葛巾이라고도 한다.

慰我百年心	나의 백년 마음을 위로한다
鶴洞雲霞迥	학동에는 구름 안개 멀고
龍淵宇宙深	용연에는 우주가 깊구나
名山如眼見	이름 난 산 눈 앞처럼 보이니
不復愧朝簪186)	다시는 관직이 부끄럽지 않아

〈東岳集, 二十一-29〉

戲贈明照187)上人 兼示瑞巖188)長老 照乃巖之弟也 年今 十六 貌如女子 時隨其師 住在鷄龍山

명조상인에게 희롱삼아 주며 겸하여 서암장로에게 보이다. 명조는 서암의 제자이다 금년에 16세인데 생김이 여자 같다 그 때 스승을 따라 계룡산에 거주하다.

骨清年少未生髭	골격이 청수한 어린 나이 수염도 아직 없이
眉目娟娟似女兒	눈썹 동자는 말긋말긋 어린 계집 같구나
誰憫熊津李觀察	누가 웅진의 이관찰사를 연민하랴만
却羞鷄岳照沙彌	문득 계룡산의 명조사미 부끄럽다
耳聾眼暗民常罵	귀 어둡고 눈 어두워 백성들 항시 꾸짖고
齒豁頭童吏共嗤	이 빠지고 머리 벗어져 아전들 함께 비웃다
供世已知無用處	세상에 봉사하기 이미 쓸 곳 없음 아니
只須歸隱伴巖師	다만 돌아가 서암스님과 동반할 필요가 있다

〈東岳集, 二十一-35.〉

....

186) 朝簪: 朝는 조정이고 簪은 관의 일종의 장식품이니, 벼슬아치의 관을 상징하여 벼슬살이를 의미함.

187) 明照: (1593~1661) 조선 중기의 승려로 승병장. 호는 허백(虛白). 속명은 이희국(李希國). 본관은 홍주(洪州). 13세에 출가하여 보영(普英)에게 사사. 사명 유정(四溟惟政)에게 구족계를 받음. 교(敎)는 완허 원준(浣虛圓俊)에게, 선(禪)은 송월 응상(松月應祥)에게 배움. 1627년(인조 5) 정묘호란 때 강원도관찰사의 천거로 8도승병대장이 됨. 유집으로 〈허백당집〉 3권, 〈승가상례(僧家喪禮)〉가 전한다. 이종찬, 한국불가시문학사론, "허백과 정묘호란" 잠초.

188) 瑞巖: 앞의 주 176 참조.

贈寶明上人

보명상인에게

師姓韓 淸州人也 乃開國功臣西原君諱尚敬之後 生于隆慶己巳 少出家
爲僧 因居淸州白足山寺

(대사의 성은 한씨이고 청주 사람이다. 개국공신 서원군 한상경의 후손이다. 융경 기사
(1569)년에 태어나 어려서 출가하여 승려가 되다. 인해서 청주 백족사에 머무르다.)

明老韓其姓	보명 노사의 성은 한씨인데
居于上黨山[189]	청주의 백족산에 살다
薰風初握手	훈훈한 바람에 처음 악수했고
朔雪重開顔	북방의 눈에 다시 얼굴 대하다
閥閱承家盛	귀족 문벌로 가업의 풍성 잇고
袈裟出俗閒	가사옷으로 속가를 벗어 한가하네
如今六十六	지금은 예순 여섯의 나이로
一壑掩松關	한 골짜기에서 솔 문을 닫았네

〈東岳集, 二十一-38〉

贈聖崙上人

성륜상인에게

爾歸長慶寺	그대 장경사로 돌아가고
吾憶廣陵津	나는 광릉 나루 기억하네
白水分三島	흰 물 줄기 3 섬을 나누고
靑山接一隣	푸른 산은 한 이웃을 잇다
文園[190]無起日	글 동산은 일어날 날이 없고
楚澤[191]又逢春	초지방 연못에 또 봄을 만나다

....

189) 上黨: 淸州의 옛 이름.

190) 文園: 孝文園으로 漢의 文帝의 능원. 일반적으로 陵園이나 혹은 園林을 이른다.
또는 漢의 司馬相如를 말하기도 한다. 사마상여가 文園令을 지냈기 때문이다.
여기서는 글자의 뜻대로 쓰였다

191) 楚澤: 楚지방에는 沼澤이 많다. 일반적으로 沼澤을 말하려면 楚澤이라 하기도

憑報梅花信[192]　소식을 기탁해 알려 오니
賢公卽故人　　의현공은 바로 친구이기에
(長慶寺在南漢山城賢公卽義賢上人也)
(장경사는 남한산성에 있고, 현공은 곧 의현상인이다)

〈東岳集, 二十二-3〉

送靈熙上人還香山　次軸上韻

영희상인을 묘향산으로 보내며, 시축의 운에 차운

送渠遙望白雲(香山峯名)　　그대 보내고
歸我亦西行忝繡衣[193]　　나도 역시 서쪽으로 가려고 어사복을 입었네
(時以災傷御史符赴關西)　　(당시에 재해어사로 관서지방으로 가고 있었다)
何處尋眞同一宿　　어느 곳에서
上庵秋葉未全稀　　상암 암자

그대 보내고 멀리 백운봉(묘향산의 봉우리 이름)을 멀리 바라보고
어느 곳에서 진리를 찾아 같이 함께 잘까
상암 암자의 가을 단풍이 다 떨어지기 전에

飛流百尺浪翻銀　　백 척을 날아 흐르는 물줄기 은빛으로 번득이고
六月松風冷逼人　　유월달 솔 바람은 싸늘하게 사람을 위협한다
勝欲休官尋淨界　　벼슬 쉬고 청정 경계 찾으려는 많은 욕심은
上方深處寄閑身　　상방의 깊은 곳에 한가한 몸 기탁하고자

〈東岳集, 二十二-11〉

....

한다.

192) 梅花信: 서신 편지를 이르는 말. "육개와 범엽은 가까운 친구인데, 강남에서 매화 한 가지를 장안의 범엽에게 보내며 시를 쓰되 '매화 꺾어 역리를 만나 농두의 사람에게 보낸다. 강남에는 있는 것이 없어 애오라지 매화 한 가지 보낸다'(陸凱與范曄友善 自江南寄梅花一枝 詣長安與曄 幷贈詩曰 '折梅逢驛吏 寄與隴西人 江南無所有 聊贈一枝梅)"라 하였다. 〈太平御覽 권 970〉

193) 繡衣: 원래는 비단에다 수를 놓은 귀족의 옷을 지칭했다. 뒤에 繡衣直指라 하여, 漢의 武帝 연간에 민간에서 소요하는 자가 많아 지방관으로서 제압하지 못하니, 중앙정부에서 直指使者를 파견하여 진압하게 하였다. 그 후로 중앙정부에서 파견되는 어사를 "繡衣吏" "繡衣使者" "繡衣御使" 등으로 불렀다.

贈正行沙門
정행사문에게

雪中逢衲子	눈 속에 스님 만났더니
云自衆香來	중향성으로부터 온다 하네
瓶貯毗盧月	물병에는 비로봉 달을 담고
筇穿寂滅苔	지팡이 적멸보궁 이끼 헤친다
雲嵐入笑語	구름 안개 웃음 이야기로 들고
魂夢出風埃	영혼 꿈은 풍진 먼지 벗어나다
白馬峯前寺	백마봉 앞의 절에
尋眞不擬回	진여세계 찾아 돌아오지 않겠다네

十暑金剛寺	십년 여름은 금강산이요
三冬寶盖山	삼년 겨울은 보개산이었으니
春風蕊城194)路	봄 바람은 충주의 길이고
秋草鐵門關	가을 풀에는 철문의 국경
在世身爲累	세상에 있으면 육신이 걸리지만
無家迹自閑	집이 없으니 자취 절로 한가해
飛筇又何處	지팡이 또 어느 곳으로 날리나
黃海水雲間	황해의 물 구름 사이이겠지

〈東岳集, 二十二_16〉

題道淸上人詩卷 次五峯195)相國韻
청도상인의 시권에, 오봉상공의 운에 차운

爾是何人我自吾	너는 어떤 사람인가 나는 스스로 나인데
水雲蹤迹鶴同孤	물 구름의 발자취는 학과 같이 외롭구나
眞檀一炷松齋夜	진단향 한 줄기의 송재의 밤에

....

194) 蕊城: 忠州의 옛 이름.
195) 五峰: 李好閔(1553-1634)의 호. 자는 孝彦.

話到無生話却無　　말이 삶이 없음에 이르니 말도 곧 없구나

酷愛靑山不負吾　　청산을 혹독히 좋아해도 나를 버리지 않아
白雲深谷結廬孤　　흰 구름 깊은 곳에 얽은 집도 외롭구나
蒲團終日燒香坐　　푸들 방석 종일토록 향을 사루고 앉아
萬有看來只一無　　온갖 만물 보아 올수록 다만 하나의 무

小齋中夜坐忘吾　　작은 재실 한밤에 앉아 나를 잊으니
雪霽山空缺月孤　　눈은 개고 산도 비어 초생 달 외롭다
樂地本非名敎外　　극락의 땅이 본디 명교의 밖 아니니
爾家能似這般無　　너의 집 가르침 저것까지 없을 수 있나

〈東岳集, 二十二-17〉

送正行師還金剛山

丁未三月旬有二日 行上人来自海西 告歸楓岳 道心無住 浮迹如
雲 令人東望 飄飄然有出塵之意也 率爾揮翰 興在言外
정행스님을 금강산으로 보내며
(정미(1607) 3월 12일, 정행상인이 해서에서 와서 풍악으로 간다 하니, 도의 마음에는
머무름 없고 뜬 자취는 구름 같아 사람이 동으로 바라보면 훨훨 세상을 벗어날
생각을 가지게 한다. 곧 붓을 날리니 말 밖에 흥이 있다.)

滿面煙霞瘦鶴容　　얼굴 가득한 자연 기상은 학을 닮아 여위고
孤雲飛去杳無蹤　　외로운 구름 날아가듯 아득히 자취 없다
暫來碧洞花前過　　잠시 파란 동네 와서 꽃 앞을 지나가니
仍憶黃冠雪裏逢　　인해 누런 관으로 눈 속에 만났던 기억
行脚東西南北路　　발길은 동 서 남 북의 길이고
歸心一萬二千峯　　돌아갈 마음은 1만 2천 봉일세
仙山在眼身多病　　신선 산은 눈에만 있고 몸은 병 많아
日暮高齋獨倚松　　해 저물자 높은 집 홀로 솔에 기대다
　　(上人雪中 頭戴竹皮笠子 故以黃冠稱之)
　　(상인이 눈 속에 대 삭갓을 썼기에 황관이라 했다)

西走黃州雪滿山　　서쪽으로 황주로 달리니 눈은 산에 가득하고
春風杖錫又東還　　봄 바람에 지팡이 날려 또 동으로 돌아오다
禪心無着身如寄　　참선의 마음 집착 없어도 몸이 더부살이 같아
千里隨緣一味閑　　천리에 인연 따라 한 맛으로 한가롭다

日午柴門鎖不開　　한낮에도 사립문을 잠그고 열지 않는데
丫童驚報上人來　　동자놈이 놀라서 스님이 오셨다 알린다
拂衣東去忙何事　　옷 떨치고 동으로 갈 땐 무슨 일 바빴나
花滿蓬山錦作堆　　꽃이 가득한 쑥대 산에는 비단이 쌓였네

〈東岳集, 二十二-27〉

次慧圓上人詩軸韻 三月十四日 遊于三角山之東麓 道峯望
月庵慧圓浮屠 來候道左 爲求余一語 遂次其軸上韻 而贈
之

혜원상인의 시축운에 차운. 3월 14일, 삼각산의 동쪽 기슭에 놀았다 도봉산
망일암의 혜원스님이 길에서 기다리다 나의 한 마디를 구하여 그의 시축의
운에 차운하여 주다

步尋松磵曲　　걸어서 솔 시내 굽이를 찾다가
苔磴坐忘還　　이끼 긴 다리에 앉아 돌아올 길 잊다
釋子此時到　　스님이 이런 때 오게 되면
春山相對閑　　봄 산에 마주하여 한가할 텐데
岸花紅欲妬　　언덕 꽃은 질투 나게 진홍 빛이고
堤柳綠猶慳　　둑의 버들은 인색하리만큼 푸르다
好懷描不得　　좋은 생각은 묘사해 낼 수 없어
嵐翠撲吟顏　　아지랑이 파랗게 얼굴 때려 읊다

物態春雲變　　사물 자태는 봄 구름으로 변하고
天機夕鳥還　　하늘 기미는 저녁 새가 돌아 온다
會心身不倦　　마음을 이해하니 육신 게으르지 않고
忘世意常閑　　세상을 잊으니 생각이 항상 한가해

鵬鷃[196]爭相羨　붕새와 종달새 다투어도 서로 부럽고
乾坤未有慳　　하늘 땅 건곤은 인색함이 있지 않다
行歌紫芝曲[197]　거닐며 자지곡의 노래 부르지만
吾道在商顔[198]　우리의 도는 자하나 안자에 있다

〈東岳集, 二十二-27〉

題信脩上人詩軸 次月沙[199]相公韻
신수상인의 시축에 쓰다. 월사상공의 운에 차운.

臥病無人問死生　알아 누워도 죽고 삶을 물어볼 이 없으니
日長幽巷但蟬聲　해 긴 깊은 동리 안에 다만 매미 소리뿐
遠來剝啄[200]求新句　멀리서 온 신발 소리에 새로운 시 구하니
却怪闍梨[201]解姓名　문득 이상하다 중들이 내 이름 이해하다니

〈東岳集, 二十二-28〉

---

196) 鵬鷃: 붕새와 종달새. 〈莊子, 逍遙遊〉에 "붕새는 높이 하늘을 날아 멀리 남해를 가지만, 쑥대밭의 종달새는 비웃는다"함이 있어, "鵬鷃"이 사물에는 크고 작음이 있어도 의지나 지향점은 현격히 다름을 이르는 말이 되었다.

197) 紫芝: 紫芝曲. 秦나라 말년에 東園公, 綺里季, 夏黃公, 甪里先生이 난세를 피하여 은거하면서 商山四皓라 하면서 이 노래를 지었다. "漠漠商洛 深谷威吏 曄曄紫芝 可以饒飢 皇農邈遠 余將安歸 駟馬高蓋 其憂甚大 富貴而畏人 不若貧賤而輕世(아득하고 아득한 상나라 서울이여 깊은 골에도 위엄의 관리이네, 빛나고 빛나는 붉은 영지여 배고품을 달랠 만하구나. 신농황제 아득히 멀어 나는 장차 어디로 가야하나. 네 바리 말에 높은 수레도 근심이 크구나. 부자와 고귀함으로 사람 두려워 함이 가난 천하나 세상 가벼이 여김만 못하다.)" 라 하였다.

198) 商顔: 孔子의 제자 子貢과 顔子를 말한다. 자공의 이름이 商이고, 顔은 顔回이니 존칭을 써서 顔子라 한다. 다 공자의 적통을 이은 제자들로 인정이 된다.

199) 月沙: 李廷龜(1564-1635)의 호. 자는 聖徵.

200) 剝啄: 문을 두드리거나 바둑을 두는 소리의 의성어. 손님이 찾아와 문 두드리는 소리로 많이 인용된다.

201) 闍梨: 범어 阿闍梨(acarya)의 약칭으로, 高僧을 가리키는 말인데 일반적으로 승려에게 쓰임

次妙熙上人詩軸韻

묘희상인 시축운에 차운

楓岳名山碧海湄	풍악산은 명산으로 푸른 바다 가에 닿아
白頭深愧負幽期	흰 머리 되도록 깊은 기약 저버림 부끄럽구나
逢師却問摩訶路	스님 만나 문득 마하연 가는 길을 묻는데
夜靜松堂月上遲	밤도 고요한 소나무 당에 달 뜨기 더디다

〈東岳集, 二十二-46〉

送能修師遊香山 次軸中韻

능수스님이 묘향산으로 가고 시축운에 차운

惆悵殘生事	쓸쓸히 쇠잔한 여생의 일에
浮名便作魔	헛된 뜬 이름이 곧 마가 된다
香爐絶頂下	향로봉 절정의 고개 아래를
空記夢中過	부질없이 꿈에 지난 일 기억하네

〈東岳集, 二十二-44〉

贈天印上人 次軸上韻

천인상인에게, 시축의 운에 차운

綠篠蒼松陰一軒	푸른 대 파란 솔이 난간을 기리어 덮고
城南坊僻抵山村	성남 동리 궁벽하여 산에 다다른 마을
小蹊今日迎僧掃	작은 시내를 오늘은 스님 맞으려 쓸고
僧去呼僮旋閉門	스님 가니 종놈 불러 곧바로 문 닫다

〈東岳集, 二十二-46〉

次信贊上人詩卷韻 師曾住妙香山

신찬상인 시권의 운에 차운, 스님은 묘향산에 주석한 적이 있다

| 香岳仙峯天可摩 | 묘향산의 신선 봉우리 하늘 닿을 수 있고 |

栴檀樹下粲靈花　　전단나무 아래에는 찬란한 신령의 꽃들
驂鸞何日尋眞去　　난새 타고 어느 날이나 진경 찾아가서
免向人間飯熱沙　　인간 세상의 뜨거운 모래 밥을 면해 볼까

〈東岳集, 二十二-48〉

送志溫上人還天磨山 因次軸上韻以贈
지온상인을 천마산으로 보내며, 시축의 운에 차운하여 줌

昔踏淸涼麓　　옛날 청량산 기슭을 밟다가
仍過寂滅寮　　적멸보궁의 요사채 지났지
平生丘壑趣　　평생 산과 골짜기 취미이나
留滯聖明朝　　성명의 조정에 머물러 있나
懸瀑天河落　　달린 폭포에는 은하수 떨어지고
驚潮海島搖　　놀란 조수에는 바다 섬 흔들린다
空齋起遐想　　빈 청사에서 먼 상상이 일어나
風竹夜蕭蕭　　바람 앞의 대 밤이면 쓸쓸해

〈東岳集, 二十二-49〉

次韻 題德悟師詩軸
덕오스님 시축에 차운하여

僧來說着寶陀[202]遊　스님이 와서 보타락가산의 놀이 이야기 하니
興入金沙古寺樓　흥이 금산사의 옛 누각에 드네
堪笑病翁身似縛　병든 늙은이 결박된 육신이 우습기만 하니
秋風西望一搔頭　가을 바람에 서쪽 바라보며 머리 돌린다
　　(師住長淵寶陀落迦山金沙寺　스님은 장연의 보타락가산 금상사에 계시다.)

〈東岳集, 二十二-49〉

---

202) 寶陀: 普陀라 함. 普陀洛伽山을 말함. 보타락가를 번역하면 小白華이다. 4대명
산의 하나.

贈德一上人
덕일상인에게

爾住靖陵寺	너는 정릉사에 살아
吾隣春草亭	나의 춘초정과 이웃했다
中間一江素	중간에 한 강이 하얗고
南北兩峯青	남북으로 두 봉이 푸르다
神骨驚初見	신령한 골격 첫 대면 놀라고
禪談喜暫聆	부처 이야기 기뻐 잠시 듣다
扁舟約來往	조각배로 오가기 약속하니
花落水平汀	꽃이 수평선 위에 지다

　　(上人時住奉恩寺)　　(상인은 당시 봉은사에 살다)

〈東岳集, 二十三-2〉

贈寶雲上人(師時往智異山)
보은상인에게(스님은 당시 지리산에 살다)

僧來乞我贈行詩	스님이 와서 나에게 여행의 시를 구걸하여
般若峯前訪老師	반야봉 앞으로 노스님을 찾아 간다네
坐聽亂蟬秋又近	앉아 들리는 매미 소리 가을 또 가까워
一官慼負十年期	한번의 벼슬살이 10년 기약 저버림 뿌끄럽다

　　(老師謂善修[203]長老)　　(노스님은 선수장로이다)

三神洞裏大能師	삼신동의동네 안의 대능스님은
傳得摩訶一祖衣	마하조사의 한 벌 옷을 전해 얻고서도
剩欲尋幽聽妙法	지나친 욕심에 묘법을 깊이 들으려 하니
白頭空愧計都非	흰 머리에 계획이 모두 잘못 됨 부끄럽지

　　(大能法師乃善修長老弟子也)　　(대는스님은 선수장로의 제자이다)

....

203) 善修: (1543-1615) 호는 浮休. 芙蓉 靈觀의 법을 이어, 당시 四溟 惟政과 함께
　　二難이라 불렸다.

聞說神興寺	듣건대, 신흥사는
煙嵐隔世氛	안개 연기 세상 기운과 막혔다고
千林花氣合	일천 숲에 꽃 기운이 모여 있고
萬壑水聲分	일만 구렁에는 물 소리 나뉜다
眞鑑禪公塔	진감선사의 대공령탑은
新羅古篆文	신라의 옛 전자 글씨이니
何時一筇竹	어느 때나 대지팡이 하나로
與爾訪孤雲204)	너와 함께 최고운을 찾나

　　(雙溪寺有眞鑑禪師大功靈塔)　　(쌍계사에 진감국사대영공탑이 있다)

〈東岳集, 二十三-8〉

贈坦宗上人(師住智異山乃善修長老弟子也)
탄종상인에게(스님은 지리산에 살고 선수장로의 제자이다)

智異本稱方丈山	지리산은 원래 방장산이라 일러와서
慣聞花洞隔人寰	화동이 인간 세상과 막혔다 익히 들었으니
東華四十五年夢	동화 신선을 45년이나 꿈꾸었는데
又見西風僧獨還	또 서녘 바람에 홀로 가는 스님을 보네

欲見修公何處尋	선수 장로를 보려 하면 어느 곳에서 찾지
天王峯下石門深	천왕봉 아래에 돌 문이 깊으니
闍梨205)來說如來坐	탄종스님 와서 여래처럼 앉아 있으니
身是浮雲水是心	몸은 뜬 구름이요 마음은 물이라네

〈東岳集, 二十三-8〉

贈義林上人用前韻
의림상인에게, 전날운을 이용하여

宿昔常譏佛	전날에는 항상 부처를 기롱하였는데

....

204) 訪孤雲: 고운은 신라 崔致遠의 호이고, 眞鑑國師碑를 최치원이 써서 한 말이다.
205) 도리: 승려를 이르는 말.

吾衰獨愛僧	내가 쇠하니 유독 중을 사랑한다
三生[206]六塵[207]了	삼생이 모두 여섯 가지 먼지이고
萬劫一燈仍	일만 겁이 하나의 등으로 이어져
智異尋花入	지리산은 꽃을 찾아 들었고
毗盧待月登	비로봉은 달을 기다려 오른다
何如縛世網	어쩌나 세상 그물에 얽매어
憂畏逐年增	두려워하다 해마다 더해 가네

〈東岳集, 二十三-8〉

送印彦上人遊楓岳(十四首中 擇三)
인언상인을 풍악으로 보내며(14 수중에서 3을 가림)

飛錫名山路	석장을 날리는 명산의 길에
飄然不定蹤	표연히 일정한 자취가 없네
先雲朝度嶺	구름보다 앞서서 아침에 재를 넘고
共鶴暮依松	학과 함께 저녁에는 솔에 의지하다
天冠經三暑	천관산에서 3년 더위 지내고
頭流駐一冬	두류산에 한 해 겨울 머물다
東歸又何事	동쪽으로 무슨 일로 가는가
秋晚衆香峯	가을도 늦은 중향봉일세

送爾蓬萊山上遊	그대를 봉래산 산 위의 놀이로 보내니
芙蓉秀出洞天秋	부용꽃이 우뚝 솟은 골 하늘의 가을
羽衣仙侶如相見	깃옷의 신선 친구를 서로 만나거든
乞得靈丹寄白頭	영단의 선약을 얻어 백두에게 보내소

日落城東路	해는 성 동쪽의 길로 지는데
僧歸海畔山	스님은 바다 가 산으로 가네

....

206) 三生: 前生, 今生, 來生.
207) 六塵: 色 聲 香 味 觸 法.

秋風吹鬢髮　가을 바람이 귀밑머리에 불려
霜葉一時斑　서리 잎이 일시에 얼룩지다

〈東岳集, 二十三-11〉

送文得上人還德裕山
문득상인을 덕유산으로 보내며

朝別雲公暮彥公　아침엔 운공 저녁엔 언공을 작별하니
雙溪萬瀑趁秋風　쌍계사와 만폭동으로 가을 바람에 가더니
文師又向廬山去　문득 스님이 또 여산을 향하여 가니
閉戶終南一病翁　종남산에서 문을 닫은 한 병든 늙은 이

〈東岳集, 二十三-13〉

天印上人以石洲[208], 五山[209]詩來示索和
천인상인이 석주와 오산의 시를 가져와 화답을 구한다.

石友芝焚[210]可忍言　석주 친구의 죽음을 차마 말할 수 있으랴
山翁又復乘雲[211]去　산옹의 오산도 또 다시 구름 타고 갔네
軸上淸詩舊顏面　시축 위의 청명한 시가 옛 얼굴이니
白頭淚盡逢僧處　흰 머리의 눈물도 중 만나 다하다

〈東岳集, 二十三-20〉

贈戒玉上人
계옥상인에게

西登九月東皆骨　서쪽으로 구월산 동으로는 개골산에 오르고

....

208) 石洲: 權韠(1569-1612)의 호. 자는 汝章.
209) 五山: 車天輅(1556-1615)의 호. 자는 復元.
210) 芝焚: 芝焚蕙殘(지초 불타고 혜초 쇠잔하다)의 약칭. 어질고 덕 있는 이의 죽음
　　이나 화를 당함을 비유하는 말.
211) 乘雲: 구름 타고 가다. 하늘로 거거나(昇天) 신선이 되어 가다(仙去).

南入頭流北妙香　　남으로는 두류산이요 북으로는 묘향산이네
慙愧吾生不如爾　　나의 삶은 그대 같지 못함이 부끄럽구나
夢酣槐穴[212]鬢成霜　괴안국 개미굴 꿈꾸다 귀밑머리 서리 되다

〈東岳集, 二十三-20〉

贈別敬一上人還圓寂山
경일상인을 원적암으로 보내며

病起清明日　　병에서 일어난 청명일에
僧歸圓寂山　　스님은 원적암으로 가다
林禽不解事　　숲 새는 사실을 이해 못하고
空復語間關[213]　부질없이 지저귀고 또 울어대

〈東岳集, 二十三-21〉

別敬一上人席上　松湖白進士至自湖南
경일상인을 송별하는 자리에 송호 백진사가 호남에서 오다

墨客江南至　　글 쓰는 손님 남쪽에서 오고
禪僧嶺外歸　　선객인 스님은 영동으로 간다
似愁還似喜　　시름인 듯하다 다시 기쁨인 듯
春雨暗斜暉　　봄 비는 은은히 햇볕을 쏜다

〈東岳集, 二十三-21〉

....

212) 槐穴: 槐安國의 개미 굴. 槐安夢. 淳于棼이 늙은 괴수나무 밑에서 술을 마시다가
    취하여 꿈을 꾸었다. 한 곳에 이르니 大槐安國이라는 성문의 누대가 있었다,
    괴안국왕이 그를 불러 南柯太守로 임명하여 30년 동안 부귀영화를 누리었다.
    꿈을 깨니 괴수나무 밑에 큰 개미 집이 있고 남쪽 가지(南柯)에 작은 구멍 하나가
    있는 것을 보았다. 꿈 속의 괴안국과 남가태수는 바로 이 괴수나무와 남쪽 가지
    였던 것이다. 그래서 槐安夢이나, 南柯一夢을 꿈 같은 인생이나, 부귀득실의
    무상을 이르는 말이 되다.
213) 間關: 새 소리의 부드러움을 형용한 의태어.

贈別清學上人還通度寺
청학상인이 통도사로 간다기에

洛下逢僧問寺樓	서울에서 중을 만나 사원 누각을 물으니
鷲西山在古梁州	영취 서쪽 산이 옛날 양주에 있다네
尋眞一入淸流洞	진경 찾아 한 번 청류동으로 들어
蘿月松風八載愁	넝쿨 달 솔 바람에 8년의 시름이네

僧來見我索新詩	스님이 와서 나를 보고 새 시를 찾더니
詩句纔成僧却歸	시구가 겨우 이루어지니 스님 곧 간다네
有何忙事問無語	무슨 일이 있어 바쁘냐 해도 말이 없이
笑指海山花欲稀	웃으며 바다 산 가리키며 꽃이 지려 한다네

春雨新晴小院幽	봄 비가 새로 개고 작은 사원 아늑하니
坐憑烏幾聽鳴鳩	검은 의지 기대어 자주 비둘기 울음 듣나
此時僧到還南去	이 때 스님이 와서는 또 남으로 가니
似是無愁似有愁	시름이 없는 듯하면서도 시름이 있는 듯

〈東岳集, 二十三-21〉

次敬一上人韻
경일상인 운에 차운

蠶嶺尋花處	잠령에서 꽃을 찾는 것이요
鷄林聽雨時	계림에서 비를 듣는 때이네
可憐今日別	가련하게도 오늘 이별하면
何地更爲期	어느 땅에서 다시 기약될까

秋日南飛雁	가을 날 남으로 기러기 날고
春風北去時	봄 바람에 북으로 가는 때
如何與僧別	어찌하여 스님과 이별하면
相見渺無期	서로 만나기 아득히 기약 없다

釋子嶺南去　　　스님은 영남으로 가니
春城煙雨時　　　봄 성에 안개 비일세
孤雲本無定　　　외로운 구름 원래 정처 없으니
不敢問歸期　　　감히 돌아올 기약 묻지 못하네

〈東岳集, 二十三-22〉

與鶴谷214)對坐 僧天印携卷適至 重用石洲韻 題贈
학곡과 마주 앉아 있는데 천인스님이 시권을 가지고 마침 와서 다시 석주의
운을 이용하여 써주다

僧與東風今又來　　　스님은 봄바람과 함께 지금 또 왔는데
留詩卷上人何去　　　시권 위에 시를 남긴 사람은 어디 갔나요
家家桃李春茫茫　　　집집마다 복숭아 오얏 봄은 아득하나
東谷鶴谷傷心處　　　동쪽 골자기는 학곡의 상심처인가

亦知是身終不留　　　역시 육신이란 끝내 남지 않음 알지만
奈何君先捨我去　　　어찌하여 그대는 나를 버리고 먼저 갔나
泉臺能有記我時　　　황천 누대에서 나를 기억할 때가 있다면
春滿秦城哭君處　　　봄이 가득한 진성이 그대 곡할 곳이네

〈東岳集, 二十三-23〉

贈雪岑上人
설잠상인에게

老來何事喜逢僧　　　늙어가면 무슨 일로 기꺼이 중을 마달까
欲訪名山病未能　　　이름난 산 찾으려 해도 병으로 할 수 없어
花落矮簷春晝永　　　얕은 처마에 꽃이 지고 봄 낮은 긴데
妙香皆骨碧層層　　　묘향산 개골산은 푸르름이 층층이겠지

〈東岳集, 二十三-26〉

....

214) 鶴谷: 洪瑞鳳(1572-1645)의 호. 자는 輝世.

題一嚴上人詩軸用 月沙[215]相公韻
일엄상인 시축에 쓰다 월사상공의 운을 이용해서

五十吾今誤半生	쉰흔의 나이 지금 반 평생을 그르쳤으니
夜窓匡坐到鷄鳴	밤 창에 오뚝이 앉아 닭 울 때가 되다
夢中怳怳千峯色	꿈 속에 지달산의 일천 봉우리 빛이요
愁外頭流萬壑聲	시름 밖의 두류산은 일만 골짜기 소리

〈東岳集, 二十三-33〉

應祥[216]上人自奉恩寺來 訪余新川別墅 示以故一松[217], 漢陰[218], 西坰[219]三相國絶句 丐和甚勤謹 用其韻而 贈之
응상상인이 봉은사에서 나의 신천별장으로 찾아와 일송 한음 서경 3상국의 절구시를 보이며 화답하기를 바라기에 삼가 그 운을 써서 주다.

每把師名始見師	매양 스님의 이름을 잡으려다 처음 대사를 보니
滿江秋雨皺吟眉	강에 가득한 가을 비에 눈썹 움츠리며 읊는다
一牋珠玉三詞伯	한 장의 종이에 주옥같은 세 분의 시인인데
何用東翁[220]弊帚[221]爲	동악 늙은이의 헤진 빗자루가 왜 필요한가

一川煙浪浸菱花	한 강의 안개 물결 마름꽃에 무젖고
歸鷺雙飛掠岸過	가는 갈매기 쌍으로 날아 언덕 치고 지나가다

215) 月沙: 李廷龜(1564~1635)의 호. 자는 聖徵
216) 應祥: (1572~1645) 조선 중기의 승려로 호는 송월(松月). 속성 방(方)씨. 일찍이 유가 경전을 익히고 더 유익한 공부를 하겠다 하여 출가함. 사명 유정(四溟惟政)에게서 법을 이어 직개가 됨. 그 후 오대산 금강산 등지에서 교화에 힘씀. 조정에서 묘담국일도대선사(妙湛國一都大禪師)의 봉호를 받음.
217) 一松: 沈喜壽(1548-1622)의 호, 자는 伯懼.
218) 漢陰: 李德馨(1561-1645)의 호, 자는 明甫.
219) 西坰: 柳根(1559-1627)의 호. 자는 晦夫.
220) 東翁: 필자인 東岳 자신을 이르는 말.
221) 弊帚: 헤어진 헌 빗자루, 극히 가치 없는 물건의 비유로 자기 작품을 겸손하게 말할 때 인용됨.

日落渡頭人不見　　　해지는 나루 머리에 사람은 보이지 않고
踏歌[222]時聽浣溪紗[223]　걸으며 부르는 노래에 완계사의 곡을 듣는다

〈東岳集, 二十三-61〉

贈湛熙上人
담희상인에게

世亂身奚適　　세상 어지러우니 몸은 어디로 갈까
年衰病未蘇　　나이 쇠잔하고 병도 낫지를 않으니
平生誤章甫　　평생 동안 문장가로 그릇되어 있어
此日羨浮屠　　이 날에는 부도인 중들이 부럽다
錫八方名寺　　석장으로 팔방의 이름난 절이고
鞋三國古都　　짚신 세 켤레로 나라 안 옛 도성
孤雲本無蔕　　외로운 구름은 원래 매임이 없으나
獨自泣窮途　　홀로 스스로 다 끝난 길을 울고 있다

〈東岳集, 二十三-62〉

贈應俊[224]上人
응준상인에게

暝雨三田浦　　어두운 비는 삼전의 나루이고
涼風七月秋　　서늘 바람은 칠월의 가을이네
隔江回白足[225]　강 건너에 백족화상 돌아오고

....

222) 踏歌: 발장단 치는 노래. 또는 걸으며 부르는 노래.
223) 浣溪紗: 唐 교방가곡의 곡명인데, 뒤에 詞의 한 곡명이 되었다.
224) 應俊: (1587~1672) 조선 중기의 승려, 호 회은(懷隱). 속성 기(奇)씨. 어려서
　　출가 옥섬(玉暹)에게 사사하다가 소요(逍遙), 호연(浩然), 벽암(碧巖) 등 거장에
　　게 사사. 1633년에 입암성장(笠巖城將)이 되어 병자호란에 의승대장 벽암을
　　따라 싸우다가 다음 해 양호도총섭(兩湖都摠攝), 1647년 8도도총섭이 되다. 165
　　1년 남옹성(南甕城)을 쌓은 공으로 가의대부(嘉義大夫)의 직첩을 받음, 1660년
　　에 자헌(資憲) 1663년에 정헌(正憲)대부로 승급되다.

連日對靑眸 　　날을 이어서 푸른 눈동자 대하다
天柱²²⁶⁾隨緣遠 　　하늘 기둥은 인연 따라 멀고
曹溪結夢幽 　　조계에는 꿈을 맺기 아득해
歸逢熙老問 　　돌아갈 길 희장로에게 물으니
楚客²²⁷⁾寄滄洲²²⁸⁾ 　　굴원도 물 가에서 은거했다네

〈東岳集, 二十三-62〉

贈斗暹上人
두섬상인에게

市朝終愧隔雲林 　　서울 시장은 끝내 구름 막힌 숲이 부끄러워
一句新詩萬里心 　　한 구절의 새로운 시가 만 리의 마음이네
贈爾江南訪蘭若 　　그대를 강남의 사원 찾는 길에 주노니
名山隨處爲長吟 　　명산 가는 곳마다 길이 읊어 주게나

〈東岳集, 二十三-64〉

贈戒珠上人
계주상인에게

欲識珠公事 　　계주상인의 일을 알려거든
須觀岳叟詩 　　꼭 동악 노인의 시를 살피라
妙香山遁俗 　　묘향산으로 세속을 피하고
長慶寺從師 　　장경사에서 스승을 따르다
野鶴煙霞趣 　　들 학의 연기 안개 자연이고

---

225) 白足: 白足和尙. 秦의 鳩摩羅什의 제자 曇始가 발이 얼굴보다 희어서 맨발로
　　진흙을 건너도 더럽혀 지지 않는다 하여 "白足和尙"이라 불렀다.
226) 天柱: 고대 신화에서 하늘을 받치는 기둥.
227) 楚客: 屈原, 굴원이 충신이면서 추방되어 타향으로 유리되어 "楚客"이라 한다.
　　또는 널리 객지에 있는 나그네를 이르기도 한다.
228) 滄洲: 강 가의 지방으로 고대에 隱士의 거처로 인용된 곳.

雲松澗壑姿　　구름 솔은 시내 골의 자태
入城求一句　　성에 들어서 시 한 구 구하려
三日忍朝飢　　사흘을 아침 굶고 참았다네

〈東岳集, 二十三 -64〉

贈道休上人
도휴상인에게

道甲高僧說太能[229]　도가 으뜸인 높은 스님으로 태능을 말하는데
休公早得繼心燈　도휴스님은 일찍이 마음의 등을 얻어 이었네
長安六月驚初見　서울 장안의 유월달에 처음 보고 놀랐으니
一室風生冷欲氷　한 방 안에 바람 일어 서늘하기 얼음이었네

容祖[230]文章冠大東　용재 할아버지의 문장은 우리나라에 으뜸이니
後孫誰復紹家風　후손의 누가 다시 가풍을 이을 수 있겠는가
憑君却愧山僧問　그대에게서 산승의 물음 문득 부끄럽지만
一代聯名兩館中　한 시대에 성균 예문의 양관 제학 나란하다오
　(右屬汝固[231]姪同賦 汝固時爲副提學 余新拜兼藝文提學)
　(위는 여고 조카에게도 시를 부탁했기 때문에 한 말이다. 여고가 당시 부제학이
　되고 나도 새로이 예문제학을 겸했기 때문이다.)

〈東岳集, 二十三 -66〉

....

229) 太能: (1562-1649) 조선 중기의 승려로 호가 소요(逍遙). 속성은 오(吳)씨. 13세(1
　574 선조 7)에 백양사로 출가하여 경률(經律)을 익혀 통달하고, 부휴 선수(浮休善
　修)에게서 대장경을 익혀 부휴문하에서 운곡 충휘(雲谷沖徽), 송월 응상(松月應
　祥)과 함께 법문삼걸(法門三傑)이라 일컫는다. 다시 청허 휴정(淸虛休靜) 문하에
　서 수학하여 법을 이음. 금강산 오대산 등에서 교화를 펼치다가, 만년엔 지리산
　연곡사에서 머물며 교화하다가 1649년(인조 27)에 입적하니 세수 88, 법랍75세이
　었다. 효종이 혜감국사(慧鑑國師)의 시호를 내렸다. 청허의 문하에서 편양 언기(鞭
　羊彦機)와 함께 선의 양대산맥으로 추앙됨. 유집으로 〈소요당집(逍遙堂集)〉이
　있음. 이종찬 한국불가시문학사론, "선기 넘치는 소요의 시"참조.
230) 容祖: 필자의 증조인 容齋 李荇(1478-1534)을 말함.
231) 汝固: 李植(1584-1647)의 자. 호는 澤堂, 필자인 東岳 李安訥의 당질.

次韻贈遂初上人

수초상인에게 차운함

涉海東還日	바다 건너 동으로 오던 날이고
尋山北去時	산을 찾아 북으로 갈 때이었지
十年纔一見	10년에 겨우 한 번 만나니
霜鬢愧題詩	서리 머리에 시 씀이 부끄럽다

南澗逢圭地	남쪽 시내에서 규스님 만난 곳이고
東林別彦時	동쪽 숲에서 언스님 이별할 때이네
到山如見問	산에 이르러 안부 묻게 되면
衰疾廢吟詩	쇠잔한 병에 시 읊기 폐했다 하소

(師將往安邊釋王寺 故篇內及之)

(대사가 안변의 석왕사로 간다기에 시에 이야기함)

〈東岳集, 二十三-67〉

題法演上人詩卷

법연상인시권에 쓰다

金剛一萬二千峯	금강산 1만 2천 봉우리를
六十六年病渴翁	66년 동안 목말라 온 늙은이가
懃愧平生負眞界	평생을 진경의 경계 저버림 부끄러운데
歸僧相對又秋風	돌아가는 스님 상대하니 또 가을 바람이네

毗盧峯下演禪師	비로봉 아래의 법연선사가
不出山門未足奇	산문을 벗어나지 않음 기이할 것도 없고
笑謂今來大事畢	웃으며 말하기를, 이제 와 큰 일 마쳤는데
岳翁多病一題詩	동악의 늙은이 병은 한결같이 시를 씀이야

(師自出家 常住金剛山水雲庵云)

(대사가 출가하면서 항상 금강산 수운암에 살다)

〈東岳集, 二十三-73〉

김정희
金正喜

金正喜(1786(정조 10~1850(철종 7) 조선조 문신, 서예가, 금석학자. 자는 원춘(元春), 호는 완당(阮堂), 추사(秋史), 예당(禮堂), 시암(詩庵), 과방(果放), 노과(老果) 등. 본관은 경주. 1809년(순조 9) 생원, 1819년 식년문과(式年文科) 병과로 급제. 설서(說書), 검열(檢閱)을 거쳐, 1823년 규장각대교(奎章閣待敎)가 되었다. 충청도암행어사(忠淸道暗行御史), 검상(檢詳)을 거쳐, 1836(헌종 2) 대사성(大司成)을 역임, 이조판서에 이르렀다.

1840년(헌종 6)에 윤상도(尹尙度)의 옥사(獄事)에 연루되어 제주도에 위리안치(圍籬安置)되었다가 1848년 방면되었다.

유집 〈완당선생전집(阮堂先生全集)〉은 척독(尺牘)과 시를 수집하여 1867년 간행했고 다시 증보하여 1868년 강행한 뒤, 저자의 종현손(從玄孫) 익환(翊煥)이 1934년 중간했다. 총 10권 5책인데 권 9 권 10이 시집이다.

贈草衣1)

초의에게

竪拳頭輪頂	두륜산의 정수리에서 주먹을 세우고
搐鼻2)碧海潯	푸른 바다 가에서 코를 우비고 있네
大施無畏3)光	크게 두려움 없는 광채를 베풀고
指月4)破群陰	달을 가리키어 뭇 그늘을 격파하다
福地與苦海	복된 땅이나 괴로운 바다가
摠持5)一佛心	모두 하나의 부처 마음으로 거두어 갖는다
淨名無言偈	마음을 청정히 함은 말 없음의 게송이고
殷空海潮音6)	허공도 울리는 것은 바다 조수의 소리이네

....

1) 艸衣: 조선 후기의 승려 의순(意恂)의 호. 또다른 호는 일지암(一枝庵). 자는 중부
   (中孚). 속성 장(張)씨. 16세(1801 순조 1) 운흥사로 출가, 대흥사의 완호 윤우(玩
   虎倫祐)에게서 초의라는 법호를 받고 윤우의 법을 이음. 외가서에도 통하여 당대
   의 명사인 정약용(丁若鏞) 홍석주(洪奭周) 신위(申緯) 김정희(金正喜) 등과 교류
   가 깊었다. 시문에도 능해고, 특히 다도(茶道)를 터득하여 다도의 중흥조로 추앙
   됨. 동다송(東茶頌) 1권 다신전(茶神傳) 1권이 전함. 선문사변만어는 백파 긍선
   (白波亘璇)과의 선문답으로 유명함.(이종찬, 한국불가시문학사론, "수창에 뛰어
   난 초의의 시" 참조.)

2) 搐鼻: 콧구멍을 우비다. 상대방의 행위에 관심 없이 초연한 모습. 宋 蘇轍의 〈香
   城順長老眞贊引〉에 "余嘗問道於公 以搐鼻爲答 余卽以偈謝之曰 '搐鼻徑參眞面
   目 掉頭不受別鉗鎚'(내가 도를 공에게 물은 적이 있는데 콧구멍 우비는 것으로
   대답하기에, 내가 곧 게송으로 사례하되 '콧구멍을 우비니 참 면목을 지나 참여하
   게 되고 머리 흔들어 별다른 제약을 받지 않다')"함이 있다.

3) 無畏: 無所畏. 두려움이 없다. 부처께서 대중에게 설법하실 때 태연히 두려움이
   없는 덕을 말함. 여기에 4 가지 종류가 있어 이를 四無畏라 한다.

4) 指月: 指로 가르침(敎)을 비유하고, 月로 진리(法)를 비유한 것이다. 〈稜嚴經〉에
   "마치 사람이 손가락으로 달을 가리키어 사람들에게 보이면 저 사람은 손가락으
   로 인하여 응당 달을 본다. 만약 다시 손가락으로 달의 실체라 여기면 이 사람은
   어찌 달의 실체만 잃었느냐 역시 손가락도 잃었다. 왜 그러냐 하면 가리킨 손가락
   으로 밝은 달로 여기기 때문이다(如人以手指月示人 彼人因指當應看月 若復觀指
   以爲月體 此人豈亡失月體 亦亡其指 何以故 以所標指爲明月故)"라 함이 있다.

5) 摠持: 선을 지켜 잃지 않도록 하고, 악은 발생하지 않도록 함을 의미한다.

6) 海潮音: 소리가 큰 것을 바다의 조수에다 비유한 것이다. 또는 바다의 조수는

入佛復入魔	부처에 들었다가 다시 악마에 들어도
但自笑吟吟	다만 스스로 웃으며 웅얼대어 읊는다
狸奴白牯知	고양이와 흰 소의 지혜처럼
機用互相侵	기밀과 활용이 서로 침범도 하지만
春風百花放	봄 바람에는 온갖 꽃이 피어
明明到如今	밝고 밝음이 지금처럼 이르네

〈阮堂全集, 九-11〉

贈雲句上人
운구상인에게

山山與水水	산과 산 물과 물
春風一瓶鉢	봄 바람에 하나의 바릿대
紆白勞漫汗7)	흰 것을 두르면 광활함에 수고롭고
結黛戀巉崿8)	검붉음에 얽혀 높은 산을 연련하다
西瞿9)北鬱單10)	서쪽은 구타니요 북쪽은 울단월이니
陶輪11)無遮截	도공의 물레라 해도 막거나 자르지 못해
情根根何處	정의 한은 어느 곳에 뿌리 내렸기에
躑躅不忍別	주저하여 차마 떠나지 못하는가

〈阮堂全集, 九-11〉

....

생각이 없으면서도(無念) 들고 나는 때를 어기지 않는다. 대자비의 음성이 시기
에 맞추어 설법하는 것과 같다.

7) 漫汗: 광대한 모습 또는 산란한 모습.

8) 巉崿: 높고 가파른 모습.

9) 西瞿: 서쪽의 瞿陀尼. 수미산 서방 大洲의 이름이 구타니, 또는 瞿陀尼耶라 한다

10) 鬱單: 四大洲 중의 북방의 大洲 이름. 鬱單, 鬱單越, 鬱多羅究留라고도 함.

11) 陶輪: 陶鈞과 같음. 도자기를 만드는 물레. 혹은 나라를 다스리는 큰 원리로 비유
되기도 함.

僧伽寺 與東籬會海鵬12)和尙
승가사에세 동리회의 화봉화상에게

陰洞尋常雨	음산한 동구의 심상한 비에
危峯一朶青	오뚝한 봉우리 한 줄기 파랗다
松風吹掃榻	솔 바람은 불어 책상을 쓸고
星斗汲歸瓶	북두성은 길어 온 물병에 담기다
石燈本來面	돌 석등은 원래의 안면이고
鳥參無字經	새도 무자의 경전에 참여하다
苔跌空剝落	이끼 낀 자리 부질없이 떨어져
虬篆13)復誰銘	비석의 전액을 다시 누가 새기나

〈阮堂全集, 九-20〉

觀音寺 贈混虛14)
관음사에서 혼허에게

携僧上界宿	중을 끌고 상계의 절에서 자니
一偈萬緣輕	하나의 게송에 일만 인연 가볍다
松日敞神界	소나무 해에 신성한 경지 열리고
山風無熱情	산 바람에 열 나는 정도 없어진다
窓中只嶽色	창 안에는 다만 산악의 빛이고
寺裏唯蟬聲	절 속에는 오직 매미 소리이네

....

12) 海鵬: 조선 후기의 승려 전령(展翎 ?~1826)의 호. 자는 천유(天遊). 선암사로
   출가하여 묵암 최눌(黙庵最訥)의 법을 이음. 선과 교에 두루 능통해 호남 7 고붕
   (七高朋)의 한 사람으로 일컬음. 저술로 〈장유대방록(壯遊大方錄)〉은 유 불 선을
   비교 설명하고 있다.
13) 虬篆: 虬는 비석의 머리 용수이니, 비석의 篆額을 이르는 말.
14) 混虛: 조선 후기의 승려 상능(尙能 1826~?)의 호. 渾은 混으로도 썼음. 속성은
   최(崔)씨. 어려서 출가하여 초의 의순(艸衣意恂)에게서 비구계와 보살계를 받음.
   소림산 중봉암(中峰庵)의 응화 유한(應化有閑)의 법을 이음. 강석을 열어 수십년
   동안 후학들을 지도함. 1894년(고종31) 이후의 행적은 알 수 없음.

清塞心傳句	청정함이 마음 전하는 시구도 막아
應敎世眼驚	응당 세속의 안목을 놀라게 한다

〈阮堂全集, 九-23.〉

贈草衣
초의에게

任爾傍參笑百塲	너의 옆에 참여하여 백 바탕을 웃는다 해도
了無礙處卽吾鄕	전혀 막힘이 없는 것이 곧 우리들의 고향
依人山鳥空喧寂	사람에게 의탁하는 산 새 공연히 시끌 조용
款客溪雲自煖凉	나그네 환대하는 시내 구름 저절로 더위 추위
最是一床無別夢	최상의 것 이 한 책상에 딴 꿈이 없음이니
詎能同味有他腸	어찌 능히 같은 입맛에 딴 창자 있겠나
襍花鋪上休藤葛	잡 꽃 방석 위에 등 지팡이를 쉬고서
恐把摩訶說短長	마하를 가지고 길고 짧음 말할까 걱정돼

〈阮堂全集, 九-27〉

與混師信宿山中 法諦世諦 無不說及 以二偈 書示其扇
혼허스님과 산중에서 거듭 자며 불법의 요체나 세상 이치에 말하지 않은
것이 없다 게송 2 수를 부채에다 써 주다

樓閣雪一朶	누각에는 눈이 한 줄기이니
華嚴法界廻	화엄의 법계에 두루하도다
知君紫雲15)句	그대의 자색 구름의 글귀는
木犀16)香中來	목서의 향 속에서 유래하네

善財南行偈	선재동자의 남쪽 순행의 게송은

---

15) 紫雲: 紫色의 구름. 상서로운 징조로 여긴다.
16) 木犀: 일반적으로 계수나무 꽃(桂花)을 말한다.

紛紛蚓竅¹⁷⁾鳴　시끄러운 지렁이 구멍의 울림이니

山下三十里　산을 내려 30 리를 가면

應聞大笑聲　응당 큰 웃음 소리가 들리리라

〈阮堂全集, 九-37〉

題草衣佛國寺詩後
추의 불국사의 시 뒤에 쓰다

蓮地寶塔法興年　연지의 못 다보탑이 불법을 일으키는 해였으나

禪榻花風一惘然　선탑 책상의 꽃 바람이 한 번 망연 아득하네

可是羚羊掛角¹⁸⁾處　이것이 바로 양이 뿔을 걸 초탈한 곳이니

誰將怪石注清泉　누가 괴상한 돌을 가져다 맑은 샘에 이을까

〈阮堂全集, 十-9〉

留草衣禪
초의선사에게

眼前白喫趙州茶¹⁹⁾　눈 앞에서 훤하게 조주의 차를 씹고

....

17) 蚓竅: 지렁이의 울음은 소리가 구멍에서 나오는 것 같으나 미미하여 들을 수가 없다. 작아서 말한 것도 못되는 소리를 비유하는 말로서, 자기의 문장을 겸손하게 이르는 말이다.

18) 羚羊掛角: 전설에 영양이 습격을 방지하기 위하여, 밤에 잠을 잘 때는 뿔로 나무에 매달고 다리는 땅에 대지를 않으니, 자취가 없어 찾을 수가 없다 한다. 그래서 "羚羊掛角 無迹可尋"이 의경을 초탈하여 자취를 두지 않음을 이르는 말이다.

19) 趙州茶: 조주가 어느 스님에게 묻되, "여기 온 적이 있느냐" 스님은 "온 적이 있습니다"한다. 선사는 "차 마시고 가라."하였다. 또 스님에게 묻되, "여기 온 적이 있느냐."하니 스님이 "온 적이 없습니다."하니 선사는 "차 마시고 가라" 하신다. 원주가 묻되, "무엇을 위하여 온 적이 있어도 차 마시고 가라 하시고 온 적이 없다 하여도 차 마시고 가라 하십니까." 하였다. 선사가 원주를 부르자 원주 대답하니, 선사는 "차 마시고 가라."하였다.(趙州問僧 曾到此間否 僧云曾到 師云 喫茶去 又問僧 曾到此間否 僧云不曾到 師云 喫茶去 院主問 爲什麼 曾到也

手裏牢拈梵志華　　손 안에는 단단히 범지의 꽃을 들다

喝後耳門飮箇漸　　외친 뒤 귓 가에 저 무젖음을 마시면

春風何處不山家　　봄 바람 어느 곳인들 산 집이 아닌가

〈阮堂全集, 十-11.〉

戲贈草衣 幷序

희롱삼아 초의에게 주다. 서와 함께

> 草衣鈔群芳譜 多有證正者 如海棠虞美人之類非一二 余謂襍花經中
> 因疏鈔而誤者 又不啻海棠虞美人 當有一一證正如此耳

초의가 〈군방보〉를 초했는데 잘못을 바로잡은 것이 많다. 해당화나 우미인 같은
것이 한 두 가지가 아니다. 내가 이르기를 잡화경 안의 주석에 의하여 오류된 것이
해당화나 우미인 뿐이 아닌데도 당연히 하나 하나 정정이 있어야 함이 이와 같다.

玫瑰20)仍冒海棠傳　　장미꽃이 해당화로 모독되어 전하고

虞美人21)訛老少年　　우미인이 노소년으로 잘못되어 있네

的的襍花眞實義　　뚜렷한 잡화의 진실한 뜻을

且於疏鈔破牽纏　　장차 주소에서 얽매임을 벗어나라

〈阮堂全集, 十-11〉

寄錦溪師

금계스님에게

放處西川十樣錦　　놓아두면 서천의 10 가지 비단이고

收時明月印前溪　　거두면 밝은 달이 앞 시내에 인찍다

收放兩非還兩是　　놓고 거둠이 다 그르다가 다시 다 옳으니

一任花開與鳥啼　　한결같이 꽃 피고 새 울음으로 맡겨 두라

〈阮堂全集, 十-12.〉

敎伊喫茶去 不曾到也敎伊喫茶去 師召院主 主應諾 師云 喫茶去)

20) 玫瑰: 장미꽃의 일종.

21) 虞美人: 양귀비꽃.

贈菊塢上人

국오상인에게

法乳[22]亦參世味無　　불법의 젖도 세상 맛에 참여하면 없으니
欲將不二[23]證文殊[24]　장차 둘 없음의 불이 가지고 문수 증득해
未知茆屋溪山處　　　알 수 없다마는, 띳집 시내 산 있는 곳에도
還掛朱門富貴圖　　　오히려 고대광실의 부귀도를 걸어 놓을는지

〈阮堂全集, 十-20〉

示雲衲 仍證明史

중에게 보이며 인하여 역사를 증명한다

五天竺在掌中間　　　다섯의 천축국도 손바닥 안에 있어서
八水[25]三峰往復還　　여덟 강줄기 세 산을 갔다 다시 오다
莫把示跗[26]傳祖印　　발꿈치 보여 조사의 인증 잡으려 말라
金身無恙錫蘭山　　　황금 몸이 병 없이 석란산에 있네

〈阮堂全集, 十-25〉

....

22) 法乳: 正法의 부드러운 맛으로 제자의 법신을 기르는 것이 어머니가 어린이를
　　기르는 것 같음에 비유.
23) 不二: 하나로 여실한 이치가 여여하고 평등하여 피차의 구별이 없는 것을 일러
　　不二法門이라 한다.
24) 文殊: 文殊師利. 〈放鉢經〉에 "지금 내가 부처를 증득함은 다 문수사리의 은혜이
　　다. 과거 무한한 여러 부처가 모두 문수사리의 제자이고, 앞으로 오는 자도 역시
　　그 위엄스런 신통력의 소치이니, 비유컨대 세간에 어린이가 부모가 있는 것과
　　같으니, 문수는 불도중의 부모이다(今我得佛 皆是文殊師利弟子 當來者亦是其威
　　神力所致 譬如世間小兒有父母 文殊者佛道中父母也)"라 하였다.
25) 八水: 인도의 8大河. 1, 恒河. 2, 閻魔羅. 3, 薩羅. 4, 阿夷羅跋提. 5,摩河. 6,辛頭.
　　7, 博叉. 8, 悉陀.
26) 示跗: 발꿈치를 보이다. 부처님이 마음으로 전한 3 장소(三處傳心)의 하나. 세존
　　이 3 곳에서 가섭에게 심법을 전했다. 1, 靈山會上 拈花微笑. 2,多子塔前 半分座.
　　3, 雙林樹下 由棺中出足(영산의 법회에서 꽃을 들어 대중에게 보이다. 다자탑
　　앞에서 자리를 내어주다. 쌍림의 숲에서 관 속에서 발을 내 보이다)

戲步豊衲袖中韻
희롱으로 풍스님의 시운을 밟아서

依依龍角散珠²⁷⁾間	아련한 용의 뿔에 구슬이 흩어진 사이
撥轉風輪一夢還	바람 수레 날려 굴려 꿈 하나 사이 돌아와
松下舊書無恙否	소나무 아래 옛 편지에는 병이 없었던가
古雲今雨試廻看	옛 구름 오늘의 비에 시험삼아 돌려 보다

〈阮堂全集, 十-31.〉

贈豊禪
풍선사에게

紅旗閃爍一第飛	주홍 깃발 불타는 듯 지팡이 하나 날리니
眞的宗風不在衣	참 뚜렷한 선종의 풍도는 옷에 있지 않다
掃破葛藤千七百²⁸⁾	칡과 넝쿨로 얽힌 갈등 천 7백 쓸어 내니
個中應得本家歸	그 중에는 응당 본 집을 얻어 돌아오리

〈阮堂全集, 十-35〉

爲竺典禪作
축전선사를 위해 짓다

面門月滿劇淸眞	문을 마주한 달도 둥글어 극히 청진하니
知是蓮花界上人	이것이 바로 연꽃 세계의 사람임을 알겠다
一領布衫收不得	한 벌의 무명 가사 옷도 거둘 수가 없으니
婆娑老佛倘無顰	아련한 늙은 부처님도 혹 찡그림 없을까

〈阮堂全集, 十-37〉

....

27) 龍角散珠: 龍角은 용의 뿔처럼 생긴 물체를 형용함에 쓰이니, 여기서는 산 봉우리를 형용한 것이다. 용의 뿔처럼 솟은 봉우리가 이어진 것을 흩어진 구슬(散珠)로 미화했다.

28) 千七百: 一千七百公案. 禪宗의 깨달음을 위한 公案이 모두 1千 7百則이라 하여 千七百公案이라 한다. 이것이 모두 사람들의 정신적 갈들을 풀어주는 방법이다.

贈貫華

관화에게

一衲千山得得來	가사 옷 한 벌로 일천 산을 두루두루 돌아
獰龍頷下摘颿雷	사나운 용의 턱 밑에 번개 바람 잡았네
松聲風力盤空大	바람의 힘으로 소나무 소리 허공에 서리니
好遣華嚴法界廻	화엄의 진리 법계를 좋게도 보내고 있다

〈阮堂全集, 十-38〉

茶事已訂雙溪 又以光陽至前 早採海衣 約與貫華使之趁辛盤29) 寄到 皆口腹間事 放筆一笑

차의 일을 이미 쌍계사에서 마치고 또 봄이 오기 전에 일찍 김을 따서 설날 소반에 부쳐오도록 약속했으니, 이는 입질하는 일이라 붓을 날려 한 번 웃다.

雙溪春色茗緣長	쌍계사의 봄빛은 차의 녹색이 풍성히 자라고
第一頭綱古塔光	제일 부두의 그물에는 옛 탑의 광채가 있다
處處老饕饕不禁	곳 곳의 늙은 이 먹이 욕심을 금할 수 없어
辛盤又約海苔香	설날의 음식 소반에 또 해태 향기 약속하다

〈阮堂全集, 十-38〉

仍題舊句 爲混虛30) 師 二首

옛 시구를 혼허사를 위해 쓰다 2 수

峭空直上上天梯	허공을 솟아 곧바로 올라 하늘 사다리 오르니
尚有金仙一格低	오히려 황금 신선 있어 격식 하나 낮구나
頂相單提單透入	얄머리로 홀로 들어 홀로 뚫고 들어가니

----

29) 辛盤: 음력 설날에 부추 같은 五味의 쌉쌀한 나물(辛菜)로 소반(盤)에 올려 신년을 맞는 의미로 삼았다.
30) 混虛: 앞의 주 14 참조.

石閨繞得隻丁棲　　돌 규방에 겨우 외 지팡이 의지할 만하네

毗沙[31]覓覓復尋尋　　비사문을 찾고 찾고 또 찾고 찾으니
菩薩元來住處深　　보살은 원래 머무는 곳이 깊다네
聞說萬青千翠裏　　듣건대 일만 일천의 푸른 봉우리 속에
有時自發鍾魚音　　때때로 스스로 범종 목어 소리 들린다지

〈阮堂全集, 十-39〉

余每少睡 借榻湖寺 太虛念佛千聲乃曉 勝似村枕 每以鷄
爲曉限 漫筆示混師 竝要太虛參

내가 매양 조금 졸면 탑호사 태허가 염불 천 번 하는 소리를 빌려 새벽이
되니, 마을 잠이 닭 소리로 한하여 새벽을 삼는 것보다 낫다. 만필로 혼스님
에게 주고 아울러 태허스님도 함께

阿彌陀佛一千聲　　아미타불의 염불 천 번의 소리에
慈氏閣中天始明　　부처님 전각 중에 하늘 비로소 밝는다
蒲褐香燈睡味厚　　부들 갈옷 향 등불에 졸음 맛도 두터워
枉將村曉付鷄鳴　　마을 새벽이 닭 울음에 부치는 것보다 나아

〈阮堂全集, 十-39〉

奉寧寺 題示堯仙
봉녕사에서 요선에게

野寺平圓別一區　　들 절이 평평하고 넓어 별다른 한 구역이니
遙山都是佛頭無　　먼 산이 모두가 부처님 머리인가 아닌가
虎兒筆力飛來遠　　미호아의 붓의 힘이 날아오기 멀어서
清曉圖成失舊橅　　초산의 청효도가 옛 법식을 잃었구나
　(寺中山眺甚異 似米虎兒楚山清曉圖)

....

31) 毗沙: 毘沙門天. 四天王 중의 비사문천의 왕. 불교에서 護法의 天神 겸 施福의 神.

(절에서 산을 보는 조망이 심히 기이하여 미호아가 그린 초산 청효도와 같다)

〈阮堂全集, 十-40〉

戲題示優曇 曇方踝腫
희롱삼아 우담에게 보이다. 우담이 복사뼈에 종기가 있다.

抹却毗邪32) 示疾圖33)	유마거사의 시질도를 씰어 없애버리면
佛瘡祖病一都盧34)	불가의 창병 시조에게 하나의 고약일텐데
法華藥草35) 還鈍劣	법화경의 약초는 오히려 둔하고 용열하니
不是藥者採來無	이것은 약으로 채택해 옴이 아니어서인가

〈阮堂全集, 十-40〉

用元曉故事 曇病在腨 又戲續示曇
원효의 고사를 이용하여 우담이 종아리를 앓아 또 장난삼아 써 보이다

四百四病36) 無是病	4 백 4 가지의 병이 병 아님이 없고
八十毒草無渠藥	80 가지 독초에도 저 약은 없는가
可是今日拭瘡紙	오늘 창병 씻을 약 종이로 옳은 것은
金剛三昧經37) 的的	근강삼매경에 적적히 뚜렷하거늘

〈阮堂全集, 十-40〉

....

32) 毗耶: 毗耶離城이니 維摩居士가 살았던 성.
33) 示疾: 원래 불가의 용어로, 보살이나 고승이 병을 얻음을 이른다.
34) 都膚: 고약의 이름. 전설에 뼈를 붙이는 接骨에 쓰인다 함. 원문의 '盧'는 '膚'의 오기임.
35) 法華藥草: 〈法華經〉에 "藥草喩品"이 있다.
36) 四百四病: 〈智度論〉에 "四百四病者 四大爲身 常相侵害 ——大中 百一爲起 冷病有二百二 水風起故 熱病有二百二 地火爲起故(4백 4 가지 병이란 사대의 지 수 화 풍이 몸이 되어 항상 서로 침범하기에 이대 중에 101로 시작하여 냉병이 202가 있으니 수 풍으로 일어나기 때문이고 열병에 202가 있으니 지 화로 일어나기 때문이다.)"하였다.
37) 金剛三昧經: 元曉의 저술에 〈金剛三昧經論〉 3권이 있다.

戲贈晚虛 幷序

희롱삼아 만허에게 서와함께

晚虛住雙溪寺之六祖塔下 工於製茶 携茶來餉雖 龍井[38]頭綱[39]無 以
加也 香積厨中 恐無此無上妙味 仍以茶鍾一具 贈之 使之茗供於六祖
塔前並說錫蘭山如來金身眞相 與六祖金身相同 如涅槃經之七藤八
葛[40] 可以解黏脫縛 近有一瞎師堅持雙趺一案 至以爲傳心 不覺噴茶
大嚎 師又目擊而去 勝蓮老人[41]記䟽[42]

만허가 쌍계사의 유조탑 아래에 살면서 차 제조에 익숙하다 차를 갖다 주는데 용정
이나 두강이 더할 수가 없다. 향이 주방에 쌓여 이것이 없으면 최상의 묘미가 없을
까 염려된다. 인하여 찻잔 한 벌을 주어 유조탑 앞에 차를 공양하라 하고, 아울러
석란산 여래의 금신 진상과 육조의 금신이 서로 같으냐. 또는 열반경의 칠등이나
팔갈 같은 것이 집착과 결박에서 해탈할 수 있느냐는 등을 이야기했다. 요사이 눈
먼 스님 하나가 쌍부의[43] 공안 하나를 가지고 마음 전함으로까지 삼는다 하니,
먹던 차를 뱉으며 크게 웃었더니 스님이 목격하고 갔다. 승련노인은 글로 쓴다.

涅槃魔說送驢年[44]	열반경을 마귀 이야기라 하며 철 없이 보내나
只貴於師眼正禪	다만 스님에게 눈 바른 선을 귀히 여기네
茶事更兼參學事	차 만드는 일에 배움의 일도 겸하여 참여하여
勸人人喫塔光圓	사람들에게 탑의 빛이 원만함을 마시게 하네

〈阮堂全集, 十-40〉

....

38) 龍井: 지명. 중국 浙江省 杭州市 西湖이 南山 중에 있는 샘인데, 샘이 맑아 유명하
고 샘 가에 茶가 생산되어 龍井茶라 한다.
39) 頭綱: 驚蟄이나 淸明절 전에 따서 만든 차
40) 葛藤: 번뇌에 비유되는 말. 禪家의 일상적 용어이다. 중생이 애정에 빠지면 반드
시 정도를 해치니 마치 칡과 등넝쿨이 나무를 얽어 마침내는 마르게 하는 것과
같다 한다.
41) 勝蓮老人: 김정희가 자신의 호로 쓴 말.
42) 䟽: 불가의 글이란 뜻. 불교 문체의 이름으로, 詩는 偈, 文은 䟽이라 한다.
43) 雙趺: 三處傳心의 하나. 세존이 가섭에게 전심의 상징으로 보인 3 가지의 하나.
쌍림수 아래에서 관 밖으로 발을 내 보인것. 앞의 주 26 참조
44) 驢年: 세월을 알지 못함을 이르는 말.

朝鮮 중후기 儒佛 詩人의 交涉樣相.
-東岳과 秋史의 경우-

조선이 유교를 건국이념으로 하여 불교를 배척하게 되니, 승려들의 존재가 어려운 것이 사실이지만, 그래도 500여년의 역사를 이어오며 종교로서의 힘을 유지하는 것은 이 어려운 여건에도 굴함이 없이 당당히 교리를 수호한 호법정신의 위대함이었다.

이러한 호법의 자세에 음으로 양으로 도움을 준 분 들이 있다면 이 또한 당시 사대부이면서 시인으로 자부할 만한 문학인이었던 것이다. 그들은 시라는 매개체를 이용하여 너와 나의 격의 없는 교분으로 서로의 인격을 존중하여 상대방의 이념을 너그러이 수용하는 참다운 지식이었던 것이다.

여기서는 중기의 시인 동악 이안눌(東岳李安訥, 1571-1637)과 후기의 추사 김정희(秋史金正喜, 1786-1856)의 승려와의 수창시를 살펴 그들의 교섭을 알아보려 한다.

1. 東岳과 雲谷의 수답시

동악은 주변에 당시의 승려가 모두 모여 든 인상을 받게 한다. 우선 그의 문집인 〈동악집〉에 승려로 보아야 할 인물의 숫자만 해도 1 백명에 가깝다. 웬만한 스님은 그에게 시를 주고 받음이 필수적 실행이었던 것 같다. 남한산성에 주석한 希安스님은 강화유수로 가 있는 동악(東岳)을 수시로 찾아가 시를 수창하고 있다. 희안은 당시 시 서 화(詩書畵)로 알려져 있던 승려이니, 동악의 시에 이끌려 먼 길을 마다 않고 찾았던 것으로 보인다.

그 중에서도 가장 많은 시를 주고 받은 스님이 운곡 충휘(雲谷冲徽, ?-1613)선사이다. 운곡은 동악뿐만 아니라, 당시의 명망 있는 문인과도 교류가 잦았으니, 五山 車天輅, 芝峰 李晬光, 谿谷 張維, 灘隱 李霆, 觀海 朴濟 등 여러 시인의 이름이 그의 문집인 〈雲谷集〉에 오르내리고 있다. 더구나 수창한 상대방의 시도 아울러 기록되어 있어 수창하던 당시의 사정을 살피기에도 아주 좋은 자료이다.

여기서는 동악이 운곡과 수창한 시를 살펴보는 것으로, 유불 교섭의 조그만 사례를 살펴보려 한다.

謹次錦溪明府東岳李先生

白日鈐齋靜	대낮에도 군청의 청사는 조용하니
民閑一境春	백성도 한가한 한 고을의 봄일세
花村聞犬吠	꽃 마을에 개의 울음을 들으니
知有醉歸人	취해 돌아오는 이 있음을 알겠네

太守初臨郡	태수가 처음 고을에 이르자
黎民盡闢田	백성들은 모두 밭을 일군다
里無官吏跡	마을에 관리의 자취 없으니
孤犬向陽眠	외로운 개만 햇볕에 존다

〈雲谷集〉 한국불교전서, 8-266.

錦溪(충남 금산)군수로 가 있는 동악에게 보내는 시이다. 군 청사에 할 일이 없음은 백성이 한가한 탓이다. 이태수가 부임하여 백성들이 마음 놓고 생업에 종사하게 되었다. 삶을 간섭하는 관리가 마을에 이르지 않는다 이따금 술 취한이가 있어 동네의 개를 괴롭힐 뿐이다.

善政하는 태수를 잘도 묘사했다. 이에 화답하는 동악의 시는 다음과 같다.

次韻 答沖徽上人

白月爐峯雪	흰 달은 비로봉의 눈이고
黃梅野館春	누런 매화는 들 집의 봄일세
洞天歸計晩	동천 골 안에 돌아갈 계략 늦으니
華鬢愧山人	센 귀밑머리는 스님께 부끄럽구나

峽縣迎梅雨	산골 마을에 매화 비를 마지하고
湖鄕種秫田	호수 고향에 수수 밭을 가꾼다
黃堂1)一枕夢	태수 관아 한 베개의 꿈은
歸伴白鷗眠	돌아가 백구와 동반하여 졸자

〈東岳集, 十-45〉

충휘는 운곡의 법명이다. 운곡이 보내온 시에 대한 답이다. 보내온 시는 일 없이 평화로이 다스리는 관장을 찬양했고, 답으로 보내는 시는 산인인 중이 부럽다는 기림이다. 눈같이 흰 달이요 누런 매화의 아름다움이지만, 귀밑머리 희어지도록 굴레를 벗지 못하는 자신의 안타까움이다.

安城社再用前韻 敬呈東岳李相國

野館春多雨	들 관사의 봄에는 비가 많으니
溪橋水浸田	시내 다리에 물이 밭으로 넘친다
一筇今日別	지팡이 하나로 오늘 이별을 하면
何處對床眠	어느 곳에서 침상 마주해 조나

〈雲谷集〉 상동서, 8-266

안성에서 다시 동악에게 준 운곡의 시이다. 오늘 이별하면 언제 다시 만나느냐는 아쉬움이다. 이에 대한 동악의 대답은 이러하다.

....

1) 黃堂: 고대 太守 관아의 正堂. 그래서 태수를 지칭하는 말이기도 하다.

復用沖徽上人韻 題安城倉
野鳥啼茅屋　　들 새는 초가집에서 울고
山雲覆麥田　　산 구름은 보리밭을 덮다
行春少官事　　봄을 보내며 관가 일 없어
虛館日高眠　　빈 청사에 해 대낮까지 졸다

〈東岳集, 十-45〉

　　일이 없는 관청의 묘사이니, 은연중에 선정을 자랑하는 느낌이다. 일이 없어 관사에 해가 높도록 자고 있다는 것이다. 여기서 잠시 두 시인의 시의 수사적 기법을 훔쳐보아야 하겠다. 시의 전후 단락이 자연의 서경을 앞에 두고 지금의 사실을 뒤로 이어서 대상의 자연과 거기에 거처하는 주인공을 살며시 들어내고 있다. 들 새, 산 구름의 한가로움이 이미 주인의 한가함을 암시하고 있다. 자연과 나의 물아일여적 배치법이다. 두 사람은 이러한 시의 서사력에서 더욱 가까워 진 것은 아닐까 하는 생각도 하게 된다.

錦溪李使君移尹慶州 路上吟別奉酬 春日用前韻見示之作
馬隨流水去　　말은 흐르는 물 따라 가고
笻向故山歸　　지팡이는 옛 산 향해 온다
亂峰深雪裏　　늘어진 봉우리 깊은 눈 속에
惆悵欲沾衣　　쓸쓸한 정이 옷을 적시려 해

〈雲谷集〉 상동서, 8-266

　　금계태수에서 경주부윤으로 옮겨 가는 동악을 그리며 지은 시이다. 중앙에서 멀어지는 한 벼슬아치의 심정을 잘 묘사했다. 이에 대한 동악의 화답은 이러하다.

次徽師道中見寄韻
誤被浮名繫　　잘못 뜬 이름에 묶이게 되어

滄洲[2] 久未歸　물 갓으로 오래 돌아가지 못해
春來釣船夢　봄이 오면 낚시 배의 꿈으로
煙雨滿蓑衣　안개 비가 도롱이 옷에 가득해

〈東岳集, 十-50〉

　뜬 세상의 이름에 묶여 자연으로 돌아가지 못하는 자신은 항시 스님
만 못한 처지이다. 말 없이 상대방을 기리는 수법이다.

敬次東岳李相國送儀禪師韻
手持楞伽經　손에는 능가경을 가지고
笑入靑山暮　웃으며 청산의 저녁으로 들다
家住第幾峰　집은 몇째 봉우리에 있는지
雲深不知路　구름이 깊어 길을 알 수 없네

〈雲谷集〉상동서, 8-267

　상대방에게 그저 자신의 근황을 알리는 내용이다. 그야말로 산 사람
의 한가로운 일상사다. 스님이기에 이런 착상을 할 수도 있지만, 시인적
안목이 아니고서는 이렇듯 자연스러울 수가 없다. 왜 꼭 동악에게 이런
소식을 알려야 했을까. 伯牙의 거문고에 鍾子期가 있어야 하는 어울림이
다. 동악은 이러한 스님을 멀리서 상상한다.

次徽師道中見寄韻
秋風吹海樹　가을 바람은 바다 나무에 불고
日落津亭暮　해가 지니 나루 정자도 저문다
東歸一錫輕　동으로 가는 지팡이 경쾌하니
楓岳山前路　풍악산의 산 앞의 길이네

〈東岳集, 十二-55〉

....

2) 滄洲: 물 갓의 지방. 일상적으로 은사의 거처로 쓰인다.

산으로 돌아가는 스님을 연상한 것이다. 보내온 시에 대한 그대로의
화답이다. 나의 근황을 말하는 것이 아니라. 상대방의 근황을 상상하여
동감이라는 응수이다. 서로 격의 없음의 표현이라 하겠다.

還山道中　却寄東岳李明府

白水呼船渡	흰 물살에 배를 불러 건너고
靑山信馬歸	푸른 산에 말에 맡겨 돌아가다
谷風鶯語夕	골 바람은 꾀꼬리 울음의 저녁
花露濕荷衣	꽃 이슬에 연꽃 옷이 젖는다

〈雲谷集〉 상동서, 8-266

次徽師道中見寄韻

虎溪3)春又晚	호계에는 봄이 또 늦었는데
空送老僧歸	부질없이 늙은 중을 보내네
吏役眞堪愧	관리의 일 참으로 부끄러워
風塵染素衣	풍진 세속에 흰 옷 물들어

〈東岳集, 十-50〉

산의 자연으로 돌아가는 스님과 관직으로 자유롭지 못한 지방장관의
수창이다. 산인은 어디까지나 자유로움의 표현이요, 관리는 노역에 시
달려 풍진의 먼지 속에 무젖음의 대조가 잘 보인다. 그러면서도 서로
시라는 매개물로 하여 먼 거리를 항시 이어주고 있다.

지금까지는 운곡이 먼저 주고 동악이 수답하는 시를 보았으니, 이
글이 원래 〈운곡집〉의 편찬에 따른 것이므로 운곡을 주인공으로 내세우
려는 편찬적 의도도 있었다. 아무래도 제도 안에 있는 관리에게 방외자
적 승려로서는 먼저 수작을 드리는 것이 자연스런 현상일 것이다.

....

3) 虎溪: 〈安城倉館喜沖徽上人袖詩來訪走筆酬贈〉에 보면 덕유산 아래에 있다 함.

다음은 동악이 먼저 수증하고 거기에 답하는 운곡의 시를 보자.

寄贈沖徽上人
聞說名僧方外遊   유명한 스님이 방외에 노닌다 들으니
淸詩句句似湯休4)   맑은 시 글귀마다 탕혜휴와 같구료
春風莫道雲山隔   봄 바람에 구름 산 막혔다 말하지 말라
一采金英5)寄郡樓   한 번 국화를 꺾은 뒤로 군루에 기탁하오

〈東岳集, 十-44〉

安城社 敬次東岳李使君見寄之韻
安城縣裏使君遊   안성의 고을 안에서 군수님은 노니시며
山水同僧說未休   산과 물과 같은 중이라고 쉼 없이 말해
薄酒三盃成小醉   박주의 술 석 잔으로 약간은 취했는데
一簾明月宿高樓   발에 걸린 밝은 달이 높은 누대에 자다

〈雲谷集〉 상동서, 8-268

　南朝 宋의 승려시인인 湯惠休에 비유되는 운곡으로 대접한다. 멀다고
막힘이 아니라 시로 주고 받음이 서로 항시 이어주는 매개체이다.
　東岳 李安訥이 시로써 승려들과 격의 없는 사귐을 유지한 것은 조선
조 사회에서 유가와 불가라는 벽을 허무는 도구가 바로 시의 수창이었
음을 여실하게 보여주는 한 예라 하겠으며, 유가적 사대부들은 배불이
라 하여 불교를 모두 경원하였다고 단정할 수 없는 실례이다. 東岳詩壇
이라 自署할 정도로 당시의 문단을 주도한 동악에게는 동도자로서의

---

4) 湯休: 南朝 宋의 승려이자 시인인 湯惠休. 성이 湯이고, 이름이 惠休이다. 송의
　세조가 환속시켜 揚州從事에 이르렀다. 杜甫의 〈大雲寺贊公房〉시에 "湯休起我
　病 微笑索題詩(탕혜휴가 나를 병에서 일으켜 미소 지으며 시 짓기를 요구하다)"
　라 함이 있다.
5) 金英: 황금 빛의 꽃. 국화를 말함.

유가 문인 만이 아니라, 방외자로 인식되는 승려의 문인도 많았고, 또 그들 승려와의 수창이 바로 시의 순수성을 더 들어낼 수 있었던 것으로 보인다. 그 하나의 예가 雲谷 冲徽와의 수답이라 하겠다.

2. 秋史와 艸衣

秋史 金正喜(1786-1856)와 草衣(意恂, 1786-1866)는 생년이 같은 동갑내기이다. 초의가 추사를 만난 것은 그가 30세 되던 1815년 처음으로 서울에 올라와서의 일인 것 같다. 그 때 당대의 문인들을 만났으니, 추사의 아우인 山泉 金命喜와 琴眉 金相喜 형제, 정약용의 아들인 酉山 丁學淵, 耘逋 丁學遊의 형제, 紫霞 申緯, 海居齋 洪顯周등과 교유하였으니, 이들 문사들과의 교유는 평생을 통해 이루어졌으며, 화답한 시 60여 수가 〈艸衣詩稿〉에 전한다.

〈초의시고〉에는 동년생인 추사와의 수답이 별로 없고, 그의 아우들과 유산의 형제 등과의 수답이 많고 이들은 杜陵詩社의 모임에도 주축인 듯한데 추사와는 수답이 없다. 추사의 문집에는 초의에게 준 시가 여러 편 있으나 초의의 시집에는 별로 없다. 그러나 71세에 40여년간의 친구인 추사가 별세하자 그의 영전에 〈阮堂金公祭文〉을 올린다.

여기서는 〈阮堂全集〉에 초의에게 준 몇 편의 시를 들어 그들의 교분과 아울러 당시 유불간의 수답의 작시적 경향을 살펴 보려 한다.

贈草衣
竪拳頭輪頂　　두륜산의 정수리에서 주먹을 세우고
撋鼻6)碧海潯　　푸른 바다 가에서 코를 우비고 있네

....

6) 撋鼻: 콧구멍을 우비다. 상대방의 행위에 관심 없이 초연한 모습. 宋 蘇轍의 〈香城順長老眞贊引〉에 "余嘗問道於公 以撋鼻爲答 余卽以偈謝之曰 '撋鼻徑參眞面目 掉頭不受別鉗鎚'(내가 도를 공에게 물은 적이 있는데 콧구멍 우비는 것으로

大施無畏光⁷⁾	크게 두려움 없는 광채를 베풀고
指月⁸⁾破群陰	달을 가리키어 뭇 그늘을 격파하다
福地與苦海	복된 땅이나 괴로운 바다가
摠持⁹⁾一佛心	모두 하나의 부처 마음으로 거두어 갖는다
淨名無言偈	마음을 청정히 함은 말 없음의 게송이고
殷空海潮音¹⁰⁾	허공도 울리는 것은 바다 조수의 소리이네
入佛復入魔	부처에 들었다가 다시 악마에 들어도
但自笑吟吟	다만 스스로 웃으며 웅얼대어 읊는다
狸奴白牯¹¹⁾知	고양이와 흰 소의 지혜처럼
機用互相侵	기밀과 활용이 서로 침범도 하지만
春風百花放	봄 바람에는 온갖 꽃이 피어
明明到如今	밝고 밝음이 지금처럼 이르네

〈阮堂全集, 九-11〉

留草衣禪

眼前白喫趙州茶¹²⁾	눈 앞에서 훤하게 조주의 차를 씹고

대답하기에, 내가 곧 게송으로 사례하되 '콧구멍을 우비니 참 면목을 지나 참여하
게 되고 머리 흔들어 별다른 제약을 받지 않다')"함이 있다.

7) 無畏: 無所畏. 두려운이 없다. 부처께서 대중에게 설법하실 때 태연히 두려움이
없는 덕을 말함. 여기에 4 가지 종류가 있어 이를 四無畏라 한다.

8) 指月: 指로 가르침(敎)을 비유하고, 月로 진리(法)를 비유한 것이다. 〈楞嚴經〉에
"마치 사람이 손가락으로 달을 가리키어 사람들에게 보이면 저 사람은 손가락으
로 인하여 응당 달을 본다. 만약 다시 손가락으로 달의 실체라 여기면 이 사람은
어찌 달의 실체만 잃었느냐 역시 손가락도 잃었다. 왜 그러냐 하면 가리킨 손가락
으로 밝은 달로 여기기 때문이다(如人以手指月示人 彼人因指當應看月 若復觀指
以爲月體 此人豈亡失月體 亦亡其指 何以故 以所標指爲明月故)"라 함이 있다.

9) 摠持: 선을 지켜 잃지 않도록 하고, 악은 발생하지 않도록 함을 의미한다.

10) 海潮音: 소리가 큰 것을 바다의 조수에다 비유한 것이다. 또는 바다의 조수는
생각이 없으면서도(無念) 들고 나는 때를 어기지 않는다. 대자비의 음성이 시기
에 맞추어 설법하는 것과 같다.

11) 狸奴白牯: 狸奴는 고양이의 딴 이름이고, 白牯는 거세된 소를 말하니, 선악의
대칭으로 인용된 듯.

手裏牢拈梵志[13]華　손 안에 단단히 수행 의지의 꽃을 들다
喝後耳門飮簡漸　외친 뒤 귓 가에 저 무젖음을 마시면
春風何處不山家　봄 바람 어느 곳인들 산 집이 아닌가

〈阮堂全集, 十−11.〉

인용된 두 편의 시만을 보더라도 이는 유생의 시라기보다는 불가의 교리적 시인 듯한 인상을 받게 한다. 전편이 불교적 사연을 담은 어구로 마치 교리의 문답을 하는 내용 같다. 위에서 보았던 東岳이 승려들에게 주고 받는 시와는 그 시풍이 전혀 다르다.

추사가 초의를 대하는 자세는 유불과 승속이라는 두 선을 확연히 그어 놓은 이교도로서의 친구로 인식하고 있는 느낌이다. 그래서 초의의 詩社적 모임에는 거명되는 일이 없었던 것은 아닌가 느껴진다. 그의 두 아우인 山泉이나 琴眉는 보여도 추사는 없다. 추사와 초의의 교우는 서로 방외자로서의 신분을 분명히 하면서 그를 뛰어넘은 사귐인 듯하다. 초의가 추사의 영전에 드리는 제문에서 자신을 "方外淸交某(방외자의 맑은 친구 아무개)"라 함이 바로 이런 점을 명시한 셈이다. 제문의 말미는 벽이 있으면서도 벽이 없는 둘만의 심정을 잘 보이고 있다 하겠다.

"다시 생각건대, 내가 왔어도 원래 온 것이 없고, 그대 갔어도 역시 돌아감이 없네. 다만 오고 감이 없는데 저것이 누구란 말인가. 온 대지

---

12) 趙州茶: 조주가 어느 스님에게 묻되, "여기 온 적이 있느냐" 스님은 "온 적이 있습니다"한다. 선사는 "차 마시고 가라."하였다. 또 스님에게 묻되, "여기 온 적이 있느냐."하니 스님이 "온 적이 없습니다."하니 선사는 "차 마시고 가라" 하신다. 원주가 묻되, "무엇을 위하여 온 적이 있어도 차 마시고 가라 하시고 온 적이 없다 하여도 차 마시고 가라 하십니까." 하였다. 선사가 원주를 부르자 원주 대답하니, 선사는 "차 마시고 가라."하였다.(趙州問僧 曾到此間否 僧云曾到 師云 喫茶去 又問僧 曾到此間否 僧云不曾到 師云 喫茶去 院主問 爲什麼 曾到也 敎伊喫茶去 不曾到也敎伊喫茶去 師召院主 主應諾 師云 喫茶去)

13) 梵志: 梵志者 梵淨也 謂以淨行爲志者 名爲梵志(범지란 범은 깨끗함이니 깨끗한 수행으로 의지를 삼는 자를 범지라 한다)〈演密鈔〉

인들이 다 모르지만 다만 선생은 홀로 스스로 알지. 오 흠향하소(更思惟
我來元不知 公去亦無歸 只這無去來 這箇是阿誰 盡大地人都不識 祇許先生
獨自知 尙饗)"

유명을 달리하는 처지에서도 2인3각 같이 둘을 견지하며 하나되려는
方外의 同志임을 통곡하고 있다. 추사는 불가를 독립된 처지로 놓아두
고 가까이 하려는 철저한 선을 유지한 것 같다. 그러면서도 초의와는
학문적 畏友로 대한 것이다. 다음의 시는 지식을 공유하려는 두려운 벗
에게 보인 심정일 것이다.

戲贈草衣 幷序
草衣鈔群芳譜 多有證訂者 如海棠虞美人之類非一二 余謂襍花經中 因
疏鈔而誤者 又不啻海棠 虞美人 當有一一證正如此耳
초의가 〈군방보〉를 초했는데 잘못을 바로잡은 것이 많다. 해당화나 우미인
같은 것이 한 두 가지가 아니다. 내가 이르기를 잡화경 안에 주석에 의하여
오류된 것이 해당화나 우미인 뿐이 아닌데도 당연히 하나 하나 정정이 있어야
함이 이와 같다.

玫瑰[14]仍冒海棠傳	장미꽃이 해당화로 모독되어 전하고
虞美人[15]訛老少年	우미인이 노소년으로 잘못되어 있네
的的襍花眞實義	뚜렷한 잡화의 진실한 뜻을
且於疏鈔破牢纏	장차 주소에서 얽매임을 벗어나라

〈阮堂全集, 十-11〉

초의가 편집한 〈群芳譜〉의 꽃 이야기에 잘못된 곳을 지적하는 내용이
다. 제목에도 희롱삼아라 했듯이 친구로서 격의 없는 지적들이다. 추사
가 불교인과의 수작은 그들을 인정하면서 자기 나름으로 재단하려는

---

14) 玫瑰: 장미꽃의 일종.
15) 虞美人: 양귀비꽃.

좀더 초월자적 자세였다 할 수 도 있다. 다음의 시는 상대방을 희롱이라 하면서도 희롱이 아닌 印可의 형식이다.

用元曉故事 曇病在膽 又戲續示曇

四百四病無是病	4 백 4 가지의 병이16) 병 아님이 없고
八十毒草無渠藥	80 가지 독초에도 저 약은 없는가
可是今日拭瘡紙	오늘 창병을 씻을 약 종이로는
金剛三昧經的的	근강삼매경에17) 적적히 뚜렷하거늘

〈阮堂全集, 十-40〉

원효의 〈金剛經三昧論〉이 약으로는 최고의 약인데 그대는 왜 그 약을 쓰지 않느냐는 것이다. 어찌보면 추사의 이 한 마디가 藥針이 된 느낌이다.

다음에 〈초의시고〉에 보이는 추사에게 준 시 하나를 들어 마무리 하자.

與雙修道人 秋宿長川別業

始未曾離性道場	처음부터 성리의 수도장을 떠난 적이 없으니
也堪同會水雲鄉	물과 구름의 고향에 함께 모일 수가 있었지
携來明月指端正	밝은 달을 끌고 와서는 단정 정확히 지적하고
自動淸風裟角凉	스스로 불리는 맑은 바람 가사 자락이 서늘해
至理庵摩圓法界	지리의 암자에서 원만한 법계 어루만지고
妙譚獅乳洗煩腸	오묘 말씀 사자의 젖으로 번뇌 창자 씻다
一般天趣誰無分	모든 자연의 멋을 누군들 못 나누랴만
只恨井深綆不長	다만 우물 깊고 두레박 끈 짧음 한스러워

〈艸衣集〉권상. 상동서, 10-851

....

16) 四百四病: 인류가 가지고 있는 질병의 총칭. 인류 신체의 구성인 四大 중에, 風大로 일어나는 風病에 101 가지가 있고, 地大에서 일어나는 黃病이 101 가지이고, 火大에서 일어나는 熱病이 101 가지이고, 水大에서 일어나는 痰病이 101 가지이니 이를 합하면 404병이 된다.

17) 金剛三昧經: 元曉의 저술에 〈金剛三昧經論〉 3권이 있다.

초의의 자주에 雙修道人은 추사의 또다른 호라 하였다. 초의도 추사에게 주는 시는 학문 내지는 교리적 문답으로 수작하려 함이 엿보인다. 이 밖에 그의 아우 기산 金相喜를 통하여 주는 〈起山以謝茶 長句見贈 次韻奉和 兼呈雙修道人(雙修道人秋史別號)〉가 있다. 起山은 김상희의 호이다. 이 시의 내용도 불교적 교의의 어구가 대부분이다.

3. 마무리

조선조 사회가 배불로 일관되어 있어 유가와 불가의 교섭은 물과 불의 거리처럼 여기는 것이 당연한 것처럼 생각되나, 다른 한 편으로는 물과 물고기의 어울림을 유지한 곳도 많음을 살펴볼 필요가 있다. 본 주제는 그런 의도에서 유불교섭의 한 단면을 짚어 본 것이다.

조선조를 통털어 승려와 가장 수작이 많았던 것은 아무래도 동악 이안눌일 것 같다 그의 문집에 시의 수창으로 등장하는 승려의 수가 1백을 헤아릴 수 있을 뿐만 아니라, 주고 받은 시가 유불의 다른 처지의 교리적 담론은 전혀 발견할 수가 없고 그야말로 순수한 시 그자체로의 수답은 시의 품격이 어느 시사적 척도로 재더라도 손색이 없는 시이다. 이것이 조선조 중기 문풍의 왕성을 엿볼 수 있는 한 단면이라 해도 무방하리라.

반면 후기에 들어와서는 유생과 승려의 수답이 그리 많이 보이지도 않을 뿐만 아니라, 간혹 있다 하여도 순수한 시의 수답이라기보다는 서로의 처지를 견지하는 교리적 문답으로 보인다. 여기서 조선조 중기와 후기의 학문적 변화의 경향을 이해할 수도 있을 듯하니, 그중의 하나로 선택된 분이 추사이다. 조선 후기의 실학적 학풍이 문예적 시를 중시하기보다는 학문적 내용의 고증이 중시되다 보니, 수창되는 시도 교의적 내용이 중시된 것일 듯하다. 그중의 한 사람이 바로 추사이다. 역시 고증학자로서의 시를 벗어나지 못한다 하겠으니, 문예적 시각으로서의 시로서는 중기의 시문에 못 미칠 것이다.

　이것을 고려조의 문학사적 흐름과 대비해 보면 좋은 대조를 보일 듯하다. 고려에서도 중기에 해당할 유가로서의 李奎報와 승려로서의 無衣子 慧諶의 시가 순수한 문예적 作詩였던 반면에, 말기에 들어서의 소위 三家라 하는 太古 普愚, 白雲 景閑, 懶翁 惠勤의 시가가 교리적 내용으로 일관되었던 점이, 당시 신흥의 사대부와 대칭되어 자신의 교의로 호법하려는 의도였다면 조선 후기의 유불 교류의 작시적 변화와 같다 하겠다.

끝.

附錄 2.

艸衣禪師의 儒生과의 酬唱詩

1. 간략한 행적

艸衣의 속성은 興城張氏이고 이름은 意恂, 자는 中孚子이다. 조선 정조 10년(1786) 병오 4월 5일 전남 무안군 삼량면에서 태어났다. 초의라는 호 이외에도 海翁, 海師, 海老師, 海陽後學 海上也耋人, 芋社, 紫芋, 一枝庵 등이 있다. 헌종으로부터 '大覺登階普濟尊者艸衣大禪師'라는 시호를 받았다.

스님의 가계에 대해서는 자세히 알 수 없으나, 어머니가 큰 별이 품에 드는 꿈을 꾸고 잉태했다 한다. 5살(1790) 때 강가에서 놀다가 깊은 곳에 빠졌으나 스님의 구조로 살았고, 15살(1800)에 전남 나주군 다도면 용덕산에 있는 雲興寺에서 碧峰 敏性을 은사로 출가했다.

19살(1804)에 영암 월출산에 올랐다가 아름다운 절경에 감탄하다 바다에서 떠오르는 달을 보고 開悟했다. 그 후 해남 대흥사에서 玩虎스님에게서 具足戒를 받고 艸衣라는 호도 이때에 받았다. 24세(1809)에 강진에서 유배생활을 하던 茶山 丁若鏞(1762-1836)과 처음 교류하였다. 정약용은 이보다 4년 전에 만덕사의 兒庵선사와 사귀면서 茶生活을 시작하였다. 그래서 다산은 초의에게 차에 대한 지식을 구하고, 초의는 〈周易〉과 詩學을 배우려 하였다.

30세(1815) 되던 해, 처음으로 한양에 올라와 秋史 金正喜, 山泉 金命喜 琴眉 金相喜 형제와 정약용의 아들 酉山 丁學淵, 耘逋 丁學遊, 형제, 紫霞 申緯, 海居齋 洪顯周 등과 교유하였다. 이들 문사와의 교유는 평생을 통해 이루어졌으며, 和韻한 시만도 60 여 수나 된다.

39세(1824)에 일지암을 중건하여 평생을 보낼 근거지로 삼았다. 45세(1830)에 〈茶神傳〉을 저술하였다. 56세(1841)에 白坡선사와 선논쟁을 한다.

58세(1843)에 고향을 들렀으나, 옛집은 다 무너지고 잡초만 무성한 부모의 묘소를 돌아보고 눈물로 시를 짓는다.

遠別鄉關四十秋	고향을 떠난 지 40년인데
歸來不覺雪盈頭	돌아오니 머리 센 것도 모르겠네
新基草沒家安在	새 터전은 잡초에 묻혀 집 어디 있으며
古墓苔荒履跡愁	옛 묘소 이끼만 거칠어 걸음마다 시름일세
心死恨從何處起	마음 죽었는데 한은 어디에서 이는 것이며
血乾淚亦不能流	피도 말랐으니 눈물도 흐를 수 없구나
孤笻更欲隨雲去	외로운 지팡이로 다시 구름 따라 가니
已矣人生愧首邱	할 수 업구나, 사람살이 고향 찾음 부끄럽네

71세(1856) 때, 42년 간 각별한 교유였던 추사 김정희가 과천 청계산 아래에서 유명을 달리하자, 〈阮堂金公祭文〉을 지어 올리고 일지암으로 돌아와 만년을 보내다 세수 81세(1866), 법랍 65세로 입적하였다.

2. 여러 수도 한 수로 이어지는 快作

위에서도 보았듯이 스님은 그 당시 큰 유생들과의 교분이 남달리 두터웠다. 스님의 시문집에는 선사와의 교유적 시보다도 유생과의 수답이 두드러지게 많다. 보내온 시가 한 두 수에 지나지 않아도 스님의 酬答은 10여 수까지도 예사롭게 보내고 있다.

조선조의 선사들이 유가와 시를 주고 받음이 일상적 생활처럼 되어 있던 것이 당시의 사정이기는 하나, 초의선사가 유가와 교유하는 수답은 유달리 많았다. 당시의 사조가 중국의 실학적 학풍이 유입되던 시기이고, 스님이 교유한 유가의 학자들이 이 실학적 사조가 강했던 분이었던 것을 감안하면 스님의 시문은 당시의 문학사적 측면에서 주목되어야 할 대목이다.

我思紫霞洞	내 자하동 생각하니
花木正繽紛	꽃 나무 정히 어지럽겠지
淫雨苦相防	장마비 괴로이 서로 방해하니
束裝踰二旬	행장 차리고 20일이 지나네
深孤長者命	어른의 정 깊이 저버려
無由訴情眞	참다운 정 하소연할 길 없소
星月露中宵	달과 별이 한밤에 드러나고
屯雲散淸晨	짙던 구름도 흩어진 맑은 새벽
欣然起長策	흔연히 긴 지팡이를 일으키니
物色正鮮新	물색도 정히 새롭고 고와라
褰裓涉幽澗	옷을 걷고 깊은 새내를 건너
俛首穿深筠	머리 들어 깊은 댓숲 뚫다
行至萬瀑橋	만폭교까지 걸음이 닿자
天容忽更顰	하늘 모습 다시 찡그려
谷風動林起	골 바람이 숲을 흔들어 일고
流氣被嶙峋	흐르는 물기 산자락 덮다
飛沫跳水面	나는 물방울 수면에 뛰니
細汶起鱗鱗	가는 무늬가 비늘처럼 일다
中行成獨復	가는 걸음 홀로 돌아오게 되니
惆悵難具陳	쓸쓸한 심정 다 펼수 없구나
由旬尙如此	몇 리의 길도 이와 같으니
何以窮八垠	어떻게 천하를 다하랴
哀哉七尺身	슬프다 칠척의 이 몸을
輕擧諒無因	가벼운 나들이도 길이 없구료

〈阻雨 未往茶山草堂〉이라 제한 시이다. 다산과의 교분은 널리 알려져

있는 사실이다. 여기서는 만나려 해도 만나지 못하는 심회를 서술하였다. 만나지 못하는 심정을 주변 경관에 의해 그러함을 말했다. 장마철의 물색을 여실하게 말하여 가지 못하는 이유를 외계의 사물이 가로막음을 설명한 셈이다. 비가 오락가락함으로 해서 길을 떠났다가도 중도에 돌아오는 상황이 어쩌면 세상의 인정을 비겨서 말한 듯도 하다. 이 시는 날씨의 변덕을 순서적으로 잘 설명함으로 해서 길을 끝까지 가지 못하는 안타까움을 보인다. "星月露中宵 屯雲散淸晨"에서는 희망적 앞 길을 보이다가 "行至萬瀑洞 天容忽更響"에서 마침내 앞 길이 저지 당하고 만다. 가까운 길도 이러하니 넓은 천하를 어찌 다하랴(由旬尙如此 何以窮八垠)함은 구도의 길을 걷고 있는 자신의 모습을 보인 것이라 해도 무방하겠다.

이 시는 그리운 이를 만나려 하나 만나지 못함을 말하면서도 스님으로서의 구도적 자세도 은연 중에 보이는 시라 하겠다.

선사께서 유가와의 수답에서는 즉석에서 여러 수를 연작하는 것이 일상의 예이어서 많은 경우에는 20여 수까지 연작되는 경우도 있다. 이것이 바로 선사의 민첩한 시재였던 것이고 이러한 시재의 탁월함이 사대부와의 처지의 다름이나 직위의 고하, 연치의 높낮이에 구애 없이 시를 매개로 해서 모였던 것으로 보인다.

東莊에서 승지인 金在元, 金敬淵, 金逌根과 金正喜와 이별하면서 지은 시는 무려 21 수에 달하고 있다. 전별의 자리라면 즉석에서의 수창일 터인데 이런 양의 작시를 할 수 있었다면 이는 놀라운 시재라 하지 않을 수가 없다. 이 때 이 자리가 남달리 다정했던 자리이었음은 추사와의 교분으로도 이해된다. 秋史와는 생년이 같은 동갑이고, 黃山 金逌根은 선사보다 1년 위의 연상이다. 나이가 같음으로 해서 두터운 친분이었을 것으로 이해된다.

다음에 몇 수를 가려보자.

旅館違良知	나그네 집에서 좋은 친구 이별하니
竟日愁悄悄	종일토록 시름으로 섭섭하구나
獨憐霽後峰	홀로 연련하노니 비 개인 봉우리가
妍妍露林表	숲 밖으로 곱게곱게 드러나는 것을
忽開上方信	갑자기 상방의 서신을 펴자
鸞駭稅雲端	난새 수레 구름 끝을 가다
悠然起長策	유연히 긴 채찍을 날려
超遞躋巉岏	높은 뫼뿌리 뛰어넘었네
澗口雲方合	시내 어구까지 구름이 맞닿아
山頂日未顯	산마루엔 아직 해 드러나지 않다
吁嗟虛谷中	오! 이 빈 골짜기에서
孤往竟誰戀	외로운 걸음 누구와 연련해야 하나

제 1 수에서 3 수까지이다. 네 사람과 헤어져야 하는 서곡이다. 이렇듯 이 시는 21 수가 한 주제로 이어지는 연작의 형태이다. 나그네 길에서 서로 이별해야 하는 외로움을 주변의 경관을 빌어서 은연히 나타내고 있다. 첫 수에서는 개인 날씨에 곱게 솟은 숲으로 희망적 우경을 서술하고. 다시 맞물리는 구름이 해를 가리는 어둠으로 이별의 정한을 암울하게 그리고 있다. 친구는 만나서 기쁘고 헤어져 섭섭함을 주변의 경관으로 잘도 상징화하고 있는 것이다.

彼美四君子	저 아름다운 네 군자님들
高堂併華筵	고당에서 꽃다운 자리 펼치고
雜雜排古玩	잡다하게 배열된 옛 기물들
疎疎羅嬋妍	드문 드문 벌린 선연의 아름다움
掩冉墨暈淸	곱고 부드러운 먹물 빛의 맑음
繞繚茶烟碧	빙 둘린 차 연기의 프름

| 瞻眺自藹然 | 바라보면 저절로 풍성해 |
| 鉛華籠淨壁 | 깨끗한 벽에 분칠하듯 가렸다 |

鼠鬚羊毫管	쥐 수염이나 양 털의 붓대요
落花流水牋	흐르는 물 지는 꽃의 종이로
章罷龍蛇動	문장 끝나면 용과 뱀 움직이고
筆飛鸞鳳騫	붓 날리면 난새 봉새 날아 올라

　제 9 수에서 11 수까지이다. 위에서 자연의 서경으로 친구를 그리다
가 이제는 바로 그들의 풍류를 연상하였다. 저들은 속세의 사대부들이
다. 이제는 고대광실에서 여유 있는 놀이를 할 수 있다. 그 거처의 아름
다움을 서술하되, 역시 선비의 살림에서 청정한 운치를 느끼고 있다는
내용이다. 쥐 수염이나 양 털의 좋은 붓으로 흐르는 물이나 지는 꽃잎처
럼 다함이 없는 시를 쓰고 있을 것이다. 그 문체나 글씨는 용이 날아
오르고 봉황이 나는 것과 같은 높은 기상이다. 상대방의 시문에 대한
찬사요. 그러한 저들을 그리워하는 것이다.

東老題後跋	동로 김재원이 발문을 쓰는 것은
爲識雪鴻1)遊	눈에 기러기 자욱 남기려 함이나
明朝成古今	내일 아침이면 옛날 지금이 되어
殊覺此生浮	문득 이 삶이 뜬 구름임을 깨닫지

| 將解潮州2)袂 | 韓愈를 조주로 보내던 소매 이해하려고 |
| 更題河梁3)篇 | 다시 공자가 다리에서 쉬던 시편을 쓰다 |

　1) 雪鴻: 雪泥鴻爪. 기러기 발자취를 진흙이나 눈 위에 남김. 모든 사실이 자취도
　　없이 쉽게 사라짐을 비유함.
　2) 潮州袂: 唐 韓愈가 憲宗이 佛骨을 禁中으로 모셔오려 하자 이를 극간하다가 潮州
　　刺史로 좌천된 일이 있다.
　3) 河梁: 〈列子, 說符〉에 "孔子自衛反魯 息駕於河梁而觀焉(공자가 위나라에서 고국

詞惋體古淡	말씨 부드러워 고담을 본받으니
勝獲青瑤鐫	푸른 구슬의 뛰어남 얻음보다 낫다
夕陽芳草路	지는 해 꽃다운 풀의 길에
鳴駒就駸駸	우는 말도 점점 내달아
臨高一遙送	높은 곳에서 멀리 전송하니
秋山爐氣侵	가을 산에는 아지랑이 감도네

　제 19 수에서 끝 수까지이다. 결론부분이다. 동로 김재원에게 발문을 쓰게 했던 것 같다. 놀이라는 것이 눈 위에 남긴 고니의 발자국이다. 내일이면 사라져 없어진다. 내일이면 어제가 옛날이다. 시를 쓴다고 하는 것은 어쩌면 이렇게 사라짐을 남기는 작업일 수도 있다. 떠나는 걸음은 한유가 조주로 귀양가는 길처럼 멀지만, 공자가 본국으로 돌아와 다리 위에서 쉬듯이 고향으로 돌아가는 기쁨도 있을 것이니 이런 희비의 양 끝을 이어주는 것이 바로 시를 짓는 의미이다.

　이제 결론을 내려야 한다. 시선이 닿을 수 있는 곳까지 멀리 와서 보내는 지금, 지는 해 산자락에는 아지랑이가 감싼다. 이별이란 이쪽 저쪽의 거리로 갈라지는 것인데, 이런 때의 시를 지음은 이 거리를 잇는 역할이다. 이러한 거리의 이음을 송별의 한 자리에서 단숨에 21 수의 연작을 하고 있다. 한 수 한 수가 각기 독립되면서도 문맥이 하나로 이어지는 것이 한 편의 장시처럼 느끼게 한다. 여기서 초의선사의 작시적 재능의 민첩성을 이해하게 한다. 이 민첩한 재능이 승속을 초월한 동호인으로 단결되게 한 것이다.

　스님의 시는 주고받는 酬唱의 시가 많은데, 한 번의 화답에 10 수 이상인 것도 많다. 이는 스님의 작시의 민첩성을 여실히 보이는 대목이다. 우선 제목만 살펴 보아도 다음과 같다.

....

　인 노국으로 돌아오다 다리 위에서 말을 멈추고 바라보았다)" 함이 있다.

"奉和酉山 十二首" "吳大山昌烈謁酉堂於古湖 和石屋閑居韻見寄 次韻奉呈 十二首" "春日酉山見寄一絕 奉和答之 十首" "雲翁月槎用前韻見寄 次韻却寄 十首" "奉和于石申公見贈 十首"

이 중에서도 "춘일유산견기일절 봉화답지"는 저쪽에서 1 수의 시를 보내온 것에 대한 10 수의 화답이니, 동일한 운을 10 번 반복하는 것이다. 동일운을 10 차례나 반복한다는 것은 그만큼 많은 어휘력이 없이는 불가능한 것이다. "扉"자의 용례를 보면 '竹下扉' '水際扉' '宋玉扉' '款竹扉' '扣仙扉' '啓荊扉' '綠巖扉' '兩扇扉' '巖上扉' '聖女扉'라 했으니, '사립문'의 종류를 이렇듯 여러 가지로 나누어 말하고 있는 것이다. 여기서 다시 선사가 수창에 뛰어난 시인임을 강조하게 된다.

마무리하면서 御製의 화운 하나를 소개해 보자. 신축(1841) 정월 13 일 "奉和御製新月"이라 제한 시가 있다. 우선 "御製元韻"부터 보자.

半輪月色到中天　반 바퀴 달 빛이 하늘 중앙에 이르러
明照山河萬國邊　산과 바다 온 나라의 갓까지 밝게 비추다
上下淸光莊暮景　아래 위로 맑은 광채 저녁 경치의 장관이
能令騷客夜無眠　시인 묵객에게 밤 잠을 자지 못하게 하네

이는 헌종이 조각달을 보고 지은 것이다. 역시 군왕답게 온 나라의 끝(萬國邊)까지 비치는 淸光에 힘을 주었다. 이를 화답한 스님의 시는 이렇다.

新月姸姸初上天　초생달 곱게 곱게 처음 솟아 오르니
淸光藹藹照無邊　맑은 광채 밝고 밝아 가 없이 비춘다
衆星環拱銀河淨　뭇별이 북두로 향하고 은하 청정하니
玉露盈襟夜不眠　가을 이슬 품 속에 차 밤잠을 못 이뤄

군왕의 시에 대한 화답이니 당연이 군왕에 대한 흠모이다. 원시의

'明照山河萬國邊'의 군왕적 기상에 '淸光藹藹照無邊'으로 대응하여 군왕의 맑은 광채(淸光)가 가없이(無邊) 비춰짐을 칭송하였다. '衆星環拱'은 북두성을 중심으로 모이는 뭇별을 상징하여 군왕을 향해 합심하는 백성을 상징하는 용어이다. 〈논어〉의 "정치를 하되 덕으로 하게 되면 비유컨대 북두성이 제 자리에 있으매 뭇별이 모이는 것과 같다(爲政以德 譬如北辰居其所 而衆星拱之).함에서 유래한 것이다. 玉露는 구슬같은 가을 이슬을 말함이지만, 품에 가득한 가을 이슬이란 임금의 은혜를 상징할 수도 있으니, 御製의 화운으로 이렇듯 적절하게 아귀를 맞추기가 그리 쉬운 것도 아니다.

이 어제의 운으로 "用前韻奉呈水使沈公" 5 수가 있으니, 스님의 화운은 한 두 수로는 직성이 풀리지 않았던 것이다.

3. 詩題와 作詩의 調和

스님은 시의 제재와 시체도 적절하게 맞추지 않았나 하는 느낌을 갖게 하는 경우가 있다. 1831년(신묘년, 46세)에 金益鼎이 용문산 놀이를 같이 가자 하여 閔華山과 함께 간 일이 있다. 이 때 지나가는 곳에서 쓴 시 8 수가 있다. 원시의 제목은 "金夏篆益鼎遊龍門山要余偕之遂與閔華山隨行"이다. 거의 7언 율시로 쓰다가, "登迦葉峰"에서는 장단구를 섞어 쓰고 있다. 어쩌면 의도적이었던 것으로 보인다. 가섭봉의 높고 낮은 그 험난함을 작시에서도 굴곡을 주려는 의도인 듯하다.

登山莫登逶迤山	산을 오르되 밋밋한 산 오르지 마소
逶迤之山凡艸樹	밋밋한 산은 모두 풀과 나무 뿐
君不見 迦葉崚嶒白雲上	그대 보지 못했나 가섭산 흰구름 위로 뚫고 솟아
直入銀漢吐風雨	곧바로 은하수로 들어 비바람 토해냄을
懸松倒柞許人攀	매달린 솔 거꾸로 선 참나무 사람 손잡게 하고
崩崖落石縈細路	무너진 벼랑 떨어지는 돌 가늘은 길 돌게 한다

強欲一步進	억지로 한 발짝 나가려 하면
已覺退三步	이미 세 발짝 물러나 있네
危礎幾屈膝	위태로운 바위 몇 차례 무릎 꿇고
側棧屢驚度	기울어진 사다리 건널 때마다 놀라다
絶險難寄飛猱足	절벽 험해 원숭이도 날아 붙기 어렵고
崇峻倒壓庾天羽	높은 준령은 하늘 나는 새도 거꾸로 누른다
終能絶頂非人力	절정은 끝내 사람이 힘으로 할 수 없으니
知有山靈冥祐護	산신령이 은밀히 도움 준 것 알겠다
不知幾萬丈之穹隆	몇 만 길의 높은 하늘인지 알 수 없고
峭壁下臨無地	절벽은 아래로 내려 다을 땅이 없구나
目眩足酸不敢俯	눈 어지럽고 다리 시어 내려다 보지 못하고
列岳攢峰爭盤紆	뭇 뫼 뾰죽한 봉우리 다투어 둘렸으니
騰驤起伏勢難收	굽었다 폈다 하는 말인 양 형세 거두지 못하네
環坐陳險艱	둘러 앉아 험난했던 일 말하며
慰言如相訴	서로 하소연하듯 위로하다
掬嘗巖寶泉	바위 구멍 샘물 움켜 맛보니
神爽如發悟	상쾌한 정신 깨달음 일 듯하고
摘蔬裹簞食	채소 따서 주먹밥 싸 먹으니
靈香通胃腑	신령한 향기 위장까지 통한다
談論恐非人間意	이야기로는 세상 뜻 되지 못할 듯
賦詠疑是天上趣	시 읊음 아마도 천상의 멋인가 의아해
地上神仙眞茲是	땅 위의 신선이 바로 이런 것이니
何必吸風復飮露	꼭 바람 들이키고 이슬 마셔야 하나

험난한 가섭산의 모습을 여실하게 읊고 있다. 장단구를 적절하게 구사하여 등산하는 이의 숨결을 실감나게 하고 있다. 한 걸음 나아가고 세 걸음 물러난다(一步進 退三步)는 진퇴의 행보가 바로 시어에서도 느끼게 하고 있다. 눈이 어지럽고 발이 시도록(目眩足酸) 오른 산정에서 지상의 신선이 바로 이것이라 하니, 지금까지 차올라오던 숨결이 착 가라앉는 느낌이다.

스님의 시어 배열이나 형식까지도 치밀하게 소재와 적절히 배합시키
는 높은 솜씨는 바로 '언어건축사'라 하겠다.

4. 杜陵詩社의 시인들

초의선사의 시적 교분은 거의가 유가의 사대부와 하고 있다. 동도자
인 승려와의 수답은 몇 편에 불과하다. 지방관으로 부임하는 관원도 선
사와는 시를 수답하는 것이 의례적이었던 것 같기도 하다. 珍島牧官으
로 부임한 北山道人 卞持和에게 화답한 2 수와 그 밖에 7 수, 5 수를
화답한 것이 있다. 南海縣監인 晶陽道人 申泰熙에게 화답한 5 수와 8
수 등이 있다. 이는 일지암에 계실 때 지방관리의 왕래였던 것이고, 서
울에 올라와서 당대의 문인들과 모여 수창함이 많았다.

杜陵詩社에 모여 지은 "杜陵詩社與諸詞伯同賦"나 "茶花亭雅集"이 그
러한 것이다. 이때 모였던 문인들이 永明尉 海居齋 洪顯周, 酉山 丁學淵,
耘逋 丁學遊 형제와, 眞齋 朴鍾林. 匡山 朴鍾儒. 絅堂 尹正鎭, 東樊 李晩用,
樗園 洪羲人, 葯人 洪成謨 등이다.

雲蹤到此愛幽居	구름 자취 여기 와 그윽한 거처 사랑하나
邱壑情緣笑未除	산 속의 정과 인연 웃어도 못 버리네
細月娟娟新霽夕	가는 달은 아른아른 새로 개인 저녁이고
斜陽艶艶澹烟墟	지는 볕은 곱게곱게 맑은 연기 옛 터이지
安貧達士誰能致	가난에 통달한 선비 누가 이룰 수 있으며
高尙明時易見疎	밝음을 숭상하는 때도 소외되기 쉬운 것을
江近林深人跡少	강 가깝고 숲도 깊어 사람 자취 드무니
此中友樂半禽魚	이런 중 친구의 즐거움 반은 새와 물고기

스님의 시이다. 운수행각의 중으로 여기 와서도 이러한 시사의 조용
한 곳을 찾았지만, 산 속의 인연만은 버리지 못함을 전제로 하고 있다.

가는 달의 초생달이나, 지는 해의 석양 볕은 산 속이나 여기나 다름이 없겠지만, 세속의 安貧이 그리 쉬운 것도 아니고, 밝은 세상이라 해도 소외되기 쉬운 것이 인정이다. 그러나 강과 숲에 사는 이의 친구가 새이고 물고기임을 은연히 자랑하고 있다.

不出蕭然環堵居	쓸쓸한 토담 집의 거처 벗어나지 않으니
梅花開落見乘除	매화 꽃 피고 져 세상의 변화를 보인다
年華忽幻雲歸壑	세월의 햇수는 황홀히 골로 가는 구름이고
夜色空明水接墟	밤 빛은 허공을 밝혀 물이 빈 터에 닿다
使酒堪憐窮後數	술로 하여 궁한 살림의 운수 애석해 하고
談禪還惜病中疎	선의 말씀 오히려 병 중에 생소함 애석하다
只須共向臨平老	다만 함께 평탄하게 늙어 감이 필요하니
君在風蒲我釣魚	그대는 바람의 부들이고 나는 고기를 낚아

유산 정학연의 시이다. 두 사람의 우정을 자연 경관의 변화에 적절히 투영시키고 있다. 선사와의 수창을 의식해서 '雲歸壑'이라 하거나, '談禪'이라 해서 서로의 대좌임을 암시하고 있다. 끝내 우정 어린 염려로 '평탄한 늙음(平老)'을 기대했다.

水雲鄕裏久藏身	물과 구름의 마을 속에 오래 묻혔던 몸이나
詩酒相歡不厭頻	시와 술로 서로 즐김을 자주해도 싫지 않아
不是淵明記裏客	도연명의 기억 속에 있을 나그네 아니고
應爲摩詰4)畵中人	응당 왕마힐의 그림 속 사람 되어야지
煙霞釀作容儀古	안개 아지랑이가 빚어낸 용모는 옛스럽고
風雨飜傾句法新	비 바람이 번득이는 시구의 구사는 새롭네
好是士常眞戒在	좋을시고, 선비는 항상 참다운 경계 있으니
請車5)帶索不言貧	수레 빌리고 새끼줄 띠라도 가난 말하지 않다

....

4) 摩詰: 唐의 시인 王維의 자. 그림도 뛰어나 詩中有畵 畵中有詩라는 평을 받았다.
5) 請車: 孔子의 제자 顔淵이 죽으니까, 안연의 아버지 顔路가 선생님의 수레를

〈榮花亭雅集〉이다. 이때도 유산, 운포, 진재, 광산이 모였었다. 이 시
로만 보아서는 승려라는 직분을 이해할 수 없는 순수한 시이다. 여기에
같이 읊은 유산의 시 하나만 소개한다.

半世無端老此身　　　반 평생을 까닭 없이 이 몸이 늙었지만
屠蘇6)到手太頻頻　　　술이 손에 닿기를 너무 자주하는구나
竹林放達皆名士　　　죽림에서 방탕 활달함 모두 명사였고
蓮社7)風流屬上人　　　백련사의 풍류 놀이는 스님에게 소속
閣裏雪消梅韻歇　　　정원 안에 눈이 녹으니 매화 운치 다하고
岸頭臘過柳梢新　　　언덕 머리 섣달 지나니 버들 가지 새롭다
細君8)能待尊中酒　　　아내에게 술잔의 술을 기대할 만하니
楊子9)何勞賦逐貧　　　양자여 왜 가난 쫓는 글 쓰기에 수고롭나

　　자신들은 죽림칠현의 은사들로 비유하고, 스님에게는 여산 백련사의
慧遠선사에게 비유하고 있다.
　　스님이 先師의 탑을 이루어 놓고는 1830년 겨울 해거재 홍현주에게
탑명을 부탁하고 다음날 淸凉山房에서 絅堂 尹正鎭, 東樊 李晚用, 酉山
丁學淵, 橒園 洪義人, 葯人 洪成謨 등이 모여 시를 지은 일이 있다. 이때
재미나는 대목이 보인다. 이 번 시에는 梵語를 사용하지 말자는 것이다.
스님을 의식한 대목으로 이념을 무너리는 서로의 배려였다 하겠다. 이
때 지은 스님의 시는 참으로 담박하다.

．．．．．．．．．．．．．．．．．．．．．．．．．．．．．．
　　빌려 장례비를 삼으려 한 일이 있다. 그 후로 "請車"란 말이 가난을 애상하는
　　말이 되었다.
　6) 屠蘇: 술의 이름, '屠酥'라 하기도 함. 음력 정월 초하룻날은 이 屠蘇酒를 마셨다 함.
　7) 蓮社: 晉의 慧遠선사가 세운 白蓮寺로, 당시 陶潛이나 謝靈運과 같은 시인과
　　　가까이 지냈던 사찰이다.
　8) 細君: 자신의 아내나 남의 부인을 일컫는 말.
　9) 揚子: 漢의 문인 揚雄. 자는 子雲.〈漢書, 藝文志〉에 양웅의 賦 12 편이 남아
　　　있는데, 그 중에 "逐貧賦"가 있다.

客來暝烟集	손님오자 뿌연 안개 모이고
野寺鐘聲歇	들 절에는 종 소리도 멎다
併榻淸凉夜	책상을 함께한 청량사의 밤
回看松上月	소나무의 달을 되돌아보다

말함이 없이 우정으로 무젖은 시이다. 절 이름이 시사하듯 그저 청량한 시어이지만 마음과 마음으로 통하는 우정이 흠뻑 배어 있다.

5. 마무리

이상에서 초의선사의 시를 대략 살펴 보았다. 그 많은 시가 스님이라는 신분이 느껴지지 않으리만큼 자연스러우니, 이것이 바로 스님을 시인으로 자리매김하기에 주저스럽지 않게 하는 점이다. 이런 자연스러움이 당시 사대부들의 동의를 묵시적으로 얻은 것이다.

스님의 시집에서 보이는 酬唱의 대부분이 연작으로 이어졌다는 것이 바로 스님의 시인적 자질을 가늠할 수 있게 하는 점이며, 본인 스스로 시를 즐겼다는 증거라 할 수 있다. 스님으로서 시를 지을 때 어쩔 수 없이 교의적 내용이 시어에 드러나는 일이 있을 터이나, 스님에게는 그러한 점이 거의 보이지 않는다. 이 또한 스님의 높은 시적 자질이라 할 수 있거니와 조선조 큰 스님들이 사대부와 교유하면서 자신들의 지위를 확고히 했던 아량의 일단이다.

본 논고에서는 이러한 점을 고려하여, 유자와의 수창에 초점을 맞추어 보았다. 당시의 스님들이 유자와의 교분이 모두 두터웠지만, 초의선사만큼 시의 벗으로 맺어진 교분도 드물다 하겠다. 선사이면서 철저한 시인이었음을 확인하였다.

제목 찾아보기

444 조선조 유가가 승려에게 준 시

사암寺庵 찾아보기

지은이 **이 종 찬**

동국대학교 국어국문학과 졸업
동국대학교 대학원 국문학과 졸업 문학석사
한양대학교 대학원 졸업 문학박사
현재 동국대학교 명예교수
현재 한국한문학회 고문
국민훈장 목련장

조선조 유가가 승려에게 준 시

초판 인쇄 2019년 6월 21일
초판 발행 2019년 6월 29일

지 은 이 | 이종찬
펴 낸 이 | 하운근
펴 낸 곳 | 學古房

주   소 | 경기도 고양시 덕양구 통일로 140 삼송테크노밸리 A동 B224
전   화 | (02)353-9908 편집부(02)356-9903
팩   스 | (02)6959-8234
홈페이지 | http://hakgobang.co.kr/
전자우편 | hakgobang@naver.com, hakgobang@chol.com
등록번호 | 제311-1994-000001호

ISBN   978-89-6071-885-2 93810

값 : 25,000원

이 도서의 국립중앙도서관 출판예정도서목록(CIP)은 서지정보유통지원시스템 홈페이지
(http://seoji.nl.go.kr)와 국가자료공동목록시스템(http://www.nl.go.kr/kolisnet)에서 이용
하실 수 있습니다. (CIP제어번호: CIP2019024433)

■ 파본은 교환해 드립니다.